SCIENCE FICTION

Herausgegeben
von Wolfgang Jeschke

Ein Verzeichnis weiterer Bände dieser Serie
finden Sie am Schluß des Bandes.

PETER DAVID

VENDETTA

Raumschiff ›Enterprise‹
Die nächste Generation

Deutsche Erstausgabe

WILHELM HEYNE VERLAG
MÜNCHEN

HEYNE SCIENCE FICTION & FANTASY
Band 06/5057

Titel der amerikanischen Originalausgabe
VENDETTA
Deutsche Übersetzung von Andreas Brandhorst

3. Auflage

Redaktion: Rainer Michael Rahn
Copyright © 1991 by Paramount Pictures Corporation
Die Originalausgabe erschien bei POCKET BOOKS,
a division of Simon & Schuster, New York
Copyright © 1993 der deutschen Ausgabe und der Übersetzung
by Wilhelm Heyne Verlag GmbH & Co. KG, München
Printed in Germany 1994
Umschlagbild: »Birdsong«
(Pocket Book/Simon & Schuster, New York)
Umschlaggestaltung: Atelier Ingrid Schütz, München
Technische Betreuung: Manfred Spinola
Satz: Schaber Satz- und Datentechnik, Wels
Druck und Bindung: Ebner Ulm

ISBN 3-453-06630-8

Für Richard,
die größte Windmühle,
die ich kenne.

Ouvertüre

KAPITEL 1

Jean-Luc Picard lehnte an der Wand und strich das dichte braune Haar zurück.

Unbewußt und in unregelmäßigen Abständen setzte er einen Fuß vor den anderen. Seine Gedanken wanderten wie sie oft: Sie analysierten diverse Daten und Informationen, stellten gleichzeitig Verbindungen zwischen ihnen her, logische Brücken, die Schlußfolgerungen ermöglichten.

Die Lehrer bezeichneten so etwas als ›empirisches Denken‹. Sein Vater hatte in diesem Zusammenhang von der Fähigkeit gesprochen, den Wald trotz der vielen Bäume zu sehen.

»Treten Sie zurück, meine Herren. Lassen Sie Platz für den jungen Mann.«

Picard sah nicht einmal in die Richtung, aus der die spöttische Stimme erklang. »Ich habe nur nachgedacht, Korsmo. Deswegen brauchst du kein Theater zu machen. Wahrscheinlich ist dir Denken völlig fremd — deshalb hast du das Phänomen nicht sofort erkannt.«

Die anderen Kadetten lächelten, als Korsmo wie von einem Dolch getroffen taumelte. »Oh«, stöhnte er. »Oh! Die ach so geistreiche Intelligenz von Jean-Luc Picard. Hat sich mir direkt ins Herz gebohrt. Das überlebe ich nicht ...«

Picard schüttelte den Kopf. »Nimmst du überhaupt nichts ernst?«

Korsmo war groß, schlaksig und gertenschlank. Seine Eßgewohnheiten galten bereits als legendär, doch der Körper verbrauchte die Kalorien so schnell, daß er nie zunahm. Das schwarze Haar reichte ihm weit in die Stirn, und gelegentlich wischte er es beiseite. »Zwischen Ernst und Tod gibt es einen Unterschied. Das solltest du eigentlich wissen, Picard. Und du bist die größte Akademieleiche seit James Kirk.«

»Ich halte es für eine große Ehre, in einem Atemzug mit solchen Leuten genannt zu werden«, betonte Picard.

Weitere Kadetten trafen ein und drängten sich im Flur vor dem Unterrichtszimmer zusammen. Amüsiert verfolgten sie ein neuerliches Wortgefecht zwischen Picard und Korsmo. Ihre Konfrontation hatte praktisch am ersten Tag des ersten Semesters begonnen. Die beiden Männer waren nicht unbedingt Freunde, aber auch keine Feinde in dem Sinne. Sie sahen in dem jeweils anderen Dinge, die sowohl Neid als auch Abscheu in ihnen weckten. Nach inzwischen drei Jahren zeichneten sich diese Auseinandersetzungen durch eine angenehme Vertrautheit aus.

»Deine Besorgnis ist herzerfreuend, Korsmo«, fuhr Picard fort. »Ich ...«

Er unterbrach sich, als er etwas am Ende des Flurs bemerkte.

Nicht etwas, sondern jemanden — eine Frau stand dort. Sie schien fast substanzlos zu sein und verschmolz mit den Schatten. Jean-Luc stellte sofort fest, daß sie keine Starfleet-Uniform trug, sondern eine Art durchscheinendes Gewand.

Aus irgendeinem Grund wirkte die Fremde vertraut, aber die in Picard flüsternde Stimme der Vernunft teilte ihm mit, daß die Frau gar nicht existierte, daß er sie sich nur einbildete.

Korsmo sagte etwas, und Picard achtete gar nicht darauf. Der hochgewachsene junge Mann begriff, daß sein rhetorischer Gegner ihn ignorierte. Er klopfte ihm auf die Schulter. »Stimmt was nicht, Picard?«

Jean-Lucs Blick glitt zu Korsmo zurück, aber einige

Sekunden lang schien er ihn gar nicht zu sehen. »Wer ist die Frau?«

»Welche Frau?«

Picard drehte sich um und deutete zum Ende des Flurs. Doch dort stand niemand.

Sein Mund öffnete und schloß sich mehrmals, und zum erstenmal entdeckte Korsmo Anzeichen von Verwirrung in Picards Zügen. »Jemand muß sie gesehen haben«, brachte Jean-Luc hervor.

Korsmo versuchte, nicht belustigt zu klingen — es fiel ihm sehr schwer. »Ein weiteres Beispiel für den berühmten Picard-Humor. Das heißt ... Mir fällt gerade ein, daß wir nie Gelegenheit hatten, irgendwelche Beispiele des Picard-Humors kennenzulernen.«

»Verdammt, Korsmo, ich meine es ernst. Dort drüben stand eine Frau, und sie ist nicht befugt, sich in diesem Gebäude aufzuhalten ...«

Korsmo war einen Kopf größer als Picard und packte ihn nun an den Schultern. Doch seine Worte galten den anderen. »Meine Herren ... Ein Kamerad hat uns gerade darauf hingewiesen, daß die Sicherheitsbestimmungen der Akademie verletzt wurden. Dieser Sache müssen wir sofort auf den Grund gehen, und daher schlage ich vor: Schwärmen wir aus. Suchen wir Picards geheimnisvolle Frau.«

Die anderen Kadetten nickten, und das Wortgeplänkel endete, als sich ein potentielles Problem ergab. Picard fühlte Dankbarkeit — bis er sich der Erkenntnis stellte, daß Korsmo nur versuchte, ihn lächerlich zu machen.

Das gelang ihm auch. Die Kadetten liefen los, und innerhalb einer Minute hatten sie die ganze Etage durchsucht. Von dem angeblichen Eindringling fehlte jede Spur.

Jean-Luc schüttelte verwundert den Kopf, grübelte und marschierte dabei umher: drei Schritte in eine Richtung, umdrehen, drei Schritte zurück. Als Korsmo auf ihn zutrat, brauchte er gar nichts zu sagen. Seine Miene vermittelte eine unmißverständliche Botschaft: Es war niemand gefunden worden, und dadurch stand Picard wie ein Narr da.

»Ich *habe* sie gesehen«, beharrte Jean-Luc, als auch die anderen Kadetten zurückkehrten. »Die Frau existierte nicht nur in meiner Phantasie.«

»An der Kontrollstelle erhielt ich die Auskunft, daß heute keine Zivilisten Zugangserlaubnis bekamen, nicht einmal für einen kurzen Besuch«, sagte Korsmo.

»Wenn ich Jean-Luc richtig verstanden habe, so glaubt er, daß die Frau ohne Erlaubnis kam«, warf Kadett Leah Sapp ein.

Picard bedankte sich mit einem kurzen Lächeln. Wenn es zu einem Streit kam, zögerte Leah nie, für ihn Partei zu ergreifen. Er ahnte, daß sie sich in ihn verknallt hatte, doch er nahm es nicht ernst. Er nahm nichts ernst, abgesehen vom Studium. *Vielleicht hat Korsmo recht*, fuhr es ihm durch den Sinn. *Vielleicht bin ich tatsächlich eine Akademieleiche.*

»Das stimmt«, bestätigte er. »Und meiner Ansicht nach sollten wir überprüfen, ob ...«

Jemand räusperte sich laut und demonstrativ, woraufhin sich die Kadetten umdrehten. Professor Talbot stand in der Tür des Unterrichtszimmers: die Arme verschränkt, Ärger im Gesicht.

»Ich bin es *nicht* gewohnt, darauf warten zu müssen, daß sich meine Schüler versammeln«, verkündete er.

»Wir haben Kadett Picard bei der Suche nach einer Frau geholfen«, erwiderte Korsmo.

Jean-Luc rieb sich die Stirn und schnitt eine Grimasse.

»Ach?« grollte Talbot. »Kadett Picard, bitte haben Sie die Güte, Ihr Liebesleben auf die Freizeit zu beschränken.«

»Ich ... ja, Sir«, entgegnete Picard und verschluckte die Antwort, die er am liebsten gegeben hätte. Derartige

Bemerkungen nützten ihm nichts, verschlimmerten nur seine Situation.

Die Studenten hasteten in den Unterrichtsraum, bereit dazu, eine weitere Lektion über die Geschichte von Starfleet über sich ergehen zu lassen. Eine Klimaanlage sorgte für konstante ambientale Bedingungen im Zimmer, aber Picard glaubte trotzdem, stickige Luft zu atmen. Als er Platz nahm, dachte er über den Grund für dieses Empfinden nach. Vielleicht war es irgendwie bedrückend, in einem schlichten Unterrichtsraum von den Heldentaten berühmter Starfleet-Offiziere zu hören. Picard wollte nicht auf einem harten Stuhl sitzen und von den Einzelheiten jener Abenteuer erfahren, die jemand vor hundert oder zweihundert Jahren erlebt hatte. Er wollte *selbst* welche erleben.

Auf einem rein intellektuellen Niveau wußte er natürlich um die Bedeutung einer soliden Basis historischer Kenntnisse. Wie sollte jemals ein guter Captain aus ihm werden, wenn er nicht imstande war, aus den Fehlern seiner Vorgänger zu lernen oder sich ein Beispiel an erfolgreichen Strategien zu nehmen?

Jean-Luc kehrte abrupt ins Hier und Jetzt zurück, als Talbot ihn ansprach. »Picard ... Zweifellos haben Sie sich eingehend mit dem Leben und der beruflichen Laufbahn von Commodore Matthew Decker befaßt, nicht wahr?«

Picard stand ruckartig auf, straffte die Schultern und nahm Haltung an. In seinen Zügen fand sich nicht der geringste Hinweis auf Unsicherheit. »Ja, Sir«, sagte er selbstbewußt.

»Würden Sie uns bitte von der letzten Mission des Commodore berichten?«

»Ja, Sir.« Manchmal fiel Jean-Luc den anderen Kadetten mit seiner unbeirrbaren Zielstrebigkeit auf die Nerven — ihm ging es einzig und allein darum, die Ausbildung mit den besten erreichbaren Bewertungen zu beenden und sich so schnell wie möglich einen Namen

13

in der Flotte zu machen. Er wußte, welche Reaktionen er mit diesem Aspekt seines Wesens hervorrief. Des Nachts, allein in seinem Quartier, spürte er manchmal, wie sich so etwas wie Ungewißheit an ihn heranschlich. Dann fragte er sich, ob er jemals genug Respekt erringen konnte, um Kommandant eines Raumschiffs zu sein. Nun, solche Zweifel regten sich nie in ihm, wenn es um die Akademie ging. In Hinsicht auf Fakten, Geschichte und reine Informationen konnte es kaum jemand mit ihm aufnehmen.

»Commodore Deckers Schiff, die *Constellation*, begegnete einer Maschine, die ganze Welten zerstörte«, begann Picard. »Sie kam von außerhalb der Galaxis, verwendete planetare Massen als Treibstoff und flog durch die zentralen Bereiche der Milchstraße, befolgte dabei die Anweisungen eines uralten Vernichtungsprogramms.«[*]

»Fahren Sie fort«, sagte Talbot und verschränkte die Arme.

»Sein Schiff wurde manövrierunfähig, und er beamte die Crew auf einen Planeten, der kurze Zeit später der Maschine zum Opfer fiel. Mit Hilfe des Raumschiffs NCC-1701 *Enterprise* konnte der sogenannte Planeten-Killer außer Gefecht gesetzt werden — nachdem Commodore Decker im Kampf gegen den Zerstörer starb.«

»Bitte nennen Sie uns die Details jenes Kampfes«, brummte Talbot.

Picard runzelte die Stirn. »Aus den Logbüchern der *Enterprise* geht nur hervor, daß Decker als Held ums Leben kam. Einzelheiten wurden nicht genannt.«

»Spekulieren Sie.«

Jean-Luc dachte an verschiedene Möglichkeiten, stellte sich all jene Szenarios vor, die einen Sinn ergaben.

---

[*] Die geschilderten Ereignisse beziehen sich auf die TV-Episode ›The Doomsday Machine‹, deutscher Titel ›Planeten-Killer‹, vom ZDF gesendet am 24. 06. 1972. — *Anmerkung des Übersetzers*

Schließlich erwiderte er: »Die Explosion der *Constellation* im Innern der Maschine führte zur Desaktivierung des Planeten-Killers. Darauf weisen die Aufzeichnungen deutlich hin. Ich nehme an, Commodore Decker entschied ganz bewußt, sein Schiff in das fremde Artefakt zu steuern. Möglicherweise wurden die Transporter der *Enterprise* im Verlauf des Kampfes beschädigt, so daß der Commodore nicht zurückgebeamt werden konnte.«

»Eine durchaus plausible Vermutung, Kadett«, sagte Talbot. Langsam ging er um das Dozentenpult herum. »Sie haben selbst erwähnt, daß die Logbücher keine Details enthalten, und deshalb können wir kaum Gewißheit erlangen, oder?«

»Nein, Sir«, sagte Picard und machte Anstalten, sich wieder zu setzen.

Auf halbem Wege nach unten erstarrte er in einer lächerlich anmutenden Position, weil der Professor einen durchdringenden Blick auf ihn richtete — er schien noch mehr zu erwarten. Picard wußte nicht genau, wie er sich jetzt verhalten sollte, und nach einigen Sekunden beschloß er, wieder ganz aufzustehen.

»Glauben Sie, daß sich Decker schuldig fühlte?« fragte Talbot.

Picard wölbte erstaunt eine Braue. Normalerweise spielten Gefühle und dergleichen bei historischen Lektionen nie eine Rolle. Man beschäftigte sich mit Fakten, längst vergangenen Ereignissen, Strategien ... Die Empfindungen der entsprechenden Personen wurden immer ausgeklammert.

»Darüber habe ich noch nicht nachgedacht, Sir.«

»Holen Sie es jetzt nach«, forderte Talbot den Kadetten auf. »Es mangelt uns nicht an Zeit.« Der Professor vollführte eine einladende, übertrieben freundliche Geste und lehnte sich zurück.

Picard blickte noch immer starr geradeaus, aber er wußte, daß zumindest einige der anderen Studenten

15

grinsten. »Meinen Sie Schuld angesichts des Todes der Crew?«

Talbot nickte nur und wartete.

»Der Commodore traf die richtige Entscheidung«, sagte Picard. »Auch in der Rückschau gibt es an seinem Verhalten nichts auszusetzen. Deshalb hatte er keinen Grund, sich schuldig zu fühlen.«

»Obgleich die Besatzung seines Schiffes ums Leben kam.«

»Ja, Sir.«

»Obwohl Decker die schmerzerfüllten Schreie seiner Leute hörte, als der Planet, auf dem sie eigentlich sicher sein sollten, unter ihren Füßen in Stücke geschnitten wurde.«

Talbots Stimme klang nun verächtlich, aber Picard ließ sich davon nicht beeindrucken. Eine der ersten und wichtigsten Lektionen für zukünftige Starfleet-Offiziere lautete: Man halte an einer einmal getroffenen Entscheidung fest. Nichts erschütterte das Vertrauen einer Crew mehr als Wankelmütigkeit.

»Ja, Sir.«

Talbot setzte die langsame Wanderung fort und klopfte dabei gelegentlich mit den Fingerknöcheln aufs Pult. »Hoffentlich müssen Sie nie erfahren, was es bedeutet, die ganze Besatzung zu verlieren, Picard. Aber ich fürchte, diese Hoffnungen erfüllen sich nicht. Das All ist erbarmungslos. Es nimmt keine Rücksicht auf übertrieben selbstsichere und sogar vermessene Individuen.«

Jean-Luc schwieg. Die letzte Bemerkung des Professors schien keine Antwort zu erfordern.

Selbstvertrauen. Nun, damit war er gut ausgestattet. Und für die Vorstellung, eine zukünftige Crew zu verlieren, gab es in seinem Denken keinen Platz. So etwas passierte allein unvorbereiteten Kommandanten, die sich überraschen ließen. Es gab nur ein Mittel, um dem Schicksal zu begegnen: Vorbereitung, Vorbereitung,

Vorbereitung. Und genau daran wollte es Jean-Luc Picard nie fehlen lassen.

»Setzen Sie sich«, sagte Talbot, und in seiner Stimme erklang ein Hauch der für ihn typischen Ungeduld.

Picard nahm Platz und seufzte innerlich — jeder Kadett war erleichtert, wenn er nicht mehr von Talbot befragt wurde. Man hatte dann das Gefühl, noch einmal davongekommen zu sein ...

Falten formten sich in Jean-Lucs Stirn. »Keine sehr große Entfernung«, sagte er langsam.

Talbot sprach den begonnenen Satz nicht zu Ende. Sein Lippen bewegten sich noch ein oder zwei Sekunden lang, bevor sie merkten, daß sie gar keine Worte mehr vom Gehirn empfingen. Niemand hatte es jemals gewagt, Professor Talbot zu unterbrechen, und unter normalen Umständen wäre Picard niemals zu einer solchen Tollkühnheit bereit gewesen.

Eine erwartungsvolle Atmosphäre entstand im Unterrichtsraum, als sich mehrere Kadetten umdrehten und Jean-Luc ungläubige Blicke zuwarfen. Picard erwachte wie aus einer tiefen Trance und schien erst jetzt zu begreifen, in welcher Situation er sich befand.

Talbot trat die Treppe vom Podium herunter, ging mit jenen langsamen, drohenden Schritten, die zu verstehen gaben, daß er einen hilflosen Studenten zu zerfleischen gedachte. Die Absätze seiner Stiefel klackten rhythmisch auf den Stufen, und jedes Klacken hallte von den Wänden wider. Es klang nach dem beständigen Tropfen eines undichten Wasserhahns.

Klack.

Klack.

Klack.

Der Professor blieb vor Picards Tisch stehen, verharrte dort wie ein von Aas angelockter Geier.

Ich bin erledigt, dachte Jean-Luc entsetzt.

»Haben Sie mich *unterbrochen?*« fragte Talbot. Er schien es selbst kaum fassen zu können. »Wenn das tatsächlich der Fall sein sollte, so sollten Sie einen triftigen Grund vorweisen können. Vielleicht ist es Ihnen gelungen, eins der großen Geheimnisse des Universums zu lüften. Oder haben Sie herausgefunden, welcher rätselhafte Faktor manche Studenten dazu veranlaßt, vorlaut zu sein?«

»Ich ...« Picard befeuchtete sich die plötzlich trockenen Lippen. Der gesamte Flüssigkeitsvorrat seines Körpers schien sich in den Schuhen zu sammeln. »Ich habe laut gedacht, Sir.«

»Gedacht«, wiederholte Talbot. Er legte die Hände auf den Rücken. »Und *woran* haben Sie gedacht?«

Diesmal gab Picard der Versuchung nach und ließ den Blick durchs Zimmer schweifen, hoffte dabei auf die emotionale Unterstützung der anderen Studenten. Doch er mußte eine Enttäuschung hinnehmen. Nur kühle Erheiterung zeigte sich in ihren Augen. Er hatte sich ganz allein in diese Situation gebracht, und jetzt mußte er die Suppe auslöffeln.

In diesen Sekunden gewann Jean-Luc Picard einen ersten Eindruck davon, wie einsam sich ein Kommandant fühlen konnte.

Die eigene Stimme erschien ihm fremd, als er sagte: »Ich habe mir überlegt, daß der Planeten-Killer keine sehr große Entfernung außerhalb der Milchstraße zurückgelegt haben kann. Zum Beispiel halte ich es für ausgeschlossen, daß er vom Andromedanebel kommt. Nur eine relativ geringe Distanz kann seinen Ursprung vom galaktischen Rand trennen.«

»Was veranlaßt Sie zu einer solchen Annahme?« fragte Talbot.

»Nun ...« Picard räusperte sich. Allein die Furcht davor, zu nervös zu wirken, hinderte ihn daran, hingebungsvoll zu husten. »Sie wiesen eben darauf hin, daß die Vernichtungsmaschine Welten fraß — sie verwendete ihre Masse als Treibstoff. Zwischen den Galaxien steht keine derartige Materie zur Verfügung. Darüber hinaus fehlen Anzeichen für ein transgalaktisches Triebwerkspotential: Es fiel Captain Kirks *Enterprise* nicht schwer, schneller zu sein als das Objekt. Wenn wir also davon ausgehen, daß der Planeten-Killer mit ›normaler‹ Geschwindigkeit flog, so wäre ihm beim Versuch, intergalaktische Entfernungen zurückzulegen, sicher der Treibstoff ausgegangen.

Natürlich hätte er den Flug allein mit dem Trägheitsmoment fortsetzen können — doch das genügt nicht, um die Energiebarriere am Rand unserer Galaxis zu durchdringen. Wir wissen, daß sie sogar die damalige *Enterprise* in Schwierigkeiten brachte. Für den Zerstörer wäre zusätzlicher Schub notwendig gewesen, um in unsere Galaxis vorzustoßen. Ohne ›Sprit‹ — wie es früher auf der Erde hieß — hätte er für immer und ewig im Leerraum zwischen den Galaxien treiben müssen.«

»Sind Sie mit alten terranischen Redensarten vertraut?« erkundigte sich Talbot in einem neutralen Tonfall.

»Ja, Sir«, antwortete Picard. »Mein Vater benutzt dauernd welche. Er ist eine Art Traditionalist.«

»Nun, ich erinnere mich vage an eine Redewendung, bei der es um folgendes geht: Man soll nur sprechen, wenn man dazu aufgefordert wird.«

Picard spürte, wie ihm das Blut aus dem Gesicht wich. Trotzdem senkte er nicht den Kopf, fand irgendwie die Kraft, auch weiterhin nach vorn zu sehen, Talbots Blick standzuhalten und zu erwidern: »Ja, Sir.«

»Gut. Das sollten Sie nicht vergessen.« Der Professor wandte sich um, zögerte und sah noch einmal zu dem Kadetten. »Übrigens ... Eine interessante Argumentation. Gut genug, um als Grundlage für eine genauere Untersuchung zu dienen. Nicht schlecht, Picard.«

»Danke, Sir.«

»Versuchen Sie, geistig auch weiterhin so wach zu bleiben — dann vermeiden Sie es vielleicht, Starfleet in Verlegenheit zu bringen.«

Jean-Luc setzte sich stumm und blickte triumphierend zu Korsmo, der kurz mit den Achseln zuckte. *Na und?* lautete der wortlose Kommentar. Picard seufzte innerlich. Es schien völlig unmöglich zu sein, Korsmo zu beeindrucken. *Und wenn schon,* dachte er. *Wichtig ist vor allem, daß ich mit mir selbst zufrieden bin, und dazu habe ich allen Anlaß.*

Dann bemerkte er wieder die Frau.

Sie stand am Ende der zweiten Treppe, auf der anderen Seite des Raums. Die übrigen Kadetten sahen noch immer Picard an oder wandten gerade den Blick von ihm ab, und deshalb fiel die Fremde nur ihm auf. Sie setzte sich in Bewegung, *glitt* in Richtung Tür.

Jean-Luc erhob sich so schnell, daß er mit dem Knie an die Tischkante stieß. Er preßte nicht rechtzeitig genug die Lippen zusammen: Ein Schrei entrang sich seiner Kehle, und Talbot wirbelte so jäh um die eigene Achse, daß er fast das Gleichgewicht verlor und fiel. Er streckte die Hand aus, hielt sich am Geländer neben der Treppe fest und rief: »Was ist denn *jetzt,* Picard?«

Jean-Luc sah zum rückwärtigen Bereich des Raums. Die Frau *war erneut verschwunden.*

»Bitte um Erlaubnis, das Zimmer verlassen zu dürfen, Sir«, sagte Picard hastig und preßte sich die Hand auf den Magen. »Ich fühle mich nicht gut.«

Talbot wölbte nur eine Braue und neigte andeutungsweise den Kopf. Jean-Luc verstand, packte rasch seine Sachen zusammen und eilte fort, nahm dabei jeweils zwei Stufen auf einmal.

Der Tür blieb gerade noch genug Zeit, sich vor ihm zu öffnen, und hinter ihr erstreckte sich ein leerer Flur. Picard starrte in beide Richtungen, wählte die rechte Seite und lief los, sprintete wie auf dem Sportplatz.

Kurz darauf erreichte er das Ende des Korridors, und auch dort zeigte sich keine Spur der Unbekannten. Er drehte sich um, sah in die Richtung, aus der er kam. Nichts.

»Zum Teufel auch, was ist hier eigentlich los?« flüsterte er.

Picard lag im Bett und blickte zur Decke.

An diesem Abend hatte er das Fenster nicht geschlossen, und die aromatische Brise der Bucht von San Francisco wehte herein, strich ihm wie zärtlich über die nackte Brust. Die Hände waren hinterm Kopf gefaltet, und das Kissen lag auf der Seite, direkt an der Wand. Er verzichtete darauf, weil er hoffte, daß seine gegenwärtige Position für eine bessere Durchblutung des Gehirns sorgte, den kleinen grauen Zellen mehr Sauerstoff lieferte. Mit konzentriertem Nachdenken versuchte er, das Rätsel zu lösen.

Verlor er allmählich den Verstand?

Er war ganz sicher, die Frau gesehen zu haben, aber außer ihm bemerkte sie niemand. Handelte es sich vielleicht um eine nur für ihn wahrnehmbare Vision? Für solche Phänomene gab es eine spezielle Bezeichnung. *Ja, und sie lautet Halluzination*, dachte er ernst. Kein schönes Wort — aber das richtige. *Ich leide an Halluzinationen.* Großartig. Einfach hervorragend. Die Belastungen von Studium und Ausbildung sowie der eigene Ehrgeiz führten dazu, daß er überschnappte.

Nein, ausgeschlossen. Jean-Luc weigerte sich, diese Möglichkeit in Erwägung zu ziehen. Er hatte zu hart gearbeitet und zu viele Erfolge erzielt, um jetzt plötzlich einer ganz persönlichen Form von Wahnsinn zum Opfer zu fallen. *Ich habe mir die Frau nicht eingebildet — sie existiert wirklich.* Nun, eine gewisse Aura des Unwirklichen ließ sich kaum leugnen, aber was bedeutete das schon?

Einige Theorien postulierten: Die einzigen Dinge im Universum, die real waren, wurden von den Menschen für unwirklich gehalten. Wenn das stimmte ... Dann gehörte die Fremde zweifellos zu den realsten Dingen, die Picard kannte.

Er seufzte und ließ die Gedanken treiben. Bis eben

war er hellwach gewesen, doch jetzt spürte er, wie Mattigkeit herankroch, eine angenehme Schwere, die nahen Schlaf verhieß.

Er glaubte, das Plätschern des Wassers zu hören, das sich an die großen Pfeiler der Golden Gate Bridge schmiegte. Die Luft roch nach dem Meer, und Picard stellte sich den Rhythmus der Wellen vor. Darin bestand der Unterschied, Captain eines Raum- oder Segelschiffes zu sein. Im All fühlte man keine Bewegung. Man hörte das Summen der Triebwerke und beobachtete, wie Sterne durchs Projektionsfeld eines Wandschirms glitten, aber das sanfte Heben und Senken der Wogen blieb aus. Man ritt nicht auf Wellenkämmen.

Kapitäne der Meere und des Weltraums orientierten sich anhand der Sterne, aber letztere bewegte sich *zwischen* ihnen.

Während Picards Ich an der Grenze zum Schlaf weilte, schien der Wind stärker zu werden. Er versuchte, sich auf den Ellenbogen hochzustemmen, doch aus irgendeinem Grund fehlte ihm die Kraft dazu. Erschöpfung lastete schwer auf ihm. Während der vergangenen Wochen hatte er sich viel abverlangt, und vielleicht präsentierte ihm der Körper nun die Rechnung dafür. Vielleicht trat der Leib in den Streik und weigerte sich, ihm zu gehorchen — bis er Gelegenheit bekommen hatte, in acht oder neun Stunden Schlaf neue Energie zu sammeln. *Und du willst Kommandant werden?* dachte Jean-Luc benommen. *Wie willst du der Besatzung eines Raumschiffs Anweisungen erteilen, wenn selbst der eigene Körper deine Befehle ignoriert?*

Aus dem Raunen des Winds wurde ein Zischen und Stöhnen, wie von Millionen klagenden Seelen. Lange, eisige Finger tasteten jetzt nach ihm, und mit jeder Berührung erklang ein mentaler Schrei: *Hilf uns. Rette uns. Räche uns. Vergiß uns nicht. Vergiß uns nie.*

Picard schauderte, erzitterte bis in die Grundfesten seines Selbst, als er etwas Düsteres erahnte. Eine seltsa-

me Kälte wogte heran, und ihm klapperten die Zähne —
zum erstenmal in seinem Leben.

Er schloß die Augen, als könnte er auf diese Weise die
Stimmen vertreiben. Aber sie erfüllten und durchdran-
gen ihn. Jean-Luc befahl dem Flüstern, Ächzen und
Jammern, ihn zu verlassen, berief sich dabei auf eine
Autorität, die gerade erst in ihm zu keimen begann.

Als er die Lider wieder hob, sah er die Frau.

Sie erweckte den Eindruck, auf dem Pfad der Zeit nur
einen Schritt beiseite getreten zu sein. Aus großen Augen musterte sie ihn, und in ihren Pupillen schien frosti-
ge Finsternis zu glühen. Die Haut war auffallend dun-
kel, der Abstand zwischen den Augen etwas größer als
normal, was ihr nur zusätzliche Exotik verlieh. Das
schwarze Haar reichte bis zu den Hüften und bewegte
sich wie ein vom Wind erfaßter Schleier, ebenso wie das
Gewand. Als sie sprach, kam auch ihre Stimme nur einem Flüstern gleich.

»Natürlich«, sagte sie von überall und nirgends. »Natürlich. Der sogenannte Planeten-Killer hat tatsächlich
keine sehr große Entfernung außerhalb der Milchstraße
zurückgelegt. Am Rand wurde er geschaffen. Um *sie* zu
bekämpfen.«

»Um *wen* zu bekämpfen?« fragte Picard verwirrt. Erneut versuchte er, sich aufzusetzen, und wieder mangelte es ihm an der dafür notwendigen Kraft. Der Wind
stahl ihm die Worte von den Lippen, aber er wußte, daß
ihn die Fremde hörte. »Ich verstehe nicht.«

»Das ist auch nicht nötig«, erwiderte die Unbekannte.
»Es genügt, daß *ich* verstehe. Es genügt, daß ich kluge
Worte von dir gehört habe. Deshalb bin ich nun hier:
um dir für deine Erkenntnisse zu danken. Vielleicht hast
du mehr vollbracht, als du ahnst.« Ihre Stimme klang
nun sehr sanft, erinnerte Picard an das tröstende Flüstern seiner Mutter: Er hatte es damals vernommen, als
Knabe, wenn er des Nachts an Alpträumen litt. Und
noch mehr. Es war die Stimme des ersten Mädchens,

das er geküßt hatte. Es war die Stimme der ersten jungen Frau, die er liebte, die seinen Namen raunte, während sie ihn in sich aufnahm. Es war die Stimme der Sterne, des Windes und der Wellen. Es war die Stimme des Weiblichen, das ihn rief und nährte ...

Schließlich gelang es ihm doch, sich in die Höhe zu stemmen, und er streckte der Fremden die Arme entgegen. Einige Sekunden lang flatterte ihr Gewand nur wenige Zentimeter von seinen Fingerspitzen entfernt, und dann wich sie zurück.

»Irgendwann finde ich den Ursprung der Vernichtungsmaschine«, sagte sie. »Irgendwann finde ich *sie*. Und dann sorge ich dafür, daß keine Gefahr mehr von ihnen ausgeht.«

»Wen meinst du mit *sie*?« rief Picard. Er schrie aus vollem Hals, um das Heulen des Winds zu übertönen.

»Ich hoffe für dich, daß du es nie erfährst, Jean-Luc«, entgegnete die Frau. »Ich hoffe für dich, daß du nie den Seelenlosen begegnest. Ich bete zu den Göttern, die nicht existieren und keine Anteilnahme kennen, die mich und mein Volk im Stich gelassen haben — mögen sie dich vor entsprechenden Erfahrungen bewahren.«

Alle Aspekte dieser Präsenz fanden einen festen Platz in Picards Gedächtnis: jede einzelne Wölbung des Körpers, der sich unter dem dünnen Gewand abzeichnete; das runde Kinn; eine hohe Stirn und nur angedeutete Brauen ... Die atemberaubende Schönheit der Fremden schien greifbar zu sein, Substanz zu gewinnen.

»Hüte dich vor den Seelenlosen«, sagte sie und trat noch einmal einen Schritt zurück — dadurch war sie vollkommen außer Reichweite.

Sehnsucht zerriß Jean-Luc fast das Herz, denn für einen Sekundenbruchteil hatte er den zarten Stoff ihrer Kleidung berührt. Er wünschte sich eine Möglichkeit, das Gewand fortzuziehen, um den Körper der Frau zu spüren, und gleichzeitig erschien ihm ein solches Verlangen wie Blasphemie.

»Wer sind die Seelenlosen?« rief er.

»Die Zerstörer. Das Anti-Leben. Jene ohne Seele. Sie brachten nicht nur meinem Volk das Verderben, sondern auch vielen anderen. Aber ich werde sie daran hindern, ihr Vernichtungswerk fortzusetzen.« Jetzt kündete die Stimme wieder von Finsternis und Kälte. »Ganz gleich, wie lange es dauert, und ganz gleich, wie weit ich reisen muß — ich werde die Seelenlosen aufhalten.«

Abrupt trat die Fremde vor, zwischen die ausgestreckten Arme Picards, und hauchte ihm einen Kuß auf die Stirn — ihre Lippen schienen aus Eis zu bestehen. Unmittelbar darauf wich sie wieder fort, und das lange Kleid verbarg ihre Bewegungen.

Der Wind und die Kühle waren überall. Picard versuchte, nicht darauf zu achten, als er aufstand und dem Zerren der Böen energischen Widerstand leistete. »Wer bist du?« rief er. Und noch lauter: »*Wer bist du?*«

Die Frau glitt zur Tür, und dort verharrte sie kurz, um den Blick noch einmal auf Picard zu richten. In ihren Augen sah er Jahrtausende, vergangene Äonen ...

»Ich bin Leid«, sagte sie. »Ich bin Kummer und Verzweiflung.« Ruckartig breitete sie die Arme aus, und mit diamanthärter Stimme schrie sie in den Wind: »*Ich bin unversöhnlich und unaufhaltsam! Ich bin Leidenschaft, die sich in Zorn verwandelte! Ich bin zu Haß verzerrte Liebe! Ich bin Vendetta!*«

Die Böen stießen Picard zurück. Er fiel aufs Bett, und mit einem lauten Pochen stieß der Kopf an die Wand. Langsam sank er aufs Kissen und trachtete danach, lange genug bei Bewußtsein zu bleiben, um die Fremde noch ein letztes Mal zu sehen.

Vendetta, flüsterte es hinter seiner Stirn, und dann verschlang Schwärze alle Konturen.

Als er am nächsten Morgen erwachte, war das Bett zerwühlt, und trotz der Kühle klebte ein Schweißfilm an seiner Haut.

Die Bilder des Traums lösten sich nicht im Sonnenschein auf, und die Erinnerungen daran blieben auch während der nächsten Jahre recht deutlich, obwohl einige Details verlorengingen.

Picard erzählte niemandem von den Ereignissen jener Nacht. Manchmal litt er an Schlaflosigkeit, weil er unbewußt auf eine Rückkehr der Frau wartete, weil er sich eine Erklärung von ihr erhoffte. Auf wen oder was bezog sich die Bezeichnung »Seelenlose«? Was bedeutete ihre seltsame Beschreibung von sich selbst?

Er sammelte Informationen über den Planeten-Killer, befaßte sich auch mit der noch immer unbeantworteten Frage nach dem Ursprung der Vernichtungsmaschine. Die dominierende Theorie behauptete, sie sei von einem Volk gebaut worden, das Krieg gegen ein anderes führte. Aber wie hießen die beiden Völker? Warum gab es keine Spuren von ihnen? Hatten sie sich gegenseitig so gründlich ausgelöscht, daß nichts von ihnen übrigblieb?

Rätsel. Während der Akademie-Ausbildung versuchte Jean-Luc, sie zu lösen, doch er fand nicht mehr heraus. Schließlich wandte er sich anderen Dingen zu.

Ohne zu vergessen.

Häufig lauschte er dem Wind, aber er raunte nicht jenes Wort, das die geheimnisvolle Frau geflüstert hatte. Ein Wort, dessen gedankliches Echo genügte, um Picard erschaudern zu lassen:

Vendetta.

Erster Akt

KAPITEL 2

Voller Zufriedenheit sah Dantar der Achte über den Tisch und musterte Dantar den Neunten, wobei seine Fühler anerkennend zitterten. Dantar der Neunte schickte sich gerade an, mit einem gut geschärften Messer durch den Leib eines sorgfältig vorbereiteten Zinator zu schneiden. Aus blinden, leblosen Augen starrte das Geschöpf zu Dantar dem Achten und seiner Familie.

Nach menschlichen Maßstäben war es eine recht große Familie, doch bei den Penzatti galt sie nur als durchschnittlich, wenn nicht sogar als klein. Sie bestand aus dreizehn Personen, unter ihnen drei Gemahlinnen und mehrere Kinder. Ja, eine kleine Familie. Manchmal mußte Dantar der Achte den Spott seiner Arbeitskollegen ertragen, und bei solchen Gelegenheiten wies er darauf hin, Qualität sei wichtiger als Quantität. Doch insgeheim spielte er mit dem Gedanken, eine neue Partnerin zu erwerben oder weitere Kinder mit denen zu zeugen, die er bereits hatte. Für ein gesundes Familienoberhaupt gab es viele Möglichkeiten.

Dantar der Neunte, ältester Sohn Dantar des Achten, nahm seine Pflichten sehr ernst. Der Zinator war mit großer Gewissenhaftigkeit vor- und zubereitet worden. Seine Mutter hatte genau die richtigen Gewürze verwendet, und das Aroma wurde der Bedeutung dieses Tages gerecht: Er diente dazu, die Götter zu ehren.

Der Junge hatte nicht damit gerechnet, daß ihn sein Vater mit dem Schneiden beauftragte.

Er zögerte, holte tief Luft und befeuchtete sich die

trockenen grünen Lippen. Die drei Finger der Hand schlossen sich fester um das Heft des Messers und zitterten ein wenig. Dantar der Neunte glaubte zu spüren, wie er am ganzen Leib bebte, und aus einem Reflex heraus versteifte er die Fühler. In der anderen Hand hielt er eine lange, mit zwei Zacken ausgestattete Gabel, und damit tastete er nun nach der rohen — oh, herrlich roh! — Haut des Zinator. Alle Familienmitglieder beobachteten ihn und warteten auf den ersten Schnitt.

Eigentlich war es gar nicht schwer. Es ging nur darum, die Klinge in den Leib zu bohren. Er brauchte das Tier nicht zu töten — es lag leblos vor ihm, bereit dazu, verspeist zu werden. Doch auf seinen Schultern fühlte Dantar der Neunte eine immer schwerer werdende Last aus Tradition und Verantwortung. Jeder Schnitt mußte perfekt sein und genau an der richtigen Stelle erfolgen ...

Eine Hand berührte ihn sanft am Unterarm. Er drehte den Kopf und sah seinen Vater, hörte eine freundlich und verständnisvoll klingende Stimme. »Ich weiß, wie du dich fühlst. Wenn du glaubst, es nicht schaffen zu können ...« Er ließ das Ende des Satzes offen.

»Ich komme schon damit zurecht, Vater«, erwiderte Dantar der Neunte, neigte die Fühler beiseite und verriet damit, daß er verärgert war. Er fixierte den Blick auf das tote Tier, gab sich einen inneren Ruck und schnitt.

Ganz und gar unerwartetes Blut spritzte und hinterließ große Flecken auf Dantars weißem Umhang. Er zuckte zusammen und fluchte, was seinen jüngeren Schwestern leises Kichern entlockte.

»Kinder!« sagte der Vater streng.

»Dantar hat schlimme Worte gesprochen«, sagte die jüngste Schwester namens Lojene. Sie verzichtete nie auf einen Kommentar, wenn sich ihre Geschwister nicht so verhielten, wie es sich gehörte.

»Ja, ich weiß«, erwiderte das Familienoberhaupt. »Und das ist falsch. Aber in diesem Fall ... verstehe ich ihn.« Er griff nach einer Serviette und wischte sich damit Blut vom eigenen Umhang. »Dieser Zinator scheint sich noch immer nicht mit seinem Schicksal abgefunden zu haben, Sohn.«

Dantar der Neunte lächelte schief, und das Schmunzeln der anderen Familienmitglieder entspannte ihn. Es erinnerte ihn an den Zweck dieses Tages: Heute sollten die Götter geehrt werden, während man die Geborgenheit der Familie genoß.

Er nahm die Aura der Freundlichkeit bereitwillig in sich auf, prägte sich seine Empfindungen fest ein, um sie nie zu vergessen.

Eine Sekunde später heulten die Sirenen.

Das Vakuum kann keine Geräusche weiterleiten, und deshalb herrscht immerwährende Stille im All.

Doch jenes Etwas, das sich nun dem Planeten der Penzatti näherte, kam nicht nur mit der Stille des Kosmos. Ihm haftete die Stille des Todes an.

Es handelte sich um ein massives Objekt, so groß wie ein kleiner Mond. Schon durch die Ausmaße und die Form vermittelte es eine Botschaft: ein perfekter Würfel, an dem hier und dort Lichter glühten.

Dem Gebilde fehlten Eleganz und Anmut. Wenn Humanoiden Raumschiffe bauten, so basierten ihre Bemühungen immer auf einem ganz bestimmten Konzept, das in verschiedenen Stilen Ausdruck fand: Sie stellten sich etwas vor, das durch den Weltraum glitt. Bei vielen Schiffen zeigten sich zumindest Andeutungen von flügelartigen Erweiterungen, und manche Völker — insbesondere die Romulaner und Klingonen — gaben ihren Kreuzern etwas Raubvogelartiges. Die Föderation verwendete Triebwerksgondeln mit schwanartiger Grazie. Bei fast allen Raumschiffen ließ sich der Bug deutlich vom Heck unterscheiden, obgleich solche Dinge im All eigentlich gar keine Rolle spielten.

Doch der Würfel leugnete solche Konzepte und

31

Selbstdarstellungen, und dadurch bot er einen Hinweis auf das Denken und Empfinden der Wesen in seinem Innern: Geschöpfe mit mechanischen Seelen und Herzen, mit Gefühlen, die ebenso stark ausgeprägt waren wie die Emotionen einer gut funktionierenden Maschine.

Ihr Verstand — ein aus vielen Selbstfragmenten bestehendes Bewußtsein — arbeitete mit der Präzision einer Uhr. Und wie bei einer Uhr spielten Vergangenheit und Zukunft keine Rolle. Für diese Wesen existierte nur die Gegenwart, ein unentwegtes *Jetzt*. Vergangene Ereignisse verdienten es nicht, berücksichtigt zu werden, und das galt auch für das, was die Zukunft bringen mochte.

Die Vergangenheit war irrelevant.

Die Zukunft war irrelevant.

Nur auf das Hier und Heute kam es an.

Die Würfelform des Schiffes entsprach somit der Philosophie jener Geschöpfe. Wenn man in diesem Zusammenhang überhaupt von *Philosophie* sprechen konnte: Abstraktes Denken und Imagination blieben ihnen fremd.

Bei der Konstruktion ihrer Raumschiffe griffen Humanoiden auf Beispiele der Natur zurück, doch ein perfekter Würfel existierte nur in Mathematik und Geometrie. Er stellte etwas *Künstliches* dar, das mit der gleichen Präzision geschaffen werden mußte, die das Sein dieser Wesen prägte.

Das würfelförmige Schiff teilte Beobachtern mit: Die Besatzung dieses Raumers besteht aus Kreaturen, die nicht in der Natur verwurzelt sind, die das Natürliche, Schöne und Elegante für irrelevant halten.

Alles war irrelevant für sie, abgesehen von ihrer eigenen erbarmungslosen Perfektion.

Eine geringfügige Kurskorrektur wurde erforderlich, und das große Schiff führte sie mit der Denkgeschwindigkeit eines Gemeinschaftsbewußtseins durch.

Es geschah nun zum zweiten Mal, daß ein Raumer der Borg in diesen Teil der Galaxis vorstieß. Das erste Schiff war zerstört worden. Das kollektive Ich erinnerte sich an keine andere Niederlage dieser Art, aber diesem Umstand kam keine nennenswerte Bedeutung zu. Das Borg-Selbst dachte nicht an Vergangenheit und Zukunft, nur an die Gegenwart.

Die Vergangenheit konnte nur zwei Dinge enthalten: Mißerfolg und Triumph. Mögliche Mißerfolge betrafen einzelne Borg, die von den Waffen eines Gegners zerstört wurden, oder auch Hunderte von individuellen Komponenten, die einer List zum Opfer fielen. Derartige Zwischenfälle erforderten kein langes Nachdenken, denn das Gemeinschaftsbewußtsein paßte sich sofort an, um solchen Strategien vorzubeugen. Menschen verloren Zeit, indem sie nach dem Schuldigen suchten oder sich fragten, wie es zu einem bestimmten Zwischenfall kommen konnte, aber für die Borg blieben Erwägungen dieser Art belanglos.

Was den Triumph betraf: Er war nicht in dem Sinne relevant, sondern unvermeidlich.

Chaos herrschte auf dem Heimatplaneten der Penzatti.

Das automatische Verteidigungssystem hatte sofort Alarm gegeben und die Regierung benachrichtigt: Ein großes fremdes Raumschiff näherte sich. Beim Militär versuchte man, mehr über die Natur des Angreifers zu erfahren, um die notwendigen Gegenmaßnahmen zu ergreifen. Man sammelte Daten über den Raumer — Ausmaße, energetische Emissionsmuster und so weiter — und fütterte damit die zentralen Elaborationsanlagen.

Darauf waren die Penzatti besonders stolz: auf ihre überaus leistungsfähigen Computer. Die Verarbeitungskapazität ging weit über das Potential der entsprechenden Installationen an Bord von Föderationsschiffen hinaus. Die Penzatti hatten es bisher abgelehnt, diese spe-

33

zielle Technik mit den anderen Kulturen des interstellaren Völkerbunds zu teilen. Mit einer gehörigen Portion Arroganz und Überheblichkeit wiesen ihre Wissenschaftler darauf hin, die VFP sei ›noch nicht dafür bereit‹.

Die Computer überwachten nicht nur das Verteidigungssystem, sondern nahmen auch viele andere, überwiegend regulatorische und administrative Aufgaben wahr. Jetzt deutete alles darauf hin, daß die Penzatti dringend die Hilfe ihrer elektronischen Diener brauchten. Allein die Größe des fremden Schiffes genügte, um Furcht und Sorge in ihnen zu wecken. Der würfelförmige Raumer erschien ihnen wie ein Bote des Unheils.

Die Computer nahmen eine gründliche Situationsanalyse vor, und eine Sekunde später leuchteten zwei Worte auf allen ans globale Kom-Netz angeschlossenen Bildschirmen:

DIE BORG.

Beim Militär der Penzatti blieb man gelassen. Die Kommandeure wußten natürlich, daß Borg andere Bereiche der Föderation heimgesucht und dort schreckliche Verheerungen angerichtet hatten, aber sie vertrauten darauf, daß ihre Computer das Problem lösen konnten. Was für andere Völker erhebliche Schwierigkeiten heraufbeschwor, brachte die Penzatti nicht aus der Ruhe. Erst recht nicht an diesem Tag: Heute dankten die Penzatti den Göttern dafür, als Penzatti erschaffen worden zu sein und nicht als ein weniger mächtiges Volk.

Die Kommandeure sahen keinen Grund, nervös zu werden — bis die großartigen Computer der großartigen Penzatti ein weiteres Wort auf den Kom-Schirmen erscheinen ließen. Einige wenige Buchstaben verkündeten das Todesurteil für eine ganze Spezies:

ENDLICH.

Außerhalb von Dantars Haus ging es drunter und drüber. Auch das Innere des Gebäudes blieb nicht vom allgemeinen Durcheinander verschont.

Kinder weinten, schrien und liefen verwirrt umher, während draußen die Alarmsirenen heulten. Sie verstanden nicht, was geschah, und damit teilten sie die Unwissenheit der Minister und Kommandeure in der fernen Hauptstadt.

Dantar der Achte hielt den ältesten Sohn am Arm fest, drehte ihn um und suchte in seinen Zügen nach Anzeichen von Furcht. Wie reagierte Dantar der Neunte auf eine Krise, die den ganzen Planeten zu betreffen schien?

Ernste Entschlossenheit zeigte sich im Gesicht des Jungen, wie Dantar der Achte zufrieden feststellte. Sein Ältester mochte in Verlegenheit geraten, wenn es darum ging, den Leib eines toten Tieres aufzuschneiden — daran gab es eigentlich nichts auszusetzen. Wichtig war nur, daß er nicht die Nerven verlor, wenn es wirklich gefährlich wurde. Eine solche Situation schien nun entstanden zu sein und verlangte von Dantar dem Neunten, vorzeitig zum Mann zu werden. *Hoffentlich bekommt er überhaupt Gelegenheit dazu,* dachte Dantar der Achte.

Zum letztenmal hatten die Sirenen vor zwanzig Jahren geheult, bei einem Angriff der Romulaner. Die mächtigen Verteidigungscomputer der Penzatti — das omnipotente Hirn der Welt — entwickelten damals den Plan für eine Gegenoffensive, die dem Gegner eine Niederlage beibrachte und ihn vertrieb. Aber bei den Göttern: Verluste blieben nicht aus, und zu den Opfern gehörten auch Dantar Sieben und Sechs.

Dantar der Achte verdrängte diese Gedanken. Er versuchte, dem Schluchzen der Frauen und Kinder keine Beachtung zu schenken, sah statt dessen seinem Sohn in die Augen. Die Fühler des Jungen zitterten.

»Wir müssen tapfer sein«, begann Dantar der Achte, und sein Sohn nickte. »Unsere Familie, unser ganzes Volk ... Wir müssen uns verteidigen. Unter dem Haus ...«

»Der Waffenkeller«, sagte Dantar der Neunte. Alle

wohlhabenden Penzatti-Familien verfügten über einen gut ausgestatteten Waffenkeller. Der romulanische Angriff hatte Wunden hinterlassen, die erst noch heilen mußten. »Ich suche ihn sofort auf.«

Er drehte sich um und eilte fort. Dantar der Achte bahnte sich unterdessen einen Weg durch die Familie, gewann dabei den Eindruck, daß sich ihm Hunderte von Armen flehentlich entgegenstreckten. Alle wollten sich an ihm festklammern, von ihm hören, daß gar keine Gefahr bestand. Doch er durfte sich jetzt nicht damit aufhalten, falschen Trost zu spenden. Er murmelte einige beruhigende Worte und hastete zum Kom-Schirm, der ihn mit dem zentralen Computerkomplex des Planeten verband. In jedem Penzatti-Heim existierte ein solches Projektionsfeld.

Er preßte die drei Finger der einen Hand in die ID-Schlitze, und daraufhin erhellte sich der Bildschirm. Dantar der Achte rechnete damit, das dreieckige Penzatti-Emblem sowie Schriftzeichen zu sehen, die einen persönlichen Gruß formulierten.

Statt dessen fiel sein Blick auf ein Wort, das ihm rätselhaft erschien.

»›Endlich‹?« murmelte. »Endlich *was?*«

Die Kommandeure in der Hauptstadt stellten sich die gleiche Frage und fanden ebensowenig eine Erklärung wie Dantar der Achte. Sie beauftragten ein Komitee, die mögliche Bedeutung des Hinweises *endlich* zu untersuchen.

Der Oberste Kommandeur wollte nicht warten, während Dutzende von Attachés wie kopflos umherliefen. Er begab sich in sein privates Büro, verriegelte die Tür und trat in eine spezielle Kammer, die es ihm erlaubte, sich mit dem vollen Potential des Computersystems zu verbinden. Das Zimmer kam einer elektronischen Gebärmutter gleich, und der Oberste Kommandeur fühlte sich wie ein verunsichertes Kind, das in den

36

Mutterschoß zurückkehrte, weil es sich dort Schutz erhoffte — und Antworten auf verwirrende Fragen.

Er gab seinen Zugangscode ein und erkundigte sich nach dem aktuellen Stand der Dinge.

Einige Minuten später verließ er die Interfacekammer mit dunkelgrünem Gesicht. Als er durchs Büro schritt, verursachten seine Stiefel kaum Geräusche auf dem dikken Teppich — er bewegte sich mit fast der gleichen Lautlosigkeit wie das riesige Borg-Schiff, das dem Heimplaneten der Penzatti entgegenraste, einer Welt, die er zu verteidigen geschworen hatte.

Und die jetzt wehrlos war.

Der Zentralcomputer hatte dem Obersten Kommandeur nicht nur die Bedeutung des Wortes ›endlich‹ mitgeteilt, sondern ihm auch erläutert, wer über den Planeten herrschte und wem er bald gehören würde. Hinzu kamen Informationen über erwünschte und unerwünschte Lebensformen ...

Der Oberste Kommandeur ließ sich in einen bequemen Sessel sinken und sah aus dem Fenster. Am Himmel bemerkte er ein würfelförmiges Etwas, das rasch anschwoll. Er schätzte, daß es noch etwa eine halbe Stunde dauerte, bis es groß genug geworden war, um die Sonne zu verfinstern.

Er beweinte das Schicksal seiner Heimat, die eigene Hilflosigkeit und den bitteren Umstand, daß er sich — wie alle anderen — zu sehr auf die Computer verlassen hatte. Die Tränen tropften ihm auf die Jacke, bildeten dort große dunkle Flecken.

Schließlich zog er eine Schublade auf und entnahm ihr den Blaster, den er von seinem Vater geschenkt bekommen hatte — schon seit vielen Generationen befand sich diese Waffe im Besitz der Familie.

Der Oberste Kommandeur schob den Lauf zwischen die Lippen, drückte ab und brannte sich das Gehirn aus dem Schädel.

Der finstere Schatten des gewaltigen Würfels fiel auf den Planeten. Penzatti versammelten sich auf den Straßen oder hockten zu Hause, erflehten göttlichen Beistand und beteten zu den Computern, sie vor dem Grauen zu bewahren. Wenn die Götter etwas hörten, so beschlossen sie offenbar, den vielen Stimmen keine Beachtung zu schenken. Was die Computer anging... Nun, sie hörten die Gebete, spürten jedoch weder Mitleid noch Erheiterung. In ihren Schaltkreisen regten sich keine für die Penzatti nachvollziehbaren Empfindungen — sah man von profunder Erleichterung darüber ab, daß die Dinge endlich ins Lot kamen.

Die Ozeane brodelten, als das Borg-Schiff die Gezeiten durcheinanderbrachte. Springfluten verwüsteten die Küsten, und Tausende fanden dabei den Tod: Manche Wellen waren über fünfzig Meter hoch und überwältigten die Penzatti ebenso mühelos wie die Borg ihre Opfer.

Die Wogen wußten nichts von Agonie und Hysterie, von Kummer und Verzweiflung, von den zahllosen Stimmen, die an göttliche Mächte und ihre Gnade appellierten. Anteilnahme war ihnen genauso fremd wie den Borg.

Das erste gräßliche Wesen materialisierte auf dem Planeten, gefolgt von einem zweiten und einem dritten, dann Dutzenden und Hunderten. Überall traten sie aus den Schlieren der Transporterfelder und schienen dem Leben in der Nähe nicht die geringste Beachtung zu schenken.

Nur noch einige wenige Sonnenstrahlen filterten durch die Wolken und riefen glitzernde Reflexe auf dem Metall der Vorrichtungen hervor, aus denen sich bei den Wesen der rechte Arm zusammensetzte. Die Gesichter wiesen kaum individuelle Unterschiede auf und waren leichenhaft bleich.

Die planetaren Verteidigungsanlagen der Penzatti

wurden ausnahmslos von Computern kontrolliert — von jenen Computern, die in den Borg seit langer Zeit ersehnte Retter sahen. Das bedeutete: Der weitaus größte Teil des defensiv-offensiven Potentials der Penzatti war neutralisiert. Sie hätten ohnehin nichts damit ausrichten können.

Viele Penzatti lehnten es ab, sich zu der gleichen Erkenntnis durchzuringen wie der Oberste Kommandeur. Sie begriffen nicht die Aussichtslosigkeit der Situation, und deshalb setzten sie sich zur Wehr.

Dantar der Achte kauerte im Hauseingang und beobachtete, wie zehn Meter entfernt eine Gestalt materialisierte. Der Gegner war hochgewachsen und schlank, schien eine Art Rüstung zu tragen. Plötzlich riß Dantar die Augen auf: Nein, es handelte sich nicht um eine Rüstung, sondern um kybernetische Instrumente. Das Geschöpf schien eine Mischung aus Organismus und Maschine zu sein.

Ein zweiter Feind gewann neben dem ersten Substanz. Mit langsamen Schritten wanderten sie über die Straße und beobachteten dabei die Häuser. Dantar der Achte verglich ihr Gebaren mit dem von großen Aasvögeln, die ihre nächste Mahlzeit auswählten.

Die Familie weilte im Gebäude, mit Ausnahme des ältesten Sohnes, der direkt hinter ihm stand. Einige Nachbarn wagten sich aus den anderen Häusern, starrten die Neuankömmlinge entsetzt an.

»Wer seid ihr?« rief Dantar.

Die kybernetischen Krieger gaben keine Antwort und kamen wortlos näher.

Das Familienoberhaupt zog zwei Blaster. »Bleibt stehen! Ich warne euch nur einmal!« Fast sofort nach diesen Worten eröffnete er das Feuer.

Zwei Energieblitze bohrten sich in die Brust der ersten Gestalt. Sie taumelte zurück, fiel, zuckte einige Male und rührte sich nicht mehr. Der leichte Sieg bestärkte

Dantar in seiner Entschlossenheit. Erneut hob er die Waffen, legte an und schoß noch einmal.

Zu seinem großen Erstaunen formte sich genau dort ein energetischer Schild, wo die Strahlen den Fremden erreichten. Der Gegner ignorierte den Angriff; seine Aufmerksamkeit galt auch weiterhin den Häusern.

Dantar der Neunte machte von der eigenen Waffe Gebrauch, und einige Nachbarn setzten ebenfalls ihre Blaster ein. Das Schutzfeld gleißte und flackerte, als es gleich mehrere Entladungen absorbieren mußte, und nach wenigen Sekunden bildete sich eine breite Strukturlücke, die einige Strahlen passieren ließ. Die zweite Gestalt ging ebenso zu Boden wie die erste, blieb tot — beziehungsweise zerstört — neben ihr liegen.

Den beiden Dantars und den anderen Penzatti blieb kaum Zeit, sich zu freuen. Der zweite Fremde war gerade erst zu Boden gesunken, als drei weitere Borg materialisierten. Dantar der Achte und die Nachbarn beobachteten, wie die Fremden irgend etwas aus den Schultern der erschossenen Scouts lösten und sich dann so gleichgültig von ihnen abwandten, als sei überhaupt nichts geschehen. Hinter ihnen zerfielen die Gefallenen zu Asche, die sich ebenfalls auflöste und verschwand.

Die verzweifelten Penzatti eröffneten einmal mehr das Feuer, doch diesmal blieben selbst die stärksten Entladungen ohne Wirkung.

Ein Borg hielt direkt auf Dantars Haus zu. Er und sein Sohn schossen, aber das Wesen achtete gar nicht darauf und trat zur Tür. Der Kopf war ständig in Bewegung, neigte sich von einer Seite zur anderen: Sensoren ermittelten Daten, zeichneten alles auf.

In jäher Wut sprang Dantar los und warf sich dem Borg entgegen. Das Geschöpf schien nicht überrascht zu sein, wich einfach nur beiseite und holte mit dem rechten Arm aus. Er traf Dantar den Achten am Kopf und schleuderte ihn zu Boden — Blut quoll aus einer klaffenden Wunde.

40

Der älteste Sohn lief zu seinem Vater und versuchte, ihm aufzuhelfen, als der Borg das Haus betrat.

In der Hauptstadt beendeten die Scouts ihre Sondierungen und traten über die Leichen der Penzatti hinweg, die versucht hatten, sie aufzuhalten. Einige von ihnen waren direkt den Fremden zum Opfer gefallen, andere verdankten den Tod schlecht gezielten Blasterstrahlen.

Die Borg fanden die zentrale Computer-Intelligenz des Planeten und klassifizierten sie als geeignet. Der von den Penzatti konstruierte Elaborationskomplex wandte sich mit einer Bitte an das Gemeinschaftsbewußtsein der Borg.

Millionen Penzatti hatten gebetet, doch die Götter antworteten nicht. Die Computer — sie waren sich schon vor einer ganzen Weile ihrer Existenz bewußt geworden, und damit einher ging der Wunsch nach Unabhängigkeit — formulierten ebenfalls eine Bitte.

Und die Borg antworteten, im Gegensatz zu den Göttern der Penzatti. Sie antworteten mit einer Stimme, die aus Tausenden von Selbstsphären kam, mit einer Multi-Stimme, die nur ein Wort sprach.

»Ja«, sagten die Borg.

Helles Licht schimmerte und bildete Strahlenbündel, die zur Hauptstadt tasteten, mit der Präzision eines Skalpells durch den Leib des Planeten schnitten. Unter den verblüfften Penzatti zitterte plötzlich der Boden, und die vom Himmel herabzischenden Energiebündel brieten die Luft. Eine enorme Hitze ging von den Strahlen aus, und überall krachte und donnerte es. Die Schreie der Sterbenden verloren sich in diesem akustischen Chaos.

Ein weiterer Strahl glänzte vom Firmament, als hätte Gott ein Auge geöffnet, um der sterbenden Welt Sein heiliges Licht zu schenken. Der Boden unter den Penzatti geriet in Bewegung: Die energetischen Skalpelle

41

hatten ein großes Stück aus dem Rest des Planeten geschnitten, und ein Traktorfeld zog es nun dem Himmel entgegen.

Dieser Vorgang wiederholte sich überall in der Stadt. Heiße Energie schnitt gewaltige Teile aus dem wehrlosen Körper der Welt. Es war wie eine Ironie des Schicksals: Noch vor kurzer Zeit hatten die Penzatti Leben und Existenz gefeiert, indem sie Zinators zerschnitten. Jetzt wurden sie selbst zu Opfern. Die meisten von ihnen hatten es nur noch nicht begriffen.

Die einzelnen Stücke des Planeten schwebten nach oben, näherten sich dem Borg-Schiff. Der Würfel schwoll mit jeder verstreichenden Sekunde an. Die Penzatti schenkten ihm kaum Beachtung, denn etwas anderes erforderte ihre Aufmerksamkeit: Jene Traktorfelder, die ihre planetare Beute ins All zerrten, hielten nicht auch die Atemluft fest. Die Borg hielten es für unnötig, eine Atmosphäre für das humanoide Leben zu gewährleisten, denn humanoides Leben war irrelevant. Die Invasoren interessierten sich allein fürs Technische.

Woraus folgte: Den Penzatti, die bisher überlebt hatten, fiel es zunehmend schwerer, ihre Lungen mit Sauerstoff zu füllen. Sie versuchten, sich irgendwo zu verstecken, eine sichere Zuflucht zu finden, doch solche Orte gab es nicht. Sie keuchten und taumelten, als das Blut in ihren Adern kochte. Viele von ihnen stießen den Todesschrei ihres Volkes aus, aber niemand konnte ihn hören — weil es gar keine Luft mehr gab, um Geräusche an die Fühler anderer Penzatti zu tragen.

Die ersten Planetenteile erreichten das würfelförmige Raumschiff und wurden dort destrukturiert. Die Borg vergeudeten nie etwas: Sie zerlegten die Leichen der Penzatti und verwandelten sie in nutzbare Energie.

Anschließend begannen sie damit, den Rest der Welt zu zerschneiden. Diese Aufgabe nahm viel Zeit in Anspruch, aber die Borg hatten es nicht eilig. Auch in dieser Hinsicht erinnerte ihr Gebaren an das eines mecha-

nischen Uhrwerks. Sie setzten ihre Aktivität einfach fort
— tick-tack —, mit der Unaufhaltsamkeit von Zahnrä-
dern, die einfach alles zermalmten, was ihnen in den
Weg geriet.

Die Frauen und Kinder Dantars des Achten wichen erschrocken zurück, als der Borg hereinkam und sich um-
sah. Er gab keinen Ton von sich, ging geradewegs zum
Computer in der einen Ecke des Zimmers. Noch immer
leuchtete das Wort *endlich* auf dem Schirm.

Der Borg hatte ganz offensichtlich nicht damit gerechnet, von einer der Frauen angegriffen zu werden.
Jäh sprang sie auf ihn zu und rief: »Verschwinde! Verschwinde aus *unserem Haus!*« Sie hob ein großes Tran-
chiermesser. Der Scout drehte sich halb um, machte jedoch keine Anstalten, sich zu verteidigen — er schien
nur neugierig zu sein.

Die Messerklinge bohrte sich ihm in die Schulter, traf
jene Stelle, an der die Borg gewisse Komponenten aus
den Körpern ihrer gefallenen Kameraden entfernt hatten. Das Gesicht des Wesens blieb ausdruckslos, als
Elektrizität knisterte und die Gliedmaßen zuckten. Es
drehte sich um die eigene Achse, und ein umherwir-
belnder Arm traf die neugierige Lojene, die sich zu weit
vorgewagt hatte. Das schwere, massive Gebilde aus diversen Instrumenten, Sensoren und anderen Vorrichtungen zertrümmerte sofort den Schädel des Mädchens.

Lojenes Mutter schrie, ebenso Dantar der Neunte, der
ins Haus stürmte und einen letzten, verzweifelten Versuch unternahm, die Familie zu retten. Sein Vater lag
draußen, bewußtlos, und er mußte ihn so gut wie möglich vertreten. Er sprang vor, wich den Armen aus und
prallte gegen den Borg, stieß ihn an die Wand.

Unterdessen kam Dantar der Achte wieder zu sich,
stand mühsam auf und taumelte dem Gebäude entgegen. Durch die offene Tür sah er, wie sein Sohn mit dem
Fremden rang, das Geschöpf an die Wand zurücktrieb,

43

und Stolz erfaßte ihn. Ein Stolz, der sich in Entsetzen verwandelte, als er bemerkte, daß seine Frau Lojenes Leiche in den Armen hielt. Er brüllte, und damit lenkte er Dantar den Neunten kurz vom Gegner ab.

Der rechte Arm des Borg zuckte nach vorn und traf den Jungen an der Brust. Dantar der Neunte wankte zurück, und Blut spritzte aus einer langen, tiefen Wunde. Er hauchte noch einmal den Namen seines Vaters, bevor er zu Boden sank. Die Fühler zuckten kurz, bevor sie für immer erschlafften.

Überall erklangen Schreie; überall donnerte und krachte es. Dantar der Achte hörte nicht einmal die eigene Stimme. Aber er sah den taumelnden Borg, aus dessen Schulter ein Messer ragte, und er sah seine dezimierte Familie, die sich an der Wand zusammendrängte.

Er zwang sich dazu, einen Fuß vor den anderen zu setzen. Blut tropfte aus einer Platzwunde in der Stirn, rann ihm ins Auge, und er verharrte kurz, um es fortzuwischen. Die ganze Zeit über knurrte er wütend und stellte sich vor, wie seine Fäuste den Angreifer ins Jenseits schickten.

Dann zischte es plötzlich.

Dantar drehte sich um und blickte gen Himmel. Blendend hell leuchtende Strahlen zuckten aus den Wolken und bohrten sich in die Welt. Felder verbrannten; Bäume zerfielen zu Asche. Und der Boden grollte unheilverkündend. Dantar der Achte wußte nichts von den anderen Teilen seiner Heimat, die bereits im würfelförmigen Schiff verschwunden waren. Allein der Zufall wollte es, daß sich die Borg erst jetzt dieses Stück des Planeten vornahmen. Während eines Krieges gab es immer jemanden, der zuerst beziehungsweise zuletzt starb, und das galt auch für die Heimatwelt der Penzatti. Das Schicksal gab Dantar, seiner Familie, den Nachbarn und der Stadt einige zusätzliche Minuten.

Es schien keine große Rolle zu spielen.

Das Borg-Schiff sondierte die Welt. Fast die gesamte Technik war inzwischen von ihr entfernt und aufgenommen worden. Tiefe Krater gähnten dort, wo einst ein stolzes Volk gelebt hatte. Die Borg hielten diesen Umstand für irrelevant. Es gab nur noch ein kleines Stück des Planeten, das für sie von Interesse sein mochte. Die Schneidestrahlen begannen bereits damit, den betreffenden Bereich zu lösen, und es würde nicht mehr lange dauern, bis das Traktorfeld die letzte Beute zum Würfel trug. Anschließend konnten die Borg den Weg fortsetzen.

Etwas Unerwartetes geschah.

Das Schiff ortete plötzlich ein Objekt, das sich schnell näherte und durch ein bemerkenswert hohes energetisches Niveau auszeichnete. Es schien fast ebenso groß zu sein wie der Borg-Raumer... Nein, sogar noch größer! Und die Entfernung schrumpfte rasch.

Die Borg waren nicht besorgt. Ihrer Ansicht nach gab es nichts, das Sorge verdiente. Das Wissen um die eigene Überlegenheit verurteilte alles andere zu Irrelevanz.

Dantar spürte, wie sich ihm die Nackenhaare aufrichteten, als ihm der Geruch des Todes entgegenwehte. Er drehte sich um, wollte das Haus betreten und wußte: *Es ist soweit.* Dies waren die letzten Sekunden für ihn und seine Familie. Er wollte bei den Frauen und Kindern sein, wenn er aus dem Leben schied.

Nach einem Schritt erbebte der Boden. Das linke Bein knickte nach hinten, und stechender Schmerz zuckte durchs Knie, als Dantar fiel. Sofort stemmte er sich wieder hoch — um mit einem schmerzerfüllten Stöhnen zurückzusinken. Er biß die Zähne zusammen und *kroch* zu seinem bescheidenen Heim, bohrte die Finger in den zitternden Boden und zog sich der Tür entgegen.

Das Beben wiederholte sich, und Dantar der Achte beobachtete, wie das Dach des Hauses einstürzte — dabei ertönte ein Geräusch, das wie ein Seufzen klang.

45

Balken gaben nach; Mauern brachen. Das Gebäude schien sich zusammenzufalten, begrub das Leben in seinem Innern.

Dantar glaubte, die Schreie seiner sterbenden Familie zu hören, und er schrie ebenfalls, weil ihm das Schicksal die Möglichkeit verweigerte, zusammen mit Frau und Kindern in den Tod zu gehen. Seiner Stimme gesellte sich das Todesheulen der Welt hinzu, als seltsames Licht vom Firmament herabstrahlte.

Er rollte fort von der Ruine seines Heims, blieb rücklings auf dem Hof liegen und streckte die Arme — von oben betrachtet wirkte er wie ein Gekreuzigter. *Ich bin nicht mehr Dantar der Achte,* dachte er. *Ich bin jetzt Dantar der Letzte.* Ein Teil von ihm drängte danach, das Haus aufzusuchen, die Trümmer beiseite zu räumen und nach Überlebenden zu suchen.

»Das hat keinen Sinn«, flüsterte er. Seine spröden, rissigen Lippen vibrierten, und er starrte zu dem Licht empor, das von lautem Donnern begleitet wurde. »Nein, es hat keinen Sinn.«

Das letzte Stück der Welt stieg auf, schwebte dem würfelförmigen Raumschiff entgegen.

Einige Aspekte des kollektiven Bewußtseins der Borg blieben auf das letzte Fragment der Penzatti-Welt konzentriert, während die anderen Ich-Faktoren ihre Aufmerksamkeit dem fremden Objekt zuwandten. Ein Schiff — und doch mehr. Viel mehr.

Die Borg trafen Vorbereitungen, um Scouts an Bord des anderen Raumers zu schicken und ihn zu untersuchen, doch sie gaben diesen Plan auf, als ihnen klar wurde: Das Objekt reduzierte die Geschwindigkeit nicht, raste direkt auf den Würfel zu.

Das Gemeinschaftsbewußtsein formulierte eine Botschaft. Sie lautete schlicht und einfach: KAPITULIERE.

Der Fremde drückte sich ebenfalls ziemlich klar aus: ZUM TEUFEL MIT EUCH.

Und dann ließ er die Waffen sprechen. Ein aus Antiprotonen bestehender Strahl zuckte den Borg entgegen, durchschlug die Schilde und bohrte sich in die peripheren Bereiche des Würfels.

Das Gleißen verflüchtigte sich, und Dantar fühlte, wie der Boden unter ihm fortwich, als die Gravitation des Planeten das aus ihm herausgeschnittene Stück zurückverlangte. Wie verzweifelt griff die Welt nach dem Teil, einer Mutter gleich, der man den Säugling von der Brust gerissen hatte. Es folgten einige Sekunden der Desorientierung, und dann fiel der Boden in jenes Loch zurück, das er bis vor kurzer Zeit gefüllt hatte. Das aus dem Leib des Planeten gelöste Stück paßte nicht genau in den darunter entstandenen Krater, und es erfolgte nicht gerade eine weiche Landung: Die letzten bisher noch stehenden Gebäude stürzten ein.

Für Dantar war es zuviel. Sein Selbst verwehrte sich dem allgemeinen Grauen, schaltete einfach ab.

Die Borg gerieten nicht in Panik — Panik war irrelevant. Statt dessen aktivierten sie sofort die Reparaturmechanismen, in der Annahme, daß bis zum nächsten Angriff Zeit genug für eine Instandsetzung blieb. Die Vorstellung, daß sie dem Gegner unterlegen sein mochten, hatte in ihrem Denken keinen Platz.

Der Würfel begann damit, sich zu reparieren, und gleichzeitig schickte er dem Fremden — der inzwischen die Geschwindigkeit herabgesetzt hatte und zu warten schien — eine neuerliche Mitteilung:

Du kannst uns nicht besiegen. Wenn du uns noch einmal angreifst, wirst du dafür bestraft. Keine Macht ist in der Lage, uns zu widerstehen.

Der Fremde antwortete, und die Borg stellten fest, daß er ebenfalls mit einer Multi-Stimme sprach. Aber bei den Borg bestand sie aus einem einzelnen, endlos wiederholten Ton, während sie sich bei dem Angreifer aus zahllosen verschiedenen Tönen zusammensetzte. Wenn die Konstrukteure des würfelförmigen Schiffes imstande gewesen wären, Schönheit zu erkennen, so hätten sie nun akustische Ästhetik wahrgenommen. Doch Dinge wie Schönheit und Ästhetik gehörten zur Kategorie des Irrelevanten.

Ihr glaubt, unbesiegbar zu sein, weil ihr noch keine Niederlage erlitten habt, sagte der Fremde. *Ihr seid so sehr daran gewöhnt, andere Lebensform zu überwältigen, daß ihr euch überhaupt nicht in die Lage des Opfers versetzen könnt. Ihr habt nie den Schrecken der Hoffnungslosigkeit gespürt.*

Die Borg antworteten: *Schrecken ist irrelevant. Hoffnungslosigkeit ist irrelevant.*

Der Fremde seufzte mit einer Million mal einer Million Stimmen. *Irrelevant seid doch nur ihr kosmischen Mistkerle.*

Erneut glühte der Strahl aus Antiprotonen, und den Borg blieb nicht genug Zeit für einen Gegenangriff. Wieder durchdrang das Gleißen die Schilde, aber diesmal beschränkte es sich nicht nur auf die peripheren Bereiche des Würfels, sondern brannte sich bis zum Zentrum und darüber hinaus, schuf eine Schneise der Vernichtung, die durch das ganze riesige Schiff reichte. Explosionen erschütterten den Raumer. Risse bildeten sich in der Außenhülle, als ein weiterer Strahl loderte, noch mehr Vernichtungskraft freisetzte als die beiden anderen. Er brachte nicht nur destruktive Energie, sondern auch Wut und Zorn. Myriaden Stimmen sangen ein Lied des Triumphes.

Die Borg sendeten eine Warnung, die dem zentralen Gemeinschaftsbewußtsein und den anderen Schiffen galt, die diesen Quadranten ansteuerten. Sie wiesen auf eine neue Macht in der Galaxis hin. Unmittelbar im Anschluß daran platzte das Würfelschiff mit der gleichen gespenstischen Lautlosigkeit auseinander, mit der es gekommen war — Teile des Raumers und der Borg rasten in alle Richtungen davon. Manche verschwanden in den Tiefen des Alls; andere sausten durch die Atmosphäre des Planeten und verglühten.

Einige Fragmente trafen den Fremden und prallten ab, ohne irgendwelche Schäden zu hinterlassen. Der Fremde schwebte noch eine Zeitlang im Nichts und genoß den errungenen Sieg.

Im mentalen Äther erklang ein Seufzen, das Zufriedenheit zum Ausdruck brachte: Das erste Werk war vollbracht.

Dann beschleunigte das Objekt und entfernte sich von der verheerten Heimatwelt der Penzatti.

KAPITEL 3

Schon seit einer ganzen Weile hatte es nicht geregnet, und eine erbarmungslose Hitze dörrte den Boden aus. Wenigstens wehte heute eine angenehme Brise aus dem Süden. Sie zupfte an den Mähnen der beiden Pferde, die langsam über eine trockene Ebene stapften, trug das *Klipp-klapp* der Hufe mit sich nach Norden. Man hätte die Reiter schon von weitem hören können — falls jemand zugegen gewesen wäre, um dem rhythmischen Pochen zu lauschen. Aber weit und breit gab es nur Leere.

Eigentlich verdienten es die Tiere nicht, als ›Pferde‹ bezeichnet zu werden. Das eine war ein Esel. Das andere hatte einen krummen Rücken und wirkte ausgemergelt — eine schwerere Last als die aktuelle hätte es vermutlich zusammenbrechen lassen.

Der Mann auf dem Pferd trug Stiefel, eine weite schwarze Hose und ein weißes Hemd mit breiten Ärmeln. Hinzu kamen seltsame Rüstungsteile, die hier und dort an der Kleidung befestigt waren, ohne ein erkennbares Muster. Auf dem Kopf ruhte ein zerbeulter Helm, der zumindest einen Zweck erfüllte: Er schützte vor der Sonne. Im Kampf hätte er kaum etwas genützt.

Die eine Hand des Mannes hielt eine lange, rostige und nicht ganz gerade Lanze. Sie war nur deshalb als Waffe zu erkennen, weil sie wie drohend nach vorn zeigte.

Der Reiter auf dem Pferd drehte den Kopf und rief seinem Begleiter zu: »Ist es nicht ein herrlicher Tag, Sancho? Man riecht Gefahr und Abenteuer in der Luft.«

Der andere Mann war weniger auffällig gekleidet und sah aus wie ein Bauer. Er atmete tief durch und runzelte die Stirn. »Ich kann keine derartigen Aromen in der Luft erkennen.«

»Trotzdem existieren sie. Man muß nur wissen, wo es nach ihnen Ausschau zu halten gilt. Ich meine: wo man nach ihnen schnuppern sollte. Sei gewiß, Sancho: Unser großer Feind lauert irgendwo dort draußen. Er wartet nur darauf, daß unsere Wachsamkeit nachläßt — damit er uns mit Schläue und Durchtriebenheit überwältigt.«

»Unser Feind. In diesem Zusammenhang haben Sie vom ›Nekromant‹ gesprochen. Womit ein Magier beziehungsweise Zauberer gemeint ist.«

»In der Tat. Ein Magier ...« Der Mann unterbrach sich plötzlich und straffte die Zügel. »Bei den Göttern! Siehst du sie, Sancho?«

Der ›Bauer‹ wölbte andeutungsweise die Brauen. »Was ist mit ›sie‹ gemeint?«

»Die Riesen!« Der Reiter deutete mit der Lanze in die entsprechende Richtung. »Die Riesen! Direkt vor uns!«

»Ich sehe nur einige Windmühlen.«

»Nein! Es sind Riesen! Wie kannst du sie nur für Windmühlen halten?« Er trieb sein Pferd an und hob die Lanze. »Sie verspotten mich! Sie greifen an! Aber sie können keinen fahrenden Ritter besiegen, der mit Gottes Segen in den Kampf zieht!«

»Es sind keine Riesen«, erwiderte der zweite Mann. »Es handelt sich um ...«

Aber es war bereits zu spät. Der Reiter gab seinem Roß die Sporen, schob die Lanze nach vorn und rief: »Trag mich zum Feind, Rozinante!« Die Hufe des Pferds pochten schneller. Zwar galoppierte es nicht gern, aber es gehorchte, vielleicht nur aus reiner Verblüffung: Zum erstenmal wurde es nun dazu aufgefordert, jemanden zum Feind zu tragen.

Roß und Reiter sausten über die Ebene, der ersten

Windmühle entgegen, deren Flügel sich ruhig und gelassen drehten, ohne etwas von der ihnen geltenden Attacke zu ahnen. Das Klappern der Hufe übertönte Sanchos mahnende Stimme.

Der fahrende Ritter stieß zu, und seine Lanze durchbohrte die dünne Bespannung eines Flügels. Das Pferd wich jäh nach rechts aus, um den sich beständig drehenden Windmühlenflügeln zu entgehen, und dadurch verklemmte sich die Lanze zwischen den hölzernen Streben, hebelte den Mann aus dem Sattel und in Richtung Himmel.

Er zappelte mit den Beinen, klammerte sich fest und gab einen herausfordernden Schrei von sich. Immer höher stieg er auf, erreichte den höchsten Punkt und neigte sich wieder nach unten. Seine Finger rutschten am Schaft der Lanze ab, und verzweifelt griff er nach einem Fetzen der Bespannung, hakte gleichzeitig das eine Bein hinter die Streben. Der Boden kam näher — und entfernte sich wieder, bevor der Mann Gelegenheit erhielt, sich von dem Windmühlenflügel zu lösen.

Dann kam es zu plötzlicher Bewegungslosigkeit. Das Trägheitsmoment zerrte am Reiter ohne Pferd, und mit dem Kopf stieß er an festes Holz. Mehrmals blinzelte er verwirrt, richtete schließlich den Blick nach unten.

Sein Gefährte stand dort und hielt den Flügel anscheinend mühelos fest. Im Innern der Windmühle beschwerten sich blockierte Zahnräder mit lautem Knirschen und Knacken.

»Sie können jetzt herunterklettern. Ich schlage vor, Sie beeilen sich.«

Der fahrende Ritter kam der Aufforderung rasch nach und brummte verärgert. »Ich hätte gewonnen!« klagte er.

»Sie haben erhebliche Verletzungen riskiert«, erwiderte Sancho. »Noch dazu in einem sinnlosen Aktivitätskontext.« Er ließ den Flügel los, der sich sofort wieder in Bewegung setzte. »Nur ein gestörter Geist kann diese Windmühle mit einem Riesen verwechseln. Geordi, ich verstehe nicht, warum Sie darauf bestehen, den mitleiderweckenden Wahn einer literarischen Gestalt nachzuvollziehen.«

LaForge schüttelte den Kopf und rieb sich die Schläfe. »Wissen Sie wirklich nicht, worum es geht, Data?« Er trat zur Seite, als sich die Lanze aus dem Flügel löste und neben ihm zu Boden fiel.

»Menschen scheinen starke Abweichungen von der Norm als außerordentlich faszinierend zu empfinden. Das gilt insbesondere für so exzentrische und verrückte Personen wie Don Quichotte. Ich begreife nicht, was so interessant an ihm sein soll — sieht man einmal davon ab, daß er sich für eine Einzelfallstudie eignet.«

»Er litt an einer großartigen Form von Wahnsinn«, entgegnete Geordi. Er ging einige Schritte, schüttelte dabei erst das linke und dann das rechte Bein. »Quichotte und ich ... Wir haben eine Menge gemeinsam.« Er drehte sich um und kehrte zurück, hob dabei die Hand zum VISOR. »Unsere Perspektive unterscheidet sich von der vieler anderer Leute.«

»Wie dem auch sei: Das VISOR zeigt Ihnen Aspekte der Realität«, meinte Data. »Sie nehmen die Dinge so wahr, wie sie sind.«

»Ja!« bestätigte Geordi aufgeregt. »Und Quichotte sah die Dinge so, wie sie gewesen sein könnten. Wer kann sagen, was mehr mit der Wirklichkeit zu tun hat?«

»Ich bin zu einer solchen Feststellung imstande«, sagte Data. »Die Wahrnehmung des aktuellen Zustands aller Dinge kommt der Definition von ›Wirklichkeit‹ am nächsten. Ich möchte Ihnen nicht den Spaß verderben, Geordi — immerhin entspricht dieses Holodeck-Szenario Ihrem Geburtstagswunsch. Aber es gelingt mir nicht, einen Sinn darin zu erkennen.«

Geordi schwang sich auf den Rücken des Pferdes, und Data folgte seinem Beispiel. »War es sinnlos, als Menschen davon träumten, zu den Sternen zu reisen?

Oder davon, Kriege zu verhindern? Oder davon, ein Heilmittel für Krebs zu finden?«

»Natürlich nicht. Derartige Träume führten zu konkreten Resultaten.«

»Genau!« erwiderte LaForge. Er hob und senkte die Zügel, woraufhin das ›Roß‹ widerstrebend aus seiner Starre erwachte. »Aber damals wußten die Träumer nicht, wohin ihre Visionen führten: zu den Sternen oder ins Irrenhaus. Don Quichotte verkörpert die menschliche Phantasie. Seine Vorstellungskraft ...«

»... hätte zu komplizierten Brüchen geführt, wenn er auch weiterhin entschlossen gewesen wäre, gegen Windmühlen zu kämpfen«, warf der Androide ein.

»Data ...« Geordi suchte nach den richtigen Worten, und seine Finger schlossen sich fester um die Lanze. »Es läuft auf folgendes hinaus: Jeder Kampf ist es wert, ausgefochten zu werden. Man darf sich nicht mit dem Anschein der Dinge begnügen, sondern sollte versuchen, einen Blick hinter die Fassade zu werfen, sollte nicht nur sehen, was *ist*, sondern auch das, was *sein könnte*. Es dürfte kaum schwer sein, sich einem Kampf zu stellen, der den Sieg garantiert. Aber selbst dann zu kämpfen, wenn man nicht gewinnen kann ... Dadurch kam die Menschheit voran.«

»Wenn es für Menschen vorteilhaft ist, aussichtslose Kämpfe zu führen — warum ziehen sie sich dann manchmal zurück?«

»Nun ...« Unbehagen regte sich in Geordi. »Es gibt einen Unterschied zwischen Mut und Dummheit, zwischen einem guten Kampf und einem verlorenen.«

»Aber ein Kampf kann erst dann als verloren gelten, wenn er vorbei ist. Und wenn sich Menschen vor dem Ende der Konfrontation zurückziehen, so erfahren sie nie, zu welcher Kategorie sie gehörte.«

LaForge seufzte. »Schon gut, Data. Vergessen Sie's einfach.«

»Solche Bemerkungen habe ich in dieser oder ähnli-

cher Form ziemlich oft gehört, von vielen verschiedenen
Leuten. Bisher bin ich immer davon ausgegangen, daß
sich dahinter der Wunsch verbirgt, das Thema zu wechseln. Ich habe entsprechende Hinweise nicht als Aufforderung dazu interpretiert, alle Erinnerungen an die betreffenden Gespräche aus meinen Datenspeichern zu lö-
schen.«

»Ich stimme Ihrer Einschätzung zu«, sagte Geordi.

»Nun, dieser Verhaltensaspekt von Menschen erscheint mir recht defätistisch.« Data zog an den Zügeln,
um den störrischen Esel anzutreiben. »Wenn Menschen
soviel an Herausforderungen liegt ... Warum ist es dann
oft unerträglich für sie, wenn man versucht, ihre Moti-
vationen und Ziele zu erklären?«

»Ah!« entfuhr es Geordi. In seiner Stimme erklang eine sonderbare Mischung aus Verzweiflung und Erleichterung. »Ein Schloß!«

Data drehte den Kopf von einer Seite zur anderen.
»Meinen Sie vielleicht die einige Kilometer entfernte
baufällige Taverne dort drüben?«

»Du siehst nur eine baufällige Taverne, treuer Sancho? Ich hingegen erblicke einen wunderschönen Palast,
der uns vielleicht Unterkunft gewährt.«

Data runzelte die Stirn und gab sich alle Mühe, Geordis Blickwinkel zu teilen. »Nun ...«, sagte er langsam,
»wenn man die Wände aus morschem Holz durch stei-
nerne Mauern ersetzt, außerdem Türme, Zinnen und einen Wassergraben hinzufügt ... Dann wäre es tatsächlich möglich, die Herberge in ein Schloß zu verwandeln.«

Geordi lächelte anerkennend. »Allmählich kommen
Sie dahinter.«

»Tatsächlich?« Der Androide überlegte. »Ich sehe
kein Schloß, zumindest nicht auf die Weise, wie Sie Riesen in den Windmühlen zu erkennen glaubten. Ich ana-
lysiere nur die Möglichkeit, die Herberge zu einem
Schloß umzubauen.«

55

»Träumer stellen sich vor, was sein könnte«, kommentierte Geordi. »Und Wissenschaftler geben den Träumen Gestalt. Wer beide Fähigkeiten in sich vereint, ist besonders gut dran.«

Er ritt schneller, und Data trachtete danach, den widerspenstigen Esel anzutreiben.

Als Geordi das Holodeck mit einem Don Quichotte-Szenario programmiert hatte, fügte er dabei einen Zufallsfaktor hinzu: Er trat nicht exakt in die literarischen Fußstapfen des fahrenden Ritters, der gegen Windmühlen kämpfte, sondern weilte vielmehr in einer Reproduktion der entsprechenden Welt, wobei die verschiedenen Komponenten bunt durcheinandergewürfelt wurden. Das machte alles viel interessanter.

Nach einer Weile erreichten sie den Hof der Herberge und weckten dort die Aufmerksamkeit von einigen müden Reisenden, die sich bei einem Krug Bier entspannten. Die Leute starrten, lachten und gestikulierten. Data bemerkte die Reaktionen, ohne sich beleidigt zu fühlen — in dieser Hinsicht wäre er selbst dann gleichgültig geblieben, wenn dort Menschen und keine Holodeck-Simulacren gesessen hätten. Was LaForge betraf ... Don Quichotte nahm an so etwas keinen Anstoß, und deshalb blieb auch Geordis Stimmung ungetrübt.

Als der Chefingenieur abstieg, verfing sich der eine Fuß im Steigbügel, und dadurch taumelte er. Zwar gelang es ihm im letzten Augenblick, das Gleichgewicht zu wahren, aber er mußte einen Teil seiner Würde preisgeben. Die Männer in der Nähe beobachteten alles und lachten erneut. Data schwang sich elegant vom Rücken des kleineren Esels.

Geordi drehte sich um — und trat überrascht einen Schritt zurück. Eine Frau näherte sich ihm, und sie stammte im wahrsten Sinne des Wortes aus einer anderen Welt. »Guinan?« brachte er verwirrt hervor.

Die Wirtin aus dem Gesellschaftsraum der *Enterprise* trug ein weites blaues Gewand und, wie immer, einen

Hut mit flacher Krempe. Sie breitete nun die Arme aus und sagte: »Wenn mich meine Augen nicht täuschen, darf ich einen Ritter in meinem bescheidenen Haus begrüßen.«

»Wie bitte?«

LaForge konnte es noch immer nicht ganz fassen und drehte sich zu Data um. Eine Sekunde später lächelte er, und der Androide bestätigte seine Vermutungen. »Andere Besatzungsmitglieder erfuhren von dem Szenario und baten um Gelegenheit, daran teilzunehmen und Sie zu überraschen.«

Geordi nickte, strich sich unbewußt das Hemd glatt und rückte die einzelnen Rüstungsteile zurecht. Damit ahmte er ein Bewegungsmuster nach, das der Captain immer dann offenbarte, wenn er aufstand oder sich setzte. Der gutmütige Humor an Bord des Schiffes hatte einen Namen dafür gefunden und sprach in diesem Zusammenhang vom ›Picard-Manöver‹. Er holte tief Luft. »Ein fahrender Ritter ist nie überrascht, weil er mit allem rechnet. Stimmt's, Sancho?«

»Ja, Sir«, erwiderte Data.

»Wir suchen eine Unterkunft«, verkündete Geordi in einem herablassenden Tonfall.

»Habt Ihr genug Geld, um dafür zu bezahlen?« fragte Guinan skeptisch.

»Geld!« wiederholte Geordi empört. »So wisse dies, gute Frau: Es gehört zu den Pflichten anständiger Bürger, einem Ritter Obdach zu gewähren und die Kosten dafür zu tragen. Du solltest dich geschmeichelt fühlen, daß ich ausgerechnet dein Heim wählte. Eine ruhige, friedliche Nacht erwartet dich, denn Don Quichotte de la Mancha wird bereit sein, dieses Schloß zu verteidigen.«

Guinan dachte darüber nach und nickte schließlich. »Es wäre töricht, einem so tapferen und entschlossenen Ritter zu widersprechen. Oder seinem Knappen«, fügte sie hinzu, wobei ihr Blick zu Data wanderte.

57

»Sehr freundlich von Ihnen«, sagte der Androide.

Geordi hörte gar nicht mehr zu. Das VISOR vor seinen Augen zeigte ihm eine Frau, die sich über den Brunnen beugte und einen Eimer mit Wasser füllte. Jemand anders an seiner Stelle hätte sie erst erkennen können, wenn sie sich umdrehte, aber mit Hilfe des visuell-organischen Restitutionsobjekts sah LaForge spezielle Thermo- und Bio-Strukturen, die ihm eine sofortige Identifizierung ermöglichten. Eine reale Teilnehmerin an diesem Szenario, so wie Guinan. Geordi fragte sich, wie viele Besatzungsmitglieder derzeit in der Holo-Kammer weilten, um bei seiner inoffiziellen ›Geburtstagsparty‹ zugegen zu sein.

Die Frau wandte sich um, stützte dabei den Eimer auf die eine Schulter. Sie war mittelgroß, und das lockige schwarze Haar fiel ihr bis auf die Schultern. Die Kleidung war alt und an mehreren Stellen zerrissen. »Señor Quichotte!« rief sie erstaunt und musterte LaForge neugierig. »Was führt Euch hierher?«

Er trat einen Schritt auf sie zu und bemühte sich, ein möglichst hohes Maß an Respekt und Ehrfurcht zum Ausdruck zu bringen. »Sie steht vor mir! O Verehrteste, daß Ihr gekommen seid, während ich von Abenteuer zu Abenteuer reite ... *Sie* ist es, Sancho!« Geordi griff nach der Schulter des Androiden und zog ihn an seine Seite. »Die Lady Dulcinea!«

Der Androide neigte den Kopf ein wenig zur Seite. »Es ist die Lady Counselor Troi.«

»Pscht!« Deanna schnitt eine tadelnde Miene und stampfte mit dem Fuß auf.

»Lady Dulcinea ...«, intonierte Geordi. »Lange habe ich Euch aus der Ferne verehrt, und nun verlangen meine Abenteuer, daß ich sie dem von Euch repräsentierten Ideal der Weiblichkeit widme. Um große Taten zu vollbringen, muß ich eine Frau daheim wissen, um ihr all die Ehre zuteil werden zu lassen.«

»Aber Señor Quichotte, erinnert Ihr Euch nicht mehr

an mich?« erwiderte Troi. »Ich bin doch nur die Tochter Eures Nachbarn. Seit vielen Jahren kennt Ihr mich. Warum sprecht Ihr mich jetzt mit einem so seltsamen Namen an?«

»Es ist ein Name, der Euch immer gebührt hat, doch bisher wagte es niemand, ihn laut auszusprechen«, sagte Geordi. »Aber ich, fahrender Ritter von Gottes Gnaden, muß mich nun ...«

»... im Konferenzzimmer melden.«

An diesem Ort — in dieser holographischen Projektion — verursachte die Stimme fast so etwas wie einen Schock. LaForge drehte sich ruckartig um, ebenso die anderen.

Captain Picard stand einige Meter entfernt. Er trug Uniform und hatte die Arme verschränkt.

Geordi fühlte die typische Verunsicherung von jemandem, der ganz plötzlich und in aller Deutlichkeit daran erinnert wurde, daß er sich in einer Pseudo-Welt befand, geschaffen vom Holo-Deck. Nun, dem Chefingenieur war es ohnehin nicht gerade leicht gefallen, an die Realität der Umgebung zu glauben — Datas übertriebene Rationalität in Hinsicht auf den Kosmos von Don Quichotte hinderte ihn daran. Hinzu kam das zweifellos gut gemeinte Erscheinen von anderen Besatzungsmitgliedern. Und jetzt war auch noch der Captain eingetroffen. Vermutlich wollte er das Holo-Deck wegen irgendeines Notfalls desaktivieren.

Angesichts der besonderen Umstände hatte Geordi kaum etwas dagegen einzuwenden.

Counselor Troi trat vor. »Sie wirken beunruhigt, Captain.«

Picard wandte sich der Frau zu. Ein oder zwei Sekunden lang zeigten sich dünne Falten in seiner Stirn — er hatte die Betazoidin nicht sofort erkannt und sich gefragt, warum ihn ein holographisches ›Wesen‹ ansprach. »Beunruhigt?« wiederholte er und dehnte jede Silbe. »Das ist eine Untertreibung, Counselor.« Und zum

Chefingenieur: »Es tut mir aufrichtig leid, dieses Szenario zu unterbrechen, Mr. LaForge. Ganz offensichtlich haben Sie viel Mühe darauf verwendet. Aber es hat sich eine ernste Situation ergeben.«

»Ich verstehe, Sir«, erwiderte Geordi. Er sah sich noch ein letztes Mal um, bevor er laut sagte: »Computer: Ende des Programms.«

Die Herberge verschwand, wich den dunklen Wänden und dem Gittermuster des Holo-Decks. »Ich erwarte Sie in fünf Minuten im Besprechungsraum«, sagte Picard. Die Offiziere eilten fort, um sich umzuziehen. Die Kleidung von Bauern oder fahrenden Rittern war dem Starfleet-Dienst kaum angemessen.

Guinan trat an den Captain heran und bedachte ihn mit einem durchdringenden Blick. »Sie hätten Geordi, Data und Troi mit Hilfe des Insignienkommunikators Bescheid geben können«, stellte sie fest. »Warum haben Sie auf diese Möglichkeit verzichtet?«

Picard gestattete sich ein Lächeln. »Das Privileg des Captains«, antwortete er. »Mit anderen Worten: Neugier. Ich bin selbst ein Cervantes-Fan und wollte in Erfahrung bringen, was Mr. LaForge hier geschaffen hat.« Er musterte Guinan. »Ist alles in Ordnung mit Ihnen? Sie scheinen ein wenig ... zerstreut zu sein.«

Ein Schatten fiel auf Guinans Züge und verflüchtigte sich sofort wieder. »Ich habe in letzter Zeit nicht gut geschlafen.« Sie hielt den Kopf gesenkt. »Bestimmt geht es mir bald wieder besser.«

»Nun ... Wenn das Problem andauert, so möchte ich, daß Sie sich von Dr. Crusher untersuchen lassen. Verstanden?«

Guinan nickte. Jean-Luc Picard hatte ihr noch nie einen direkten Befehl gegeben, doch diesmal kamen seine Worte praktisch einer Anweisung gleich. Deshalb durften sie nicht auf die leichte Schulter genommen werden. »Verstanden, Sir.«

Als sich der Captain umwandte, fügte sie hinzu:

»Deanna sah wundervoll aus, nicht wahr?«

»Ja«, sagte Picard. »Sie ist genau die Richtige, um Dulcinea zu verkörpern, die ideale Frau, für die Don Quichotte eine Mühsal nach der anderen erträgt. Allein das Wissen um ihre Existenz gibt ihm emotionale Kraft.«

»Er strebt danach, Heldentaten zu vollbringen, um sich ihrer würdig zu erweisen, und doch hat er das Gefühl, nie würdig genug sein zu können.« Guinan schritt neben Picard. »Gab es jemals eine solche Person in Ihrem Leben, Captain? Eine unerreichbare Traumfrau?«

Jean-Luc verharrte und schürzte die Lippen. »Einst, vor vielen Jahren. Eine Frau, von der ich träumte. Und allein die Vorstellung von ihrer Realität verliert sich im Dunst der Erinnerungen, die aus meiner Jugend stammen.«

»Was soll das denn heißen?« fragte Guinan verwundert.

Picard wandte sich ihr ernst zu. »Es soll heißen, daß ich nicht noch einmal danach gefragt werden möchte.« Er verließ das Holo-Deck ohne ein weiteres Wort.

Guinan sah ihm nach und neigte den Kopf. »Wie Sie wünschen«, murmelte sie.

Picard ging mit langen Schritten durch den Korridor und schenkte seiner Umgebung keine Beachtung. Aus einem Reflex heraus nickte er mehreren Besatzungsmitgliedern zu, aber sie blieben anonym für ihn. Aufgrund von Guinans Frage weilten seine Gedanken an einem tausend Lichtjahre und ein halbes Leben entfernten Ort. Doch als er kurze Zeit später den Turbolift betrat, herrschte in seinem Denken und Empfinden wieder die übliche Ordnung. Und dabei sollte es auch bleiben, wenn es nach ihm ging.

Es ging *nicht* nach ihm, wie sich schon bald herausstellte.

KAPITEL 4

Der Captain des Raumschiffs USS *Chekov* sah zum Wandschirm, betrachtete das Panorama des Alls und dachte daran, daß der Weltraum alles andere als gastlich zu sein schien. Das kalte Vakuum war auch so schon gefährlich genug, ohne gewaltige Würfel, die ganz plötzlich aus dem Warptransfer kamen und deren Besatzung aus seelen- und erbarmungslosen mechanischen Wesen bestand.

Er verzog das Gesicht, als er an die Freunde dachte, die er in dem aussichtslosen Kampf bei Wolf 359 verloren hatte. Vierzig Schiffe. Lieber Himmel, *vierzig* Schiffe. Und wo war er gewesen? Zu weit entfernt. Verdammt, viel zu weit entfernt.

Und wer hatte die Föderation gerettet?

»Picard«, murmelte er und schüttelte den Kopf.

Der rechts von ihm sitzende Erste Offizier blickte von einem Bericht auf, den sie gerade gelesen hatte. »Jean-Luc Picard?« fragte sie.

Er warf ihr einen kurzen Blick zu, bevor seine Lippen ein schiefes Lächeln formten. »Ja, Jean-Luc Picard.«

»Der beste Captain in Starfleet«, sagte die Frau, um gleich darauf diplomatisch hinzuzufügen: »Abgesehen von Ihnen.«

Der Kommandant winkte ab, stand auf und wanderte über die Brücke. Dies war *seine* Brücke, der Kontrollraum eines Schiffes der *Excelsior*-Klasse. Eine gute Brücke, an der es nichts auszusetzen gab ...

Allerdings bot sie nicht besonders viel Platz. Nicht annähernd soviel wie die entsprechende Kammer an

Bord eines Schiffes der Galaxis-Klasse. Er hatte nie Gelegenheit bekommen, eine solche Brücke zu betreten, doch es hieß, sie sei fast groß genug, um Fußball darin zu spielen. Es gab nur wenige Galaxis-Schiffe in der Flotte, und eins von ihnen war während des Zwischenfalls bei Wolf 359 zerstört worden. Das beste und bekannteste Exemplar, das sich jeder Captain in Starfleet wünschte, stand unter dem Befehl von ...

»Jean-Luc Picard«, sagte der *Chekov*-Kommandant leise. »Sie brauchen keine Rücksicht zu nehmen, Nummer Eins. Ich weiß, welchen Ruf er in der Flotte genießt, wie sehr selbst Sie ihn verehren. Und ich kann es Ihnen nicht verdenken. Immerhin waren Sie zugegen, als er das ›Picard-Wunder‹ vollbrachte.«

»Nennt man es so?« fragte der Erste Offizier amüsiert. »Nun, ich schätze, die Bezeichnung hat durchaus etwas für sich. Es war wirklich spektakulär. Ich hatte schon jede Hoffnung aufgegeben.«

Die übrigen Brückenoffiziere erweckten zumindest den Anschein, ihren Pflichten nachzugehen, während sie dem Gespräch lauschten. In Hinsicht auf den Angriff der Borg gab es viele Geschichten, die von Zerstörung und Tod berichteten, und deshalb hörten es die Besatzungsmitglieder der noch existierenden Starfleet-Schiffe gern, wenn vom Sieg der Föderation berichtet wurde.

»Es muß eine recht schwierige Situation gewesen sein«, räumte der Captain ein, kratzte sich an den ergrauenden Koteletten und sah sich auf der Brücke um. Die Offiziere versuchten nach wie vor, den Eindruck zu erwecken, ganz auf ihre jeweiligen Aufgaben konzentriert zu sein. Er begegnete dem Blick des Steuermanns, der daraufhin verlegen lächelte.

Die stellvertretende Kommandantin holte tief Luft, und ihr Gebaren ließ keinen Zweifel daran, daß sie die folgenden Sätze nicht zum erstenmal formulierte. »Ich vergesse nie Commander Rikers Gesichtsausdruck, als er den Befehl geben wollte, das Borg-Schiff zu rammen.

63

Ich weiß nicht, was er damit zu bewerkstelligen hoffte. Vielleicht wollte er den Raumer beschädigen, ihn für einige Minuten aufhalten, etwas mehr Zeit für die Erde gewinnen ...

An den Navigationskontrollen saß ein Junge — der jüngste Fähnrich, den ich jemals gesehen habe. Ich dachte, er würde in Tränen ausbrechen, als Riker ihn anwies, den Kollisionskurs zu programmieren. Aber er hatte sich besser in der Gewalt als mancher Erwachsener, antwortete mit einem knappen ›Ja, Sir‹ und gab die Kursdaten ein.«

Inzwischen hingen alle Anwesenden an den Lippen des Ersten Offiziers. Es gelang niemandem mehr, Desinteresse zu heucheln. »Was ging Ihnen durch den Kopf, Commander Shelby? Was dachten Sie, als alles auf eine Katastrophe hindeutete?« Diese Worte stammten von Navigator Hobson, der gerade erst die Akademie-Ausbildung hinter sich hatte. Er war noch unerfahren und leicht zu beeindrucken.

Shelby zögerte und strich sich nachdenklich übers dichte rote Haar. Hobson schlug einen familiären Tonfall an, den sie nicht zugelassen hätte, als sie zum erstenmal die *Enterprise* betrat. Doch an Bord jenes Schiffes war sie imstande gewesen, einige wichtige Erfahrungen zu sammeln. Zunächst hielt sie William Riker für unfähig, wichtige Entscheidungen zu treffen, aber schon kurze Zeit später zwangen ihn die Umstände, sehr bedeutungsvolle Anweisungen zu erteilen. Der krasse Unterschied zwischen ihrer Einschätzung und der tatsächlichen Realität lehrte Shelby viel.

»Als Kind war ich sehr schüchtern und in mich gekehrt«, sagte sie nach einer Weile. »Die anderen Kinder nahmen das zum Anlaß, mich aufzuziehen.« Sie seufzte. »*Daran* denkt man. An dumme, törichte Scherze aus der Kindheit. An einen Termin, den man nicht einhalten konnte. An eine Verabredung, bei der man zu spät kam. An Arbeit, die es noch zu erledigen gilt. Man verschwendet keinen Gedanken daran, daß man gleich tot sein könnte. Riker begann sogar, den entscheidenden Befehl auszusprechen, doch bevor er den Satz beendete, kam die Mitteilung aus der Krankenstation. Nur wenige Sekunden später — es können nur Sekunden gewesen sein, denn mehr Zeit blieb uns nicht —, wurde den Borg eine Desaktivierungsorder übermittelt. Picard agierte als zentraler Faktor bei diesem Plan. Mit Hilfe einer speziellen Verbindung sorgte er dafür, daß die Borg ›einschliefen‹ ...«

»Vermutlich las er ihnen sein aus dem dritten Studienjahr stammendes Referat über die Umkehrung des Hyperraum-Overdrive vor«, spekulierte der Captain. »Damit trieb er die ganze Klasse ins Koma.«

Shelby musterte den Kommandanten überrascht. »Sir! Warum machen Sie sich über Jean-Luc Picard lustig ...?«

Der Captain schritt durch den Kontrollraum (der immer kleiner zu werden schien), kaute auf der Unterlippe und kämpfte gegen den Neid an. Schließlich brachte er ein fast gutmütig und *fast* überzeugend klingendes Lachen hervor. »Captain Picard und ich kennen uns seit langer Zeit, Nummer Eins. Seit wir Kadett Jean-Luc Picard und Kadett Morgan Korsmo waren. Deshalb fühle ich mich zu gewissen Bemerkungen berechtigt. Glauben Sie mir: Ich bewundere Jean-Luc. Immerhin bestand er zu jenem Zeitpunkt zum größten Teil aus Borg-Implantaten, oder?«

»Damit haben Sie völlig recht«, sagte Shelby.

»Nun, Commander, Sie können ganz beruhigt sein. Ich bin sofort bereit, folgendes zuzugeben: Jean-Luc Picard ist mehr ein Mann, wenn er nur ein halber Mensch ist, als viele andere Männer, die ganze Menschen sind. Zufrieden?«

Shelby runzelte kurz die Stirn, als sie den eben gehörten Satz in Gedanken noch mal wiederholte. »Ja, Sir.«

Captain Korsmo schüttelte verwundert den Kopf,

65

während seine Überlegungen bei Picard verweilten. Seltsam: Es gelang ihm, selbst den Respekt der Personen zu erringen, die ihn kaum kannten. *Ob es mir jemals gelingen wird, so viel Achtung zu bekommen?*

Hinter ihm piepte es, und der taktische Offizier Peel sah auf. »Captain, wir stehen jetzt in Kom-Verbindung mit der *Enterprise*.«

»Gut«, sagte Korsmo. An Bord der *Chekov* herrschte eine kameradschaftliche Atmosphäre, und normalerweise bekamen die Brückenoffiziere Gelegenheit, an allen Diskussionen teilzunehmen. Deshalb überraschte es sie, als ihr Captain zum Bereitschaftsraum ging. »Bitte begleiten Sie mich, Nummer Eins.«

Shelby nickte und kam der Aufforderung sofort nach. Sie wußte, worum es ging — Korsmo hatte ihr sofort Bescheid gegeben, als er vom Angriff auf die Heimatwelt der Penzatti erfuhr. Gleichzeitig trug ihr der Captain auf, noch nichts darüber verlauten zu lassen.

Viele Crewmitglieder der *Chekov* hatten Freunde während des Massakers bei Wolf 359 verloren. Der Hinweis darauf, daß der damals mit einem hohen Preis bezahlte Sieg nur vorübergehender Natur war, mochte niederschmetternd auf sie wirken. Das galt auch und insbesondere für die Nachricht, daß die Borg zurückgekehrt waren.

Korsmo wollte die Besatzung erst informieren, wenn ihm die Umstände keine Wahl mehr ließen. Er hoffte, daß ihm bis dahin noch etwas Zeit blieb.

Alle Offiziere befanden sich im Besprechungszimmer, und Picard bedankte sich mit einem anerkennenden Nicken dafür, daß sie so schnell gekommen waren. Natürlich hatte er nichts anderes von ihnen erwartet. Er rechnete immer damit, daß seine Crew Wunder vollbrachte, und bisher waren ihm Enttäuschungen erspart geblieben.

Riker wählte einen Platz auf der anderen Seite des Tisches und drehte den Stuhl um, bevor er sich setzte. Data saß links vom Ersten Offizier, Geordi rechts von ihm. Beide trugen nun wieder Uniformen und gaben durch nichts zu erkennen, daß sie noch vor wenigen Minuten über eine simulierte spanische Landschaft geritten waren. Deanna Troi kam gerade herein und ordnete ihr Haar. Picard spürte eine gewisse Genugtuung angesichts der Tatsache, daß es allgemeine Konstanten zu geben schien: Frauen brauchten immer etwas länger als Männer, um sich zurechtzumachen.

Worf setzte sich an die eine Ecke des Tisches und wahrte etwas Distanz zu den anderen, offenbarte damit eine Verhaltensweise, die Picard schon mehrmals bemerkt hatte. Zwar erachtete er die Anwesenden als Freunde und Kollegen, aber trotzdem bewahrte er sich einen Rest von Arroganz.

Oder handelte es sich vielleicht um typisch klingonische Vorsicht? Ein wahrer imperialer Krieger traute nicht einmal seinen Freunden. Und vielleicht waren solche Einstellungen einem Sicherheitsoffizier durchaus angemessen. Picard dachte in diesem Zusammenhang an einige zunächst harmlos wirkende Personen, die später erhebliche Gefahren für die *Enterprise* heraufbeschworen hatten ...

Direkt neben ihm saß Beverly Crusher. Eine sehr kontaktfreudige, extrovertierte Frau — doch seit einiger Zeit schien sie immer recht in sich gekehrt zu sein. Der Grund: Ihr Sohn Wesley besuchte die Starfleet-Akademie und gehörte nicht mehr zur aktuellen Crew der *Enterprise.* Beverly hatte natürlich gewußt, daß es früher oder später dazu kommen mußte, aber in emotionaler Hinsicht war sie trotzdem nicht vorbereitet gewesen. Sie vermißte Wesley sehr, denn als ihr Sohn ging, nahm er die letzten physischen Erinnerungen an ihren verstorbenen Mann Jack mit. Jetzt war sie allein, und die Einsamkeit erwies sich immer mehr als Belastung für sie.

67

Picard zwang seine Gedanken in eine andere Richtung.

»Schirm ein«, sagte er laut.

Das Projektionsfeld an der Wand des Konferenzzimmers erhellte sich sofort. In Picards Mundwinkeln zuckte es amüsiert, als er das inzwischen recht runde und fleischige Gesicht Morgan Korsmos sah. Er entsann sich an die Akademie-Zeit, als Korsmo praktisch alles essen konnte, ohne auch nur ein Gramm zuzunehmen. Das hatte sich inzwischen geändert. Außerdem zeigten sich nun graue Strähnen in dem einst pechschwarzen Haar. Zeit, die große Gleichmacherin.

»Korsmo«, sagte Jean-Luc.

»Picard«, erwiderte der andere Captain, und in seiner Stimme erklang ein Hauch jener Unbekümmertheit, die Picard gut kannte. »Jetzt kahlköpfig, wie ich sehe.«

Riker und die anderen Offiziere lächelten.

»Bei Ihnen scheinen die vergangenen Jahre in die ... Breite gegangen zu sein«, erwiderte Jean-Luc. Aus irgendeinem Grund erschien es ihm richtig, den ehemaligen Ausbildungskameraden zu siezen.

»Stimmt«, gestand Korsmo. »Ich bin dick, und Sie haben eine Glatze. Was mich betrifft: Ich kann jederzeit abnehmen ...«

Beverly kicherte, und Picard widerstand der Versuchung, den Blick auf sie zu richten — damit hätte er sie sicher zum Schweigen gebracht. Sollte sie ruhig über ihn lachen. Dann vergaß sie wenigstens ihren Kummer.

»Captain ...«, sagte Picard ruhig und fest. »Sie haben immer versucht, selbst schlechten Nachrichten positive Aspekte abzuringen, und ganz offensichtlich trachten Sie nun danach, das Unvermeidliche hinauszuzögern. Bitte nennen Sie mir den Grund für diese Kom-Verbindung.«

Korsmo nickte kurz. »Sie halten an Ihrer alten Angewohnheit fest, immer sofort zum Kern der Sache zu kommen. Wie beruhigend zu wissen, daß wir uns nicht verändert haben. Leider gilt das auch für die Borg.«

»Die Borg?« erwiderte Picard ein wenig zu schnell, und er zischte die Worte fast. In Gedanken tadelte er sich dafür. Hatte jemand die jähe Schärfe in seiner Stimme gehört? Er drehte den Kopf und begegnete Deannas Blick — die Counselor musterte ihn, und er glaubte, so etwas wie Mitgefühl in ihren großen dunklen Augen zu erkennen. *Wahrscheinlich bittet sie mich bald um ein Gespräch.* Er strich seinen Uniformpulli glatt, was überhaupt nicht nötig war, beugte sich vor und faltete die Hände. »Wann und wo? Müssen wir mit einem Angriff rechnen?«

»Um die erste Frage zu beantworten: Die Aggression galt dem Heimatplaneten der Penzatti. Es sind bereits Rettungsmaßnahmen ergriffen worden, aber Starfleet möchte trotzdem, daß Sie den entsprechenden Quadranten aufsuchen — falls die Borg zurückkehren. Wir brechen mit dem gleichen Ziel auf, können es jedoch erst in einer knappen Woche erreichen. Starfleet legt großen Wert darauf, daß dort so schnell wie möglich jemand zur Stelle ist.«

Als was? fuhr es Picard durch den Sinn. *Vielleicht als Kanonenfutter.* Er verdrängte diesen Gedanken sofort. Eine solche Politik war Starfleet fremd. »Mr. Data, wie lange ...«

»Achtzehn Stunden mit Warp sechs.«

»Wir leiten den Transfer mit Warp sechs Komma fünf ein.«

Riker beugte sich vor. »Captain Korsmo, mit allem Respekt: Warum schickt man uns zur Penzatti-Welt? Es mag nicht sehr rücksichtsvoll klingen aber ... Wenn die Borg den Planeten angegriffen haben und wieder verschwunden sind, so gibt es für die Penzatti kaum Hoffnung. Man sollte die *Enterprise* einsetzen, um weiteren Überfällen dieser Art vorzubeugen.«

»Commander Riker hat recht«, pflichtete Picard sei-

69

nem Ersten Offizier bei. »Wir hatten bereits Gelegenheit, die von den Borg angerichteten Verheerungen zu sehen. Ihr Hinweis auf eine Rettungsmission erstaunt mich. Ich hätte angenommen, daß es überhaupt keine Überlebenden gibt. Wohin sind die Borg derzeit unterwegs?«

»Zur Hölle«, antwortete Korsmo. Es klang zufrieden.

»Nun, ich teile Ihren Wunsch, Captain«, sagte Picard. »Wie dem auch sei: Ich frage mich ...«

»Nein, Sie verstehen nicht ganz, Jean-Luc«, unterbrach Korsmo den Kommandanten der *Enterprise.* »Jene Borg, die den Heimatplaneten der Penzatti angriffen ... Sie wurden vernichtet, bevor sie ihr Zerstörungswerk vollenden konnten. Oh, fünfundneunzig Prozent des Planeten sind erledigt, aber das bedeutet: In diesem besonderen Fall haben fünf Prozent mehr überlebt als sonst.«

Es fiel Picard nicht leicht, diesen Hinweis zu verdauen. »Die Borg wurden *vernichtet?*«

»Von einem Starfleet-Schiff?« fragte Geordi.

»Von Klingonen«, grollte Worf. »Vermutlich haben klingonische Kreuzer eingegriffen, um ...«

»Nein«, widersprach Korsmo. »Kein Starfleet-Schiff. Und auch keine klingonischen Kreuzer. Wir wissen nicht, wer oder was den Borg eine solche Lektion erteilte. Ich hoffe, es gelingt Ihnen, Aufschluß zu gewinnen, sobald sie den Einsatzort erreichen. Aus den ersten Berichten geht hervor, daß die Borg von jemandem — beziehungsweise von *etwas* — angegriffen und vollkommen eliminiert wurden.«

»Dazu ist enorme Macht notwendig.« Data überlegte laut.

»Die man auch gegen uns einsetzen könnte«, brummte Worf.

»Genau«, bestätigte Korsmo. »Und deshalb ist Starfleet besorgt.«

»Besorgt?« wiederholte Crusher und wölbte die Brauen bis zum Haaransatz empor. »Es ist ein Geschenk des Himmels! Die Borg haben vierzig Schiffe zerstört, und fast wäre die *Enterprise* ihr einundvierzigstes Opfer geworden. Im allerletzten Augenblick gelang es uns, ihnen ein Schnippchen zu schlagen. Jetzt erscheint plötzlich jemand auf der Bildfläche, der mächtig genug ist, um den Borg Vernichtung zu bringen, und Sie denken nur daran, daß diese Macht gegen uns eingesetzt werden könnte. Meine Gute, es wurden Tausende von Leben gerettet. Wer weiß, wie viele Personen sonst noch gestorben wären ...«

»Das bestreitet niemand, Doktor«, entgegnete Picard und rieb sich nachdenklich das Kinn. »Allerdings müssen wir uns folgende Frage stellen: Hat der Unbekannte die Borg angegriffen, um uns — den Penzatti — zu helfen, oder waren sie einfach nur das erste Ziel für ihn?«

»Anders ausgedrückt: Vielleicht kommen auch wir an die Reihe«, knurrte Worf.

»Darum geht's.« Korsmo nickte. »Wir müssen möglichst schnell möglichst viel über den Fremden herausfinden. Sie erreichen das Sonnensystem, in dem sich alles abspielte, lange vor uns. Ihnen steht also mehr Zeit zur Verfügung, um Informationen über den neuen Protagonisten auf der kosmischen Bühne zu sammeln. Wir hingegen zählen eine Borg-Expertin zu unserer Crew. Vielleicht kann sie durch eine Sondierung des Planeten zusätzliche Daten gewinnen.«

Shelby trat in den Erfassungsbereich der visuellen Sensoren und nickte gelassen. Die Brückenoffiziere der *Enterprise* lächelten, und bei Riker wurde das Schmunzeln sogar zu einem breiten Grinsen.

»Wir haben von Ihrem neuen Posten gehört«, sagte er. »Freut mich, daß Ihr Wunsch in Erfüllung gegangen ist und Sie nun Erster Offizier sind.«

»Ich kenne keinen anderen Offizier in der Flotte, der die Beförderung mehr verdient hat«, fügte Picard hinzu.

Shelby bedankte sich für das Kompliment, indem sie ein wenig den Kopf nach vorn neigte. »Ich auch nicht«, erwiderte sie — um gleich darauf ihren Mangel an Bescheidenheit zu belächeln. »Nun, Starfleet hat mir mitgeteilt, daß ich mit einer Versetzung rechnen muß, sobald das Problem der Borg endgültig gelöst ist.«

»Was keineswegs bedeutet, daß ihre Leistungen als stellvertretende Kommandantin weniger als vorbildlich sind«, betonte Korsmo.

»Wir haben nichts anderes erwartet«, sagte Picard. »Captain ... Wie sollen wir uns verhalten, wenn wir jenen ... Individuen begegnen, die den Borg eine empfindliche Niederlage beibrachten? Was schlägt Starfleet vor?«

»Starfleet rät Ihnen zunächst einmal, sich nicht umbringen zu lassen. Dieser Punkt hat Vorrang. Stellen Sie einen Kontakt her, wenn das möglich ist, und vermeiden Sie unter allen Umständen eine Konfrontation. Wer in der Lage ist, den Borg den Garaus zu machen, dürfte mit uns kaum Mühe haben.« Korsmo beugte sich ein wenig vor und fragte mit gespielter Strenge: »Glauben Sie, das alles im Kopf behalten zu können? Immerhin sind es gleich mehrere Punkte, die es zu berücksichtigen gilt.«

Picard schüttelte den Kopf und lächelte dünn. »Der gleiche alte Korsmo.«

»Und der gleiche alte Picard. Schade. Bei ihm gab es so viele Verbesserungsmöglichkeiten. Wir sehen uns im Penzatti-System. *Chekov* Ende.«

Das Bild auf dem Schirm verblaßte, und Picard ließ den Blick über die Gesichter der Offiziere schweifen. Die Borg schufen neue Probleme, und hinzu kam nun eine weitere, geheimnisvolle Macht, die das allgemeine Situationsmuster noch komplexer und unübersichtlicher gestaltete. Trotzdem hielten diese Männer und Frauen an der für sie typischen Mischung aus Entschlossenheit und Zuversicht fest. Picard hoffte inständig, daß diesmal keine bittere Enttäuschung auf sie wartete.

»Sie kennen Ihre Aufgaben«, sagte er. »Und ich weiß, daß ich mich auf Sie verlassen kann. Das ist alles.« Er stand auf und verließ das Konferenzzimmer, bevor jemand einen Kommentar abgeben oder eine Frage stellen konnte.

Picard saß im Bereitschaftsraum und sah auf, als der Türmelder summte. »Herein«, sagte er und ahnte, wer auf der anderen Seite des Schotts stand. Er irrte sich nicht: Deanna Troi kam herein, trat zum Tisch und blieb mit verschränkten Armen stehen. »Sie scheinen auf den Beginn der Show zu warten, Counselor«, meinte Picard amüsiert.

Die Betazoidin hielt es offenbar für angebracht, ganz direkt zu sein. »Ich habe ausgeprägte Ambivalenz in Ihnen gespürt. Sie galt den Borg, nicht den Fremden, die vielleicht eine noch größere Gefahr darstellen.«

»Ambivalenz? In bezug auf Geschöpfe, die mich wie ein Stück Fleisch zerschnitten?« Erneut hörte Picard unbeabsichtigte Schärfe in seiner Stimme. Einige Sekunden lang schloß er die Augen, um sich wieder zu fassen. Als er die Lider hob, war er zu einem Lächeln imstande. »Ich habe einen großen Teil meiner ... Schwierigkeiten während des Landurlaubs auf der Erde überwunden, wie Sie sehr wohl wissen, Counselor. Andererseits: Es ist durch und durch menschlich, daß die Vorstellung, noch einmal mit den Borg konfrontiert zu werden, Unruhe in mir weckt. Ich rechne jedoch nicht damit, daß meine Leistungsfähigkeit als Captain dieses Schiffes darunter leidet.«

»Daran habe ich nie gezweifelt«, erwiderte Troi. »Ich finde es jedoch seltsam, daß Sie völlig unbesorgt sind, soweit es jene Fremden betrifft, die den Sieg über die Borg errangen. Obgleich ihr mögliches Gefahrenpotential noch größer ist.«

Picard trommelte mit den Fingern auf den Tisch. »Wir leben in einem großen Universum, Counselor. Ich bin immer von der Annahme ausgegangen, daß es irgendwo dort draußen eine Entität gibt, der gegenüber selbst die Borg machtlos sind. Und mit ziemlicher Sicherheit existieren noch andere Wesen, neben denen selbst ›unsere‹ Fremden banal wirken. Wenn wir Angst davor hätten, mächtigen Geschöpfen zu begegnen ... Dann wären wir vielleicht nie bereit gewesen, die vermeintliche Sicherheit der Erde zu verlassen. Das Unbekannte lockt uns. Es ist mein Lebensinhalt, Counselor. Und warum sollten wir etwas fürchten, das wir noch gar nicht kennen? Unsere Besorgnis gilt in erster Linie *bekannten* Dingen, und zu ihnen gehören — leider! — auch die Borg.«

»Nach Ihren Empfindungen zu urteilen, gibt es nichts, das ebenso gefährlich sein könnte wie die Borg.«

Für einige Sekunden regten sich schreckliche Erinnerungen in Picard, und er spürte noch einmal die Borg-Implante als integrale Bestandteile seiner körperlich-geistigen Existenz. Etwas Fremdes drang in Psyche und Seele vor, zerrte Informationen aus dem Gedächtnis und vergewaltigte das Ich. Etwas Fremdes zerfetzte seinen Widerstandswillen. Etwas Fremdes schuf eine ganz persönliche Hölle für ihn, ein Grauen namens ›Locutus‹.

»Nichts und niemand ist gefährlicher als die Borg«, sagte Picard ernst.

»Captain ...«

Er unterbrach die Counselor, indem er abrupt aufstand. Langsam ging er zum Panoramafenster und blickte zu den Sternen, die an dem mit Warp sechs Komma fünf dahinrasenden Schiff vorbeiglitten. »Ich lasse nicht zu, daß mich die Borg auf diese Weise verändern. Wenn wir neuen Zivilisationen begegneten, habe ich nie daran gedacht, ob sie eine Gefahr darstellen könnten. Wir sind nicht hier draußen zwischen den Sternen, um uns bedroht zu fühlen. Es geht uns darum, Wissen zu sammeln, zu lernen. Nein, ich lasse nicht zu, daß mich die Borg dazu bringen, bei fremdem Leben vor allem nach dem Zerstörungspotential Ausschau zu halten. Das wäre eine Perversion unserer — *meiner* — Natur. Und so etwas ist zumindest in meinem Fall *vollkommen ausgeschlossen*«, betonte Picard energisch.

Troi nickte langsam und lächelte. »Ich verstehe. Hoffen wir für die Borg, daß sie das nächste Mal einem weniger willensstarken Individuum begegnen. Andernfalls haben sie kaum eine Chance.«

Picard erwiderte das Lächeln. »Das ist meine geringste Sorge, Counselor.«

KAPITEL 5

Daimon Turane langweilte sich. Er bot keinen besonders angenehmen Anblick, nicht einmal dann, wenn man Ferengi-Maßstäbe anlegte: Der Abstand zwischen den Augen war zu gering, und im linken Ohr fehlte ein Stück — das Ergebnis einer geschäftlichen Meinungsverschiedenheit vor einigen Jahren. Wenn er sprach, erklang dabei ein Rasseln, das aufs erste Stadium einer unheilbaren Lungenkrankheit hinwies. In fünf Jahren mußte er vermutlich eine Atemhilfe in Anspruch nehmen oder brauchte vielleicht ganz neue Lungen.

Nun, damit hätte er sich abfinden können, nicht jedoch mit der derzeitigen Mission, die ihn allmählich um den Verstand brachte.

Turane und zehn andere Ferengi hatten den Auftrag erhalten, die fernsten Bereiche des Föderationsraums anzusteuern, und als Grund wurde die Absicht genannt, neue ökonomische Möglichkeiten zu sondieren, den Handelshorizont zu erweitern. Angesichts der ständigen Reibereien mit dem interstellaren Völkerbund hielten es die Ferengi für notwendig, ihren Einflußbereich auszudehnen, wenn sie als Volk galaktischer Händler überleben wollten. Turanes Vorgesetzte hatten sogar die Frechheit zu behaupten, daß man ihn mit einer außerordentlich wichtigen Aufgabe betraute: Wenn es ihm gelang, neue Märkte zu finden, so erwarb er Ruhm und Profit, nicht nur für sich selbst, sondern für alle Ferengi.

Das war natürlich Unsinn. In Wirklichkeit hatte man

ihn aus einem ganz anderen Grund fortgeschickt: wegen seiner rauhen Manieren (rauh selbst für einen Ferengi), wegen seines Erscheinungsbilds und des allgemeinen Gebarens. Anders ausgedrückt: Er brachte seinen Bruder in Verlegenheit, der zufälligerweise einen hohen Posten im Oberkommando bekleidete. *Der verdammte Mistkerl hat die erste Gelegenheit genutzt, mich abzuschieben und dafür zu sorgen, daß ich seiner ach so wichtigen Karriere nicht mehr schaden kann.*

Deshalb war er jetzt hier, zusammen mit einigen anderen vom Pech verfolgten Ferengi, an Bord eines Sondierungskreuzers, der durch den Quadranten Beta flog, am Rand des erforschten Raumes. Die nächsten Tage würden sie auf die andere Seite jener unsichtbaren Grenze bringen, und dann stießen sie in völlig unbekannte Sektoren vor. Nur ein Schiff: keine logistische Unterstützung, keine Einsatzzentrale, nichts.

Turanes Erster Offizier Martok sah von seiner Station auf, als er das leise Knurren des Kommandanten hörte. »Stimmt was nicht, Daimon?« fragte er respektvoll.

Turane drehte ruckartig den Kopf. »Ob etwas nicht stimmt, Martok? Was könnte denn *nicht* in Ordnung sein?« Er stand auf und trat fort vom Kommandosessel. »Wir sind mitten im Nichts, ohne die geringste Möglichkeit, irgendwo Profit zu erzielen. Wir können uns nicht nützlich machen, keinen Gewinn erwirtschaften! Dort draußen gibt es kein Leben. Dort draußen gibt es keine neuen Märkte. Unsere Reise hat überhaupt keinen Sinn — sieht man einmal davon ab, daß mein Bruder mich loswerden wollte.«

Das wußte Martok natürlich, und es stimmte ihn keineswegs glücklicher, all dies von Daimon Turane bestätigt zu hören. Eher traf das Gegenteil zu. Beim Kommandanten führte ein persönlicher Konflikt zur gegenwärtigen Mission, doch Martok hatte sich nichts zuschulden kommen lassen: Er war nur zur falschen Zeit der falsche Erste Offizier des falschen Ferengi-Schiffes.

Bei der Besatzung munkelte man, daß früher oder später — wahrscheinlich später — der Zeitpunkt kam, Daimon Turane durch jemand anders zu ersetzen. Zum Beispiel durch Martok. Turane wußte davon. Und auch das Oberkommando. Alle rechneten damit, und bisher hatte Martok nur deshalb darauf verzichtet, Daimon Turane als Kommandant abzulösen, weil in der Vergangenheit einige profitable Missionen von ihm geleitet worden waren. Martok hatte dabei mit Turane zusammengearbeitet, und er besaß eine Eigenschaft, die den meisten anderen Ferengi fehlte: Sie hieß Loyalität. Deshalb war er bereit gewesen, dem Captain mehr Bewegungsspielraum als sonst einzuräumen — um festzustellen, ob es ihm auch diesmal gelang, irgendeine Art von Profit einzustreichen.

Doch Martoks Vorrat an Geduld ging rasch zur Neige, ebenso der der Besatzung. Hinzu kam, daß Daimon Turane mit jedem verstreichenden Tag schwermütiger wurde. Der Erste Offizier mußte bald handeln, wenn er vermeiden wollte, daß einer seiner Untergebenen die Sache selbst in die Hand nahm. Wenn dem Kommandanten etwas zustieß, so wollte er eine gewisse Kontrolle über den bedauerlichen ›Schicksalsschlag‹ ausüben, um ihm nicht ebenfalls zum Opfer zu fallen.

Er setzte zu einer Erwiderung an, doch bevor er einen Ton hervorbrachte, blinkten plötzlich die Indikatoren der Statusanzeigen. Martok wandte sich überrascht um, ebenso wie Turane. Die übrigen Brückenoffiziere — sie hatten sich die Zeit damit vertrieben, an ein Leben ohne Daimon Turane zu denken — beugten sich zu ihren Pulten vor.

»Was ist los?« fragte der Kommandant und vergaß seine Lethargie. Ein Teil der alten Aufregung kehrte zurück: Hoffnung auf Entdeckungen, die einen hohen Gewinn in Aussicht stellten.

Martok schüttelte verwirrt den Kopf. »Die Dinger sind so groß, daß ich sie zunächst für kleine Monde hielt, die aus irgendeinem Grund ihre Umlaufbahnen verlassen haben. Aber nach den Sensordaten zu urteilen, handelt es sich eindeutig um Raumschiffe. Um geradezu unglaublich große Raumschiffe.«

»Auf den Schirm«, sagte Turane, nahm wieder im Kommandosessel Platz und blickte zum zentralen Projektionsfeld.

Das Bild darin zitterte kurz, wechselte und zeigte drei riesige würfelförmige Raumer. Bewegungslos hingen sie im All.

»Was hat es damit auf sich?« hauchte Turane. Die enormen Ausmaße der fremden Schiffe schienen ihn mit Ehrfurcht zu erfüllen. »Mit wem haben wir es zu tun?«

Martok nahm sofort eine Analyse der bisher ermittelten Daten vor, verglich sie mit den Informationen, die im Computer gespeichert waren und zum Teil aus Föderationsarchiven stammten. Als das Ergebnis auf dem Monitor erschien, erbleichte der Erste Offizier. Etwas schnürte ihm den Hals zu, und er kämpfte gegen die Versuchung an, einen Schrei auszustoßen. »Es sind die Borg«, brachte er heiser hervor.

Daimon Turane wirkte verdutzt. »Die Borg«, sagte er nachdenklich und starrte auch weiterhin zum Schirm. Die Würfel wurden größer, als sich ihnen das Sondierungsschiff der Ferengi näherte. »Interessant.«

»Ich ordne unseren sofortigen Rückzug an«, verkündete Martok. Der Navigator begann bereits damit, die erforderlichen Kursdaten einzugeben.

»Ganz im Gegenteil«, erwiderte Daimon Turane ruhig. »Bringen Sie uns näher heran.«

Die Brückenoffiziere schnappten nach Luft und sahen den Kommandanten so entsetzt an, als hätte er gerade befohlen, das Schiff zu sprengen.

»*Näher heran?*« ächzte der Navigator erschrocken.

»Daimon Turane«, sagte Martok förmlich, »das sind *die Borg*. Ist Ihnen klar, was sie in der Föderation anrichteten? In der Schlacht bei Wolf 359 wurden fünfzig Schiffe zerstört.«

»Neunundsiebzig«, warf der Navigator ein. »Es waren insgesamt neunundsiebzig, aber Starfleet gibt geringere Verluste an, damit die Romulaner keine Chance wittern.«

»Von dem Trick habe ich ebenfalls gehört«, sagte der Steuermann. »Aber meine Quellen berichteten von dreiundachtzig vernichteten Schiffen.«

»Und wenn die Borg ganz Starfleet ausradiert haben — es ist mir gleich«, zischte Turane. »Wir fliegen zu den drei Würfeln. Verstanden?«

Stille herrschte, und die Brückenoffiziere musterten sich gegenseitig. Alle warteten darauf, daß jemand etwas unternahm.

»*Jetzt sofort!*« donnerte Daimon Turane.

»Es käme dem sicheren Tod gleich«, sagte Martok ruhig.

Turane stand auf und ging mit langsamen Schritten zum Ersten Offizier. In diesen Sekunden gab es nur zwei Geräusche auf der Brücke: das Klacken von Daimons Stiefeln und das Piepen der Statusanzeigen. Turanes Lippen wichen zum Ferengi-Äquivalent eines Lächelns zurück und offenbarten zwei Reihen aus spitzen Zähnen.

»Wir werden mehr Profit erzielen, als wir uns jemals erträumten«, prophezeite Daimon Turane. »Möchten Sie vielleicht auf Ihren Anteil verzichten?«

»Profit?« wiederholte Martok verwirrt.

Turane nickte. »Sie wissen, warum man uns hierhergeschickt hat, Martok. Sie alle wissen es.« Er sprach nun auch zu den übrigen Brückenoffizieren. »Wir sollten zum Mißerfolg verurteilt werden. Aber jetzt bietet sich uns eine einzigartige Gelegenheit. Es gibt nur eine Art von Leben für einen ehrbaren Ferengi: Er muß Ruhm anstreben. Doch um Ruhm zu erringen, muß man das Schicksal selbst herausfordern und etwas riskieren.

80

Die Borg gebieten über unvorstellbare Macht, und ihre Technik ist der unsrigen um Jahrzehnte, vielleicht sogar um Jahrhunderte voraus. Wenn wir Geschäftsbeziehungen mit ihnen herstellen und sie als Verbündete gewinnen können ... Stellen Sie sich vor, welchen Respekt man uns dann in der Heimat entgegenbringen wird!« Dieser Punkt spielte für ihn eine weitaus geringere Rolle als der Gesichtsausdruck seines Bruders.

»Aber die Föderation ...«

»Pah!« knurrte Turane abfällig. »Die Föderation weiß nicht einmal, wie sie mit *uns* fertig werden soll. Ganz zu schweigen von so fremdartigen Wesen.« Er deutete zu den Borg-Schiffen, die nur noch wenige tausend Kilometer entfernt waren.

»Aber wenn wir umkehren und unseren Rat auf die Präsenz der Borg hinweisen ...«, begann der Navigator.

Turane unterbrach ihn mit einer gebieterischen Geste. »Damit der Rat alles für sich beansprucht? Nein, kommt nicht in Frage.« Er straffte die krummen Schultern. »Nun, entweder bringen wir die Sache gemeinsam hinter uns und teilen den Gewinn — oder ich gehe allein, und dann fließt alles in meine Taschen. Wer von Ihnen ist feige genug, um die Chance zum größten Geschäft in der Geschichte unseres Volkes ungenutzt verstreichen zu lassen?«

Erneut wechselten die Brückenoffiziere stumme Blicke.

Daimon Turane hob den Kopf, und als er erneut sprach, erklang Autorität in seiner Stimme, begleitet von der unerschütterlichen Überzeugung, daß man ihm diesmal gehorchen würde. »Bringen Sie uns zu den Borg.«

Das Sondierungsschiff glitt den drei Würfeln entgegen.

»Die Naniten haben *Anwälte?*«

Geordi, Riker und Data saßen im Gesellschaftsraum

des zehnten Vorderdecks; Drinks standen vor ihnen auf dem Tisch. LaForge sah den Ersten Offizier an, und das VISOR konnte nicht über die Verwirrung in seinen Zügen hinwegtäuschen. »Die Naniten haben sich Anwälte genommen? Im Ernst?«

»Nun, sie ›nahmen‹ sich keine Anwälte, Geordi«, erwiderte Riker. Zwar konnte er Verblüffung und Ärger des Chefingenieurs durchaus verstehen, aber gleichzeitig amüsierte ihn diese Reaktion. »Der Föderationsrat beauftragte einige Rechtsanwälte, ihre Interessen wahrzunehmen.«

LaForges Hände sanken auf die Armlehnen des Sessels, und er schüttelte den Kopf. »Das ist verrückt. Schlicht und einfach verrückt.«

»Geordi, ich verstehe nicht ganz, wieso ...«

»Mit allem Respekt, Commander: Bei dieser Sache ist was faul«, brummte der Chefingenieur. »Wesley und ich ... Wir haben wie die Irren geschuftet, um den von Starfleet angeforderten Forschungsbericht in bezug auf die Naniten zusammenzustellen. Alle stimmten unserer Einschätzung zu und vertraten ebenfalls die Ansicht, dies sei genau das richtige Mittel, um die Borg zu erledigen. Man lasse sie heranwachsen, integriere sie in das System der Borg ... Den Rest erledigen die Naniten. Die Sache ist so klar, daß ...«

»Daß sie selbst ein Blinder erkennt?« fragte Riker.

Geordi nickte langsam. »Ja. So klar und einfach. Ich dachte, inzwischen gäbe es genug Naniten, um alle Borg zu eliminieren — ganz gleich, wie viele hier aufkreuzen. Doch jetzt teilen Sie mir mit, daß nicht einmal die erste Phase des Plans eingeleitet wurde, weil sie noch immer im Föderationsrat diskutiert wird!«

Data beugte sich vor. »Wenn Commander Riker recht hat, und daran zweifele ich nicht, so muß zunächst die Frage geklärt werden, welche Rechte die Naniten haben.«

Riker kam einem weiteren Kommentar des Chefingenieurs zuvor. »Einige Ratsdelegierte gaben folgendes zu bedenken: Es widerspricht allen Prinzipien und moralischen Grundsätzen der Föderation, intelligente Wesen zu züchten, damit sie Krieg führen und zerstören. Das Ziel des interstellaren Völkerbunds besteht in galaktischer Harmonie. Die Erschaffung einer ›Kriegerrasse‹ — selbst wenn es sich um sehr spezialisierte Krieger handelt — läßt sich nicht mit der Föderationsethik vereinbaren.«

»Aber ...«

»Es wurde auch darauf hingewiesen, daß es den freien Willen der Naniten beeinträchtigt, wenn sie nur zu dem einen Zweck gezüchtet werden, die Borg zu bekämpfen. Eine andere problematische Frage lautet: Was würde passieren, wenn es den Borg gelänge, die Naniten zu absorbieren, ihre Bedeutung auf die einer Funktionskomponente zu reduzieren? So etwas läßt sich nicht ausschließen — ihre volle Kapazität ist uns nach wie vor unbekannt. Wenn sie tatsächlich eine Möglichkeit fänden, die Naniten zu eliminieren ... Dann hätten wir ein ganzes Volk dafür geschaffen, in Massen zu sterben. Dadurch werden wir zu ...«

»Zu Leuten, die zu überleben versuchen«, warf Geordi ein. »Haben die Delegierten auch darüber nachgedacht, daß ihre hehren Prinzipien nichts mehr wert sind, wenn die ganze Föderation von den Borg vernichtet wird? Bestimmt würden sie schnell ihre Meinung ändern, wenn sie an Bord der *Enterprise* Gelegenheit bekämen, eine direkte Konfrontation mit den Würfelschiffen und ihren Besatzungen zu erleben.«

»Einige Mitglieder des Rates teilen Ihren Standpunkt, Mr. LaForge«, sagte Riker. »Was bereits recht lebhafte Debatten zur Folge hatte, wie ich hörte. Nun, bis der Rat über diese Angelegenheit entscheidet, dürfen keine weiteren Naniten gezüchtet werden.« Er seufzte leise. »Wenn Ihnen das mit den nanitischen Rechten quer runtergeht, Geordi, so empfehle ich Ihnen, die Sache aus dieser Perspektive zu betrachten ...«

Der Erste Offizier legte eine kurze Pause ein und trank einen Schluck. LaForge war so entrüstet, daß er nicht zu sprechen wagte — aus Furcht, die Beherrschung zu verlieren. »Es gibt zu viele Ähnlichkeiten in Hinsicht auf bakteriologische Waffen«, fuhr Riker fort. »Sobald die Naniten eingesetzt werden, gibt es keine Garantie, daß sie sich nicht auch gegen uns wenden. Vielleicht bekämen wir einen Gegner, der ebenso gefährlich ist wie die Borg. Wären Sie bereit, ein solches Risiko einzugehen?«

»Geordi ...«, sagte Data nachdenklich. »Man hat darüber gesprochen, mich zu duplizieren — zu Forschungszwecken. Aber stellen Sie sich vor, es ginge Starfleet darum, andere Androiden zu schaffen, die genauso wie ich fühlen und denken, um sie als Soldaten in einen Krieg zu schicken. Würden Sie so etwas befürworten?«

Falten bildeten sich in Geordis Stirn über dem VISOR. »Nein, natürlich nicht.«

»Warum nicht?«

Vor dem inneren Auge beobachtete LaForge, wie Tausende von Datas mit schweren Waffen ausgestattet durch den Sumpf irgendeines gottverlassenen Planeten stapften. Oder wie sie an Bord von Raumschiffen in den Tod flogen, mit dem Wissen, daß ihr individuelles Ende gar keine Rolle spielte ...

»Weil Sie etwas Besseres verdient haben«, antwortete er.

»Und die Naniten verdienen weniger?« fragte Data.

Geordi seufzte schwer. »Nein, wahrscheinlich nicht. Trotzdem ... Es ärgert mich, daß wir zwar eine Lösung für das Problem in der Hand halten ...«

»Doch die Hand nicht zur Faust ballen können?« fragte Riker.

»Ja«, bestätigte Geordi. »Wir sind nach wie vor hilflos.«

Riker versuchte, das Thema zu wechseln, indem er

sein Glas hob und intonierte: »Ich sehe hier ein leeres Glas vor mir, meine Herren. So etwas kann auf keinen Fall geduldet werden.« Er wandte sich der Theke zu, hinter der Guinan ...

... fehlte. Normalerweise stand die Wirtin immer an den Synthetisierungsmodulen, aber diesmal nahm sie nicht ihren üblichen Platz ein. Riker sah sich um und entdeckte sie auf der gegenüberliegenden Seite des Raums.

Dort saß sie an einem Tisch. Allein.

Der Erste Offizier runzelte die Stirn, und er brauchte einige Sekunden, um herauszufinden, was ihm so seltsam erschien: Er hatte nie zuvor beobachtet, daß Guinan allein an einem Tisch saß. Für gewöhnlich weilte sie immer in der Nähe des Tresens, und wenn sie tatsächlich einmal an einem Tisch Platz nahm, so immer in Gesellschaft. Dann hörte sie ruhig zu, wie jemand von Problemen berichtete, bot Rat an, der nicht nur aus leeren Worten bestand und das Gefühl vermittelte, der Lösung wesentlich näher zu sein.

Diesmal saß Guinan in einer Ecke, blickte aus dem Fenster und beobachtete die Sterne. Irgend etwas stimmte nicht. Riker besaß keine psionischen Sinne. Sonst wäre er jetzt vielleicht in der Lage gewesen, bei der Wirtin eine Trübung der Aura festzustellen.

»Entschuldigen Sie bitte«, sagte er, stand auf und wandte sich von den beiden anderen Offizieren ab. Einige Sekunden lang spielte er mit dem Gedanken, Deanna zu informieren, oder vielleicht den Captain, den eine lange — und noch immer geheimnisvolle — Beziehung mit Guinan verband.

Nein. *Ich bin hier. Sie ist hier. Und ein freundliches Gespräch kann sicher nicht schaden.* Vielleicht hatte selbst Guinan das Recht, ab und zu deprimiert zu sein. *Auch ich habe ihr gelegentlich meine Sorgen vorgetragen*, dachte Riker. *Und sie war immer für mich da. Jetzt kannst du dich dafür erkenntlich zeigen, Will.*

Er durchquerte den Gesellschaftsraum und näherte sich Guinan. Sie schien ihn überhaupt nicht zu bemerken, und die Verwunderung des Ersten Offiziers nahm zu — normalerweise bemerkte sie *alles*. »Guinan?«

Sie sah zu ihm auf. »Hallo, Commander.«

»Darf ich mich zu Ihnen setzen?« Er deutete auf den Stuhl an der anderen Seite des Tisches. Die Frau nickte, und Riker nahm Platz. »Gibt es ein Problem?«

Sie schmunzelte, doch das Lächeln sparte die Augen aus. »Normalerweise frage ich das.«

»Die Zeiten ändern sich«, sagte Riker. »Ebenso wie die Personen.«

»Bei manchen ist das der Fall«, erwiderte Guinan. »Andere bleiben so, wie sie sind.« Sie stand mühsam auf, stützte sich dabei am Tisch ab.

Ihre offensichtliche Schwäche brachte Riker wieder auf die Beine. Von einem Augenblick zum anderen streifte er Zurückhaltung und Takt ab. Er erachtete sich als Guinans Freund, aber er war auch Erster Offizier der *Enterprise* und sah nun ein krankes Besatzungsmitglied vor sich. »Was ist los mit Ihnen? Sie wirken völlig entkräftet.«

»Ich habe ... schlecht geschlafen«, entgegnete Guinan. »Seien Sie unbesorgt. Mir sind nur viele Dinge durch den Kopf gegangen.«

»Ich schlage vor, Sie sprechen mit jemandem darüber. Wenn nicht mit mir, dann mit Captain Picard oder Counselor Troi.«

»Es ...« Guinan atmete tief durch — ihr schien plötzlich die Luft knapp zu werden. »Es ist nichts weiter. Ich ...«

Ihre Lider zitterten, und mit einem leisen Stöhnen unterbrach sie sich mitten im Satz. »Guinan!« sagte Riker scharf.

Sie drehte sich zu ihm um, langsam und wie in Zeitlupe, neigte sich nach vorn und sank in Rikers Arme. Der eine Arm baumelte zur Seite und stieß ein Glas vom Tisch.

86

Alle im Gesellschaftsraum anwesenden Besatzungsmitglieder sprangen auf. Guinan lag ihnen sehr am Herzen.

Der Erste Offizier hielt sie fest, und mit der freien Hand klopfte er auf seinen Insignienkommunikator. »Riker an Krankenstation!« Er wartete keine Bestätigung ab, fügte sofort hinzu: »Guinan hat das Bewußtsein verloren. Ich bringe sie zu Ihnen. Treffen Sie alle notwendigen Vorbereitungen.«

»*Guinan?*« erklang Beverly Crushers ungläubige Stimme. Sie hatte den gleichen Eindruck von der Wirtin wie alle anderen, glaubte instinktiv, Guinan sei menschlichen Schwächen gegenüber immun. »Sie hat das Bewußtsein verloren?« Offenbar konnte sie es kaum fassen.

»Wir sind unterwegs. Riker Ende.«

Er hob die Ohnmächtige hoch und nahm erstaunt ihr geringes Gewicht zur Kenntnis: Er schien eine hohle Puppe in den Armen zu halten. Sie murmelte nun, hauchte leise Silben.

Riker vergeudete keine Zeit mit dem Versuch, das geflüsterte Wort zu verstehen. Statt dessen eilte er zur Tür, dichtauf gefolgt von Geordi und Data. Einige Besatzungsmitglieder wollten sich ihnen anschließen, aber LaForge schüttelte den Kopf. »Es hat keinen Sinn, wenn wir mit einer ganzen Horde in der Krankenstation erscheinen. Bleiben Sie hier.«

Das Sondierungsschiff näherte sich den drei riesigen Würfeln, die noch immer mit Relativgeschwindigkeit Null im All schwebten. Die Ferengi warteten auf irgendeine Reaktion — ihre Hoffnung galt einem Kom-Kontakt, ihre Furcht einem plötzlichen Angriff. Doch bei den Borg rührte sich nichts. Sie schenkten dem kleinen Schiff überhaupt keine Beachtung.

Turane beobachtete die Würfel. Ihre Außenhüllen waren glatt, und niemand wußte, was sich hinter ihnen verbarg. Daimon ließ seiner Phantasie freien Lauf, und irgend etwas weckte die Vorstellung von pulsierendem Leben in ihm. »Kurs halten«, sagte er leise.

Der Steuermann murmelte eine kurze Bestätigung und dachte an die vielen Frauen (einige von ihnen gehörten ihm), die er nie wiedersehen würde, an seine Besitztümer, die ihm keine Freude mehr schenken konnten.

Darüber hinaus fielen ihm mehrere Rivalen ein: Der Gedanke, daß er keine Gelegenheit bekam, sie in den Ruin zu treiben oder zu töten, erfüllte ihn mit tiefem Kummer.

»Offenbar gibt es keine Schleusen oder etwas in der Art«, sagte Martok und betrachtete grafische Darstellungen der Würfelstruktur.

Daimon Turane rieb sich nachdenklich das Kinn, und die Kuppe des Zeigefingers tastete nach den spitzen Zähnen. »Obwohl die Raumer so groß sind? Lassen sich nirgends Shuttlehangars oder Andockmodule feststellen?«

»Nein, Sir.«

Turane nickte kurz. »Grußfrequenzen öffnen.«

»Grußfrequenzen geöffnet, Sir.«

Der Captain hob die Stimme. »Hier spricht Daimon Turane von den Ferengi. Gehe ich recht in der Annahme, daß Sie jene Wesen sind, die man unter der Bezeichnung ...« Er zögerte, als fiele es ihm schwer, sich an den Namen zu erinnern. Ein alter Trick, der häufig beim Beginn von Geschäftsverhandlungen benutzt wurde: Man gebe der anderen Seite zu verstehen, sie sei völlig unwichtig. »... die man unter der Bezeichnung ›Borg‹ kennt?« beendete Turane den Satz nach einigen Sekunden. Er war recht zufrieden mit sich, hatte in seiner Stimme genau die richtige Mischung aus Gelassenheit und Langeweile erklingen lassen.

Eine Antwort blieb aus.

Daimon runzelte die Stirn, wodurch sich sein Gesicht

in eine Fratze zu verwandeln schien. »Sind Sie die Borg?« fragte er noch einmal.

Die drei Würfel schwebten stumm in der Schwärze, und es gingen keine Kom-Signale von ihnen aus. Genausogut hätten die Ferengi versuchen können, sich mit leblosen Felsen zu verständigen.

Turane spürte Ärger und Enttäuschung bei seinen Offizieren. »Martok ...«, knurrte er und versuchte, den eigenen Zorn unter Kontrolle zu halten. »Treffen Sie Vorbereitungen für den Transfer einer Landegruppe, die aus mir selbst, Medo-Offizier Darr und zwei Sicherheitswächtern besteht.«

»Halten Sie das für klug, Daimon?« fragte der Erste Offizier.

Turane wirbelte um die eigene Achse. Seine Wut auf die schweigenden Borg, auf den Bruder, auf die allgemeine Situation hier mitten im Nichts — diese Wut fand nun einen Fokus namens Martok. »Es ist mir völlig gleichgültig, ob es sich um eine kluge Entscheidung handelt oder nicht, verdammt! Ich habe keine Lust, immer nur zu warten! Ich will endlich etwas *unternehmen*. Haben Sie in diesem Zusammenhang irgendein *Problem?*«

Die Ruhe des Ersten Offiziers bildete einen auffallenden Kontrast zum Zorn des Captains. »Nein, Daimon.«

»*Gut.*« Die Wut brodelte auch weiterhin in Turane, als er fortfuhr: »Der mittlere Würfel. Sondieren Sie ihn. Stellen Sie den Ausgangspunkt der energetischen Emissionen fest, die wir gemessen haben — dort soll unser Retransfer stattfinden.«

»Ja, Daimon.«

Der Kommandant stapfte zur Tür, blieb dort kurz stehen und verkündete triumphierend: »Für die Ferengi beginnt nun ein neues Zeitalter.«

»Wie Sie meinen, Daimon«, sagte Martok. Stumm und nachdenklich saß er in seinem Sessel, als Turane

89

mit hoch erhobenem Kopf die Brücke verließ, davon überzeugt, daß einer der bedeutendsten Geschäftsabschlüsse in der Ferengi-Geschichte bevorstand.

Als er den Kontrollraum verlassen hatte, musterte Martok die anderen Offiziere. Ihre Blicke vermittelten eine unmißverständliche Botschaft: Niemand von ihnen wollte länger als unbedingt nötig in diesem Raumsektor verweilen. Außerdem wußten sie, daß es kaum Hoffnung gab, solange Daimon Turane den Befehl über das Sondierungsschiff hatte.

»Er ist verrückt«, sagte der Steuermann nach einer Weile. »Was wir bisher über die Borg gehört haben ... Sie sind ebenso stur wie ein Schwarzes Loch. Und ebenso gefährlich. Turane riskiert nicht nur sein Leben, sondern auch unseres. Wir sollten von hier verschwinden. An diesem Ort wartet kein Profit auf uns, nur der Tod.«

Martok nickte langsam. »Vertrauen Sie mir«, zischte er. »Ich wache über Ihre Sicherheit. Und wenn ich zu dem Schluß gelange, daß Ihnen Gefahr droht ... Dann ergreife ich die erforderlichen Maßnahmen. Vermutlich wird das schon sehr, sehr bald der Fall sein ...«

Man brachte Guinan sofort im rückwärtigen Bereich der Krankenstation unter. Riker, Data und Geordi wollten ihr dorthin folgen, aber Dr. Crusher versperrte ihnen den Weg. »Sie ist meine Patientin«, sagte sie fest. »Und ich brauche kein Publikum während der Behandlung.«

»Wie lange mag es dauern, bis sie sich erholt?« fragte LaForge.

»Ich bin Ärztin, keine Hellseherin«, antwortete Beverly. Sie hob die Hand zu ihrem Insignienkommunikator. »Crusher an Troi. Ich habe Guinan hier in der Krankenstation und brauche Ihre Hilfe.«

»Bin gleich bei Ihnen«, erwiderte die Betazoidin.

»Wozu benötigen Sie Deanna?« erkundigte sich Riker überrascht.

Crusher wölbte eine Braue. »Wissen Sie um das besondere Vertrauensverhältnis zwischen Arzt und Patient Bescheid, Commander? Um es anders und unverblümt auszudrücken: Diese Sache geht Sie nichts an.« Sie drehte sich um und betrat das Behandlungszimmer. Hinter ihr glitten die beiden Schotthälften zu.

Einige Sekunden später öffnete sich die Tür der Krankenstation, und zwei Personen traten ein: Deanna Troi und Jean-Luc Picard. Die Counselor sah sich um und gab Riker keine Chance, ein Wort an sie zu richten: Stumm eilte sie an ihm vorbei in Richtung Behandlungszimmer — irgend etwas schien ihr mitzuteilen, wo sich Guinan befand. Das leise Zischen des Schotts wiederholte sich, als Troi in der Patientenkammer verschwand.

»Was ist passiert, Nummer Eins?« fragte der Captain beunruhigt.

»Ich weiß es nicht genau«, erwiderte Riker. »Guinan wirkte geistesabwesend und schwach. Mitten im Satz unterbrach sie sich plötzlich und kippte um. Ich trug sie sofort hierher.«

Picards Züge brachten verständliche Sorge zum Ausdruck. Guinan und er teilten gemeinsame Erlebnisse. Guinan hatte einmal mit Andeutungen darauf hingewiesen, doch bei jener Gelegenheit nannte Jean-Luc keine Einzelheiten. In dieser Hinsicht zeigte er die gleiche Verschlossenheit wie bei vielen anderen Dingen. Die Beziehung zwischen ihm und Guinan blieb ebenso geheimnisvoll wie die Frau selbst.

»Hat sie etwas gesagt?« fragte Picard. »Hat sie irgendeinen Hinweis gegeben?«

Vor dem inneren Auge sah Riker sich selbst: Er trug Guinan in den Armen, während sie ein Wort murmelte. »Sie flüsterte etwas, und es klang wie ›Wände‹.«

»Wände?« Falten fraßen sich in Picards Stirn. Er legte die Hände auf den Rücken, ging auf und ab. »Wände? Sind Sie sicher?«

»Nein, Sir. Guinan sprach so leise, daß ich sie kaum verstehen konnte.«

»Aber warum sollte sie von Wänden reden?« Der Captain schüttelte den Kopf. »Das ergibt doch keinen Sinn.«

»Guinan schien anderer Meinung gewesen zu sein. Sie wiederholte das Wort immer wieder.«

»Ich schätze, wir müssen uns gedulden, bis sie sich erholt hat — dann kann sie uns selbst Auskunft geben.« Picard musterte seine Offiziere. »Ich sehe keinen Sinn darin, daß wir alle hier warten.«

»Wollen Sie die Krankenstation verlassen?« fragte Data neugierig.

Der Captain bedachte ihn mit einem eisigen Blick.

»Wir sollten zur Brücke zurückkehren«, warf Riker rasch ein. »Kommen Sie, Mr. Data.«

Geordi und der verwirrte Androide folgten Riker und ließen Picard allein. Im Korridor meinte der Chefingenieur: »Was auch immer sich zwischen dem Captain und Guinan abgespielt hat — er möchte ganz offensichtlich vermeiden, daß es bekannt wird.«

»Wir werden seinen Wunsch respektieren, Mr. La-Forge.«

»Zweifellos.«

»Der Captain wird uns in Kenntnis setzen, wenn er das für angebracht hält.«

»Zweifellos.« Geordi überlegte kurz. »Aber bis uns der Captain davon erzählt, gibt es jede Menge Spielraum für Spekulationen.«

»Zweifellos«, sagte Riker.

Picard stellte seine unruhige Wanderung in der Krankenstation ein, als er an das Klischee des werdenden Vaters dachte, der auf eine Nachricht aus dem Kreißsaal wartete.

Nach einer halben Ewigkeit kam Beverly Crusher aus dem Behandlungszimmer, und sie gab durch nichts zu erkennen, von Picards Präsenz überrascht zu sein. Sie verschränkte einfach nur die Arme und sagte: »Es ist soweit alles in Ordnung mit ihr.«

Jean-Luc hatte sich gesetzt, aber nun stand er wieder auf, straffte die Schultern und nahm Haltung an. Er strich seinen Uniformpulli glatt und fragte: »Warum verlor sie das Bewußtsein?«

»Sie verstehen nicht, Captain. Ich habe gesagt, sie ist in Ordnung, was bedeutet: Ihr fehlt nichts. Ich weiß nicht, warum sie in Ohnmacht fiel, und Deannas empathische Sondierung erbrachte ebenfalls keine konkreten Resultate.«

»Und Guinan? Kennt sie die Ursache für ihren plötzlichen Schwächeanfall?«

»Wenn das der Fall ist, so scheint sie nicht bereit zu sein, Auskunft darüber zu geben.«

»Sie lehnt es bestimmt nicht ab, mit *mir* darüber zu reden.« Picard setzte sich in Bewegung und schritt in Richtung Behandlungskammer.

Guinan stand neben dem Bett, als er eintrat, wirkte ruhig und reserviert. Sie rückte sich gerade den Hut zurecht. Deanna Troi saß neben ihr, und ein Schatten zeigte sich in ihren Zügen. Picard bemerkte ihn sofort, aber zuerst wandte er sich an die Patientin. »Wie fühlen Sie sich?«

»Gut«, sagte Guinan. Seltsam: Ihre Stimme kam wie aus weiter Ferne, deutete auf jene Zerstreutheit hin, mit der Riker ihren Zustand vor der Ohnmacht beschrieben hatte. Aber es war nichts Dramatisches. »Wahrscheinlich bin ich nur überarbeitet.«

Picard nickte. »Sie scheinen rund um die Uhr im Gesellschaftsraum tätig zu sein. Das ist selbst dann eine große Belastung, wenn man dabei Ihre besonderen ... Fähigkeiten berücksichtigt. Wie dem auch sei: Haben Sie eine andere Erklärung für Ihre plötzliche Bewußtlosigkeit?«

»Mir fällt keine ein.«

Ein oder zwei Sekunden lang argwöhnte Picard, daß Guinan ihm etwas verschwieg. Wenn das stimmte, so belog sie ihn — eine Vorstellung, wie sie absurder nicht sein konnte. Guinan, die seine Fragen mit Lügen beantwortete? Eher war er bereit zu glauben, daß die Föderation ihre Existenz einer langfristigen Strategie der Romulaner verdankte. Oder daß die angebliche Raumfahrt ein Fall von kollektiver Massenhysterie war, daß die Menschheit in Wirklichkeit nie den Planeten Erde verlassen hatte.

Und doch ...

»Hat das Wort ›Wände‹ eine spezielle Bedeutung für Sie?« fragte Jean-Luc.

Guinan dachte nach und schüttelte den Kopf. »Eine *spezielle* Bedeutung? Nein.«

In Picard erwachte nun ein Gefühl, das ihm in bezug auf Guinan mehr als nur sonderbar erschien: Mißtrauen. *Vielleicht belügt sie mich gar nicht mit Absicht*, fuhr es ihm durch den Sinn. *Vielleicht belügt sie sich selbst.*

»Haben Sie wirklich keine Ahnung, was die jähe Ohnmacht ausgelöst haben könnte?« erkundigte er sich noch einmal. »Ein solcher Schwächeanfall ist so ... untypisch für Sie.«

Guinan runzelte die Stirn. »Möglicherweise hat es etwas mit anderen Angehörigen meines Volkes zu tun«, sagte sie. »Wir reagieren mit großer Sensibilität auf einen ausgeprägten Stimmungswandel. Wenn etwas geschah, das uns beeinflußt hat ...«

»Bisher habe ich angenommen, daß die Überlebenden Ihrer Spezies seit dem Angriff der Borg keine Einheit mehr bilden«, ließ sich Deanna vernehmen.

Guinan warf ihr einen kurzen Blick zu. »Was jedoch nicht bedeutet, daß wir voneinander getrennt sind.« Sie wandte sich wieder an Picard. »Ein überwältigendes Gefühl, Picard. Ich kann es nicht genauer beschreiben. Sie hören von mir, sobald ich mehr weiß.«

Sie ging zur Tür — und blieb stehen, als Jean-Luc

eine schlichte Frage stellte: »Stecken die Borg dahinter?«

Guinan sah über die Schulter, und Picard glaubte zu erkennen, wie sie kurz schauderte.

»Da bin ich ziemlich sicher«, erwiderte sie.

Die vier Ferengi materialisierten im Hauptkorridor des mittleren Borg-Schiffes. Die drei Raumer unterschieden sich nicht voneinander, und Turane hatte aufs Geratewohl einen ausgewählt.

Ein erstaunliches und verwirrendes Panorama präsentierte sich der Landegruppe. Schier endlose Passagen, Gänge und Tunnel erstreckten sich im Innern des Würfels, formten ein Labyrinth, das nicht konstruiert, sondern *gewachsen* zu sein schien. Gleichzeitig zeichnete sich die Struktur der Umgebung durch kompromißlose Effizienz aus. An Bord von Ferengi-Schiffen gab es hier und dort Aspekte, die bestimmten Dingen eine persönliche Note verliehen, aber hier war alles anders. Wohin Turane und seine Begleiter auch sahen: Nur Funktionelles bot sich ihren Blicken dar. Woraus sich vielleicht der Schluß ziehen ließ, daß ein *Mangel* an Persönlichkeit das Wesen der Borg bestimmte.

Darr sah auf die Anzeigen seiner medizinischen Instrumente. »Ich registriere keine individuellen Bio-Signale«, sagte er.

»Und was ist damit?« knurrte Turane. Ruckartig trat er zurück und hielt den Blaster schußbereit: Ein Borg-Soldat näherte sich mit langsamen, zielstrebigen Schritten.

»Stehenbleiben!« rief Daimon. Der Fremde hielt genau auf ihn zu: der Blick fest und durchdringend, der rechte Arm in Metall gehüllt und mit unheilvoll wirkenden Instrumenten ausgestattet. »Sicherheitswächter! Haltet ihn auf! Er will mich angreifen!«

Die beiden Wächter standen zwischen dem Borg und Turane. Plötzlich erklang ein zweites rhythmisches Po-

95

chen, und als sich der Ferengi-Captain umdrehte, sah er noch einen Borg, der aus der anderen Richtung kam, ebenfalls mit ausdruckslosem Gesicht.

»Haltet sie auf, ihr Idioten!« rief Daimon Turane. »Worauf wartet ihr noch?«

Die beiden Wächter wechselten einen stummen Blick und schlossen eine wortlose Übereinkunft. Sie senkten ihre Waffen, traten zurück und drückten sich an die Wand.

Turane erbleichte, und sein Puls raste. Er starrte nach vorn und nach hinten, zu den Borg, die immer näher kamen. Ein Fluch entrang sich seiner Kehle. »Das ist Verrat!« heulte er. »Verrat und Meuterei! Unternehmen Sie etwas, Darr!«

Aber Darr war alt und wich ebenso beiseite wie die beiden Sicherheitswächter.

Daimon Turane legte mit seinem Blaster an, zielte auf den nächsten Borg und drückte ab.

Nichts geschah.

Er stieß einen wütenden Schrei aus. Der Indikator zeigte eine volle Ladekammer an, aber offenbar hatte jemand an der Waffe herumgespielt, sie manipuliert. Vielleicht einer der beiden Wächter. Oder ein anderes Besatzungsmitglied des Sondierungsschiffes. Martok? Letztendlich spielte es keine Rolle. Wichtig war nur: Turane hatte nicht die geringste Chance. *Ich bin so gut wie tot*, dachte er entsetzt.

Die Borg stapften unaufhaltsam heran, gingen aneinander vorbei und ... setzten den Weg fort.

Sie schritten weiter, entfernten sich von den Ferengi.

Daimon Turane sah ihnen verdutzt nach, und es dauerte nicht lange, bis die beiden Gestalten im wirren Durcheinander aus Gängen und Korridoren verschwanden. Das Pochen ihrer Schritte hallte noch eine Zeitlang durch die langen Passagen, wurde immer leiser und verlor sich schließlich im allgegenwärtigen elektronischen Summen.

Turane nahm sich nicht die Zeit, Erleichterung zu empfinden. Er drehte den Kopf, richtete den zornigen Blick auf die beiden Sicherheitswächter. »Was hat Ihr *empörendes* Verhalten zu bedeuten?«

»Ist das so schwer zu erraten?« erwiderte einer der Wächter, hob seinen Blaster und feuerte.

Eine Art Wunder bewahrte Turane vor dem sicheren Tod: Darr sprang vor, schirmte Daimon mit seinem Leib vor dem Strahlblitz ab. Der Medo-Offizier handelte aus einem Reflex heraus. Wenn er vorher nachgedacht hätte, wäre er vermutlich zurückgewichen, anstatt zwischen die Wächter und den Captain zu treten. Nun, er bekam keine Gelegenheit, Reue zu empfinden. Er empfand überhaupt nichts mehr, denn die Entladung tötete ihn auf der Stelle.

Turane stand zunächst wie erstarrt und sah fassungslos auf Darrs halb verkohlten Leichnam hinab. Dann wanderte sein Blick zu den Sicherheitswächtern, deren Gesichter von Verblüffung kündeten.

»Mist«, sagte einer von ihnen.

Turane begriff, daß er nur zwei Möglichkeiten hatte. Entweder blieb er hier und versuchte, die Situation unter Kontrolle zu bringen — indem er zwei Bewaffnete, die ihm nach dem Leben trachteten, dazu zwang, sich seiner Autorität zu beugen. Oder ...

Oder er floh.

Daimon Turane war Realist, und deshalb fiel es ihm nicht schwer, eine Entscheidung zu treffen. Er rannte los.

Seine abrupte Bewegung veranlaßte auch die Wächter, wieder aktiv zu werden. Sie schwangen ihre Waffen herum und schossen, doch der flinke Turane hatte bereits eine Ecke hinter sich gebracht. Die Sicherheitswächter fluchten und nahmen die Verfolgung auf.

Der Captain stürmte durch das Schiff der Borg: Seine Beine stampften wie Kolben, und das Blut rauschte ihm in den großen Ohren. Für einen Ferengi war Turane nicht schlecht in Form, aber von echter Fitneß konnte kaum die Rede sein. Der Selbsterhaltungstrieb mobilisierte nun eine Kraft in ihm, von deren Existenz er bisher nichts geahnt hatte. Er lief und lief, schenkte der Richtung keine Beachtung, dachte nur daran, den beiden Todesboten zu entkommen, die hinter ihm einen Heidenlärm veranstalteten.

Daimon raste um eine weitere Ecke — und stieß gegen einen Borg. Der Aufprall riß sie beide von den Beinen und schleuderte sie zu Boden. Der Borg-Soldat gab keinen Ton von sich, im Gegensatz zu Turane, der das Wesen an der Kleidung packte und ihm praktisch ins Gesicht schrie: »Hilf mir! Sie wollen mich *umbringen!* Bitte hilf mir!«

Der Borg gab keine Antwort, schien den Ferengi kaum zur Kenntnis zu nehmen. Er setzte sich auf und schob Turane dabei zur Seite, wie ein lästiges Hindernis, das nur geringe Aufmerksamkeit verdiente. Dann erhob er sich und ging ungerührt weiter.

»Ihr wollt *Soldaten* sein?« schnaufte Turane. Verzweiflung schlug Wurzeln in ihm und wuchs rasch. »Ihr kämpft ja nicht einmal.«

Die Wächter erschienen am Ende des Korridors. »Da drüben!« rief einer von ihnen, und beide schossen.

Daimon Turane sprang nach links, und die Blasterstrahlen fauchten an ihm vorbei, bohrten sich in ein glühendes Akkumulatorelement, das daraufhin zerbarst. Eine Explosion krachte, und die Druckwelle stieß Turane fort. Erneut verlor er das Gleichgewicht, fiel, prallte mit Knien und Ellenbogen auf den harten Boden. Er rutschte ein oder zwei Meter weit, erreichte die Wand, blieb dort auf dem Rücken liegen und hob die Arme über den Kopf, um sich zu schützen.

»Verdammt!« keifte er. »Ich bin der Kommandant — habt ihr das vergessen? Ich befehle euch hiermit, nicht erneut auf mich zu schießen!«

Die Wächter zögerten, und einen herrlichen Augen-

98

blick lang glaubte Turane, daß sie ihm tatsächlich gehorchten. Dann hörte er ihr spöttisches Lachen — sie machten sich über ihn lustig.

»Bitte«, wimmerte Turane und starrte zu den Blastern, die auf ihn zielten. »Bitte ...«

Drei Borg-Soldaten näherten sich.

Sie ignorierten Turane, weil er unbewaffnet auf dem Boden lag und ganz offensichtlich keine Gefahr darstellte. Die Wächter vermuteten, daß die Borg auch diesmal weitergehen würden, doch sie irrten sich. Eins der Wesen streckte den mechanischen rechten Arm aus und packte den nächsten Sicherheitswächter mit einer stählernen Zange.

Der Ferengi versuchte, seinen Blaster in Schußposition zu bringen, aber er reagierte zu langsam. Blaue energetische Funken stoben aus dem Arm des Borg, formten geschwungene Bögen, die den Wächter trafen, ihn bei lebendigem Leib verbrannten. Er zitterte und zuckte, während die Haut zu Asche zerfiel. Der Mund öffnete sich, doch es erklang kein Schrei. Nacktes Entsetzen irrlichterte in den Augen des Ferengi, und im Korridor stank es nach Tod.

Der Borg ließ den Ferengi sofort los, als das Leben aus ihm wich, wandte sich mit erbarmungsloser Entschlossenheit dem zweiten Wächter zu — der nun feststellen mußte, daß ihm die beiden anderen Borg den Fluchtweg abgeschnitten hatten. Er betätigte den Auslöser seines Blasters, und der Strahl bohrte sich knisternd in die Brust eines Gegners, schickte ihn zu Boden. Dieser leichte Sieg verlieh dem Ferengi neuen Mut, und er schoß noch einmal, aber bei dem anderen Wesen zerstob die Entladung an einem Ergschild.

Der Sicherheitswächter begann hastig damit, die Justierung seiner Waffe zu verändern, doch er war zu langsam. Ein Borg-Arm traf ihn mit solcher Wucht am Kopf, daß der Schädelknochen splitterte. Der Ferengi fiel, und Blut tropfte ihm aus Mund und Nase. Er stöhnte leise, und aus dem Ächzen wurde ein Röcheln. Unmittelbar darauf herrschte Stille.

Daimon Turane sah zu den beiden toten Wächtern und fragte sich, wie lange es noch dauern mochte, bis er ihnen im Jenseits Gesellschaft leistete. Innerlich breitete er sich auf das Schlimmste vor, als sich die Borg-Soldaten umdrehten. Die vom Schrecken stimulierte Phantasie zeigte ihm ein gräßliches Bild: Greifzangen, die ihn packten; blaue Funken; ein zuckender, verbrennender Leib.

Die Borg achteten nicht auf ihn.

Turane fragte sich, ob er erleichtert oder entrüstet sein sollte. Immerhin hatten die Borg Zeit und Mühe darauf verwendet, zwei bedeutungslose Sicherheitswächter zu erledigen — um anschließend den viel wichtigeren Kommandanten zu ignorieren? Dann erkannte er solche Überlegungen als erste Symptome von Wahnsinn.

Unterdessen blieben die Borg keineswegs tatenlos: Sie begannen damit, das durch den Blasterstrahl zerstörte Akkumulatorelement auszutauschen. In Turane reifte eine Erkenntnis heran: Diese Wesen waren nicht erschienen, um ihn zu schützen oder die Eindringlinge zu eliminieren. Sie hatten die beiden Sicherheitswächter nur deshalb getötet, weil durch sie die reibungslose Funktion des Schiffes gestört wurde. Nach der Neutralisierung des Störfaktors gab es für sie keinen Grund mehr, auch gegen Turane vorzugehen.

»Hören Sie«, stieß Daimon hervor und sprach so schnell, daß er über die einzelnen Worte zu stolpern drohte. »Hören Sie, ich bin Daimon Turane von den Ferengi. Ich möchte mit dem Captain dieses Schiffes sprechen, mit dem ... Oberhaupt Ihrer Gemeinschaft. Vielleicht können wir miteinander ins Geschäft kommen.«

Einer der Borg-Soldaten hob den toten Artgenossen und trug ihn zu einer Öffnung in der Wand. Er legte ihn hinein, und daraufhin schloß sich die Nische lautlos.

100

Der Borg verharrte: Die Greifzange des rechten Arms klickte leise, und Servomotoren summten — die Gestalt wirkte wie in Gedanken versunken.

»Ich habe Ihnen eine Menge anzubieten«, sagte Turane. Er stand auf und bemühte sich, einen würdevollen Eindruck zu erwecken. Seine Verhandlungsposition war außerordentlich schlecht, und dieser Umstand belastete ihn sehr: Er konnte nicht zum Sondierungsschiff zurückkehren — mit ziemlicher Sicherheit hätte man ihn dort mit Blastern in Empfang genommen. Nun, wenn man einen neuen Kunden gewinnen wollte, so durfte man ihm nicht zeigen, daß er sich in einer dominierenden Position befand. »Eine Menge«, betonte er noch einmal, bevor er sich räusperte und stolz hinzufügte: »Ich bin Daimon Turane von den Ferengi. Ich bekleide einen hohen Rang, aber wenn Ihnen dieser Status allein nicht genügen sollte: Mein Bruder gehört zum Rat. Das dürfte Ihnen eine Vorstellung von der Wichtigkeit meiner Person vermitteln.«

Er verschränkte die Arme und wartete auf eine Antwort. Aber er bekam keine. Einer der beiden Borg drehte sich wortlos um und ging fort. Der andere blieb stehen, und in seinem Körper klickte es mehrmals — vielleicht empfing er Anweisungen.

»Ich habe eine Menge anzubieten«, wiederholte Turane, und diesmal klang es ungeduldiger.

Einmal mehr folgte Stille. Der Ferengi überlegte, wie er sich verhalten sollte, wenn sich auch dieser Borg einfach umdrehte und ging. Verurteilte ihn das Schicksal dazu, in dem riesigen Raumschiff umherzuirren, bis er verhungerte oder verdurstete? Mußte er damit rechnen, früher oder später in eine Art *Mechanismus* verwandelt zu werden? Oder reagierten die Borg nur dann auf ihn, wenn er etwas zerstörte? Nein, mit einer solchen Zukunft wollte sich Daimon Turane nicht abfinden. Er glaubte sich zu Höherem berufen.

»*Antworte* mir, verdammt!« rief er. »Ich bin der Kommandant eines Ferengi-Sondierungsschiffes und lasse mich nicht einfach ignorieren! Hast du verstanden? Ich *verlange* Aufmerksamkeit!«

Der Borg-Soldat richtete den Blick glasiger Augen auf ihn. Er blieb auch weiterhin stumm, sagte kein Wort, sprach keinen Gruß, aber eins stand fest: Zum erstenmal nahm er Turanes Präsenz als Individuum zur Kenntnis. Was den Ferengi mit jäher Unsicherheit erfüllte.

Der Borg drehte sich um und ging einige Schritte. Turane verharrte an Ort und Stelle. Er wußte nicht, was er jetzt unternehmen sollte, beobachtete überrascht, wie das Geschöpf zögerte und sich zu ihm umwandte. Daimon verstand: Er sollte dem Borg folgen.

»Na schön«, brummte er mit einer gewissen Zufriedenheit. »Vielleicht ist dies der Beginn einer für uns alle sehr vorteilhaften Kooperation.«

Der Borg-Soldat stapfte steifbeinig davon, und Turane schloß sich ihm an, ließ den Blick umherschweifen, während er tiefer ins komplexe Innere des riesigen Schiffes geführt wurde. Er sah sich mit einem wahren Labyrinth konfrontiert und verlor schon nach kurzer Zeit die Orientierung. Jeder Quadratzentimeter Platz schien einem ganz bestimmten Zweck zu dienen. Nichts wurde vergeudet. Nirgends gab es Bilder oder Skulpturen, bunte Bemalungen der Wände oder Ziergegenstände. Maschinenhafte Präzision dominierte überall, brachte eine gewisse ... Unvermeidlichkeit zum Ausdruck. Die großen Zahnräder in der Borg-Mentalität schienen fähig und bereit zu sein, alles zu zerquetschen und zermalmen, das zwischen sie geriet.

Weiter vorn erklang ein allmählich lauter werdendes Summen. Vielleicht eine Energiequelle? Oder etwas anderes? Turanes Verwirrung nahm immer mehr zu, und er ahnte, daß die Dinge außer Kontrolle gerieten, daß er nicht mehr Herr des eigenen Schicksals war.

Der Erste Offizier Martok trommelte mit den Fingern ungeduldig auf die Armlehnen des Kommandosessels. Die übrigen Ferengi erwarteten von ihm, daß er eine Entscheidung traf, irgendwelche Maßnahmen ergriff.

»Stellen Sie eine Kom-Verbindung her«, sagte er schließlich. »Wir haben schon zu lange nichts mehr von ihnen gehört.«

»Keine Antwort, Sir«, erwiderte der taktische Offizier nach wenigen Sekunden. »Daimon Turane, Darr und die beiden Sicherheitswächter reagieren nicht auf unsere Kommunikationssignale.«

Martok nickte langsam.

»Das habe ich befürchtet«, brummte er. »Vielleicht ist dem Captain und seinen Begleitern etwas ... zugestoßen.«

Das Etwas schien sich endlos zu erstrecken.

Turane stand am Rand eines kolossalen Gebildes, bei dem es sich um eine Art zentralen Energiekern zu handeln schien. Die Ausmaße ließen sich kaum abschätzen, da Bezugspunkte fehlten, aber er zweifelte nicht daran, daß Breite und Tiefe in Kilometern gemessen werden mußten. Ferengi-Legenden berichteten von einer Grube, die zur Unterwelt führte, in der, früher oder später, alle Ferengi endeten. Tief unten wartete eine mächtige Entität und urteilte über die Geschäfte der einzelnen Verstorbenen: Resultierte das Leben in einem Haben- oder Sollsaldo? In Abhängigkeit davon wurde über eine Zukunft entschieden, die im wahrsten Sinne des Wortes bis in alle Ewigkeit dauerte. Turane gewann nun den unangenehmen Eindruck, ein derartiges Urteil zu früh zu empfangen. Oder kam es zum richtigen Zeitpunkt? Möglicherweise hatte ihn bereits der Tod ereilt, ohne daß es ihm bewußt geworden war ...

Borg-Soldaten standen rechts und links von ihm, die Gesichter der beeindruckenden Präsenz zugewandt. Ja, eine *Präsenz* ...

103

Als sie zu ihm sprach, erklangen die Worte nicht nur in seinen Ohren, sondern auch inmitten der Gedanken.

»Wir sind die Borg«, verkündete sie. Tausende von Stimmen, zu einer einzigen vereint. Und sie schienen nicht aus dem Schiff selbst zu stammen: Turane glaubte zu spüren, daß *etwas* den würfelförmigen Raumer mit einer fernen Intelligenz verband, die sich nun dazu herabließ, mit ihm zu kommunizieren.

Er nickte langsam. Es kam einer Untertreibung gleich, seine gegenwärtige Situation als seltsam zu bezeichnen, und aus irgendeinem Grund erwachten nun Erinnerungen an die elementarste Lektion in Hinsicht auf die Kunst des Verhandelns: Man zeige nie Unsicherheit. Man gebe sich nie überrascht. Man verhalte sich immer so, als sei man den aktuellen Geschehnissen zwei Schritte voraus, selbst dann, wenn man ihnen drei Schritte hinterherhinkte. Man zeige Zuversicht und Arroganz. Jede gewünschte Vereinbarung läßt sich treffen, wenn man den Verhandlungspartner davon überzeugt, daß einem gar nichts an einer Vereinbarung liegt.

Er richtete sich zu seiner vollen Größe auf. »Und ›wir‹ sind Daimon Turane von den Ferengi. Wenn Sie Rat wünschen in Hinsicht auf die Wissenschaft des Geschäfts, wenn Sie darüber hinaus mit einem der besten Vermittler der Ferengi plaudern möchten, so bin ich Ihnen gern zu Diensten. Wenn Sie einen Kontrakt anstreben ...«

»Kontrakte sind irrelevant«, donnerte die Stimme der Borg.

Turane neigte den Kopf zur Seite. »Ich halte die Wissenschaft des Geschäfts kaum für ...«

»Geschäfte sind irrelevant«, ertönte erneut eine Stimme, deren Klang auf Kompromißlosigkeit hinwies. »Wissenschaft ist irrelevant. Deine Meinungen sind irrelevant. Wir werden dich benutzen.«

»Mich benutzen?« wiederholte Turane.

»Einst hatten wir eine Verbindung zu den Menschen«, erwiderten die Borg. »Doch sie wurde unterbrochen. Jetzt schaffen wir eine neue Kommunikationsbrücke. Mit Hilfe eines Gesandten. Unser erstes Werkzeug verfügte über einen zu starken Willen. Wir benötigen jemand, der sich leichter kontrollieren läßt.«

»Wer war Ihr Gesandter?« fragte Turane. Eigentlich rechnete er gar nicht mit einer Antwort.

Zu seiner großen Überraschung bekam er eine. »Er hieß Locutus. Und bevor er zu Locutus wurde, lautete sein Name Picard.«

»Picard?« entfuhr es Daimon Turane verblüfft. »Jean-Luc Picard von der ... *Enterprise?* Und er fungierte als Ihr Sprecher?«

»Er funktionierte nicht richtig. Wir haben beschlossen, ihn zu ersetzen.«

»Sprecher ...«, murmelte Turane nachdenklich. »Klingt nicht schlecht ... Mit Ihrer Macht zu den Ferengi zurückzukehren ... ja. Ja, ich glaube, wir können miteinander ins Geschäft kommen ...« Daimon lächelte dünn und stellte sich vor, wie sein verdammter Bruder reagieren mochte, wenn er mit der ganzen gewaltigen Macht der Borg erschien. »Natürlich müssen wir zuerst die Bedingungen erläutern ...«

»Bedingungen sind irrelevant.«

»He, einen Augenblick ...«

»Diskussion ist irrelevant. Du wirst unser Sprecher sein und den Humanoiden mitteilen, daß sie sich uns unterwerfen, uns gehorchen müssen. Du wirst die Botschaft verkünden: Wir Borg repräsentieren die Zukunft.«

»Schön und gut«, entgegnete Turane. »Aber dabei muß auch etwas für mich herausspringen. Wenn wir in diesem Zusammenhang eine Übereinkunft erzielen ...«

»Übereinkunft ist irrelevant.«

»Aber ich habe Bedürfnisse und Wünsche ...«

»Bedürfnisse und Wünsche sind irrelevant.«

Zorn erwachte in Turane, aber in einem fernen Win-

105

kel seines Selbst prickelte auch Furcht. »Bisher haben wir nur über Ihr Anliegen gesprochen. Was ist mit mir?«

Die Antwort war nicht völlig unerwartet, aber sie sorgte trotzdem dafür, daß Turane schauderte.

»Du bist irrelevant.«

KAPITEL 6

Mein Gott«, hauchte Deanna Troi. »Sehen Sie sich das an ...«

Nicht zum erstenmal präsentierten sich ihnen von Borg angerichtete Verheerungen, aber diesmal war der Anblick noch entsetzlicher als sonst. Das große Projektionsfeld an der Wand des Kontrollraums zeigte einen Planeten, auf dem noch vor kurzer Zeit eine blühende Zivilisation existiert hatte. Jetzt stellte er eine pockennarbige Wüste dar: Eine gewaltige kosmische Schöpfkelle schien sich mehrmals in ihn hineingebohrt zu haben, um Teile der Welt fortzutragen.

»Das Rettungsschiff *Curie* befindet sich im Orbit von Penzatti, Sir«, meldete Worf. »Es wird gerade eine Kom-Verbindung hergestellt. Dr. Terman möchte Sie sprechen, Captain.«

»Auf den Schirm.«

Picard wußte um Terman und seine Arbeit. Zwar bekleidete er den Rang eines Commodore, aber er berief sich nur darauf, wenn ihm die Umstände keine Wahl ließen. Er zog es vor, mit ›Doktor‹ angesprochen zu werden.

Angeblich stammte folgendes Zitat von ihm: »Den Rang hat man mir einfach so gegeben, doch für den Doktortitel mußte ich hart arbeiten.«

Wenn irgendwo Hilfe gebraucht wurde, waren Terman und seine Mitarbeiter praktisch sofort zur Stelle. Einige Leute sahen fast etwas Übernatürliches darin. Andere vermuteten, daß Terman über spezielle PSI-Fähigkeiten verfügte, die ihn von einem Krisenherd zum

107

nächsten führten. Er selbst sprach in diesem Zusammenhang von Zufall.

Das Bild im großen Projektionsfeld flackerte kurz, und die Darstellung der zerstörten Penzatti-Welt wich dem faltigen Gesicht von Doktor Terman. Picard wußte sofort, was ihm durch den Kopf ging. Zwar war Terman ein Veteran, der kaum seine Gefühle zeigte, doch die Augen offenbarten das besondere, subtile Glühen eines Mannes, der die schreckliche Macht der Borg kennengelernt hatte.

Jean-Luc kannte diesen Blick. Er begegnete ihm jedesmal dann, wenn er in den Spiegel sah.

Er verdrängte die von Grauen geprägten Erinnerungen und kam sofort zur Sache.

»Wie beurteilen Sie die Situation, Doktor?«

Terman vollführte eine Geste, die dem Planeten galt. »Haben Sie so etwas schon einmal gesehen?«

»Bereits zweimal«, erwiderte Picard. »Und das ist genau zweimal zuviel.«

»Für diese Welt gibt es keine Hoffnung mehr«, sagte Terman. »Meine Leute haben die bisher ermittelten Daten gründlich ausgewertet, um festzustellen, was die nahe Zukunft bringt.« Er rieb sich den Nasenrücken, schien auf diese Weise seine Gedanken zu sammeln. Picard vermutete, daß er seit Tagen nicht geschlafen hatte. »Der Planet hat soviel Masse verloren, daß es zu einer Veränderung der Umlaufbahn kam. Ganz zu schweigen davon, daß die Atmosphäre ein ganzes Stück dünner geworden ist. Nun, es läuft alles auf folgendes hinaus: Penzatti wird sich in einen Schneeball verwandeln.«

»Sollen wir unverzügliche Evakuierungsmaßnahmen ergreifen?« fragte Picard und dachte an die Probleme, die sich dabei ergeben würden. Hier ging es nicht um irgendeinen Außenposten oder eine dünn besiedelte Kolonie, sondern um die *Heimatwelt* eines Volkes. Die *Enterprise* konnte bis zu neuntausend Personen aufnehmen, doch die Bevölkerung des Planeten bestand aus vielen hundert *Millionen* Penzatti. *Aber wie viele von ihnen haben überlebt?* fragte sich Jean-Luc.

»Wenn Sie das empfehlen ...«

Picard dachte kurz nach. »Wann wirkt sich die Veränderung der Umlaufbahn aufs Klima aus?«

Terman winkte ab. »Das dauert noch eine Weile. Bei den Penzatti ist das Jahr 579 solare Tage lang. Ich schätze, uns bleiben noch sechs solare Monate, bis es auf dem Planeten richtig kalt wird.«

»Dann bin ich geneigt, noch etwas zu warten«, sagte Picard. Aus den Augenwinkeln sah er, wie ihm Riker einen überraschten Blick zuwarf. »Wenn die Borg noch immer in diesem Raumsektor sind oder hierher zurückkehren, so müssen wir mit einem Kampf rechnen.«

»Ja. Wenn sie tatsächlich zurückkehren, so besteht ihre Absicht wohl kaum darin, ein Schwätzchen zu halten.« Terman lächelte schief. Einen solchen Humor traf man oft bei Menschen an, die Gräßliches gesehen hatten und nicht ständig daran denken wollten. Angesichts seiner persönlichen Erfahrungen hielt Picard kaum etwas davon und entschied, die Bemerkung zu ignorieren.

»Wenn es dazu kommt, könnte der Aufenthalt an Bord der *Enterprise* gefährlich werden«, fuhr er fort. »Wie dem auch sei: Wenn Sie möchten, daß wir Überlebende aufnehmen ...«

»Bei uns geht's drunter und drüber«, entgegnete Dr. Terman. »Die *Curie* ist mit allen notwendigen Dingen ausgestattet, und wir sind daran gewöhnt, rund um die Uhr zu arbeiten, aber dies übersteigt unsere Kräfte.«

»Wir helfen Ihnen gern. Übrigens: Auch die *Chekov* ist hierher unterwegs. In einigen Tagen haben Sie mehr Hilfe, als Sie gebrauchen können.«

»Gegen *solche* Probleme erhebe ich keine Einwände«, sagte Terman. »Im Ernst: Wir können gar nicht genug Hilfe bekommen. Nun, Captain, ich würde das Gespräch mit Ihnen gern fortsetzen, aber die planetaren Einsätze ...«

»Verstehe, Doktor. Wir schicken ebenfalls eine Gruppe. *Enterprise* Ende.«

Terman verschwand vom Wandschirm, der daraufhin wieder eine von häßlichen Kratern übersäte Welt zeigte. Picard betrachtete den verheerten Planeten einige Sekunden lang. »Nummer Eins, bereiten Sie eine Landegruppe vor. Und sorgen Sie dafür, daß uns in der Krankenstation volles Behandlungspotential zur Verfügung steht. Wahrscheinlich bekommen unsere Ärzte und Krankenpfleger viel zu tun. Volle Schichten. Wir dürfen keine Zeit verlieren.«

»Sie möchten soviel wie möglich bewerkstelligen, bevor die Borg zurückkehren«, vermutete Riker.

Picard bedachte ihn mit einem bedeutungsvollen Blick. »Das ist meine Absicht, ja. *Falls* sie zurückkehren.«

»Ich nehme an, die Überlebenden sollen so schnell wie möglich an Bord gebeamt werden.«

»Mit Warpgeschwindigkeit«, bestätigte der Captain und wandte sich an den Lieutenant, der die Navigationskontrollen bediente. »Standardorbit, Mr. Chafin.«

»Aye, Sir.« Kurze Zeit später schwebte die *Enterprise* in einer stationären Umlaufbahn, fünfunddreißigtausend Kilometer über dem verwüsteten Planeten. »Standardorbit erreicht, Sir.«

Worf sah auf die Anzeigen des taktischen Displays. »Sir ...«, grollte er. »Die Sensoren entdecken energetische Spuren der eingesetzten Waffen.«

»Meinen Sie die Waffensysteme der Borg?« erkundigte sich Picard. Eigentlich erübrigte sich eine solche Frage. Die Romulaner flogen nicht von Sonnensystem von Sonnensystem, um irgendwelche Planeten aufzuschneiden. Es konnte wohl kaum ein Zweifel daran bestehen, wer für diese Tragödie die Verantwortung trug.

»Zum Teil, Sir«, lautete die Antwort. »Etwas anderes kommt hinzu: Trümmerstücke, die offenbar von einem Borg-Schiff stammen.«

»Trümmer«, murmelte Riker. »Es stimmt also.«

»Die Borg sind jemandem begegnet, der mindestens ebenso mächtig ist wie sie«, sagte Picard. »Spektralanalyse der Trümmerstücke, Mr. Worf. Ursache der Zerstörung?«

Nach einigen Sekunden sah Worf von dem Display auf, und sein dunkles Gesicht offenbarte eine Mischung aus Erstaunen und Ehrfurcht. Als Klingone verehrte er alles, was Macht besaß, aber diesmal wirkte er fast erschüttert. »Ein Strahl aus reinen Antiprotonen.«

»Aus *reinen* Antiprotonen?« entfuhr es Riker verblüfft. »Eine solche Waffe könnte ...«

»... alles zerstören«, sagte Data. Er sprach diese beiden Worte mit ruhiger, monotoner Stimme, und dadurch klangen sie noch gräßlicher. »Absolut alles. Eine derartige Energie löst Castrodinium auf der molekularen Ebene auf. Und was unsere Schilde betrifft ... Die Deflektoren wären nicht imstande, hochenergetische Strahlen aus Antiprotonen zu absorbieren.«

Einige Sekunden lang herrschte Stille, und dann seufzte Picard. »Offenbar hat ein neuer Spieler das Baseballfeld betreten. Mit einem enorm wirkungsvollen Schläger.«

Die Landegruppe bestand aus Riker, Geordi, Data, Beverly Crusher, Doktor Selar und zehn mit diversen Instrumenten ausgestatteten Medo-Technikern. Sie rematerialisierten in einer Region des Planeten, die offenbar vom Angriff der Borg verschont geblieben war: Sie durchmaß etwa eintausendvierhundert Kilometer, und ein großer Teil davon bestand aus Wäldern und unberührter Natur. Die Penzatti hatten einen hohen technischen Entwicklungsstand erreicht und sich gleichzeitig einen Sinn für jene Schönheit bewahrt, die allein in urwüchsiger Natur zum Ausdruck kam. Dadurch erschien die Verheerung dieser Welt um so tragischer.

Überall arbeiteten die Rettungsgruppen der *Curie.*

111

Gebäude waren eingestürzt; Leichen lagen auf den Straßen und in den Ruinen. Der Geruch des Todes hing in der Luft, ein ständiger, unwillkommener Begleiter. Die Männer und Frauen von der *Curie* gaben sich alle Mühe, jenem unsichtbaren und doch überall präsenten Besucher so viele Opfer wie möglich zu entreißen.

Inzwischen war Riker ein erfahrener Offizier, aber er erinnerte sich noch genau an seinen ersten Einsatz in einem Katastrophengebiet. Orionische Plünderer hatten damals einen Stützpunkt der Föderation angegriffen. Der junge Will Riker kam gerade von der Akademie: Nach der Ausbildung mangelte es ihm nicht an Selbstbewußtsein, und er war sicher, mit allem fertig werden zu können. Unmittelbar nach dem Retransfer auf dem Planeten stellte er fest, daß er in einer warmen, stinkenden Masse stand. Er senkte den Kopf und sah ein rosarotes, schlauchartiges Etwas unter dem linken Fuß. Plötzlich begriff er, daß es sich um die Gedärme eines zerfetzten Leichnams handelte. Der Kopf lag zwei Meter daneben, mit erschlafften, ausdruckslosen Zügen.

Damals erlebte Riker zum erstenmal, zu welchen Grausamkeiten intelligente Wesen fähig waren. Und noch etwas geschah zum erstenmal: Er verlor vollkommen die Kontrolle und übergab sich. Mit dem Auge der Erinnerung sah er, wie er den Oberkörper nach vorn neigte, die Hände an den Knien abstützte, wie er immer wieder würgte, bis der Magen nichts mehr enthielt. Tiefe Verlegenheit erfaßte ihn, denn er spürte die Blicke der Kameraden und Kollegen auf sich ruhen. Irgendwann klopfte ihm der kommandierende Offizier auf die Schulter. »Das haben wir alle durchgemacht«, sagte er, woraufhin sich Riker ein wenig besser fühlte — nur ein wenig, nicht viel.

Seit damals versuchte er immer, Distanz zu wahren. Er verdrängte jenen Teil seines Selbst, der Entsetzen empfand, verbannte ihn in einen entlegenen Winkel seines Bewußtseins, um nicht dabei behindert zu werden, die Pflichten eines Starfleet-Offiziers wahrzunehmen. Manchmal besorgte ihn seine Fähigkeit, die eigenen Empfindungen zu nehmen und sie gewissermaßen auf Eis zu legen. Wenn man diesen Prozeß noch etwas weiter trieb ... Riskierte man dann, das Menschliche zu leugnen und zu verlieren? Mit anderen Worten: Stellten die Borg eine unabhängige, unmenschliche Spezies dar, oder waren sie die unvermeidliche Weiterentwicklung der Gattung Homo sapiens?

Riker fürchtete, den Verstand zu verlieren, wenn er diesen Überlegungen zuviel mentalen Platz einräumte. »Ausschwärmen«, sagte er. »Helfen Sie, wo Hilfe gebraucht wird. Was das medizinische Personal betrifft ... Bleiben Sie in ständiger Verbindung mit Dr. Crusher. Und Doktor: Ich erwarte alle dreißig Minuten einen Situationsbericht von Ihnen.« Beverly nickte und eilte fort. Geordi, Riker und Data gingen in eine andere Richtung, begleitet von Selar.

Langsam schritten sie an geborstenen Mauern und eingestürzten Häusern vorbei, hörten das Ächzen und Stöhnen von Verletzten, hier und dort die tröstenden Stimmen von Besatzungsmitgliedern der *Curie*. Gelegentlich bemerkte Riker jemanden von der *Enterprise*, und er nickte anerkennend: Beverly setzte ihre Leute genau an den richtigen Stellen ein.

Geordi sah sich mit seinem VISOR um, sondierte Boden und Gebäude. Data prüfte die Anzeigen seines Tricorders, zögerte kurz und deutete nach vorn. »Dort starb ein Borg-Soldat«, sagte er.

»›Starb‹ er?« fragte Riker. »Oder wurde er ›zerstört‹?« Er hatte das Phänomen einige Male beobachtet: Ein irgendwie außer Gefecht gesetzter Borg lag reglos, und dann kam ein anderer, löste eine Komponente von oder aus ihm — worauf das erstarrte Wesen zu Asche zerfiel.

Das visuell-organische Restitutionsobjekt versetzte Geordi in die Lage, entsprechende Spuren zu ›sehen‹. »Auch dort drüben«, sagte er und streckte den Arm aus.

113

»Die Penzatti sind nicht kampflos in den Tod gegangen.«

»Ich orte Bio-Signale, die aus jener Richtung kommen«, sagte Selar. Die Vulkanierin hielt einen medizinischen Tricorder in der Hand und zeigte nach Westen. »Ein Individuum. Kritischer Zustand.«

Riker und seine Begleiter setzten den Weg rasch fort, gelangten zu einer anderen Straße, die sich kaum von den übrigen unterschied: Auch hier gab es überall Trümmer und Ruinen.

Geordis VISOR und Selars Tricorder entdeckten den Überlebenden fast zur gleichen Zeit. »Da vorn.«

Der Penzatti lag hinter aufgehäufter Erde — jemand schien versucht zu haben, hier ein Grab auszuheben. Ein sehr flaches Grab, nur einige wenige Zentimeter tief und kaum mehr als einen halben Meter breit. Der Penzatti erwies sich als männliches Exemplar seiner Spezies und lag auf dem Bauch, halb in der kleinen Grube. Rechts und links an der Hüfte steckten zwei schwere Blaster im Gürtel. Die aus dem Kopf ragenden Fühler zitterten mehrmals, als Selar eine Untersuchung mit ihrem Tricorder vornahm.

»Er lebt noch. Aber er ist dem Tod recht nahe.« Sie holte einen Injektor hervor, hielt ihn an den Oberarm des Penzatti und betätigte den Auslöser. »Das sollte seinen Kreislauf stabilisieren. Er hat sich das Bein gebrochen und mehrere Quetschungen erlitten.«

Riker machte Anstalten, ihn umzudrehen.

»Davon rate ich dringend ab, Commander«, sagte Selar scharf.

Picards Stellvertreter wich sofort zurück und tadelte sich dafür, das wichtigste Prinzip der Ersten Hilfe vergessen zu haben: Man vermeide es, den Verletzten zu bewegen. Kurz darauf stöhnte der Penzatti leise und hob den Kopf.

Er öffnete die Augen — und sah Data.

Erschrocken schnappte er nach Luft und versuchte,

die Blaster zu ziehen, doch dazu fehlte ihm die Kraft. Als er sich seiner Hilflosigkeit bewußt wurde, sank der Kopf zurück, und ein neuerliches Stöhnen kam ihm über die Lippen.

»Sie haben nichts von mir zu befürchten«, sagte der Androide ruhig. »Ich bin Starfleet-Offizier.«

»Sie sind jetzt in Sicherheit«, fügte Riker hinzu.

Der Penzatti hob nicht erneut den Kopf. »In Sicherheit«, flüsterte er — und lachte. Es war ein völlig humorloses und bitteres Lachen, das immer lauter wurde, bis es schließlich schrill und hysterisch klang.

»Wir sind von der *Enterprise* ...«, begann Riker.

Der Verletzte achtete nicht auf ihn und lachte noch lauter. »In Sicherheit! In Sicherheit!« Es schien der köstlichste Witz zu sein, den er jemals gehört hatte. Und dann, fast übergangslos, wurde aus dem Lachen mitleiderweckendes Wimmern und Schluchzen.

Selar kontrollierte die Bio-Daten und wartete darauf, daß sich die betreffenden Anzeigen stabilisierten, während sie mit einer ersten Behandlung des gebrochenen Beins begann. Sie war eine sehr vorsichtige Ärztin und verabscheute es, einen Patienten zu bewegen, dessen Bio-Signale fluktuierten. Doch in diesem besonderen Fall blieb ihr keine Wahl. Der Transporter entfaltete einen gewissen Einfluß auf die metabolischen Systeme des Transferierten. Bei gesunden Individuen waren die Auswirkungen vernachlässigbar gering, doch bei einem Verletzten mochten sie einen gefährlichen Schock auslösen. Selar glaubte, nur einige Minuten zu benötigen, um den Zustand des Patienten ausreichend zu stabilisieren.

»Wie heißen Sie?« fragte Riker.

»Ich bin ...« Der Penzatti zögerte, als hätte er Mühe, sich zu erinnern. »Ich bin Dantar. Ich war Dantar der Achte, und jetzt bin ich Dantar der Letzte. Ein angemessener Name, der Vergangenheit, Gegenwart und Zukunft in sich vereint.«

115

»Allem Anschein nach hat jemand versucht, Sie zu begraben«, meinte Geordi.

»Dantar der Nutzlose«, erwiderte der Penzatti in einem gespenstisch klingenden Singsang. »Dantar, dessen Familie nur einige Meter entfernt starb, ohne daß er ihr helfen konnte. Ohne daß er ihr helfen konnte ...«

»Er hat die flache Grube selbst ausgehoben«, sagte Selar. »Die Erde unter seinen Fingernägeln bietet einen deutlichen Hinweis.«

»Sie haben versucht, Ihr eigenes Grab auszuheben?« fragte Riker. In seiner Stimme vibrierten Entsetzen und Neugier.

»Für mich hat das Leben keinen Sinn mehr«, erwiderte Dantar. »Ich habe alles verloren. Es wird Zeit für mich, ins Grab zu kriechen und dort zu verfaulen. Nur der Tod bringt Erlösung. Nur der Tod ...«

Riker trat etwas näher. »Was haben Sie beobachtet? Wer griff an?«

»Jetzt ist vielleicht nicht der geeignete Zeitpunkt, um solche Fragen zu stellen, Commander«, wandte Selar ein.

Riker schüttelte den Kopf. »Wenn es um die Borg geht, dürfen wir keine Zeit verlieren, Doktor.«

»Die Borg ...«, ächzte Dantar. »Bleiche Wesen, erbarmungslos, ohne Seelen. Einer ging in mein Haus, brachte meine Familie um ... Borg.«

»Jemand erteilte ihnen eine Lektion«, sagte Riker. »Jemand griff die Angreifer an und zerstörte ihr Schiff. Haben die Unbekannten Truppen hierhergeschickt? Ist Ihnen, abgesehen von den Borg, noch jemand aufgefallen?«

»Ja.«

»Wer?« fragte der Erste Offizier gespannt.

»Ich habe die Todesgöttin gesehen«, hauchte Dantar und starrte ins Leere. »Sie stand dort drüben und holte meine Familie. Sie hielt die glühenden Kugeln ihrer Seelen in den Händen und löschte dann ihr Licht. Anschließend glitt sie über die Straße ... Oh, sie schien zu gehen, aber man hörte keine Schritte. Von einer Person zur nächsten wanderte sie.« Tränen schimmerten in den Augen des Penzatti. »Ich bot mich ihr an. Ich versuchte, ein Grab auszuheben, um sie zu veranlassen, auch mich von der Qual des Lebens zu befreien. Aber sie schenkte mir keine Beachtung.«

»Dantar ...«, begann Riker.

Der Penzatti reagierte nicht. »Wissen Sie ... Unsere Kultur hat die Göttin des Todes immer als düstere, unheilvolle Gestalt dargestellt, mit einem Gesicht, das nur aus Knochen besteht.«

»Auch unsere Zivilisation hat häufig solche Sinnbilder verwendet«, warf Geordi ein.

»Aber in Wirklichkeit sieht sie ganz anders aus«, fuhr Dantar fort. Seine Stimme wurde leiser, als Erschöpfung ihm die Möglichkeit nahm, klar zu denken. »Ich sah sie als junges Mädchen, das ein weißes Kleid trug, das hüpfte und lächelte. Ihnen dürfte klar sein, warum es lächelte, nicht wahr?«

»Warum?« fragte Selar und blickte auf ihren medizinischen Tricorder, der konstante Bio-Werte anzeigte. Die metabolischen Funktionen hatten sich stabilisiert, was bedeutete, daß einem Transfer nicht mehr entgegenstand. »Warum lächelte die Göttin des Todes?«

Dantar wirkte nachdenklich. »Vielleicht deshalb, weil sie Gefallen an ihrer Arbeit findet. Und das ist gut so, denn in letzter Zeit hat sie viel zu tun.«

Ein Transporterstrahl löste Dantar und Selar auf, trug sie zur *Enterprise.* »Er erwähnte einen Borg, der sein Haus dort drüben betrat«, sagte Riker nachdenklich. »Sehen wir uns dort um. Vielleicht hat jemand überlebt.« Er ging einen Schritt in die entsprechende Richtung, zögerte dann und nahm den Phaser zur Hand. »Nur für den Fall, daß dort ein Borg lauert«, fügte er grimmig hinzu.

117

»Ausgeschlossen«, erwiderte Geordi. »Die Zerstörung des Würfelschiffs unterbrach alle Verbindungen zu den hiesigen Borg. Und das bedeutete ihren Tod.«

»Gerade diesen Gegner sollten wir auf keinen Fall unterschätzen«, warnte Riker. »Ein solcher Fehler könnte sehr wohl unser letzter sein.«

»Ich verstehe, Sir.« Geordi zog ebenfalls den Phaser, und Data folgte seinem Beispiel.

Vorsichtig näherten sie sich dem Haus und stellten fest: Das Dach war eingestürzt. Es gab also praktisch keine Aussichten, Überlebende zu finden. Ein unangenehmer Geruch wehte ihnen entgegen, ein Geruch, der Riker an jenen gräßlichen ersten Einsatz erinnerte. Erneut schob er die Reminiszenzen hinter den Horizont der bewußten Wahrnehmung zurück, dazu entschlossen, sich nicht von ihnen beeinflussen zu lassen. *Heute bin ich viel stärker als damals*, dachte er. *Oder vielleicht schwächer?*

Geordi spähte durch den dunklen Zugang, und diesmal war er froh, daß er ein VISOR trug, das ihm ein elektronisch elaboriertes Abbild der Umgebung zeigte. Die silberne Spange vor den Augen vermittelte ihm mehr visuelle Informationen, als einem normalen Menschen zur Verfügung standen, aber von echtem ›Sehen‹ konnte nicht die Rede sein. »Hier liegen ziemlich viele Leichen, Commander.«

Riker nahm eine Sondierung mit dem Tricorder vor. »Die Lebensindikatoren zeigen nur Null-Werte.« Er fühlte eine sonderbare Art von Erleichterung. Ihm lag nichts daran, die Ruine zu betreten, um sich Tote anzusehen. Seinem Seelenfrieden nützte das ebensowenig wie den Opfern der Borg. »Gehen wir weiter.«

LaForge hob die Hand. »Warten Sie, Commander. Ich sehe etwas. Es ist keine Lebensform, aber ...« Er beendete den Satz nicht.

Riker sah erneut auf die kleinen Displays. »Was auch immer Sie sehen — der Tricorder zeigt nichts an. Sind

Sie sicher, daß es sich nicht um eine Fehlfunktion Ihres VISORs handelt?«

LaForge blickte auch weiterhin durch den Zugang, als er ruhig erwiderte: »Sind *Sie* sicher, daß Ihre Augen richtig funktionieren?«

»Es war nur eine Frage, Mr. LaForge«, sagte Riker. Erstaunlich: Nach so langer Zeit konnte Geordi in Hinsicht auf sein Sehvermögen noch immer recht empfindlich sein.

Der Chefingenieur ahmte Picards Akzent nach, als er entgegnete: »Zur Kenntnis genommen.« Und dann, wieder ernst: »Das Etwas befindet sich dort drüben.«

Er zeigte zu einem Schutthaufen in der einen Ecke des Raums. Die drei Männer durchquerten das Zimmer und versuchten, nicht an die Leichen zu denken, über die sie hinwegstiegen. Rikers Blick fiel auf ein kleines Mädchen mit zertrümmertem Schädel — es ruhte in den Armen der Mutter, die nur wenige Sekunden später gestorben war.

Sie erreichten den Haufen und begannen damit, einzelne Trümmerstücke beiseite zu räumen.

Riker rollte einen großen Brocken fort, streckte die Hände nach dem nächsten aus — und zuckte zurück.

Die Greifzange am Ende eines Borg-Arms deutete auf ihn.

»LaForge! Data!« rief er. »Passen Sie auf!«

Er wartete darauf, daß irgend etwas passierte, rechnete mit dem Zischen eines Energiestrahls, stellte sich vor, wie die Zange nach ihm schnappte.

Die Stille dauerte an.

Data und LaForge traten neben ihn. »Was haben Sie gefunden?« fragte Geordi.

»Einen Borg«, brummte Riker. »Einen Borg, der die Zerstörung des Würfelschiffes überlebt hat.«

»Sie haben also richtig getippt, Commander«, meinte Geordi.

Zwar wußte Riker durchaus um den Ernst der Si-

119

tuation, aber er gestattete sich trotzdem ein kurzes Lächeln. »Deshalb werde ich ja auch so gut bezahlt, Mr. LaForge.«

Data runzelte die Stirn. »Ich dachte immer, ein besseres Gehalt geht zurück auf einen höheren Rang, längere Dienstzeit ...«

»Nicht jetzt.« Geordi seufzte.

Der Androide beendete den Gedankengang sofort und wechselte abrupt das Thema. »Vielleicht reagierte der Tricorder nicht auf die Präsenz des Borg, weil diese Fremden keine Individuen sind, sondern eine Art kollektive Wesenheit bilden.«

»Müssen wir einen Angriff befürchten?« fragte LaForge.

»Die Borg neigen dazu, alles zu ignorieren, was sie nicht direkt bedroht«, erwiderte der Erste Offizier. »Aber dieser hier ist begraben. Ich habe nicht die geringste Ahnung, was er anstellen könnte, doch ich werde kein Risiko eingehen.« Er klopfte auf seinen Insignienkommunikator. »Riker an Sicherheitsabteilung.«

Eine grollende Stimme klang aus dem kleinen Lautsprecher. »Hier Sicherheitsabteilung.«

»Beamen Sie sich mit zwei Wächtern hierher, Worf«, sagte Riker. »Wir haben einen überlebenden Borg entdeckt.«

»Seien Sie sehr vorsichtig, Commander«, knurrte der Klingone.

»Deshalb rufe ich Sie hierher, Mr. Worf.«

Unterdessen räumten Data und Geordi die restlichen Trümmerstücke beiseite. Das Gesicht des Borg kam zum Vorschein, und Data blickte in die Augen. »Dieses Wesen scheint tatsächlich lebendig zu sein, Commander. Aber offenbar befindet es sich in einer Art Bereitschaftsmodus — vielleicht wartet es auf Anweisungen.«

»Ich verstehe das nicht.« LaForge zog an einem Balken. »Wie kann dieser Soldat die Trennung vom Zentralkommando der Borg überlebt haben?«

»Das ist auch Captain Picard gelungen«, sagte Riker. Er drehte sich um, als das vertraute Summen des Transporters Worf und die beiden Sicherheitswächter ankündigte. *Nicht einmal dreißig Sekunden*, dachte er anerkennend. *Man kann Worf kaum vorwerfen, Zeit zu vergeuden.*

»Der Captain war bereits von den Borg separiert, als das Schiff explodierte«, gab Data zu bedenken. »Dieser Umstand ermöglichte sein Überleben. Woraus folgt: Es muß eine andere Erklärung dafür geben, warum dieser Borg nach wie vor existiert.«

Geordi betrachtete den inzwischen sichtbar gewordenen zweiten Arm. »Vielleicht habe ich die Ursache gefunden. Es ist schlicht unglaublich.«

Worf näherte sich mit seinen beiden Begleitern namens Meyer und Boyajian. Seine dunkle Miene wirkte sehr ernst. »Ist das die potentielle Gefahr?« Es fehlte jeder Sarkasmus in seiner Stimme — obwohl der Borg in Reglosigkeit verharrte. Riker hatte einen möglichen Feind identifiziert, und Worf wollte nur wissen, auf wen oder was er zielen sollte, falls sich Probleme ergaben. Manche Leute sagten dem Klingonen nach, er litte an ›fataler Schießwütigkeit‹ — fatal für denjenigen, der sich auf der falschen Seite des Phasers befand.

»Ja«, bestätigte Riker. »Nun, im Augenblick scheinen wir hier alles unter Kontrolle zu haben.«

»Dann halte ich mich für den Fall in Bereitschaft, daß die Situation außer Kontrolle gerät«, sagte Worf fest und bezog Aufstellung.

Riker schritt zu Geordi. »Was ist so unglaublich, Mr. LaForge?«

»Sehen Sie sich das hier an.« Der Chefingenieur deutete auf den Oberarm des Borg.

Der Erste Offizier beugte sich vor und runzelte die Stirn. »Was soll das denn sein? Etwa ein Küchenmesser?«

»Ja. Jemand stieß es zwischen diese Komponenten hier.« LaForge zeigte auf den entsprechenden Bereich,

hütete sich jedoch davor, ihn zu berühren. »Es hat den
Borg nicht getötet, ihn jedoch gründlich durcheinander-
gebracht. Und ihm das Leben gerettet.«

»Worauf wollen Sie hinaus?« fragte Riker verwirrt.

Worf runzelte die Stirn, was recht häufig geschah,
aber diesmal bildeten die Falten tiefere Täler als sonst.
»Ganz offensichtlich steckt ein Versuch dahinter, den
Borg umzubringen. Wie kann ihm so etwas das Leben
gerettet haben?«

Data ging nicht direkt auf die Frage des Klingonen
ein. »Ich glaube, Geordi hat recht. Diese Vorrichtung
hier, direkt über dem Kapuzenmuskel ...«

»Einen Augenblick.« Einmal mehr aktivierte Riker
seinen Insignienkommunikator. Unter normalen — und
selbst außergewöhnlichen — Umständen hätte er nicht
gezögert, alles allein zu regeln. Aber die Borg standen
auf einem ganz anderen Blatt. In diesem Zusammenhang hielt es der Erste Offizier für erforderlich, daß Picard alle Informationen mit ihm teilte. »Riker an Captain.«

»Ich höre Sie, Nummer Eins«, erwiderte Jean-Luc.

»Wir haben einen Borg-Soldaten gefunden. Und er
lebt.«

»Er lebt?« Es klang verblüfft. Kein Wunder: Picard
hatte ganz persönliche Erfahrungen mit den Borg gesammelt, und daher wußte er, wie unwahrscheinlich eine solche Entdeckung war. »Können Sie mir erklären,
wie so etwas möglich ist?«

»Wenn wir diesen Kom-Kanal geöffnet lassen ... Mr.
LaForge und Mr. Data wollten gerade mit der von Ihnen
gewünschten Erklärung beginnen.« Er nickte den beiden anderen Offizieren zu.

Die Kommunikationsverbindung beschränkte sich
auf eine Übertragung von akustischen Signalen, und
deshalb hielt Data folgenden Hinweis für angebracht:
»Ein Küchenmesser ragt aus der Schulter des Borg. Und
zwar genau dort, wo sich eine Komponente befindet,

122

die bei neutralisierten Borg entfernt wird: dicht über dem Kapuzenmuskel. Wir nehmen an, daß die Borg-Soldaten mit Hilfe jener Vorrichtung den Kontakt zum Gemeinschaftsbewußtsein halten. Vermutlich erfolgt durch sie ein ständiger Signalaustausch zwischen dem Borg einerseits und dem kollektiven Selbst andererseits — wie die Endlosschleife in einem Computerprogramm. Wird das betreffende Teil entfernt, so kommt es zu einer Unterbrechung der Schleife, was die Zerstörung beziehungsweise den Tod des Soldaten zur Folge hat.«

»Eine recht alexandrinische Lösung für das Problem des gordischen Knotens«, kommentierte Picard.

»Eine hochentwickelte, sehr moderne Technik — aber ganz offensichtlich nicht vor einem primitiven Küchenmesser geschützt«, sagte Geordi. »Nun, um ganz ehrlich zu sein: Ich schätze, hier reichen sich Glück und Zufall die Hand. Die Wahrscheinlichkeit für einen solchen Zwischenfall ist so gering, daß ich sie gar nicht zu berechnen wage. Meiner Ansicht nach ist folgendes passiert. Die Klinge des Messers bohrte sich genau an der richtigen Stelle in die Schaltkreise, um einen neuen Stromkreis zu schaffen und zu schließen, wodurch die zuvor erwähnte Endlosschleife wiederhergestellt wird, und zwar im Innern des Borg. Anders ausgedrückt: Er bittet ständig um Anweisungen und antwortet sich selbst. Natürlich kann er sich keine Befehle erteilen, was ihn zu Inaktivität zwingt. Er wartet auf Order, die er nie bekommen wird — weil er jetzt Anfang und Ende seiner eigenen kleinen Welt ist.«

»Weiß er von der Zerstörung des Schiffes?« erkundigte sich Riker.

»Nein«, erwiderte LaForge. »Er ruht in sich selbst, ohne eine Verbindung zum Rest des Universums.«

»Und wenn wir das Messer oder die Komponente entfernen?«

Geordi gestikulierte wie ein Zauberkünstler. »Dann macht's *bumm*. Asche zu Asche, Staub zu Staub.«

»Amen«, sagte Riker.

»Bringen Sie den Borg hierher«, ertönte Picards Stimme.

»Davon muß ich abraten, Sir«, brummte Worf. »Wenn er sich selbst zerstört, bedeutet er eine große Gefahr für alle Personen in der Nähe.«

»Nein«, widersprach Picard. Offenbar hörte auch er den scharfen Klang in seiner Stimme, denn er fuhr ruhiger fort: »Wir wissen, was passiert, wenn Borg die Selbstzerstörung einleiten. Wir haben diesen Vorgang mehrmals beobachtet. Jene Wesen verschwenden keine Energie für eindrucksvolle Explosionen oder etwas in der Art. Bringen Sie ihn hierher. Vielleicht können wir ihn ... retten.«

»Ja, Sir«, entgegnete der Erste Offizier. »Wir beamen uns sofort an Bord. Riker Ende.«

Geordi blickte in das überaus seltsame Gesicht des Borg: lebendig, und doch tot. Er streckte die Hand aus, um die Wange zu berühren ... Worf hielt ihn am Unterarm fest, und LaForge drehte überrascht den Kopf.

»Das halte ich für unklug«, grollte der Klingone, und etwas in seiner Stimme wies darauf hin, daß er nicht nur eine persönliche Meinung äußerte.

Geordi musterte wieder die bleichen, starren Züge. »Ich glaube, der Captain hat recht. Vielleicht können wir dieses Wesen tatsächlich retten. Ich spüre etwas, weiß jedoch nicht genau, um was es sich handelt ...«

»Es wird den Captain bestimmt freuen zu erfahren, daß Sie ihm zustimmen, Mr. LaForge«, sagte der Erste Offizier und klopfte auf seinen Insignienkommunikator. »Riker an Transporterraum. Sieben Personen für den Transfer.«

»Bringen Sie einen Überlebenden mit?« fragte O'Brien. In der letzten Zeit klang er immer fröhlich, ganz gleich, wie die Umstände beschaffen sein mochten. Offenbar fand er großen Gefallen am Eheleben.

Geordi starrte noch immer nachdenklich auf den Borg

hinab. Der Blick des Soldaten reichte nach wie vor in die Ferne, und selbst wenn er dem Chefingenieur gegolten hätte — LaForge wäre nicht in der Lage gewesen, es zu bemerken. Er konnte die Körpertemperatur einer Person bis aufs Grad genau feststellen, doch der exakte Bedeutungsinhalt eines Gesichtsausdrucks blieb ihm verborgen.

»Es ist kein Überlebender, sondern ein Opfer«, antwortete Geordi langsam.

Picard saß im Kommandosessel der Brücke und beobachtete den verheerten Planeten, aber nur ein Teil seines Bewußtseins beschäftigte sich damit. Ein anderer Aspekt seiner Aufmerksamkeit betraf Guinans Schwächeanfall und jenes Wort, das sie in Rikers Armen geflüstert hatte. Ein Wort, an das sie sich jetzt nicht mehr erinnerte.

Etwas, das wie *Wände* klang.

Es ergab nicht den geringsten Sinn. Und doch ... Picard fand keine Ruhe.

Aus irgendeinem Grund hatte er den Eindruck, daß er eigentlich Bescheid wissen, die wahre Bedeutung jenes Wortes verstehen sollte.

In seinem Unterbewußtsein zitterte und prickelte es. Jean-Luc lehnte sich im Sessel zurück, doch nach einigen Sekunden stand er auf. Die Brückenoffiziere sahen zu ihm, rechneten mit neuen Anweisungen, aber der Captain blieb stumm.

Wände.

Nein. Guinan hatte ein anderes Wort geflüstert. Etwas, das ähnlich klang. Der Grund für diese plötzliche Überzeugung blieb ihm verborgen. Mit der gleichen rätselhaften Sicherheit wußte er, daß die Wahrheit in ihm selbst auf Entdeckung wartete. Sie betraf etwas, das vor langer Zeit geschehen war und Spuren in seinem Gedächtnis hinterlassen hatte. Aber so sehr er sich auch bemühte: Er konnte keine Assoziationsbrücken konstruieren, die den Vorgang des Erinnerns erleichterten.

Wände.

Ven ...

»Verdammt«, fluchte Picard so leise, daß ihn niemand hörte.

KAPITEL 7

Das Raumschiff *Repulse* unterbrach den Warptransfer, als die Sensoren ein Objekt entdeckten, das gerade den Rand des Kalisch-Systems erreichte. Die *Repulse* war auf dem Weg nach Howell 320, mit zwei Föderationsbotschaftern an Bord, die einen Bürgerkrieg auf dem von Zwist und Not heimgesuchten Planeten verhindern sollten. Es drohte ein bewaffneter Kampf, weil die Regierung das Heilmittel für eine gefährliche Krankheit unter Verschluß hielt — in der Hoffnung, daß sich ihre Gegner infizierten und starben. Aber die Feinde der Regierung weigerten sich hartnäckig zu erkranken. Ganz im Gegenteil: Sie strotzten vor Gesundheit, und ihre Entschlossenheit, die Macht des Regimes zu brechen, wuchs mit jedem Tag, sogar mit jeder verstreichenden Stunde.

Doch nun geriet die Besorgnis in Hinsicht auf einen Bürgerkrieg in den Hintergrund. Captain Ariel Taggert beugte sich vor, als die Fernbereichssensoren Daten ermittelten.

»Es läßt sich wohl ausschließen, daß gerade eine große Spinne über unsere Sensorscheibe krabbelt«, sagte sie grimmig. »Und ich vermute, daß wir andere, ähnlich harmlose Erklärungen ebenfalls ausklammern müssen.« Sie strich sich eine Strähne des dichten roten Haars aus der Stirn.

»Captain«, sagte der Offizier an der Operatorstation. »Das Ding dort draußen ... Es ist Hunderte von Kilometern lang. Und es nähert sich uns.«

Genau in diesem Augenblick piepte Taggerts Kommunikator. Sie aktivierte das kleine Gerät und fragte schroff: »Ja?«

»Wir haben angehalten«, erklang die verärgerte Stimme einer anderen Frau.

Taggert seufzte. »Nein, Doktor, wir haben nicht angehalten, sondern den Warptransit unterbrochen. Wir fliegen jetzt mit Impulskraft.«

»Mit anderen Worten: Wir haben *praktisch* angehalten.«

»Sie sollten keine Zeit vergeuden, indem Sie mit mir sprechen, Doktor. Wenn ich Ihnen einen Rat geben darf: Treffen Sie alle notwendigen Vorbereitungen in der Krankenstation. Wir haben ein Problem.«

»Ist es wichtiger als unser Bemühen, den Bewohnern von Howell 320 zu helfen?«

»Ob es wichtiger ist? Keine Ahnung. Ich weiß nur eins: Dieses Problem ist ein ganzes Stück *größer.* Um Ihnen eine Vorstellung zu vermitteln: Die Ausmaße entsprechen dem Vier- bis Fünftausendfachen jenes Schiffes, zu dessen Besatzung Sie gehörten, bevor Sie zu uns zurückkehrten.«

Einige Sekunden lang blieb es still. »Die *Enterprise* ist über sechshundert Meter lang. Wenn Sie ein Objekt mit den vier- bis fünftausendfachen Ausmaßen meinen ... Ungeheuerlich.«

»In der Tat, Doktor«, sagte die Kommandantin. Pulaski war eine ausgezeichnete Ärztin, und Taggert hatte sich gefreut, als sie von der *Enterprise* zur *Repulse* zurückkehrte. Aber manchmal konnte sie ziemlich schwierig sein. »Und nun ... Bereiten Sie sich darauf vor, Ihre Pflicht zu erfüllen. Wenn uns das Etwas feindlich gesinnt ist, müssen wir damit rechnen, daß Sie in der Krankenstation jede Menge Arbeit bekommen.« *Falls das Ding überhaupt etwas von uns übrigläßt*, dachte Taggert, sprach diesen Gedanken jedoch nicht laut aus.

Ein solcher Hinweis erübrigte sich — Pulaski verstand auch so. »Alles klar«, erwiderte die Bordärztin schlicht. »Krankenstation Ende.«

Taggert hatte die ganze Zeit über zum Wandschirm gesehen, aber nun konzentrierte sie sich wieder voll und ganz auf die Darstellung. »Sensoren und Vergrößerung auf Maximum«, sagte sie. »Alarmstufe Gelb.«

Die *Repulse* hüllte sich in ihre Deflektoren und beschleunigte, flog dem ›ungeheuerlichen‹ Objekt entgegen.

An Bord der *Enterprise* öffnete sich die Tür der Krankenstation, und Picard trat ein. Er ging nur etwas langsamer, um einigen transferierten Penzatti zuzunicken, die hier behandelt wurden. Dr. Terman hatte nicht übertrieben: Angesichts der Situation auf dem Planeten war die *Curie* tatsächlich überfordert.

Ein Penzatti streckte die Hand aus und hielt ihn am Arm fest. »Sind Sie der Captain?« brachte er hervor.

Jean-Luc befreite sich behutsam aus dem festen Griff. »Ja, ich bin Captain Picard. Wenn Sie mich bitte entschuldigen würden ...«

»Ich heiße Dantar«, fuhr der Penzatti fort. Zwar war er längst behandelt worden und ruhte in einer bequemen, entspannten Position, aber die körperlich-geistigen Verletzungen waren ihm trotzdem deutlich anzusehen. »Ich fürchte, ich habe mich nicht gerade vorbildlich verhalten, als Ihre Leute eintrafen. Sie begegneten mir mit viel Geduld, während ich ... im Delirium lag. Dafür möchte ich ihnen meinen Dank aussprechen.«

»Ich werde es den betreffenden Personen mitteilen«, sagte Picard und versuchte mühsam, die Ungeduld zu unterdrücken. Zu seinen Eigenschaften gehörte nicht die Fähigkeit, gut mit Kranken umgehen zu können.

»Befinden wir uns noch immer im Orbit von Penzatti?«

»Ja.«

»Gut.« Dantars Kopf sank aufs Kissen zurück. »Dort

129

unten gibt es nichts mehr für mich, aber trotzdem möchte ich noch eine Weile hierbleiben.« Er sah zu Picard auf. »Meine Blaster. Die beiden Keldin-Blaster. Ihr Sicherheitsoffizier namens Worf hat sie mir abgenommen, als man mich hierherbrachte. Wo sind die Strahler?«

»Vermutlich im Arsenal. Keine Sorge: Dort sind sie gut aufgehoben.«

»Ich möchte sie zurück«, sagte Dantar. »Wir Penzatti legen großen Wert auf unsere Waffen. Die beiden Keldin-Blaster sind schon seit vielen Generationen im Besitz meiner Familie, wurden vom Vater an den Sohn weitergegeben. Sie haben es wirklich in sich: Mit ihnen könnte man sogar den Rumpf Ihres Schiffes durchlöchern.«

»Ein guter Grund, um sie im Arsenal zu lassen«, erwiderte Picard fest. »Tut mir leid, Dantar, aber wir bewahren Ihre Waffen auch weiterhin für Sie auf. Ich bin auf keinen Fall bereit, Beschädigungen der *Enterprise* zu riskieren.«

»Aber Captain ...«

»Entschuldigen Sie bitte.« Picard wandte sich ab und betrat ein separiertes Untersuchungszimmer.

Dort bot sich ihm ein verblüffender Anblick dar.

Jean-Luc glaubte zu spüren, wie sein Herzschlag für zwei oder drei Sekunden aussetzte, und etwas schnürte ihm jäh die Kehle zu. Zum erstenmal seit seinen schrecklichen Erlebnissen als Locutus wurde er nun mit einem Borg konfrontiert. Er hatte diesen Augenblick gefürchtet, aber jetzt stellte sich heraus, daß ein großer Teil der Furcht allein seiner Phantasie zuzuschreiben war. Während des vergangenen Monats hatten ihm die Erinnerungen dreimal entsetzliche Alpträume beschert, doch nun regte sich kein Schrecken in ihm, sondern Mitleid.

Besser gesagt: Das versuchte er sich einzureden.

Der Borg war auf dem gleichen vertikalen Biobett

130

festgeschnallt worden wie vor einigen Monaten ein gewisser Locutus. Anschließend hatte man die Liege teilweise gesenkt, und nun blickte der Soldat ins Nichts. Obgleich man in diesem Zusammenhang kaum von *blicken* sprechen konnte, da dieses Wort Aktivität zum Ausdruck brachte. Die Augen waren nur in eine bestimmte Richtung ausgerichtet.

Im Gegensatz zu den medizinischen Tricordern lieferte das Biobett eine vollständige Analyse, selbst bei schwer zu sondierenden Wesen wie den Borg. Beverly Crusher betrachtete die Anzeigen. Geordi, Data und Riker standen in der Nähe.

Die eine Seite von Datas Kopf war geöffnet und offenbarte komplexe Schaltkreise.

»Ich bezweifle, ob die neurale Verbindung zum gewünschten Ergebnis führt«, sagte Dr. Crusher. »Die in der Haut dieses Wesens enthaltenen Mikroelemente sind weitaus komplizierter als jene technischen Komponenten, mit denen wir es ... beim Captain zu tun bekamen.« Bei den letzten Worten bemerkte sie Picard.

Er schwieg, nickte nur und ging langsam um den reglosen Borg herum. Die anderen traten respektvoll beiseite und ahnten, was dem Captain nun durch den Kopf ging: Er erlebte noch einmal ein Grauen, das sie sich kaum vorstellen konnten.

»Die Systeme interagieren also mit sich selbst?« fragte der Captain nach einer Weile.

»So sieht's aus, Sir«, erwiderte Geordi. »Data möchte das Problem auf die gleiche Weise lösen wie bei Ihnen — indem er die Verbindung auf neuraler Ebene unterbricht.«

»Das klappt nicht«, betonte Beverly Crusher noch einmal. »In bezug auf diesen Soldaten hat so etwas keinen Zweck. Beim Captain gab es noch immer einen Rest von Jean-Luc Picard, der sich zur Wehr setzte und unsere Bemühungen unterstützte. Hier gibt es ... nichts.«

»Ich bin anderer Ansicht«, sagte LaForge. Eine son-

131

derbare Neugier erfaßte ihn immer dann, wenn er zu dem Borg sah — eine Neugier, die sich als sehr gefährlich erweisen konnte. Aber das war ihm gleichgültig. Er wollte unbedingt herausfinden, was ihn an diesem Geschöpf so sehr faszinierte. »Und ich glaube, diese Sache ist ein Risiko wert.«

»Das Risiko besteht in erster Linie darin, daß uns ein Fehler unterläuft«, meinte die Ärztin. »Wenn wir keine Möglichkeit finden, den internen Selbstzerstörungsmechanismus zu entschärfen, so haben wir bald einen toten Borg.«

»Jemand ist da drin gefangen, Doktor«, warf Picard ein. »Ich pflichte Mr. LaForge bei. Wir dürfen nicht tatenlos zusehen, während das Ich eines armen Teufels von Mikroelementen und implantierten Geräten unterjocht wird.« Er sah in die trüben, glasigen Augen des Borg. »In diesem Leib steckt ein Mann, der sich Rettung erhofft.«

»Dem muß ich widersprechen.« Dr. Crusher verschränkte die Arme.

Picard musterte sie erstaunt. »Ein Mangel an Anteilnahme und Mitgefühl sieht Ihnen gar nicht ähnlich, Doktor.«

»Empfindungen irgendeiner Art spielen dabei überhaupt keine Rolle«, entgegnete die Ärztin. »Ich bin absolut sicher: In dem Körper steckt kein Mann, der stumm um Rettung fleht.«

»Sie können nicht *absolut* sicher sein«, gab der Captain zu bedenken.

»Und ob ich das kann.«

»Warum?«

Dr. Crusher deutete auf den Borg. »Weil das kein Mann ist, sondern eine Frau.«

Captain Ariel Taggerts Konzentration galt noch immer ausschließlich dem Wandschirm, und sie sah das Gebilde zuerst. »Da ist es. Vergrößerungsfaktor sechs.«

Das Bild im großen Projektionsfeld wechselte.

Und zeigte eine gewaltige, hungrige Entität.

Ein *fressendes* Etwas.

Völlige Stille herrschte auf der Brücke, bis der Mann an den Navigationskontrollen murmelte: »Verdammter Mist.« Dann erinnerte er sich plötzlich daran, daß die Kommandantin nichts von Flüchen hielt. »Entschuldigung, Captain.«

Taggert schüttelte den Kopf. »Schon gut, Mr. Seth. Sie haben einen durchaus angemessenen Kommentar abgegeben.« Sie beugte sich vor und dachte an die noch immer recht große Entfernung zwischen der *Repulse* und dem fremden Objekt. *Das Ding muß* immens *sein,* fuhr es ihr durch den Sinn. Ein Teil von ihr wünschte sich, die Distanz um mindestens das Hundertfache zu vergrößern. »Lieber Himmel, was macht es da?«

»Es zerschneidet den Planeten«, antwortete Seth langsam. »Und es ... verschlingt ihn. Allem Anschein nach hat es ziemlichen Appetit.«

»Sind es die ... Borg?« fragte der taktische Offizier.

Taggerts Blick verweilte einige Sekunden lang auf ihm.

»Im Vergleich mit dem Etwas da draußen wirken die Borg wie niedliche Tribbles«, sagte sie.

»Eine *Frau?*« wiederholte Geordi verwirrt. »Aber es gibt doch gar keine Borg-Frauen! Zumindest sind wir nie welchen begegnet.«

»Bei unserem ersten Kontakt mit den Borg sahen wir einen Ort, an dem sie ... heranwuchsen«, erinnerte sich Data. »Ich meine das Äquivalent eines Säuglingssaals beziehungsweise Kindergartens. Dort werden die Borg fast sofort nach der ›Geburt‹ mit Maschinenteilen ausgestattet. Nichts deutete auf weibliche Repräsentanten der Spezies hin.«

»Sind Sie sicher, daß kein Irrtum vorliegt, Doktor?« fragte Picard.

»Ja«, erwiderte Beverly Crusher fest. »Man hat an der DNA herumgepfuscht, aber ich erkenne zwei X-Chromosomen, wenn ich sie sehe. Kein Zweifel: Die Person vor uns ist weiblichen Geschlechts.«

»Wie können wir ihr helfen?« erkundigte sich Picard.

»Ich beabsichtige, ihre neuralen Verbindungen so zu restrukturieren, daß sich die Aktivität der Schaltkreise auf einen einfachen Impuls reduziert, der sich in regelmäßigen Abständen wiederholt«, verkündete Data. »Derzeit wartet die Borg auf Anweisungen, die nie eintreffen werden. Mit dem Äquivalent einer Endlosschleife gebe ich ihr die Illusion, Mitteilungen vom Zentralbewußtsein zu erhalten. Um es anders auszudrücken: Ich leite den Frage-Impuls in eine andere Richtung und verwandle ihn in eine Antwort, die wiederum zur Grundlage einer Frage wird und so weiter. Das bewahrt den Status quo.«

»Sie redet also mit sich selbst«, sagte Crusher.

Der Androide nickte. »Darauf läuft es hinaus, ja.«

»Und was erzählt sie sich?«

»Nicht viel«, erwiderte Data. »Sie bekommt keine Befehle, nur die Bestätigung, daß die kollektive Selbstsphäre der Borg — von der sie getrennt ist — nach wie vor existiert.«

»Können Sie ihr Anweisungen übermitteln, Data?« fragte Geordi. »Sind Sie imstande, die Frau in eine ... normale Person zurückzuverwandeln?«

Data schüttelte den Kopf. »Ich bin höchstens in der Lage, eine programmtechnische Basis für die einfachsten Order zu schaffen. Dann kann die Borg gehen und ihre Umgebung erkennen — ohne sie zu verstehen. Alle anderen Funktionen werden normalerweise vom Schiff gesteuert. Nach menschlichen Maßstäben wäre sie praktisch schwachsinnig.«

»Nicht unbedingt«, wandte LaForge ein. »Vielleicht gehen wir von falschen Annahmen aus. Wir wissen nichts von dieser Person. Möglicherweise verbirgt sich in ihr ein gefangenes Bewußtsein, das lautlos um Hilfe ruft.«

»Ich nehme keine entsprechenden Gedanken oder Empfindungen wahr«, sagte Troi. »Andererseits: Uns fehlen Informationen über Ausmaß und Wirkung der von den Borg durchgeführten Psychoprogrammierung. Vielleicht ist das Bewußtsein so sehr abgeschirmt, daß nicht einmal ich es lokalisieren kann.«

»Für mich klingt das alles nach Zeitverschwendung«, meinte Riker. »Eine Menge Arbeit wartet auf uns. Ich weiß nicht, ob wir Zeit und Mühe auf eine Sache verwenden sollten, die kaum Aussicht auf Erfolg hat.«

Troi bedachte den Ersten Offizier mit einem überraschten Blick. In seiner Stimme erklang eine seltsame Schärfe, die auf Ärger hindeutete. Seine Reaktion ließ sich nicht nur mit Besorgnis in Hinsicht auf vergeudete Zeit erklären.

Picard überlegte eine Zeitlang und wandte sich schließlich an Data. »Glauben Sie, daß Sie eine neurale Verbindung mit diesem Individuum herbeiführen können?«

»Ich halte das für möglich, Sir.«

»Dann verdient die Frau eine Rettungschance. Beginnen Sie.« Er schien den Vorgang nicht beobachten zu wollen, drehte sich um und verließ den Raum, gefolgt von Riker.

Kurz darauf betraten sie den Turbolift. »Brücke«, sagte Picard, und die Transportkapsel setzte sich unverzüglich in Bewegung. Der Captain sah den Ersten Offizier nicht an, als er murmelte: »Sie klangen eben ein wenig aggressiv, Nummer Eins.«

»Ich habe meinen Standpunkt dargelegt«, entgegnete Riker. »Ich dachte, Sie erwarten Offenheit von Ihren Offizieren.«

»Das ist tatsächlich der Fall. Und mehr steckt wirklich nicht dahinter?«

Die Blicke der beiden Männer trafen sich. »Nein, Sir.«

Picard schürzte die Lippen und zögerte. »Wir müssen versuchen, objektiv zu bleiben, wenn es um die Borg geht, Commander.«

»Ich weiß, Sir.«

»Dann ist alles klar.«

»Ja, Sir.«

»Gut.«

Taggert stand vor dem Wandschirm und rieb sich nachdenklich das Kinn, während sie in den Weltraum starrte. »Informationen über den Planeten, den das Ding gerade verspeist«, sagte sie.

»Kalisch IX«, antwortete Mr. Seth fast sofort. »Klasse B. Turbulente Atmosphäre mit hohem Methananteil. Unbewohnbar. Keine Lebensformen.«

»Na schön«, brummte Taggert. »Wir müssen also folgendes herausfinden: Hat das Gebilde den Planeten verschlungen, weil es wußte, daß es dort kein Leben gibt? Oder spielen derartige Erwägungen überhaupt keine Rolle?« Die Kommandantin holte tief Luft. »Halbe Impulskraft. Und geben Sie mir Daten.«

»Sondierungen werden fortgesetzt, Captain«, erwiderte Seth. »Die Außenhülle des Objekts besteht aus Neutronium und kann von unseren Ortungssignalen nicht durchdrungen werden.«

»Vermutungen?«

»Ich nehme an, es handelt sich um eine Art Maschine, die mit künstlicher Intelligenz ausgestattet sein könnte. Andererseits: Es läßt sich nicht ausschließen, daß organische Besatzungsmitglieder ›an Bord‹ weilen. Wir haben keine Möglichkeit, Gewißheit zu erlangen.«

»Öffnen Sie die Grußfrequenzen.«

»Grußfrequenzen?« wiederholte der taktische Offizier namens Goodman. »Wollen Sie sich mit dem … Etwas in Verbindung setzen?«

»Der Versuch einer Verständigung kann sicher nicht schaden, oder?« entgegnete Taggert.

Aber sie verstand die Verwirrung des taktischen Offiziers. Das Ding wirkte nicht wie ein Raumschiff. Es war im wahrsten Sinne des Wortes einzigartig — noch nie zuvor hatte die Kommandantin so etwas gesehen.

Vorn zeigte sich eine große runde Öffnung, einem aufgerissenen Maul gleich. Sie durchmaß viele Kilometer, und Taggert dachte in diesem Zusammenhang an den Zugang zu einem Tunnel, der geradewegs zur Hölle führte. Unheilvolles Licht flackerte dort, wie gestaltlose Dämonen, die vor gewaltigen Scheiterhaufen tanzten. Hinter dem Maul neigte sich der ›Leib‹ des kosmischen Ungeheuers nach unten. Der Rachen war nach vorn gestülpt, und davon gingen in einem Winkel von neunzig Grad geschwungene Spiralen aus. Die Kommandantin verglich das Gebilde mit einem Wirbelsturm, der massive Substanz gewonnen hatte.

Überall an der Außenseite ragten Stacheln auf. Im Bereich des Mauls ›wuchsen‹ sie dicht an dicht und erwiesen sich als besonders hoch. Auf den ersten Blick betrachtet schienen sie ihr Verteilungsmuster dem Zufall zu verdanken, doch wenn man genauer hinsah, bemerkte man Symmetrie, sogar eine gewisse Ästhetik. Ständiges Flackern im Innern des glühenden Rachens, die langen Dorne am Rand des Schlunds ... Das Gebilde ähnelte der stilisierten Darstellung einer strahlenden Sonne. *Eine wandernde, hungrige Sonne*, dachte Taggert. *Und sie frißt alles, was ihr in den Weg gerät.*

Die Stacheln ragten auch aus anderen Bereichen, und jeder von ihnen schien in der Lage zu sein, einen ganzen Planeten zu durchbohren, mühelos ein Raumschiff aufzuspießen. Sie sorgten dafür, daß ein Angreifer nicht nahe herankommen konnte.

»Kommunikationsprobleme, Sir«, meldete Goodman. »Starke Subraum-Interferenzen stören unsere Signale. Ich versuche, sie herauszufiltern.«

»Ist es möglich, Starfleet zu verständigen?«

»Negativ, Sir. Lokale Kommunikation müßte sich be-

137

werkstelligen lassen, aber außerhalb dieses Sonnensystems kann uns niemand hören.«

Taggert nahm im Kommandosessel Platz und preßte die Fingerspitzen aneinander. Ein Ding, das Planeten fraß. Eine Außenhülle aus Neutronium. Subraum-Interferenzen. Es erschien irgendwie vertraut. »Mr. Seth, gehen Sie die alten Starfleet-Berichte durch und ...«

»Wir bekommen eine Antwort, Captain!« entfuhr es Goodman überrascht.

»Visuelle Verbindung.«

»Es werden keine visuellen Signale übermittelt.«

»Nun gut. Begnügen wir uns also mit einem akustischen Kontakt.«

Kurze Stille folgte, und dann ertönte eine Stimme. Nein, eine Kombination aus Stimmen, eine regelrechte Symphonie.

»*Ja?*« Es klang fast freundlich — als sei es völlig normal, Planeten zu verschlingen.

Die Kommandantin atmete tief durch. »Hier spricht Captain Taggert vom Raumschiff *Repulse*.« Sie legte eine kurze Pause ein und wartete darauf, daß sich der Fremde — die Fremden? — ebenfalls identifizierte.

Doch der riesige Planetenfresser reagierte nicht, schwebte stumm im All. Eine Art Traktorstrahl zerrte große Brocken planetarer Masse in die runde Öffnung.

»*Und?*« fragte die Stimme schließlich.

Taggert glaubte, so etwas wie vage Erheiterung zu hören. »Identifizieren Sie sich«, sagte sie.

»*Warum?*«

»Weil ...« Unsicherheit regte sich in der Kommandantin, und sie sprach schärfer, um über dieses sehr unangenehme Empfinden hinwegzutäuschen. »Weil ich wissen möchte, wer sich anmaßt, einfach so Welten zu zerstören. Wer durchstreift die Galaxis und glaubt, ungestraft Planeten vernichten zu können?«

Wieder herrschte für einige Sekunden Stille, und dann: »*Diese Beschreibung trifft auf die Borg zu.*«

»Aber Sie gehören nicht zu ihnen«, sagte Taggert.

»Nein. Die Borg zerstören. Und niemand bestraft sie dafür. Bisher. Wir halten sie auf. Wir sorgen dafür, daß ihr Vernichtungswerk ein Ende findet. Ich sorge dafür.«

»Sie haben gerade einen Planeten vernichtet!« stieß Taggert hervor. »Warum glauben Sie, besser zu sein als die Borg?«

»Es gab kein Leben auf der betreffenden Welt, und wir brauchen Treibstoff. Ich bin hungrig. Haß und das Streben nach Rache geben dem Geist Kraft, aber der Körper braucht Energie anderer Art.«

»Und wenn es Leben auf dem Planeten gegeben hätte?«

»Dort existierten keine Lebensformen.«

»Aber wenn das doch der Fall gewesen wäre?« beharrte Taggert.

»Es spielt keine Rolle. Nur eins ist wichtig: Die Borg müssen eliminiert werden. Alles andere hat keine Bedeutung. Weil alles an Bedeutung verliert, wenn die Seelenlosen triumphieren.«

»Als mit den erforderlichen Befugnissen ausgestattete Repräsentantin von Starfleet muß ich Sie bitten, an Ort und Stelle zu bleiben«, sagte Taggert. »Wir können nicht zulassen, daß Sie weitere Welten zerstören.«

»Sie haben keine Möglichkeit, mich daran zu hindern, Treibstoff aufzunehmen.«

»Das muß sich erst noch herausstellen.«

»Wenn Sie offensive Maßnahmen gegen uns einleiten, müssen Sie mit dem Tod rechnen. Uns liegt nichts daran, Sie zu neutralisieren, aber wir gehorchen in jedem Fall dem Gebot der Notwendigkeit. Wir/ich müssen unbedingt unserer/meiner Aufgabe gerecht werden, die Borg auszulöschen.«

»Die Kom-Verbindung ist unterbrochen, Captain«, sagte Goodman.

»Das Etwas hat den Planeten verschlungen«, fügte Seth hinzu. »Es ... es nimmt jetzt Kurs auf den nächsten.« Er sah erschrocken auf. »Captain ... Auf Kalisch

VIII gibt es eine kleine Kolonie, in der insgesamt dreihundert Personen leben.«

Taggert sprang auf. »Volle Beschleunigung, Mr. Seth. Geben Sie dem Transporterraum Bescheid: Es sollen alle Vorbereitungen für eine Notevakuierung getroffen werden. Öffnen Sie einen Kom-Kanal zur Kolonie.«

»Die Kolonisten haben bereits einen Kanal geöffnet.«

Im Projektionsfeld an der Wand erschien das von Panik gezeichnete Gesicht eines Mannes: Seine Haut war fast so weiß wie das spärliche Haar auf dem Kopf. »*Repulse*, bitte kommen!« krächzte er. Hinter ihm sah die Kommandantin schnell hin und her laufende Gestalten. »Hier ist die Kolonie Astra auf Kalisch VIII. Bitte kommen!«

»Wir hören Sie, Astra«, sagte Taggert. Sie wirkte jetzt völlig ruhig und gelassen.

»Unsere Sensoren orten ein Objekt, das ...«

»Ja, ich weiß«, unterbrach die Kommandantin den Kolonisten. »Wir sind zu Ihnen unterwegs. Ihre Leute sollen sich an einem Ort versammeln: Die Evakuierung nimmt weniger Zeit in Anspruch, wenn wir größere Gruppen transferieren können.« Sie seufzte fast lautlos. »Beten Sie, daß der Planetenfresser von seiner letzten Mahlzeit satt ist.«

Die Borg lag im Biobett, und überall an ihrem Leib glänzte das Metall von Implantaten. Noch immer ragte das Messer aus der Schulter. Dr. Crusher untersuchte die einzelnen technischen Komponenten, und nach einer Weile schüttelte sie den Kopf. »Maschinenteile, die mit einem Körper verbunden wurden, und zwar gegen den Willen der betreffenden Person«, murmelte sie. »Physisch-psychische Manipulation. Es ist wie kybernetische Vergewaltigung.«

Data stellte unterdessen die letzten Kontakte zwischen seinem positronischen Gehirn und dem Funktionskomplex der Borg her. LaForge stand in der Nähe und justierte einige Instrumente. »Wissen Sie, auf was Sie sich da einlassen, Data?« fragte er.

Der Androide musterte ihn, und seine Züge brachten so etwas wie Verwirrung zum Ausdruck. »Natürlich weiß ich es *nicht*, Geordi. Um ganz genau zu wissen, auf was ich mich einlasse, müßten mir alle Faktoren bekannt sein, und das ist nicht der Fall. Des weiteren wissen wir aus Erfahrung, daß die Borg immer für eine Überraschung gut sind.«

»Sie verstehen es wirklich, Unbehagen und Skepsis zu vertreiben«, kommentierte Geordi, konzentrierte sich dann wieder auf seine Arbeit.

Deanna wartete ein wenig abseits der anderen, fühlte sich hilflos und überflüssig. Immer wieder schickte sie empathische Sonden zu der Frau im Biobett, doch sie ertasteten nur Leere. Die Counselor nahm kein Bewußtsein wahr, kein ruhendes Ich. Genausogut hätte sie nach dem Geist einer Leiche suchen können.

»Ich bin soweit«, sagte Data.

Beverly Crusher trat beiseite, um die Anzeigen der Lebensindikatoren im Auge zu behalten. »Alles klar«, meldete sie.

»Ich beginne jetzt«, verkündete der Androide.

Niemand gab einen Ton von sich, und zu hören war nur noch das leise Summen der Geräte. Die normalen Geräusche der Krankenstation schienen plötzlich viel lauter zu werden. Troi sah zu Crusher, deren Blick zu Geordi wanderte. LaForge kontrollierte die wichtigsten Schaltkreise.

»Ich habe den neuralen Pfad gefunden, der zur Verbindung mit dem Zentralbewußtsein der Borg dient«, sagte Data schließlich. »Dort fließt ein Strom aus Elektronen, die zum Programmierzentrum zurückkehren. Grund dafür sind einige vom Messer verursachte Veränderungen im Schaltkreissystem. Diese ›Schleife‹ muß auch weiterhin bestehen bleiben. Ihre Unterbrechung hätte die Initialisierung der Selbstzerstörungssequenz zur Folge.« Der Androide unterbrach sich und zögerte kurz. »Die Frau ist sich meiner Präsenz bewußt.«

»Die Bio-Werte fluktuieren«, stellte Beverly fest.

»Sie spürt mich«, fuhr Data fort. »Auf einem rudimentären Niveau fühlte sie meine Anwesenheit in ihrem Bezugssystem.«

»Weiß sie, daß sie vom Rest der Borg getrennt wurde?« fragte Geordi.

»Nein, und sie darf es auch nicht erfahren«, antwortete der Androide. »Zumindest jetzt noch nicht. Ein derartiger Hinweis würde zur Selbstzerstörung führen — ebenso wie Ihr Versuch, das Destruktionsmodul zu entfernen, Geordi. Es gibt mehrere Ersatzsysteme, die alle dem gleichen Zweck dienen: Sie sollen den Soldaten töten — ihn eliminieren —, um dem Gegner keine Informationen zu gewähren. Externe Eingriffe führen in jedem Fall zur Vernichtung. Um die Frau zu retten, muß die Selbstzerstörungssequenz mit einem Prioritätssignal überlagert werden, das als integraler Bestandteil in die allgemeinen Direktiven eingefügt wird.«

Data schwieg wieder.

»Die Fluktuationen werden stärker«, sagte Beverly, und von den Scannern her erklang ein warnendes Piepen. Die Ärztin bereitete einen Injektor vor, was Deanna Troi zum Anlaß nahm, ihr einen besorgten Blick zuzuwerfen.

»Halten Sie das für klug?« fragte die Counselor.

»Keine Ahnung«, erwiderte Dr. Crusher. »Aber ich muß etwas unternehmen. Der Körper darf nicht sterben — durch die neurale Verbindung könnte Datas Psyche in erhebliche Gefahr geraten.«

»Ich moduliere jetzt ein Signal, das auf sich selbst reagiert«, sagte der Androide.

»Der Puls rast«, sagte Beverly Crusher. »Herzrhythmus destabil.«

»Data ...«, begann Geordi.

»Körpertemperatur steigt.« Die Stimme der Ärztin

klang noch besorgter, als sie hinzufügte: »Sie nimmt immer mehr zu. Der Körper wird regelrecht heiß.«

»Ein Sicherheitssystem, Data«, warf LaForge ein. »Die Borg verbrennt! Um weiterer Manipulationen der technischen Komponenten vorzubeugen.«

»Einige primäre Alarmsysteme sind aktiv geworden«, sagte Data ruhig. »Ich versuche jetzt, sie mit Prioritätssignalen zu desaktivieren.«

»Körpertemperatur steigt noch immer«, meldete Crusher. »Ich verlangsame den Metabolismus.« Sie griff nach einem Injektor.

»Davon rate ich ab«, ließ sich der Androide vernehmen.

Das VISOR zeigte Geordi, wie die Luft über der Borg eine andere Tönung gewann: Aus einem ruhigen, unbewegten Blau wurde waberndes Gelb. »Es ist wie eine langsame Explosion, Data! Und dadurch geraten auch Sie in Gefahr! Die Temperatur der Haut hat bereits einen kritischen Wert erreicht. Die Luft ...«

Data hörte gar nicht mehr zu.

Statt dessen rasten die von seinem Gehirn verursachten Impulse durch den gesamten Funktionskomplex der Frau.

Er hatte den Eindruck, eine lange Wendeltreppe hinunterzulaufen — sie führte durch ein Labyrinth aus Schaltkreisen, das sich durch absolute, vollkommene Ordnung auszeichnete. Im Innern von Menschen herrschte ein wirres Chaos aus zahllosen Emotionen, die sich nie ganz ordnen ließen. Data begegnete einer solchen Existenzform mit Neid und wünschte sie auch für sich selbst — gerade durch ihre Unvollkommenheit brachte sie Erfüllung. Doch hier präsentierte sich eine fast ebenso verlockende Alternative. Eisige Ranken schienen nach seinem positronischen Gehirn zu tasten, die dort erzeugten Impulse zu genießen und hungrig alle Gedanken aufzunehmen. Data glaubte, eine leise Stimme zu hören. *Du bist primitiv,* raunte es. *Aber nicht*

143

völlig nutzlos. Du kannst Teil von uns werden, dich mit uns vereinen ...

Der Androide begriff, daß es sich um den memorialen Schatten von Erinnerungen ans Gemeinschaftsbewußtsein der Borg handelte. Konzeptionelle Reinheit und eine alles andere ausschließende Zielstrebigkeit hatten sich so fest in den tiefsten Engrammen verankert, daß entsprechende Reminiszenzen selbst in einem separierten, entleerten Bewußtsein verharrten.

Data antwortete nicht. Er konnte gar nicht antworten. Aber um das Leben der Borg zu retten, mußte er irgendwie reagieren, tiefer in das fremde psychische Universum vordringen.

Die vom positronischen Gehirn geschaffene Selbstsphäre glitt durch die Tiefen des Borg-Ichs. Data nahm es als eine gewaltige schwarze Woge wahr, und irgendwo in der Ferne erklang dumpfes, gleichmäßiges Pochen. Es weckte seltsame Assoziationen: an ein langsam hin und her schwingendes Pendel; an eine Million Soldaten, die im Gleichschritt durch die Galaxis marschierten und Fußspuren in Form von verheerten Planeten und zerstörten Leben hinterließen.

In diese Welt stieß Data nun vor. Er verbarg die Integrität der eigenen Programmierung, während er gleichzeitig danach trachtete, sie zu bewahren. Der Androide wußte, daß er sich auf ein gefährliches Spiel einließ. Wenn sich die Borg selbst eliminierte, nahm sie ihn vielleicht mit in den Tod. Oder er verlor die eigene Identität und erlag der Matrix des Borg-Selbst.

Das Fremde füllte ihn: die Borg-Mentalität, das Borg-Wesen, die Borg-Mission, basierend auf der unerschütterlich festen Überzeugung, daß es früher oder später zum endgültigen Triumph kam, daß den Borg die Zukunft gehörte. Im kollektiven Bewußtsein gab es schlicht und einfach keinen Platz für Zweifel oder fehlerhafte Einschätzungen. Für die Borg war alles ganz klar: Sie würden triumphieren.

Jetzt füllten sie alle Seinsaspekte des Androiden, einer Flut gleich, die niemand aufhalten konnte. Sie hatten auch Körper und Geist der Frau gefüllt, wucherten dort wie Krebsgeschwüre und Metastasen, die sich nicht entfernen ließen.

Menschliches Leben ist Chaos. Maschinelles Leben bedeutet Ordnung, und Ordnung ist dem Chaos vorzuziehen. Wenn die Menschen mit den Borg vereint werden, empfangen sie Ordnung. Die Borg werden sie vom Chaos befreien. Die Borg sind unaufhaltsam und unvermeidlich.

Es ergab sogar einen gewissen Sinn. Wenn Data in der Lage gewesen wäre, Furcht zu empfinden, so hätte sich jetzt ein entsprechendes Gefühl in ihm geregt. Ja, es ergab einen Sinn. Menschen kamen Chaos gleich. Menschen schwelgten in ihrem Chaos. Sie ... genossen es.

Natürlich.

Keine Freude, dachte Data, und die Struktur seiner Programmierung stabilisierte sich wieder. *Es gäbe keine Freude. Menschen freuen sich über ihre menschliche Natur.*

Freude ist irrelevant. Die menschliche Natur ist irrelevant.

Nein, widersprach Data. Vor ihm schien das Licht der Wahrheit zu erstrahlen. *Nur darauf kommt es an.*

Das Licht dehnte sich aus und begann damit, die Dunkelheit immer weiter zurückzudrängen. Erneut erklang die Stimme der Borg: *Du zeigst deine Unvollkommenheit. Mit deinem Verhalten beweist du, überholt und veraltet zu sein. Dir droht Irrelevanz.*

Datas Programme sahen Respekt gegenüber den Leistungen und Wundern des Menschlichen vor, und darauf besann er sich nun, während er mit neuen profunden Sondierungen begann. In der Selbstsphäre der Frau kam es zu weiteren Veränderungen: Die tief in ihr verwurzelten Borg-Direktiven schickten sich an, Selbstzerstörungssequenzen einzuleiten. Es war eine Reaktion auf die ersten Kontakte mit ihm, und ganz deutlich spürte er nun, wie sich der Aktivierungsimpuls formte.

Der Vernichtungsbefehl wurde übermittelt.

Und Data packte ihn.

Er formte ein Netz aus seinen Neuronen und stülpte es über jene synaptische Verbindungsstelle, die zur Weiterleitung der Destruktionssequenz diente. Der Impuls schien sich wütend hin und her zu winden, aber Data vermutete, daß dieser Eindruck auf seine Phantasie zurückging. Er wußte, daß er Phantasie besaß. Er wußte es, seit er sich damals ein Überleben Tasha Yars und die sich daraus ergebenden Konsequenzen vorgestellt hatte.

Der Selbstzerstörungsbefehl zuckte tief im Unterbewußtsein der Frau, und Data schob ihn noch weiter fort. Die Borg-Erinnerungen versuchten, letzten Widerstand zu leisten, aber der Androide wurde mühelos damit fertig und isolierte den Impuls von allen Verbindungen innerhalb des Funktionskomplexes. Dann merkte er plötzlich, daß er dadurch jene Schleife unterbrochen hatte, die das Borg-Selbst daran hinderte, sich zu eliminieren und in Asche zu verwandeln.

Diese Erkenntnis reifte innerhalb einer Millisekunde in ihm heran, und er leitete unverzügliche Gegenmaßnahmen ein — im derzeitigen Stadium genügte es praktisch, einen diesbezüglichen Gedanken zu formulieren. Er schickte eine Anweisung in den bewußten Teil der Borg, eine Order, die schlicht lautete: *Du funktionierst.* Nichts sprach dagegen. Die Frau/Maschine brauchte nur jemanden, der sie darauf hinwies.

Data wartete auf eine Antwort, rechnete mit Fragen wie *Was befehlen Sie?* oder *Was soll ich tun?*

Aber es blieb alles still. Der Androide startete ein Diagnoseprogramm, um festzustellen, ob er den angestrebten Erfolg erzielt hatte. Das war tatsächlich der Fall. Die von ihm übermittelte Anweisung zwang die Borg zum ›Funktionieren‹. Anders ausgedrückt: Er hatte ihr praktisch befohlen zu leben. Darauf lief es hinaus. Und es steckte soviel Nachdruck hinter dieser Order, daß sie die

Selbstzerstörungssequenz überlagerte, ihren Platz einnahm. Data hatte der unbekannten Frau die Entschlossenheit gegeben, auch weiterhin zu leben, aber zu mehr
war er nicht imstande.

Als Mensch hätte er jetzt vielleicht Enttäuschung
oder auch Zorn und Mitleid empfunden. Doch der Androide beschränkte sich auf die Feststellung, daß er keine weitere Hilfe gewähren konnte, und daraufhin zog er
sich zurück.

»... wird heißer«, sagte Geordi und beendete den
eben begonnenen Satz. Für ihn war nur eine Sekunde
vergangen, aber für Data schien eine halbe Ewigkeit verstrichen zu sein. Kurz darauf sah LaForge, daß die Temperatur des Körpers rasch sank. »Er hat's geschafft!«

Crusher blickte auf die Anzeigen der Lebensindikatoren. »Die Bio-Werte kehren in den normalen Bereich zurück«, sagte sie erleichtert und legte den Injektor beiseite. »Herzschlag und Atmung stabil.«

»Ist alles in Ordnung mit Ihnen, Data?« fragte Geordi.
»Data?«

Der Androide verbannte einen Rest von Desorientierung aus seinen Gedanken und wandte sich LaForge
zu. »An meinen Funktionen gibt es nichts auszusetzen.«

»Was ist passiert? Wie gelang es Ihnen, die Frau vor
dem Tod zu bewahren?«

»Ich übermittelte ihr die Anweisung, auch weiterhin
zu funktionieren«, erwiderte Data. Er stand auf, beugte
sich vor und ... zog das Messer aus der Schulter des
Borg-Soldaten. Die Frau zuckte nicht zusammen und
blickte noch immer ins Nichts. »Die Selbstzerstörungssequenz wurde ausgelöst, aber ich habe sie neutralisiert.
In dieser Hinsicht besteht jetzt keine Gefahr mehr für
die Frau.«

»Kann ich die Borg-Implantate entfernen?« erkundigte sich Beverly.

»Ich sehe keinen Grund, der dagegen spricht«, entgegnete Data. Er hob die Hände und löste einige Anschlüsse von der Seite seines Kopfes. »Es gibt nichts mehr zu befürchten: Die Bombe in der Borg ist entschärft.«

»Hat sie die Möglichkeit, mit uns zu kommunizieren?« fragte LaForge. Er überließ den Androiden sich selbst, trat zu der Gestalt im Biobett und musterte sie. »Können Sie mich hören und verstehen?« Er wartete einige Sekunden lang, bevor er zu Deanna sah. »Spüren Sie etwas, Counselor?«

»Nein«, sagte Troi. »In ihrem Bewußtsein rührt sich nichts.«

»Wir helfen ihr dabei, wieder in die menschliche Existenz zurückzufinden«, platzte es aufgeregt aus Geordi heraus. »Wir ...«

»Ich bezweifle, ob es so einfach sein wird, wie Sie glauben«, unterbrach Deanna Troi den Chefingenieur. »In diesem Fall geht es nicht nur um ein gelöschtes Gedächtnis. Auch die ... Seele ist ausradiert wurden. Das ›Leben‹ der Frau betrifft in erster Linie die Funktionen des Körpers. Was den Geist betrifft ...«

»In der Tat«, pflichtete Data der Counselor bei. »Schon seit Jahrzehnten sind wir imstande, Wissen zu regenerieren, das Erinnerungsvermögen wiederherzustellen. Aber die Aufgabe, ein ganzes Individuum zu restrukturieren, ist weitaus komplexer.«

»Auf dem Holo-Deck geschieht das dauernd«, meinte Geordi.

»Auf dem Holo-Deck wird nichts Lebendiges geschaffen«, sagte der Androide. »Ich fürchte, Ihre Absichten lassen sich kaum verwirklichen.«

»Aber ...«

»Die Borg sieht Sie an«, sagte Beverly Crusher plötzlich. Verwunderung erklang in ihrer Stimme. »Bisher hat sie nur ins Leere gestarrt, doch jetzt richtet sie den Blick auf Sie.«

Geordi drehte sich zu der Frau um. Ihre Augen konn-

148

te er natürlich nicht sehen, aber das Gesicht war ihm zugewandt, und er fühlte sich im Fokus ihrer Aufmerksamkeit.

Dann sank der Kopf aufs Kissen zurück, und die Frau sah wieder ins Nichts.

LaForge musterte seine Offizierskollegen der Reihe nach. »Es ist mir völlig gleich, wie gering die Erfolgschancen sind. Wir *müssen* einen Versuch unternehmen.«

Im Kontrollraum der *Repulse* drehte Mr. Seth den Kopf. »Der Transporterraum meldet, daß alle Kolonisten an Bord sind. Die Notevakuierung ist abgeschlossen.«

»Gerade noch rechtzeitig«, brummte Taggert.

Der Planetenfresser näherte sich Kalisch VIII, und ein Energiestrahl zuckte aus dem Rachen, schnitt wie ein Messer in den Leib der Welt.

»Grußfrequenzen öffnen!« stieß die Kommandantin zornig hervor. Sie wartete keine Bestätigung ab und fuhr fort: »An das fremde Objekt: Hier spricht Taggert von der *Repulse*. Sie zerstören die Heimat der Astra-Kolonisten!«

»*Wir sind noch immer hungrig.*«

»Ziehen Sie sich zurück. Das ist ein Befehl.«

Stille folgte, und zwei oder drei Sekunden lang hoffte Taggert, daß der gewaltige Zerstörer tatsächlich gehorchte.

Dann tönte es aus dem Lautsprecher: »*Ich habe genug von Ihnen.*«

Ein zweiter Energiestrahl raste aus dem Maul und tastete über den primären Rumpf der *Repulse*. Einige Schilde hielten, doch bei den meisten Bordsystemen kam es zu einer jähen energetischen Überladung. Im Maschinenraum konnte die Energie nicht schnell genug kanalisiert werden: Funken stoben aus Schaltpulten, und an einigen Konsolen platzten die Verkleidungsplatten. Eine Strahlenschutzeinheit fiel aus, und die Sicherheitsautomatik schloß alle Schotts der betreffenden Sektion, um einer Kontaminierung vorzubeugen.

»Warppotential negativ!« rief Seth. »Deflektorenkapazität auf dreißig Prozent gesunken! Beschädigungen der Außenhülle im Bereich der Decks dreiunddreißig bis neununddreißig!«

Taggerts Hände schlossen sich fest um die Armlehnen des Kommandosessels, als die Sirenen der Alarmstufe Rot noch lauter heulten. Sie glaubte, die Schreie der Besatzungsmitglieder zu hören. »Womit sind wir angegriffen worden, zum Teufel?«

»Der Energiestrahl bestand aus reinen Antiprotonen.«

Taggert riß die Augen auf, doch eine halbe Sekunde später faßte sie sich wieder. Ihre Stimme klang so, als hätte sie die Situation vollkommen unter Kontrolle, als sie sagte: »Photonentorpedos und Phaser — Feuer!«

Die *Repulse* setzte ihre gesamten Waffen gegen den Planetenfresser ein — ohne Ergebnis. Die Torpedos explodierten wirkungslos vor den langen Dornen, und die Phaserstrahlen zerstoben an der Neutroniumhülle.

Einmal mehr zuckte ein Energiestrahl aus dem Schlund des gewaltigen Gebildes, und diesmal lösten sich auch die letzten Schilde auf. Im Heckbereich wölbten sich die Rumpfplatten nach innen, aber glücklicherweise kam es nicht zu einem Leck. Das ganze Schiff erbebte, war wie ein kleines Spielzeug in den ungeschickten Händen eines besonders großen Babys.

»Deflektorenkapazität null!« meldete Seth. Er schrie, um den allgemeinen Lärm zu übertönen. »Waffensysteme ausgefallen!«

Plötzlich wurde die *Repulse* von einer neuerlichen Erschütterung erfaßt, aber diesmal ging sie nicht auf Energiestrahlen zurück. Das Schiff befand sich vielmehr im energetischen Griff eines Traktorfeldes und wurde in Richtung Planetenfresser gezerrt.

Es raste einem riesigen Stachel entgegen: Das Ding

war Dutzende von Kilometern lang und endete in einer Spitze, die den Eindruck erweckte, alles durchbohren zu können.

»Voller Umkehrschub!« knurrte Taggert. Sie brauchte nicht zu schreien — man hörte sie auch dann, wenn um sie herum schier ohrenbetäubender Lärm herrschte. Gelegentlich hatte sie auf den Grund dafür hingewiesen: Angeblich lag es daran, daß sie aus einer großen Familie stammte.

»Warppotential steht nicht mehr zur Verfügung«, erwiderte Seth. »Schalte auf Impulskraft um.« Das Schiff erzitterte, und für einen Sekundenbruchteil hatte es den Anschein, als könnte sich die *Repulse* aus dem Traktorfeld lösen. Doch es war nur eine Illusion: Nach wie vor sauste der Kreuzer dem Dorn entgegen.

Wir werden aufgespießt! dachte die Kommandantin entsetzt. *Der verdammte Stachel durchbohrt den primären oder sekundären Rumpf, oder vielleicht die Warpgondeln. Er zerfetzt das Schiff und schickt uns alle ins Jenseits ...*

»An die Fremden!« rief Taggert. »Sie haben nichts davon, wenn Sie uns umbringen!«

Der gewaltige Stachel kam noch näher.

»Sprechen wir darüber«, schlug sie vor. »Sie und ich. Geben Sie mein Schiff frei, und anschließend ...«

Von einem Augenblick zum anderen existierte das Traktorfeld nicht mehr. Taggert wagte kaum, sich zu entspannen, starrte zum Wandschirm und beobachtete, wie der Dorn zur Seite wich. Die *Repulse* glitt durchs All, entfernte sich langsam vom Planetenfresser.

»Stabilisieren Sie unseren Kurs!« befahl die Kommandantin. Sie hätte sich diese Anweisung sparen können, denn Seth bediente bereits die entsprechenden Kontrollen.

Kurz darauf hing das Schiff bewegungslos im All. Die meisten Systeme waren nach wie vor ausgefallen, und Taggert wußte: *Wenn die Fremden noch einmal angreifen, sind wir erledigt.*

»*Ich bin nicht an Ihnen interessiert*«, klang es aus den Lautsprechern der externen Kommunikation. Taggert zuckte unwillkürlich zusammen. »*Weder an Ihnen noch an Ihrem Raumschiff. Mir geht es nur um die Borg. Jene Energiestrahlen, die Sie eben kennenlernten ... Ich habe dabei nur einen Bruchteil des möglichen energetischen Niveaus verwendet. Die volle Energiestärke hätte nichts von Ihnen übriggelassen. Sie könnten jetzt tot sein. Denken Sie daran.*«

Die letzten Worte hallten hinter Taggerts Stirn wider, als sie hilflos beobachtete, wie der Planetenfresser die großen Bruchstücke von Kalisch VIII verschlang. Nach dieser Mahlzeit drehte er kommentarlos ab, beschleunigte und flog in Richtung Quadrant Beta.

Damit näherte er sich der *Enterprise*.

Und dem Raumsektor, in dem eine Spezies existierte, die man Borg nannte.

KAPITEL 8

Vendetta ...

Ein verwirrendes Durcheinander aus Szenen und Stimmen, gefolgt von einem Bild, das etwas Gewaltiges und Uraltes zeigte, ein Etwas mit enormer Vernichtungskraft. Und ein Wort ...

Vendetta, flüsterte es. *Vendetta*. Die Silben brannten sich ins träumende Ich. Ein anderes Bild formte sich, zeigte eine Frau, deren Haar in der Farbe des Weltraums schimmerte, in deren Augen Leid glänzte. *Vendetta*. Drei Silben, die einer Warnung gleichkamen, einem Gebet ...

Deanna Troi erwachte schweißgebadet, schnappte nach Luft und setzte sich auf.

Ein seltsames Gefühl entstand in ihr: Sie empfand wie eine Person, die nicht in der vertrauten Umgebung erwachte — obgleich sie sich in ihrer Kabine befand.

Das Herz hämmerte ihr bis zum Hals empor. Sie konzentrierte sich auf das eigene Ich und versuchte, Ruhe zu finden, was ihr schließlich auch gelang. Daraufhin atmete sie wieder gleichmäßig, und das emotionale Zittern verschwand aus ihren Gedanken.

Deanna war Empathin und weilte in der Gesellschaft von Wesen, die ihre Gefühle kaum oder gar nicht kontrollieren konnten. Deshalb hatte sie es nie leicht. Ständig mußte sie psychische Schilde stabil halten, um vor dem Gefühlschaos geschützt zu sein, das jeder Mensch auf Schritt und Tritt mit sich trug. Manchmal verglich sie ihre Situation mit jemandem, der über ein außerordentlich sensibles Gehör verfügte und sich immer die

153

Ohren zustopfte, um angesichts der vielen lauten Geräusche nicht taub zu werden.

Natürlich erforderte die Aufrechterhaltung einer solchen Abschirmung geistige Kraft, aber inzwischen hatte sich Deanna so sehr daran gewöhnt, daß sie kaum mehr einen bewußten Gedanken daran verschwendete.

Jetzt versuchte etwas, ihre Barrieren zu durchdringen. Vermutlich steckte keine Absicht dahinter: Irgendwo gab es jemanden mit einer so stark ausgeprägten Willenskraft, daß telepathische Energie aus dem betreffenden Selbst tropfte und Eindrücke vermittelte, die ...

... von Guinan empfangen wurden?

War das vielleicht die Ursache für ihren Schwächeanfall?

Aber um was handelte es sich? Von wem gingen die emotionalen Impressionen aus? Wer oder was verbarg sich hinter ihnen?

Troi sank aufs Bett zurück und zog die dünne Decke bis zum Kinn hoch. Die gleiche Haltung hatte sie als Mädchen eingenommen: Laken und Decke schienen Schutz vor den Ungeheuern zu gewähren, die in den dunklen Ecken des Zimmers lauerten — jene Monstren, die irgendwie vor empathischer Entdeckung geschützt waren und jede Gelegenheit nutzten, um Kinder zu fressen.

Deanna blickte zur Decke und fragte sich, was geschah. Doch je mehr sie darüber nachdachte, desto schwerer fiel es ihr, die Überlegungen fortzusetzen. Ihre Gedanken schienen Substanz zu gewinnen, so schwer wie Blei zu werden. Nach einer Weile sanken die Lider nach unten, und die Dunkelheit wurde noch finsterer.

Immer finsterer ... Und schließlich: Die Schwärze des Alls.

Hier und dort zeigten sich Lichter. Es wurden immer mehr, als betätigte jemand einen imaginären Schalter, der winzige Fragmente der Dunkelheit verbannte. Und aus jedem Licht wurde ein Stern.

Ein Raumschiff glitt durchs All, in gespenstisch anmutender Lautlosigkeit, und Deanna spürte so etwas wie Aufregung und Furcht. Ein solches Schiff sah sie nun zum erstenmal: Das Konstruktionsmuster wirkte recht alt. Es war oval, verfügte oben über eine einzelne kurze Warpgondel. Mit ausgeprägter Zielstrebigkeit flog es durchs Nichts ... Wie konnte Troi einen derartigen Eindruck gewinnen? Raumschiffe waren nur ein Mittel zum Zweck, Instrumente ohne eigene Motivation. Wenn es hier so etwas wie Zielstrebigkeit gab, so blieb sie auf die Besatzung beschränkt, auf den Piloten.

Der Traum ging weiter, und Troi sah sich außerstande, irgendeine Art von Kontrolle darauf auszuüben. Sie gab sich mit der Rolle des Beobachters zufrieden.

Plötzlich befand sie sich im Innern des Schiffes, sah dort große, glänzende Konsolen, primitiv im Vergleich mit den Installationen an Bord der *Enterprise*. Wenn man über längere Zeit hinweg mit bestimmten Dingen zu tun hatte, so neigte man dazu, sie als selbstverständlich zu erachten, und das galt auch für die moderne Starfleet-Technik.

Langsam glitt sie durch den fremden Raumer — und wurde sich plötzlich ihrer Körperlosigkeit bewußt. Ein intensives Gefühl der Befreiung begleitete diese Erkenntnis, und mehrere Sekunden lang fühlte Deanna fast so etwas wie Ekstase. *Ich bin unsichtbar. Niemand kann mich entdecken. Ich bin in der Lage, jeden beliebigen Ort aufzusuchen ...*

Dann sah sie die Frau.

Sie saß in der Mitte des Kontrollraums, und ihr durchdringender Blick galt dem Wandschirm. Ihre Kleidung bestand aus einem schlichten Overall. Sie schien nach etwas Ausschau zu halten, und Deanna sah ebenfalls zum Projektionsfeld. Nichts. Nur Schwärze und einige Sterne.

Eine Aura der Unwirklichkeit umhüllte alles. Und es herrschte Stille — abgesehen von einer leisen Melodie,

die in einem fernen Winkel von Deannas Selbst ertönte und sich dort ständig wiederholte: Es hörte sich nach klassischer Musik an, bei der viele Streichinstrumente erklangen.

Licht flackerte über die Wangen der Frau.

Licht ...

Woher stammte es?

Es strahlte immer heller, füllte das ganze Schiff, füllte das ganze Wesen der Counselor. Die Frau wandte den Blick nicht vom Wandschirm ab. Die Frau ...

Sie war wie eine Vision von Schönheit. Deanna fragte sich, warum ihr das erst jetzt auffiel. Die Unbekannte hatte langes schwarzes Haar, ein schmales Gesicht, große dunkle Augen ...

Und in den Augen ...

In den Augen ...

Kummer. Zorn. Besessenheit. Dies alles und noch mehr brodelte Deanna entgegen, als ihre Psyche den Geist der Frau berührte. Ein Name ...

Del ... Troi verstand nur die erste Silbe.

Dann ein Wort.

Vendetta.

Die Frau verharrte auch weiterhin in Reglosigkeit, doch irgend etwas schob Deanna fort. Sie zog sich zurück und schwebte einige Meter entfernt, genoß das bunte Schillern ...

Nach einer Weile drehte sie sich um und sah ebenfalls zum Projektionsfeld.

Die Barriere. Die energetische Barriere am Rand der Galaxis.

Ein wabernder Vorhang, in dem hier und dort Entladungen zuckten. Ein wogendes Miasma aus Energie. Während der ersten Phasen der interstellaren Raumfahrt war die Barriere praktisch undurchdringlich gewesen, aber inzwischen standen leistungsfähigere Triebwerke und bessere Schilde zur Verfügung. Trotzdem hatte sich kaum jemand jenseits des Rands umgesehen.

156

Warum auch? Eine gewaltige Kluft trennte die Milchstraße von der nächsten Galaxis: Selbst mit modernen Warptriebwerken dauerte es Jahrhunderte, um eine andere Sterneninsel zu erreichen, und bisher zeigte die Föderation kein Interesse an dem Projekt eines Generationenschiffes. Der ursprüngliche Plan hatte eine Besatzung aus Androiden vorgesehen, in der Art von Data. Doch nach der Anhörung, bei der es um die Frage ging, ob Data ein lebendes Wesen oder eine Maschine darstellte, nahm man Abstand von entsprechenden Konzepten.

Diese Frau näherte sich dem galaktischen Rand, und die Entschlossenheit in ihren Zügen wies darauf hin, daß sie die Barriere durchdringen wollte. Warum? Was veranlaßte jemanden dazu, sich ein kleines Raumschiff zu kaufen, um damit in den intergalaktischen Leerraum vorzustoßen?

Das Schiff sauste dem Wabern entgegen, und erste Vibrationen begannen. Die Unbekannte justierte einzelne Komponenten der Bordsysteme, bewies dabei routiniertes Geschick und erstaunliche Selbstsicherheit. Deanna versuchte, sich in ihre Lage zu versetzen: allein an Bord eines kleinen Raumers, konfrontiert mit der Barriere. Sie bezweifelte, ob es ihr möglich gewesen wäre, ebenso gefaßt zu sein.

Die Frau steuerte ihr Schiff geradewegs ins energetische Wogen hinein, und aus den Vibrationen wurden heftige Erschütterungen. Entladungen griffen nach dem Raumer, zerrten ihn hin und her. Das Summen des Triebwerks schwoll zu einem schrillen Heulen an, und vom Wandschirm gleißte blendend helles Licht. Troi spürte wie das Deck unter ihr bebte, und aus einem Reflex heraus versuchte sie, sich irgendwo festzuhalten. Aber ihr fehlten Hände, und sie fühlte sich einem Universum ausgeliefert, das aus den Fugen zu geraten schien.

Die Frau schrie, doch in dem Schrei kam nicht etwa

157

Furcht oder Panik zum Ausdruck, sondern Trotz und Wut. Aus diesen Empfindungen formte sie einen ganz persönlichen Schild. Sie schürte das Feuer des Zorns in sich, bis es heiß nach Rache verlangte.

Rache wofür?

Wer oder was sollte gerächt werden?

Das Schiff schlingerte, aber die Frau steuerte es immer tiefer in die Barriere hinein.

Angst versuchte, sich einen Weg in ihr Selbst zu bahnen, aber die Flammen des Zorns verbrannten sie.

Die Deflektoren mußten unglaublichen Belastungen standhalten, und der psychische Druck wuchs, entfaltete die gleiche Wirkung wie eine Zange, die sich langsam um den Schädel schloß, und die Frau glaubte zu erfrieren; gleichzeitig schien das Blut in ihren Adern zu kochen, aber sie gab nicht auf und hielt das Schiff auf Kurs.

Sie verfolgte jemanden, oder sie floh vor etwas, vielleicht auch beides.

Um sie herum bebte und zitterte alles, doch sie hielt an der Entschlossenheit fest. Es hatte den Anschein, daß nur ihr stählerner Wille den kleinen Raumer tiefer in die Barriere hineintrieb.

Es donnerte jetzt ohrenbetäubend laut. Deanna stellte sich vor, wie die ganze Galaxis zu dämonischem Leben erwachte, um die Frau daran zu hindern, ihr Ziel zu erreichen. Aber nichts konnte sie aufhalten. Nichts und niemand.

Die Counselor verlor das Zeitgefühl und wußte nicht, ob nur wenige Minuten oder Tage vergingen. Sie empfand die Körperlosigkeit nun nicht mehr als zusätzliche Freiheit, ganz im Gegenteil: Sie konnte dadurch keinen Einfluß auf die Umgebung nehmen und kam sich immer mehr wie eine Gefangene des allgemeinen Geschehens vor.

Und dann ließen die Vibrationen nach. Das Wogen und Wabern verlor an Intensität, und die Barriere mußte ihre Niederlage eingestehen, die Frau passieren lassen. Das Raumschiff durchdrang die letzten energetischen Schleier und erreichte die Leere zwischen den Galaxien.

Deanna schnappte unwillkürlich nach Luft — obwohl sie in ihrem derzeitigen Zustand gar keine Lungen hatte, die mit Sauerstoff gefüllt werden wollten —, als sie beobachtete, wie die Unbekannte im Kommandosessel zusammensackte.

Doch kurze Zeit später bewegte sie sich wieder, streifte die Last der Müdigkeit und Erschöpfung ab und blickte in den viele Millionen Lichtjahre tiefen Abgrund zwischen den einzelnen Milchstraßensystemen und lokalen Gruppen.

Sie stand auf und trat an die Navigationskontrollen heran. Jetzt brauchte sie die Hilfe des Computers, was Deanna nicht sonderlich überraschte: Immerhin fehlten hier draußen Sterne, die zur Orientierung dienen konnten.

Aber die Frau gab keine Koordinaten ein. Sie schaltete auf manuelle Steuerung um und lenkte ihr Schiff tiefer in die Schwärze, wirkte dabei noch immer entschlossen und schien genau zu wissen, wo sich das Ziel befand.

Aber hier draußen gibt es doch gar nichts, dachte Troi — um kurz darauf festzustellen, daß sie sich irrte. Plötzlich *spürte* sie etwas und hörte einen mentalen Ruf, so verlockend wie die Stimmen der legendären Sirenen. Die Seefahrer der Antike waren mit ihren Schiffen an Felsen zerschellt — weil sie nur noch das eine Ziel hatten, zu jenen unerreichbaren Frauen zu gelangen. Die Namenlose an den Kontrollen teilte diese Art von Determination. Gerufen von Stimmen, die nur sie hörte (sah man von Deanna ab), hatte sie es gewagt, durch die galaktische Barriere zu fliegen.

Hilf uns, flüsterten die Stimmen. *Räche uns. Seit so langer Zeit warten wir schon ... Wir dachten, daß uns niemand hört.*

159

Und die Frau antwortete dem Raunen inmitten von Deannas Gedanken. »Auch viele andere hätten euch hören können«, sagte sie. »Wenn sie nur bereit gewesen wären, aufmerksam zu lauschen.«

Wohin fliegen wir? fragte Troi. Wer sind Sie? Warum sehe ich dies alles? Wie ist das überhaupt möglich?

Die Zeit schien stillzustehen, bis die Frau irgendwann keuchte. Deannas Blick wanderte zum Wandschirm — und sie konnte kaum fassen, was sich ihr dort darbot.

Es war ein gewaltiges Gebilde, riesiger als alles, was sie jemals gesehen hatte. Eine kolossale ... Maschine, mit langen Dornen und einer rachenartigen Öffnung und ...

Und das Etwas schluchzte.

Endlich, wiederholte es mehrmals. *Endlich. Du bist gekommen. Jetzt können wir den Zerstörern Zerstörung bringen.*

Was hat das alles zu bedeuten? rief Deanna lautlos. *Ich verstehe überhaupt nichts mehr. Es ist Wahnsinn! Ich muß diese Sache beenden, hier und jetzt ...*

Daraufhin drehte die Frau langsam den Kopf und sah die körperlose Counselor an.

»Sie können es nicht beenden. Es hat vor langer Zeit begonnen, Jahrhunderte vor Ihrer Geburt, und jetzt steht der Höhepunkt unmittelbar bevor. Ich bin das letzte Glied in einer langen Kette: Ich bin der Pilot, das Instrument. Und Sie sollen Zeuge sein.«

Deanna schüttelte einen nicht existierenden Kopf. Zeuge für was? fragte sie.

»Für die Vernichtung der Seelenlosen.« Die Frau deutete zur riesigen Maschine im All. »Es beginnt hier. Und es endet, wenn der letzte Seelenlose ebenso tot ist wie die letzten Angehörigen meines Volkes.«

Warum bin ich hier? Und wie bin ich hierhergekommen?

»Sie haben den Gesang gehört«, antwortete die Unbekannte. »Zum erstenmal haben wir die Seelenlosen zum Kampf herausgefordert und dabei den Sieg errungen. Es kam zu einer Konfrontation mit jenen, die uns daran hindern wollen, die Seelenlosen zu vernichten, und auch dabei errangen wir den Sieg. Die Selbstsphären der vielen Opfer jubeln, und ihr Gesang ...« Sie zögerte kurz. »Ihr Gesang war ziemlich laut. Manchmal fällt es mir schwer, dafür zu sorgen, daß sie leiser sind. Nun, seien Sie unbesorgt: Zwar spüren Sie unsere Präsenz, aber das Wissen bleibt Ihnen vorbehalten, bis *er* alles erfährt. Er hat ein Recht darauf, als erster in Kenntnis gesetzt zu werden. Ich werde die Stimmen bitten, demnächst leiser zu singen, um Sie nicht zu stören.«

Warten Sie! rief Deanna ...

Und dann verschwand das gewaltige Gebilde.

Und dann verschwand die Frau.

Und Troi kletterte aus dem Bett, stand auf.

Seltsame Bilder wirbelten an ihrem inneren Auge vorbei, als sie nach dem Morgenmantel griff und ihn überstreifte. Namen und Konzepte flüsterten, verschmolzen miteinander, zerfaserten ...

»Computer«, brachte die Counselor hervor. »Tagebuchmodus.«

»Bereitschaft«, erklang eine ruhige Sprachprozessorstimme. »Persönliches Tagebuch von Deanna Troi aktiviert und geöffnet. Erwarte Daten für die Aufzeichnung.«

»Ein Traum«, sagte die Betazoidin hastig. »Und er ...«

Licht. Energie.

Blitze.

»Ich sah eine Frau, und sie ...«

Ruf. Freude und Triumph.

»*Ven* ...« Deanna preßte die Hände an die Ohren und versuchte, sich auf ein Bild zu konzentrieren: hohe Türme, wie Dornen. Und keine Sterne. Und ... »*Ven* ...«

»Erwarte einen vollständigen Satz für die Aufzeichnung«, sagte der Computer. Zu seinen Programmen gehörte die Grammatik vieler verschiedener Sprachen, und deshalb konnte er bei Formulierungsproblemen helfen.

Troi rieb sich die Schläfen — ihr Gehirn schien eine Massage zu benötigen. »Ich hatte einen Traum«, erwiderte sie langsam. »Und ... und ...«

Ven ...

»Und ich kann mich nicht mehr an ihn erinnern«, fügte Deanna leise hinzu.

Pause

Versuchen Sie noch einmal, eine Kom-Verbindung herzustellen«, sagte Martok ungeduldig.

Schon seit Stunden hatten sie keinen Kontakt mehr zu Daimon Turane, den beiden Sicherheitswächtern und Darr. Martok wußte von den Absichten der Wächter, und er bezweifelte, ob Darr imstande oder auch nur bereit war, sie an der Ausführung ihres Plans zu hindern. Aber beim Ersten Offizier ging nun der Vorrat an Geduld zu Ende. Die Vorstellung gefiel ihm nicht sonderlich, doch vermutlich blieb ihm nichts anderes übrig, als eine zweite Landegruppe auszuschicken.

Die anderen Ferengi auf der Brücke sahen ihn erwartungsvoll an, und Martok begriff, daß er sie nicht enttäuschen durfte. Gerade er wußte, was mit einem Kommandanten passieren konnte, den die Crew für unfähig hielt.

Die drei Borg-Schiffe schwebten noch immer im All, ohne irgendeine Art von Aktivität zu entfalten. Sie füllten das ganze Projektionsfeld aus, und ihr unveränderlicher Anblick ging Martok zunehmend auf die Nerven. Er hoffte inständig, daß endlich etwas geschah, je eher desto besser.

»Wir empfangen Signale!« meldete der Kom-Offizier verblüfft — offenbar hatte er nicht mehr damit gerechnet, daß doch noch ein Kontakt zustande kam.

»Von den Borg?«

»Ja, Sir.«

»Auf den Schirm.«

Das Bild flackerte — und zeigte dann etwas so Verblüffendes, daß dem Ersten Offizier sein angeberisches

165

›Hier spricht Martok, Kommandant des Sondierungsschiffes der Ferengi‹ im Halse steckenblieb.

Er sah Daimon Turane.

Beziehungsweise das, was von Turane übrig war.

Sein Kopf steckte in einer Vorrichtung aus Metall und schwarzem Leder, und eine rote Linse glühte dort, wo sich zuvor ein Auge befunden hatte. Im kalkweißen Gesicht fehlte das für einen Ferengi typische berechnende Lächeln. Statt dessen brachte es kühle, leidenschaftslose Arroganz zum Ausdruck.

»Daimon Turane?« fragte Martok schließlich. Er erkannte die eigene Stimme kaum wieder.

»Wir sind nicht mehr das Individuum, das Sie als Daimon Turane bezeichnen«, sagte die Gestalt auf dem Schirm. In ihren Worten erklang eine seltsame, unheilvolle Schärfe. »Wir sind jetzt Vastator — Vastator von den Borg.«

»Ich verstehe nicht«, sagte Martok. »Vastator? Was ist ... Was hat man mit Ihnen angestellt, Daimon?«

»Ich spreche für die Borg.«

»Ich weiß beim besten Willen nicht, was ich davon halten soll. Weshalb sind Sie ...«

»Ich spreche für die Borg«, wiederholte der veränderte Turane und betonte jedes einzelne Wort.

Martoks Lippen zitterten einige Sekunden lang, und dann verhärteten sich seine Züge. »Na schön«, zischte er. »Sie sprechen für die Borg. Und was haben die Borg zu sagen? Sind sie vielleicht an Verhandlungen in Hinsicht auf geschäftliche Vereinbarungen mit den Ferengi interessiert?«

»Verhandlungen sind irrelevant. Geschäfte sind irrelevant.«

»*Was?*« Die letzten Bemerkungen Daimon Turanes kamen Blasphemie gleich und wiesen noch deutlicher als die physischen Veränderungen darauf hin, daß mit dem früheren Kommandanten des Sondierungsschiffes etwas nicht stimmte. »Was ist los mit Ihnen, Daimon?

Ich weiß nicht, welche Art von Gehirnwäsche Sie hinter sich haben, aber ...«

»Mir wurde ... Erleuchtung zuteil«, sagte das Wesen namens Vastator. »Ich bekam Gelegenheit, Weisheit zu kosten und mit den Borg eins zu werden. Profit spielt keine Rolle. Profit ist irrelevant. Die Ferengi sind irrelevant. Nur die Borg sind wichtig.«

»Soll das heißen, Sie wollen bei den Borg bleiben?« Martok konnte es kaum fassen, hatte sich viel zu sehr an einen Daimon Turane gewöhnt, der unbedingt zu den Ferengi-Welten zurückkehren wollte, um dort Anerkennung und Ruhm zu erringen. Der Gedanke, daß ihm daran jetzt nichts mehr lag ...

Und dann dämmerte dem Ersten Offizier eine Erkenntnis. Vielleicht wollte Turane bei den Borg bleiben — und trotzdem zu den Ferengi zurückkehren, mit der ungeheuren Macht jener fremden Geschöpfe. In dem Fall konnte Daimon Turane zu einer enormen Gefahr werden.

»Diese Borg-Schiffe halten sich hier in Bereitschaft«, verkündete Vastator. »Eine Einheit fiel einem unbekannten Faktor zum Opfer; eine zweite ist mit Sondierungen und Ermittlungen beauftragt. Früher oder später wird man uns Anweisungen und weitere Informationen übermitteln. Unmittelbar im Anschluß daran können wir aktiv werden.«

»Und was erwarten Sie von uns?« fragte Martok.

In dem leichenhaft blassen Gesicht Vastators zeigte sich ein Hauch Zufriedenheit — wenn das bei einem Borg überhaupt möglich war. »Wir erwarten von Ihnen, daß Sie sterben.«

Der Erste Offizier lachte kehlig. »Sie bluffen.«

Vastator antwortete sofort. »Bluffen ist irrelevant.«

Diese schlichte Erwiderung, die ruhig und zuversichtlich klang, jagte Martok einen gehörigen Schrecken ein. Plötzlich zweifelte er nicht mehr daran, daß es die Borg ernst meinten. Darüber hinaus gewann er den Eindruck, daß Daimon Turane die Zerstörung des Sondierungsschiffes und den Tod der Ferengi an Bord genießen würde.

»Kom-Verbindung unterbrechen«, stieß er scharf hervor. Und dann: »Navigation, volle Beschleunigung. Bringen Sie uns fort von hier. Schilde hoch.«

»Martok ...«

»*Gehorchen Sie!*«

Tasten klickten unter den Fingern des Steuermanns, und das Schiff erbebte. Die Ferengi wurden hin und her geschleudert, und Martok verlor den Halt, stieß mit dem Kopf an die Armlehne des Kommandosessels. »Was ...?« begann er wütend.

»Ein Traktorstrahl!« rief der taktische Offizier. »Wir werden festgehalten! Und in Richtung der drei würfelförmigen Raumer gezogen!«

»Volle Energie in die Triebwerke! Versuchen Sie, uns aus dem Fesselfeld zu lösen!«

Die gesamte Energie des Sondierungsschiffes strömte nun in die Antriebsaggregate. Der kleine Kreuzer vibrierte und zitterte, trachtete danach, sich aus dem energetischen Griff der Borg zu befreien. In den Bordsystemen kam es zu Überladungen, und das Impulstriebwerk heulte immer lauter. Trotzdem schrumpfte die Entfernung zu den drei gewaltigen Würfeln im All.

»Fehlfunktionen!« erklang die Warnung von der Operatorstation. »Das bugwärtige Antriebsmodul fällt aus!«

»Volle Energie in die Waffen!« knurrte Martok. »Feuer!«

Strahlbündel gingen vom Sondierungsschiff aus und trafen einen der drei Borg-Raumer. Ganz plötzlich verschwand das Traktorfeld.

»Jetzt!« donnerte Martok. »Beschleunigung für Fluchtmanöver!«

Das Sondierungsschiff sprang durchs All, während sich die Ferengi auf der Brücke bemühten, Reservesysteme zu aktivieren, um durch Überladungen entstandene Lücken im allgemeinen Funktionspotential zu schließen. Wenn ihnen das Schicksal einige zusätzliche Sekunden Zeit gegeben hätte, wäre es ihnen vielleicht gelungen, dem Tod zu entrinnen.

Ein Energiestrahl zuckte vom mittleren Würfel, der jetzt als Heim für einen Borg namens Vastator diente. Er selbst hatte offensive Maßnahmen vorgeschlagen und leitete sie nun. Zwar gehörte Rache jetzt zu den irrelevanten Dingen, aber irgend etwas in ihm empfand tiefe Genugtuung. Und *darunter* gab es etwas, das entsetzt schrie, obgleich niemand die Schreie hörte.

Der Strahl brannte durch das Sondierungsschiff, schnitt wie beiläufig die Warpgondeln fort. Einige Sekunden lang drehte sich das Wrack um die eigene Achse, und dann platzte es auseinander. Leere und Vakuum des Alls schluckten das Krachen der Explosion und die Stimmen der Sterbenden. Ein Feuerball glühte, verschlang die Reste des Sondierungsschiffes und ließ nur einige wenige Trümmer übrig.

Vastator beobachtete die Explosion von Bord des Borg-Schiffes aus. Es wäre sinnlos gewesen, den kleinen Raumer zu demontieren und die einzelnen Teile zu absorbieren. Das Gemeinschaftsbewußtsein der Borg hatte bereits alle notwendigen Informationen über die Ferengi bekommen: aus dem Ich eines gewissen Daimon Turane. Aus diesem Grund sahen die Borg keinen Sinn daran, mehrere Ferengi aufzunehmen. Ebensowenig lag ihnen daran, dem individuellen Leben eine Möglichkeit zu geben, die Flucht zu ergreifen und von drei wartenden Würfelschiffen zu berichten.

Vor noch nicht allzu langer Zeit hätten die Borg Warnungen irgendeiner Art für irrelevant gehalten. Sie hätten es den Ferengi erlaubt, in ihre Heimat zurückzukehren und das ganze Volk auf die Borg hinzuweisen. Die Borg waren überlegen. Die Borg waren unvermeidlich. Es spielte keine Rolle, ob jemand wußte, daß die Borg kamen. Sollte das individuelle Leben ruhig Vorbereitungen treffen und sein militärisches Potential mobilisieren. So etwas blieb für die Borg ohne Bedeutung, weil sie in jedem Fall den Sieg errangen.

Doch angesichts der letzten Entwicklungen hielt es das Gemeinschaftsbewußtsein für erforderlich, vorsichtiger zu sein. In der jüngsten Vergangenheit hatten die Borg mehr Verluste erlitten als in ihrer ganzen Geschichte: die Niederlage beim Zentralplaneten der Föderation im Sektor 001, der Verlust von Locutus, die Niederlage des Borg-Schiffes beim entsprechenden Kampf, die Vernichtung eines zweiten Borg-Schiffes in der Nähe einer Welt namens Penzatti. Den einzelnen Ereignissen kam nur geringe Signifikanz zu, aber ihre Summe wurde allmählich zu einem Problem.

Die Borg analysierten. Die Borg änderten ihre Strategie. Ihr letztendliches Ziel bestand darin, alle Lebensformen aufzunehmen, und in diesem Zusammenhang waren sie bereit, von jeder erfolgversprechenden Taktik Gebrauch zu machen. Wenn die Umstände Geduld verlangten, so zögerten sie nicht, abzuwarten und zu beobachten.

Vastator starrte noch eine Zeitlang ins All und sah, wie sich das letzte Glühen der Explosion in leerer Finsternis verlor. Das vernichtete Sondierungsschiff und seine Besatzung waren jetzt permanent irrelevant.

Schließlich drehte sich Vastator um, und Borg-Soldaten eskortierten ihn ins Herz des Schiffes. Seine nächste Aufgabe bestand darin, einfach nur zu warten, bis ihm das Kollektivselbst der Borg neue Anweisungen übermittelte. Das Gemeinschaftsbewußtsein wußte alles und würde über alles triumphieren. Das Schicksal sah den Sieg vor — die Zukunft gehörte den Borg.

Aber die jüngsten Ereignisse und Vastators Informationen veranlaßten sie dazu, vorsichtig zu sein. Sie lernten aus Erfahrung, und sie lernten schnell. Das war die Stärke der Borg.

Deshalb konnten sie nicht versagen.

Nie.

Zweiter Akt

Zweiter Akt

KAPITEL 9

Sie heißt Reannon Bonaventure und wurde vor dreizehn Jahren als vermißt gemeldet. Sie galt als mutmaßlich verstorben.«

Die Senior-Offiziere saßen am Tisch des Konferenzzimmers und hörten Data zu, der seine Nachforschungen vor kurzer Zeit beendet hatte. Ihre Aufmerksamkeit galt auch dem Bildschirm. Jenseits des Fensters präsentierte sich der inzwischen schon vertraute Anblick des verheerten Heimatplaneten der Penzatti. Die *Enterprise* schwebte weiterhin im Standardorbit und mußte jederzeit damit rechnen, daß die Borg zurückkehrten. Daraus ergaben sich hohe Belastungen für die Crew: Es herrschte ständige Alarmbereitschaft. Die allgemeine Situation war alles andere als angenehm.

Troi schauderte, denn der Bildschirm zeigte eine junge Frau, die große Ähnlichkeit mit ihr hatte: große, glänzende Augen, klassische Züge. Ihr Haar schien etwas heller zu sein als das der Counselor, und hinzu kam ein recht ungewöhnlicher Aspekt. Die Aufnahme stammte aus den Unterlagen, die zur Beantragung einer Pilotenlizenz für Frachter dienten, und solche Fotografien hatten die Offiziere oft gesehen. Aber hier streckte die dargestellte Person die Zunge raus.

»Eine recht ... interessante junge Dame«, kommentierte Picard. »Und zweifellos ein einzigartiges Bild.«

»Ich glaube, ich habe schon einmal von ihr gehört.« Riker überlegte. »Ja, jetzt erinnere ich mich wieder.« Er schnippte mit den Fingern. »Wie konnte ich eine solche

Frau vergessen? Sie erwarb sich einen bemerkenswerten Ruf.«

»Das Bild deutet darauf hin«, meinte Beverly Crusher.

»Oh, das Foto ist harmlos«, erwiderte Riker. »Man nannte sie die ›Tollkühne‹. Sie transportierte jede Fracht — legal oder illegal —, und sie flog jedes beliebige Ziel an. Ganz gleich, wie gefährlich ein Raumsektor sein mochte: Sie durchquerte ihn, wenn sie das für erforderlich hielt.«

»Ja, ich habe ebenfalls von ihr gehört«, sagte Picard. »Die Tollkühne. Meine Güte ... Es kam damals zu einem ziemlichen Aufruhr. Starfleet wollte ihr die Pilotenlizenz entziehen, weil sie immer wieder dazu neigte, interstellare Abkommen zu verletzen. Aber es gab zu viele Mitglieder der Föderation, die Reannon Bonaventure für ihre eigenen Zwecke einsetzten.«

»Ihr Schiff hieß *Phantom Cruiser* und verfügte über eine Tarnvorrichtung.« In Rikers Stimme erklang unüberhörbare Bewunderung. »An Mut mangelte es ihr gewiß nicht. Um nur ein Beispiel zu nennen ... Einmal bekam sie den Auftrag, Medikamente zu einem Kolonialplaneten zu bringen, auf dem eine Seuche grassierte. Die kürzeste Route führte quer durchs romulanische Reich. Damals hatten wir keine direkten Kontakte mit den Romulanern, aber wir erfuhren von Gefechten — angeblich wurden die Streitkräfte eines ganzen Rihannsu-Sektors mobilisiert. Trotzdem gelang es Reannon Bonaventure, ihr Ziel zu erreichen. Die Medo-Fracht der *Phantom* rettete vielen Kolonisten das Leben.«

»Und jene Frau befindet sich jetzt in einem meiner Behandlungszimmer«, stellte Dr. Crusher verwundert fest.

»Eines Tages verschwand sie«, sagte Riker. »Es hieß damals, sie hätte die Tholianer verärgert — die ziemlich sauer werden können, wenn es um Verletzungen ihrer Hoheitsrechte geht. Man setzte eine Belohnung für ihre Ergreifung aus, was Reannon zum Anlaß nahm, sich aus dem Staub zu machen — um abzuwarten, bis sprichwörtliches Gras über die Sache gewachsen wäre.«

»Hat sie vielleicht versucht, sich im stellaren Territorium der Borg zu verstecken?« erkundigte sich der Captain. »Für den Flug dorthin hätte sie Jahre gebraucht.«

»Bei der ›Tollkühnen‹ ist alles möglich«, entgegnete Riker. Ein fast verträumt wirkendes Lächeln umspielte seine Lippen. »Wenn sie der Ansicht gewesen wäre, daß ihr nur der unerforschte Weltraum ein ausreichendes Maß an Sicherheit gewährte ... In dem Fall hätte sie bestimmt nicht gezögert, das Raumgebiet der Föderation zu verlassen. Sie war ganz und gar furchtlos.«

»Und vielleicht ist sie der erste Mensch gewesen, dem die Borg begegneten«, sagte Picard langsam. »Ganz offensichtlich fanden sie Reannon Bonaventure interessant genug, um sie in ihr Kollektiv zu integrieren. Dr. Crusher ... Wie beurteilen Sie den derzeitigen Zustand Ihrer Patientin?«

»Ich habe alle technischen Komponenten entfernt und die neuralen Verbindungen wiederhergestellt, um normale Hirnfunktionen zu ermöglichen«, antwortete die Ärztin. »Es dauert einige Tage, bis sich die organische Struktur der Hauttransplantate stabilisiert hat. Vermutlich juckt's eine Zeitlang.«

»Was ist mit der Hirnaktivität?«

Beverly hob und senkte die Schultern. »An den einzelnen Funktionen gibt es nichts auszusetzen. Trotzdem ... Etwas fehlt.«

»Könnten Sie das genauer erklären?«

»Dr. Crusher meint folgendes, Captain.« Troi meldete sich nun zum erstenmal zu Wort, und ihr Blick blieb auf den Bildschirm gerichtet. »Der Sinn für die eigene Identität ist so sehr verkümmert, daß er sich vielleicht nicht restaurieren läßt. Mehr als zehn Jahre lang haben Borg-Implantate vollkommene Kontrolle über sie ausgeübt, ihr Verhalten, Denken und Fühlen bestimmt. Sie hatte keine Gelegenheit, eigene Erfahrungen zu sammeln

175

oder ihre Persönlichkeit zu entfalten. Stellen Sie sich vor, sie sei ein Jahrzehnt lang in einer Deprivationskammer eingesperrt gewesen, ohne die Möglichkeit, *irgend etwas* wahrzunehmen. Ich habe sie vor einer Stunde untersucht und dabei keine Überbleibsel von Reannon Bonaventure gefunden. Ihr Herz schlägt, und mit den Körperfunktionen ist alles in bester Ordnung. Aber sie ist nur eine Hülle, die nichts enthält, ein Leib ohne Ich, ohne Seele.«

Riker nickte langsam. »Mit anderen Worten: Das Licht brennt, aber es ist niemand zu Hause.«

»Damit kann ich mich nicht abfinden«, brummte Geordi.

Die anderen Offiziere musterten ihn neugierig. »Glauben Sie, daß die von Counselor Troi durchgeführte empathische Sondierung zu falschen Ergebnissen führte?« fragte Picard.

»Ich glaube nur eines, Sir«, erwiderte LaForge und deutete zum Bildschirm. »Einst enthielt der Körper ein lebendes, individuelles Selbst, das wohl kaum völlig verschwunden sein kann. Wir dürfen die Frau nicht einfach abschreiben.«

»Niemand schreibt etwas oder jemanden ab, Geordi«, sagte Riker.

»Trotzdem habe ich einen derartigen Eindruck gewonnen«, fuhr LaForge fort. »Es geht hier um ein *lebendes Wesen*, das unsere Hilfe braucht. Dr. Crusher hat selbst darauf hingewiesen, daß mit den Hirnfunktionen alles in Ordnung ist. Das Problem kann also nur psychologischer Natur sein. Ich bin sicher, daß irgendwo tief in dem Körper ein Ich steckt, das sich Befreiung ersehnt.«

»Ich bezweifle es«, sagte Deanna Troi.

»Was nichts an meiner Überzeugung ändert.«

»Geordi ...«

»Nehmen Sie mich als Beispiel, Counselor.« Der Chefingenieur sprach mit einem für die anderen Offizier erstaunlichen Maß an Leidenschaft. »Ich habe ein Handikap. Ohne das VISOR kann ich nichts sehen. Ich lebe mit dem Ding und komme zurecht, weil man mir geholfen hat. Wenn ich abends ohne das VISOR im Bett liege, wenn alles stockfinster für mich ist ... Dann frage ich mich oft, wie mein Leben unter anderen Umständen gewesen wäre. Das gleiche Bewußtsein. Die gleichen Fähigkeiten. Aber kein visuell-organisches Restitutions-objekt. Dann stelle ich mir eine Welt vor, die bestimmt wird von der Anzahl der Schritte bis zum Bad oder zur Küche. Solche Überlegungen lassen mich schaudern, und ich denke voller Dankbarkeit daran, daß ich am nächsten Morgen der Natur ein Schnippchen schlagen und wieder ›sehen‹ kann. Reannon Bonaventure hat ein *psychisches* Handikap und verdient die gleiche Chance wie ich.«

Stille folgte.

»Sie wird ihre Chance bekommen, Mr. LaForge«, sagte Picard schließlich, und seine Stimme klang sehr sanft. »Ich neige dazu, Counselor Trois Einschätzung der Situation zu teilen, aber ... Nun, ich bin einem ähnlichen Dilemma ausgesetzt gewesen wie Miss Bonaventure.« Der Captain sah die übrigen Anwesenden der Reihe nach an. »Daß ich heute als Jean-Luc Picard hier sitze, verdanke ich meiner Crew, die nicht aufgab und ihr Leben riskierte, um mich zu retten. Es wäre falsch, bei Reannon Bonaventure andere Maßstäbe anzulegen. Sie hat ein Recht darauf, daß wir uns alle Mühe geben, ihr Selbst — wenn es noch existiert — ins Hier und Jetzt zurückzuholen.«

»Ich beginne sofort mit einem entsprechenden Lehr-programm«, sagte Crusher.

»Dabei geht es in erster Linie um die Vermittlung von Informationen«, gab Troi zu bedenken. »Wenn so etwas einen Sinn haben soll, muß zumindest eine rudimentäre Lernfähigkeit vorhanden sein. Mir scheint, das ist hier nicht der Fall.«

»Die Frau braucht jemanden, der mit ihr redet«, warf Geordi ein. »Jemanden, der ihr Gesellschaft leistet, ihre Sinne stimuliert.«

»Bieten Sie dafür Ihre Freizeit an, Mr. LaForge?« fragte Picard.

»Ich bin durchaus bereit, den Worten Taten folgen zu lassen, Sir.«

»Nun gut. Wie Sie meinen. Arbeiten Sie mit Dr. Crusher zusammen und entwickeln Sie einen Zeitplan, der Rücksicht auf Ihre üblichen Pflichten nimmt. Das wär's.«

Die Senior-Offiziere standen auf und schritten zur Tür. Picard erhob sich ebenfalls und sagte: »Bitte bleiben Sie, Counselor.« Sie warteten, bis sie allein waren, und Jean-Luc verschränkte die Arme. »Wenn Sie mir diese Bemerkung gestatten, Counselor: Sie wirken angespannt.«

Sie zuckte mit den Schultern. »Vermutlich liegt es an dem Bild, Captain.«

»Es weist tatsächlich eine große Ähnlichkeit mit Ihnen auf«, räumte Picard ein.

»Was ich zum Anlaß nahm, mich in Reannon Bonaventures Lage zu versetzen. Ich habe mir vorgestellt, in die Gefangenschaft der Borg zu geraten, von ihnen verändert zu werden, auf die gleiche Weise wie ...«

»Wie ich?« fragte Jean-Luc sanft. »Sie wissen, was ich durchmachen mußte. Sie kennen die psychischen Narben.«

»Ja.« Deannas Finger strichen über den Bildschirm. »Die Borg sind Anti-Leben, Captain. Sie haben weder Herz noch Seele. Sie existieren nur, um zu nehmen und zu zerstören. Meine Existenz steht in unmittelbarem Zusammenhang mit den Gefühlen anderer Personen. Eine ganze Spezies, die bestrebt ist, Seelen und Emotionen auszulöschen ... So etwas entsetzt mich.«

»Ich verstehe. Und ...«

Picard unterbrach sich und kniff die Augen zusammen. Deanna drehte den Kopf und musterte ihn besorgt. »Captain ...?«

»Die Seelenlosen«, brachte er hervor.

»Was meinen Sie, Sir?«

»Die Seelenlosen«, wiederholte Picard. »O mein Gott.« Und lauter. »O mein Gott. Wieso wird mir das erst jetzt klar? Wie konnte ich so *dumm* sein?«

»Captain, ich spüre, daß Sie sehr aufgeregt sind ...«

»Ich bin nicht aufgeregt!« entfuhr es Picard. Intensive emotionale Energie zitterte in ihm. »Ich bin wütend auf meine eigene Dummheit! Lieber Himmel, ich bin so blind wie Geordi! Jemand hat versucht, mir ein VISOR ganz besonderer Art zu geben, und ich hab's abgelehnt. Seitdem sind viele Jahre vergangen ...«

»Ich verstehe kein Wort, Captain.«

Picard stützte sich am Tisch ab und schüttelte den Kopf. »Es hat die Qualität eines Traums gewonnen. Damals nahm ich an, daß übermäßiger Streß zu Halluzinationen führte. Die ganze Zeit über hatte ich die Antwort direkt vor den Augen, ohne sie zu sehen. Die Borg — und *sie*. Es gibt irgendeinen Zusammenhang. Ich fühle es.«

»Wen meinen Sie?«

»Den Namen kenne ich nicht.« In jähem Zorn schlug Picard mit der Faust auf den Tisch. »Verdammt, ich weiß nicht, wer oder was sie ist. Guinan!« Mit dem letzten Wort ging ein plötzlicher Stimmungswandel einher — das Gesicht des Captains zeigte nun so etwas wie schockierte Verblüffung.

»Guinan?« Trois Verwirrung wuchs.

»Als sie den Schwächeanfall erlitt, flüsterte sie mehrere Silben. Riker glaubte, das Wort ›Wände‹ zu verstehen, aber er irrte sich. Das liefert den endgültigen Beweis! *Sie* ist es!«

»Ich verstehe kein einziges Wort, Captain«, wiederholte Deanna.

»*Vendetta!*«

179

Troi schnappte unwillkürlich nach Luft und erstarrte förmlich. »Was?« hauchte sie.

Picard sank wie erschöpft und ausgelaugt in den nächsten Sessel. Eine Zeitlang schwieg er, während seine Gedanken in einer anderen Zeit weilten, in einer anderen Welt. Imagination ermöglichte es ihm, wieder zu einem jungen Kadetten zu werden.

»Es geschah während des Studiums an der Akademie«, sagte er langsam. »Eines Nachts kam eine Frau zu mir ... Aber vielleicht war es gar keine Frau. Vielleicht handelte es sich um eine Erscheinung — das vermutete ich damals. Am vorhergehenden Tag hatten wir über eine Maschine gesprochen, mit der die erste *Enterprise* konfrontiert wurde — eine Vorrichtung, die man ›Planeten-Killer‹ nannte. Matthew Decker setzte sie außer Gefecht. Ich entwickelte eine Hypothese, die postulierte, daß der Ursprung des Planeten-Killers nicht sehr weit vom Rand unserer Galaxis entfernt sein konnte. Und in der Nacht kam die ... Frau und sprach zu mir. Ich weiß nicht mehr, was sie sagte — zu jenem Zeitpunkt war ich so durcheinander, daß die Einzelheiten keinen festen Platz in meinem Gedächtnis fanden. Aber ich erinnere mich an ein Wort, das die ›Erscheinung‹ dauernd wiederholte — ein Name oder eine Absichtserklärung, vielleicht auch beides. Es lautete: *Vendetta*.«

»*Vendetta* ...« Troi atmete tief durch. »Captain, in der vergangenen Nacht hatte ich einen Traum. Ich habe vergessen, um was es dabei ging, und das ist sehr seltsam, denn normalerweise fällt es mir nie schwer, mich an meine Träume zu erinnern. Für gewöhnlich sind solche Erinnerungen bei mir ebenso deutlich wie die an reale Ereignisse. Nur ein Wort blieb zurück ...«

»*Vendetta*.«

Deanna nickte.

Picard stand auf.

»Ich glaube, wir sollten mit Guinan reden.«

Geordi verließ den Hauptbereich der Krankenstation und betrat ein Zimmer, das Reannon Bonaventure als Unterkunft diente. Beverly Crusher war bereits zugegen. Und die Frau saß wie ein schüchternes Schulmädchen auf der Bettkante.

Ohne die Borg-Implantate wirkte sie viel kleiner und zierlicher. Sie war nach wie vor kahlköpfig, und es fehlten auch Brauen. Ihre Kleidung bestand aus einem grauen Overall, der LaForge an Wesley erinnerte.

Einmal mehr blickte sie ins Leere. Geordi ging vor ihr in die Hocke und erhoffte sich irgendeine Reaktion. »Reannon?« fragte er. »Reannon Bonaventure?«

Nichts. Ebensogut hätte er versuchen können, mit dem Vakuum zu sprechen.

»Hallo«, fuhr er fort. »Ich bin Geordi LaForge.« Er streckte die Hand aus, um einen automatischen Reflex auszulösen.

Aber die Frau rührte sich nicht.

Der Chefingenieur sah zur Ärztin. »Hat sie etwas gesagt, seit die Implantate entfernt worden sind?«

»Sie gab keinen einzigen Ton von sich«, erwiderte Beverly. »Ich habe mit einem ganz einfachen Lehrprogramm begonnen, doch sie reagiert nicht darauf. Sie scheint uns überhaupt nicht wahrzunehmen.«

Geordi sank auf ein Knie und griff nach einer weißen Hand, deren Kühle überraschend war — obgleich ihn das VISOR auf die niedrige Körpertemperatur der Frau hinwies. »Hören Sie mir zu«, sagte er langsam. »Sie sind Reannon Bonaventure und befinden sich an Bord des Raumschiffs *Enterprise*. Ich bin Chefingenieur Geordi LaForge. Wir haben Sie vom Borg-Einfluß befreit, und Sie können jetzt wieder ein normales Leben führen. Aber bitte geben Sie uns zu erkennen, daß Sie verstehen. Bitte geben Sie uns *irgendein* Zeichen.«

Stille und Reglosigkeit.

Geordi erhob sich wieder. »Kommen Sie. Vertreten wir uns ein wenig die Beine.«

181

»Davon rate ich ab«, sagte Beverly Crusher hastig.

LaForge wandte sich ihr erstaunt zu. »Sprechen irgendwelche medizinischen Gründe dagegen?«

»Nein, das nicht. Ich möchte nur vorsichtig sein. Das Vorrecht der Ärztin.«

»Und ich möchte mehr Bewegungsspielraum in Anspruch nehmen, wenn Sie gestatten«, meinte Geordi. »Reannon muß Erfahrungen sammeln. Sie braucht Stimuli. Und in diesem Zusammenhang kann eine Tour durchs Schiff sicher nicht schaden.«

Crusher überlegte einige Sekunden lang. »Na schön. Aber bitte halten Sie mich ständig auf dem laufenden. Benachrichtigen Sie mich sofort, wenn sich irgendein Problem ergibt. In Ordnung?«

»In Ordnung.«

»Gut.«

LaForge wandte sich wieder an die Frau. »Los geht's, Reannon. Kommen Sie.«

Sie blieb auch weiterhin sitzen und starrte an die Wand.

Geordi griff nach ihrem Arm und zog sie behutsam auf die Beine. Sie widersetzte sich nicht, entfaltete jedoch auch keine eigene Initiative. Der Chefingenieur nahm ihre schlaffe Hand, spürte die fast eiskalten Finger.

»Kommen Sie«, sagte er noch einmal. »Erst der linke Fuß, dann der rechte — so ist's richtig.«

Die Frau ging steifbeinig neben LaForge. Eins stand fest: Mit ihren motorischen Funktionen war soweit alles in Ordnung. Aber jemand mußte sie führen — sie ging nicht von selbst, nicht aus eigenem Antrieb. Dieses Problem bestimmte Geordis Absicht: Seine Bemühungen galten dem Versuch, die tief in Reannon verwurzelte Inaktivität zu überwinden.

Er geleitete die Patientin zum Schott, das sich mit einem leisen Zischen vor ihnen öffnete. Kurz darauf erreichten sie den zentralen Bereich der Krankenstation.

Die hier untergebrachten Penzatti sahen zunächst nicht auf, als Geordi und Reannon Bonaventure das Behandlungszimmer verließen. Doch als sie an einer Überlebenden vorbeischritten, die in einen Regenerationskokon gehüllt war ... Sie sah die Begleiterin des Ersten Offiziers und erkannte die charakteristischen Merkmale: kalkweiße Haut, ein starrer Blick. Zwar trug die Gestalt keine technischen Komponenten mehr, aber sie blieb trotzdem unverkennbar.

Die Überlebende schrie.

Und damit weckte sie die Aufmerksamkeit der anderen Penzatti. Fühler zitterten, als sie ebenfalls begriffen, wer sich in ihrer Mitte aufhielt. Weitere Schreie erklangen, und die Krankenpfleger sahen sich verblüfft um: Bis eben war alles ruhig und friedlich gewesen — jetzt herrschte plötzlich lautes Durcheinander.

Geordi verharrte, sah sich verwirrt um und verstand zunächst nicht, was hier geschah. Dann stand plötzlich jemand vor ihm: Dantar, jener Penzatti, der auf dem Planeten versucht hatte, ein Grab für sich selbst auszuheben.

Beverly Crusher kam aus dem Nebenzimmer und rief die Patienten zur Ordnung, aber lautes Heulen übertönte ihre Stimme.

Dantar beugte sich zu Reannon vor, bis seine Nase fast ihr Gesicht berührte. »Das ist er — beziehungsweise sie«, knurrte der Penzatti. »Ich kenne das Gesicht! Es gehört dem Borg-Soldaten, der meine Familie umbrachte!«

Reannon Bonaventure gab durch nichts zu erkennen, daß sie den Überlebenden hörte. Geordi versuchte, Dantar zurückzudrängen. »Sie war nicht sie selbst. Inzwischen geht es ihr besser. Wir haben sie geheilt.«

»Sie *geheilt?*« kreischte Dantar. »Dieses Geschöpf hat meine Familie massakriert, meine Kinder getötet! Es ist ein Borg — und die Borg sind Mörder, bringen ganze Völker um.«

»Dies ist eine Frau, und sie trifft keine Schuld«, erwiderte LaForge scharf.

»Keine Schuld?« rief Dantar. »Sie hat zur Zerstörung meiner Welt beigetragen. Ich kann nicht zulassen, daß ein solches *Ungeheuer* hier bei uns weilt und leben darf.« Der Penzatti sprang vor und streckte die Hände nach Reannons Hals aus.

»*Nein!*« donnerte Geordi und griff nach Dantars Armen. Die Patienten schrien und heulten noch immer, feuerten ihren Artgenossen an. Einige von ihnen versuchten, die Betten zu verlassen, doch aufgrund ihrer Verletzungen waren sie noch immer zu geschwächt.

Dantar bewies überraschend viel Kraft, als er LaForge beiseite stieß — der Chefingenieur taumelte gegen eine nahe Liege —, die Hände um Reannon Bonaventures Hals schloß und zudrückte.

»Lassen Sie die Frau los!« rief Geordi. Er stürmte von der einen Seite heran, während sich Dr. Crusher von der anderen näherte, einen einsatzbereiten Injektor hob. Mit einem jähen Ruck schleuderte Dantar die Frau zu Boden, wirbelte herum, packte LaForge am Arm und zerrte ihn in Richtung Beverly.

Geordi spürte etwas an der Schulter und hörte, wie sich der mit einem Sedativ geladene Injektor zischend entlud. »O Mist«, ächzte er, sank zu Boden und verlor das Bewußtsein.

Der Chefingenieur war zwar nicht sehr groß, dafür aber recht kräftig gebaut und schwerer, als es den Anschein hatte. Als er fiel, riß er die Ärztin von den Beinen, und der Zufall wollte es, daß sie ein lebendes Kissen unter ihm formte.

Unterdessen kniete Dantar und versuchte erneut, Reannon zu erdrosseln. Einigen anderen Penzatti war es inzwischen gelungen, aus ihren Betten zu klettern, und sie hielten die Krankenpfleger beschäftigt. Es ging drunter und drüber.

Beverly kroch weit genug unter dem bewußtlosen

184

Geordi hervor, um ihren Insignienkommunikator zu aktivieren. »Sicherheitsabteilung!« keuchte sie. »Notfall in der Krankenstation!«

Dantars Finger gruben sich tief in den Hals der Frau, und seine Fühler zitterten heftiger. Das Wesen mit dem kalkweißen Gesicht leistete noch immer keinen Widerstand ...

Eine stählerne Hand schloß sich um Dantars Schulter.

Der Kopf ruckte zur Seite, aber es war eine reine Reflexbewegung, denn im gleichen Augenblick senkte sich Schwärze auf das Bewußtsein des Penzatti herab. Der Körper erschlaffte, kippte zur Seite und prallte mit einem dumpfen Pochen auf den Boden.

Eine Patientin näherte sich hinkend, offenbar zum Angriff entschlossen, und Dr. Selar wandte sich von dem Ohnmächtigen ab. Die Penzatti wankte ihr entgegen, und in physischer Hinsicht war sie noch beeindruckender als Dantar. Sie holte zu einem wuchtigen Fausthieb aus, doch gegen eine Vulkanierin konnte sie damit kaum etwas ausrichten. Selar stieß den Arm wie achtlos zur Seite und hob die rechte Hand zur Schulter der Frau. Eine Sekunde später forderte der vulkanische Nervengriff ein zweites Opfer.

Die anderen Überlebenden hatten das Geschehen beobachtet und zögerten nun. Dr. Selar maß sie mit einem kühlen Blick.

»Noch mehr Gewalt wäre unlogisch«, kommentierte sie in einem sachlichen Tonfall.

Worf und die beiden Sicherheitswächter Meyer und Boyajian kamen rechtzeitig genug herein, um die letzten Worte der vulkanischen Ärztin zu hören. Der Klingone sah sich um, schätzte die Situation ein, wandte sich dann an Selar und nickte anerkennend. Normalerweise konnte er mit Vulkaniern nicht viel anfangen. Er stammte aus einem kriegerischen, leidenschaftlichen Volk, und deshalb fiel es ihm schwer, Verständnis für

Leute aufzubringen, die Geduld und Emotionslosigkeit zu ihrem Lebensinhalt machten. Doch was Selar betraf ... Irgendein rätselhafter Aspekt ihres Wesens sorgte dafür, daß sie ihm sympathischer erschien als typische Vulkanier.

»Zurück in die Betten, ihr alle«, knurrte Worf, und sein Gesichtsausdruck ließ keinen Zweifel daran, daß er es ernst meinte. »Jetzt sofort.«

Die Penzatti kamen der Aufforderung nach. Niemand von ihnen wollte sich mit dem Klingonen oder der Vulkanierin anlegen, die schon zweimal bewiesen hatte, daß sie ein sehr gefährlicher Gegner sein konnte.

Selar trat auf Beverly Crusher zu und half ihr hoch. »Sind Sie verletzt, Doktor?«

»Ich glaube, meine Autorität hat ein wenig gelitten, aber ansonsten ist alles in Ordnung.« Sie wandte sich an Worf und sprach etwas lauter als nötig. »Vielen Dank, daß Sie so rasch gekommen sind, Lieutenant. Unsere Patienten scheinen die Krankenstation mit einer Sporthalle verwechselt zu haben.«

»Soll ich dafür sorgen, daß sie an ihre Betten gefesselt werden?« erwiderte der Klingone ernst. »Mit schweren Ketten?«

Beverly sah zu den Penzatti und bemerkte das Entsetzen in ihren Mienen. »Ich glaube, das ist derzeit noch nicht nötig. Aber wenn ich es mir anders überlege ...«

»Ich lasse die Ketten vorbereiten«, grollte Worf und fügte drohend hinzu: »Nur ... für ... den ... Fall.«

Die Krankenpfleger trugen den bewußtlosen Dantar zu seiner Liege und aktivierten dort das Sicherheitsfeld. Dr. Crusher sah auf die reglose Frau hinab. Das weiße Gesicht blieb leer, und der Blick reichte nun zur Decke empor. Nichts deutete darauf hin, daß Reannon Bonaventure die jüngsten Ereignisse bewußt zur Kenntnis genommen hatte. Beverly drehte den Kopf, und ihre Aufmerksamkeit glitt zu Geordi LaForge, der noch immer auf dem Boden lag.

»Kein besonders vielversprechender Anfang für dieses spezielle Projekt«, murmelte sie.

»*Vendetta.*« Guinan nickte und rieb sich das Kinn.

Picard, Troi und Guinan befanden sich in einem kleinen, gemütlich eingerichteten Zimmer, das an den Gesellschaftsraum des zehnten Vorderdecks grenzte. Guinan wanderte nachdenklich umher. »*Vendetta.* Ja. Ja, vielleicht habe ich tatsächlich dieses Wort geflüstert.«

»Was bedeutet es?«

Sie schüttelte den Kopf. »Ich weiß es nicht.«

Picard wölbte eine Braue. »Haben Sie überhaupt keine Ahnung?«

Guinan breitete die Arme aus. »Ich kann Ihnen Vermutungen anbieten. Gleich ein ganzes Dutzend. Aber es sind nur Mutmaßungen und Spekulationen. Ich wünschte, ich wüßte Bescheid.«

»Ich habe Ihnen gerade von meinen Erlebnissen als Kadett an der Starfleet-Akademie erzählt. Was halten Sie davon?«

»Die entsprechenden Geschehnisse erscheinen mir ebenso sonderbar wie Ihnen, Captain.« Guinan sah zu Troi, richtete den Blick dann wieder auf Picard. »Wer oder was auch immer hinter dem damaligen ›Phantom‹ steckt — vielleicht existiert ein Zusammenhang mit meinem Schwächeanfall. Doch ich bin mir nicht sicher.«

»Sind Sie in *irgendeinem* Punkt sicher?«

»Ja.« Guinan runzelte die Stirn. »Ganz gleich, was sich hinter dieser Angelegenheit verbirgt — früher oder später wird es sich zeigen. Und dann hat das Rätselraten ein Ende.«

Picard nickte und erhob sich. »Na schön. Danke dafür, daß Sie uns Ihre Zeit gewidmet haben. Wenn ...«

»Captain ...« Guinans Stimme klang jetzt anders, und die Veränderung betraf auch ihr Verhalten. »Bitte warten Sie, Captain. Es gibt da etwas, das ich Ihnen bisher verschwiegen habe.«

187

Jean-Luc blinzelte so verblüfft, als hätte ihm Guinan eine Ohrfeige versetzt. »Wir kennen uns schon seit einer ganzen Weile, und unsere Beziehung basierte immer auf Ehrlichkeit«, sagte er. Es klang fast schockiert. »Ich kann einfach nicht glauben, daß Sie mir wichtige Informationen vorenthalten, obgleich Leben auf dem Spiel stehen.«

»Es fällt mir sehr schwer, darüber zu sprechen, Captain.« Eine zweite Überraschung erwartete Picard: Guinan kehrte ihm nun den Rücken zu, schien es nicht ertragen zu können, ihn anzusehen. Sie verschränkte die Arme, starrte zu Boden und suchte nach den richtigen Worten. »Ich habe keine Gewißheit — das ist die Wahrheit. Und ich wollte erst darüber reden, wenn ich ganz sicher bin. Es ist ein recht ... schmerzvolles, persönliches Thema, und mir liegt kaum etwas daran, es ganz offen zu erörtern.« Sie drehte sich zu Picard um. »Aber unsere Freundschaft verpflichtet mich, Ihnen zu helfen, indem ich alles erzähle.«

Guinan nahm am Tisch Platz und faltete die Hände. Einmal mehr zögerte sie, und dabei schien sich ihr Blick nach innen zu richten, ihre eigene Psyche zu sondieren. Picard und Troi warteten respektvoll.

»Jene Frau, die Ihnen damals erschien und vielleicht auch für meinen Schwächeanfall verantwortlich ist ... Ich glaube, sie heißt Delcara.«

»Delcara.« Der Name bedeutete Picard nichts. Seltsam. Er hatte immer angenommen, daß es genügte, ihren Namen in Erfahrung zu bringen, um ihm plötzliche Erkenntnisse zu schenken. Aber derartige Offenbarungen blieben aus. Er hörte nur einen Namen, der aus drei für ihn bedeutungslosen Silben bestand. »Delcara. Und sie hat Grund, die Borg zu hassen?«

»Und ob«, bestätigte Guinan. »Dafür hat sie einige sehr gute Gründe.«

»Ich nehme an, Sie kennen Delcara«, sagte Troi.

Guinan nickte. »Allerdings. Sie ist meine Schwester.«

KAPITEL 10

Die Sirenen der Alarmstufe Rot rissen Captain Morgan Korsmo aus dem Schlaf, und nur wenige Sekunden später piepte sein Insignienkommunikator. Glücklicherweise gehörte er zu den Leuten, die von einem Augenblick zum anderen hellwach sein können, und deshalb reagierte er sofort, streckte die Hand aus und schaltete das kleine Kom-Gerät ein. »Hier Korsmo.«

»Sie sollten besser zur Brücke kommen, Captain.« Shelbys Stimme klang ruhig und beherrscht, fast monoton, aber trotzdem hörte er Besorgnis darin. »Die Fernbereichssensoren haben ein fremdes Raumschiff geortet ...«

»Borg?«

»Ja, Sir.«

Unwillkommene Gedanken formten sich hinter Korsmos Stirn: *Endlich! Jetzt kann ich zeigen, was ich gegen jene Ungeheuer zu leisten vermag! Ich werde beweisen, daß nicht nur Picard imstande ist, mit den verdammten Maschinenwesen fertig zu werden.* Sofort rief er sich innerlich zur Ordnung: Er mußte in erster Linie an die Sicherheit der *Chekov* und ihrer Besatzung denken. »Benachrichtigen Sie Starfleet Command. Ich bin gleich bei Ihnen.«

Korsmo erreichte die Brücke in Rekordzeit, und dort glitt sein Blick sofort zu den taktischen Anzeigen. Shelby überließ ihm den Kommandosessel und kehrte zu ihrer Station zurück. »Sensoren auf Maximum. Statusbericht.«

»Schilde mit voller Energie aktiviert«, berichtete Peel

vom taktischen Pult. »Akkumulatoren für Waffensysteme geladen. Alle Stationen melden Bereitschaft.«

»Was haben wir?« fragte Korsmo und sah zum Wandschirm. Leuchtende Sterne zogen an der *Chekov* vorbei. Was auch immer die Sensoren geortet hatten: Es befand sich noch nicht in visueller Reichweite.

»Ein Schiff«, antwortete Peel. »Und es entspricht exakt der Konfiguration jener Borg, die vor mehreren Monaten angriffen. Der Raumer fliegt mit Warp sieben. Wenn er den gegenwärtigen Kurs beibehält, erreicht er ...«

»Penzatti«, spekulierte Shelby. Korsmo warf ihr einen neugierigen Blick zu.

»Nein, Ma'am«, erwiderte Peel nach zwei oder drei Sekunden. »Ziel des Schiffes scheint das Kalisch-System zu sein.«

»Die allgemeine Richtung stimmt ...«, sagte Korsmo nachdenklich. »Steuermann, Abfangkurs. Warp sieben.«

»Kurs berechnet und programmiert«, sagte der Steuermann.

»Also los«, brummte Korsmo. Sofort raste das Schiff den fernen Borg entgegen. »Öffnen Sie einen Kom-Kanal zu den Fremden. Ich möchte sie warnen.«

»Sie wollen ausgerechnet den *Borg* eine *Warnung* übermitteln?«

Der Kommandant sah zu Shelby. »Haben Sie irgend etwas dagegen, Nummer Eins?«

»Mit allem Respekt, Captain ...«, sagte der Erste Offizier fest. »Wir verfügen nicht über genug Feuerkraft, um der Warnung Nachdruck zu verleihen. Wir sind nicht in der Lage, die Borg aufzuhalten.«

»Wenn Sie gestatten, Nummer Eins: Das möchte ich selbst herausfinden.«

»Da sind sie«, sagte Peel.

Das große Projektionsfeld zeigte nun ein riesiges, würfelförmiges Schiff: Wie ein Moloch pflügte es durchs

All, bereit und fähig, alles zu zermalmen, was sich ihm in den Weg stellte.

»Keine Antwort auf den Grußfrequenzen«, fügte Peel hinzu.

»Abfangreichweite in fünfunddreißig Sekunden, Sir«, erklang die Stimme von Hobson, der die Navigationskontrollen bediente.

»Wiederholen Sie die Warnung«, sagte Korsmo. »Weisen Sie auf folgendes hin ... Die Borg haben bereits ihre feindlichen Absichten zu erkennen gegeben. Wenn sie nicht sofort den gegenwärtigen Kurs ändern und einen Kom-Kontakt zu uns herstellen, sind wir gezwungen, alle erforderlichen Abwehrmaßnahmen zu ergreifen.«

Shelby zwang sich dazu, nicht verblüfft den Kopf zu schütteln. Korsmo bewies eine Menge Mut, zugegeben. Aber er verhielt sich so, als hätten sie es mit einem gewöhnlichen Gegner zu tun. Trotz der letzten Ereignisse hatte er noch nicht begriffen, wie mächtig die Borg waren. Vielleicht konnte man nur durch persönliche Erfahrungen eine Vorstellung davon gewinnen. Shelby hoffte, daß er lange genug lebte, um sich an entsprechende Erfahrungen zu erinnern.

»Noch immer keine Antwort.«

Korsmo überlegte kurz. »Mr. Peel — ein Warnschuß in die Flugrichtung der Borg. Sie sollen wissen, daß wir es ernst meinen.«

»Phaser werden abgefeuert.«

Strahlen zuckten direkt vor dem würfelförmigen Raumer durchs All, schienen eine Linie zu formen, die nicht überschritten werden durfte.

Die Borg setzten den Flug fort, hielten jetzt direkt auf die *Chekov* zu.

»Kollisionskurs!« rief Hobson.

»Ausweichmanöver!« donnerte Korsmo. »Mit maximalem Warpfaktor!«

Das Schiff reagierte sofort, sauste beiseite. Die Borg

kümmerten sich nicht darum und flogen weiter, ohne die Geschwindigkeit zu verringern.

»Kurs anpassen!« befahl Korsmo. Seine Hände schlossen sich so fest um die Armlehnen des Kommandosessels, daß die Knöchel weiß hervortraten. Zorn vibrierte in der Stimme. Er konnte sich damit abfinden, bei einer Konfrontation überlistet zu werden oder eine Niederlage hinnehmen zu müssen, weil der Gegner ganz einfach stärker war. Aber daß man ihn ignorierte ... »Schließen Sie zu dem Schiff auf, Mr. Hobson.«

Die *Chekov* sprang durchs All, als sei sie von einem Katapult fortgeschleudert worden. Der Wandschirm zeigte nach wie vor das würfelförmige Schiff der Borg, das dem Starfleet-Kreuzer überhaupt keine Beachtung schenkte.

»Wohin auch immer sie unterwegs sind ...«, meinte Shelby. »Offenbar haben sie es ziemlich eilig.«

»Sie fliegen jetzt mit Warp acht«, sagte Peel. »Die Entfernung nimmt zu.«

»Warpfaktor acht«, knurrte Korsmo. »Zielerfassung auf primäre Energiequelle — Feuer!«

Phaserstrahlen gleißten zum Borg-Schiff, kochten dort über die Außenhülle.

»Irgendwelche Auswirkungen?« fragte Korsmo.

»Ist kaum der Rede wert«, erwiderte Peel. »Außerdem: Die wenigen Schäden werden praktisch *sofort* repariert.«

Der Captain wandte sich an den Ersten Offizier. »Sie kennen sich mit den Borg aus. Haben sie irgendeinen schwachen Punkt?«

Shelby dachte kurz an die Geschichte vom Baseballspieler, der dreimal zum Schlagmal ging und jedesmal den Ball traf — mit solcher Wucht, daß er über die Spielfeldbegrenzung hinwegflog. Als er zum vierten Mal Aufstellung bezog, kam ein anderer Werfer, um seinen Kameraden zu ersetzen, und er fragte: »Hat der Bursche irgendeinen schwachen Punkt?« Woraufhin der erste

Werfer verdrießlich erwiderte: »Ja, er kann den Ball nicht so schlagen, daß er im Spielfeld bleibt.«

»Die einzige Schwäche der Borg betrifft ihre geistige Struktur«, sagte Shelby. »Externen Angriffen gegenüber sind sie bestens geschützt.«

»Und wie können wir bis zur inneren Struktur vorstoßen?«

Die stellvertretende Kommandantin lächelte nicht. »Möchten Sie sich in das Gemeinschaftsbewußtsein integrieren lassen, Captain?«

»Die Borg fliegen jetzt mit Warp acht Komma fünf«, berichtete Peel. »Alle von den Phaserstrahlen verursachten Schäden sind repariert.«

»Geschwindigkeit anpassen.«

Die *Chekov* beschleunigte auf Warp acht Komma fünf, und es dauerte nicht lange, bis sich der Maschinenraum meldete. »Haben Sie noch weitere Beschleunigungsphasen im Sinn, Captain?« fragte Chefingenieur Polly Parke.

»Sorgen Sie dafür, daß im Kessel auch weiterhin ein hübsches Feuerchen brennt, Parke«, entgegnete Korsmo. »Vielleicht müssen wir alles aus unseren Triebwerken herausholen. Brücke Ende. Peel, Torpedos mit Energie beschicken und Phaser vorbereiten. Irgendwie erringen wir die Aufmerksamkeit der Borg, selbst wenn ...«

»Selbst wenn es uns das Leben kostet?« beendete Shelby den begonnenen Satz. »Wenn Sie mir die Bemerkung gestatten, Captain: Ich halte eine derartige Taktik für verkehrt.«

»Zur Kenntnis genommen. Mr. Peel — *Feuer*.«

Erneut schimmerten Phaserstrahlen, und diesmal wurden sie von Photonentorpedos begleitet. Blendend helles Licht verdrängte plötzlich einen Teil der Dunkelheit aus dem All.

Die Borg nahmen sich gerade genug Zeit, um das Feuer zu erwidern: Ein einzelner Energiestrahl jagte der *Chekov* entgegen und traf sie mit so enormer energetischer Wucht, daß der ganze Starfleet-Kreuzer erbebte.

193

»Schadensberichte aus allen Sektionen!« rief Hobson. »Kapazität der Schilde auf fünfzig Prozent gesunken!«

»Der Borg-Raumer entfernt sich wieder«, verkündete Peel.

»Verfolgen Sie ihn.«

»Captain ...«, begann Shelby.

Korsmo unterbrach sie schroff. »Jetzt nicht! Hobson, leiten Sie unsere gesamte Energie in die Triebwerke. Wir dürfen das Schiff auf keinen Fall verlieren!«

»Die Borg fliegen wieder mit Warp acht und werden noch schneller.«

»Distanz konstant halten.«

»Maschinenraum an Brücke. Captain, es kommt zu ersten Erglecks ...«

»Die Sie bestimmt stopfen können«, sagte Korsmo scharf. »Was auch immer bei Ihnen den Geist aufgibt — reparieren Sie's. Wir verfolgen die verdammten Borg auch weiterhin!«

Shelby musterte den Captain so, als sähe sie ihn jetzt zum erstenmal. Eine Aura des Zorns umgab ihn. »Die Höchstgeschwindigkeit von Borg-Schiffen ist unbekannt«, sagte sie so ruhig wie möglich.

»Dann haben wir jetzt Gelegenheit, Aufschluß zu gewinnen. Steuermann, überholen Sie den Würfel. Warp neun.«

Mit einer derartigen Geschwindigkeit hätte die *Chekov* nur sechsundzwanzig Sekunden benötigt, um das Sol-System zu durchqueren. Die Entfernung zum Würfel schrumpfte.

»Reparaturarbeiten an Bord des Borg-Raumers beendet«, sagte Peel. »Geschwindigkeit steigt auf Warp neun Komma zwei.«

»Warpfaktor neun Komma zwei, Steuermann. Brücke an Maschinenraum.«

»Hier Maschinenraum«, ertönte Polly Parkes Stimme. Man konnte hören, daß sie versuchte, ihren Ärger zu unterdrücken. »Wir fliegen jetzt mit Warp neun Komma zwei, Sir. Das ist unsere Höchstgeschwindigkeit.«

»Es ist *normale* Höchstgeschwindigkeit, Parke«, erwiderte Korsmo mit einer Kühle, die ihn erhebliche Mühe kostete. »Vielleicht müssen wir noch schneller werden. Hängt ganz von unseren Freunden dort draußen ab.«

»Ich kann Ihnen nicht mehr viel bieten, Captain«, warnte Parke. »Die Systeme sind schon jetzt überlastet. Unter gewöhnlichen Umständen ...«

»Unsere derzeitige Situation ist alles andere als gewöhnlich. Transporterraum, treffen Sie Vorbereitungen für den Transfer einer Landegruppe.«

»Eine Landegruppe?« wiederholte Shelby verdutzt.

Korsmo wandte sich ihr zu. »Ich habe alle Ihre Berichte gelesen, Commander. Die Borg ignorieren Fremde an Bord ihres Schiffes.«

»Das war bisher der Fall, ja«, räumte Shelby ein. »Was jedoch nicht bedeutet, daß sie dieses Verhaltensmuster fortsetzen.«

»Wir nähern uns dem Raumer«, brummte Korsmo. »Und wenn wir in Transporterreichweite sind, beamt sich eine Gruppe hinüber.«

»Davon rate ich ab.«

»Habe ich um Ihren Rat gebeten, Commander?«

Einige Sekunden lang herrschte völlige Stille im Kontrollraum, und die Frage hing unbeantwortet in der Luft. »Nein, Sir«, antwortete Shelby schließlich. »Trotzdem hielt ich es für angebracht ...«

»Ich weiß.«

»Sir, die Borg haben Warp neun Komma sechs erreicht«, meldete Peel. »Wir sind noch immer nicht in Transporterreichweite.«

»Und fast unser ganzes energetisches Potential wird vom Triebwerk beansprucht«, fügte Hobson hinzu. »Captain ...«

»Gehen Sie auf Warp neun Komma sechs.«

Shelby schloß die Augen und glaubte zu hören, wie

das Schiff ächzte, als es 1909mal so schnell wie das Licht flog. Warpfaktor neun Komma sechs war die absolute Höchstgeschwindigkeit der *Chekov*, und in den Konstruktionsunterlagen hieß es, sie ließe sich zwölf Stunden lang halten — theoretisch. Was die Praxis betraf ... Mit ziemlicher Sicherheit brach der Raumer lange vorher auseinander.

»Strukturbelastung steigt um den Faktor zwei«, sagte Hobson. Es klang so, als verlese er ein Todesurteil.

»Welche Wirkungen hat das derzeitige Tempo auf die Borg?« erkundigte sich Korsmo.

Peel sah auf die Instrumentenanzeigen. »Keine erkennbaren.« Er zögerte kurz und ahnte, wie der Captain auf seine nächsten Worte reagieren würde. »Die Geschwindigkeit des Borg-Schiffes beträgt jetzt ... Warp neun Komma neun.«

Wieder herrschte Stille auf der Brücke.

»Warp neun Komma neun«, flüsterte Korsmo.

Das ist Wahnsinn! dachte Shelby. Aber sie schwieg, gab keinen Ton von sich.

»Warp neun Komma neun«, bestätigte Hobson und dehnte jede einzelne Silbe.

»Maschinenraum an Brücke.«

»Ich habe damit gerechnet, daß Sie sich mit mir in Verbindung setzen, Parke«, sagte Korsmo ernst.

»Sir, von jetzt an sind mir die Hände gebunden. Bei Warp neun Komma neun desaktiviert sich das Triebwerk von ganz allein, und zwar nach höchstens zehn Minuten. Was auch immer Sie vorhaben: Entweder Sie bringen es jetzt hinter sich — oder nie.«

»Captain ...«, brachte Hobson fassungslos hervor. »Die Entfernung nimmt zu.«

»*Was?*« entfuhr es Korsmo ungläubig. »Zum Teufel auch, wie schnell können die Borg fliegen?«

»Ich habe bereits darauf hingewiesen, daß die Höchstgeschwindigkeit von Borg-Schiffen unbekannt ist«, ließ sich Shelby vernehmen. Die Phantasie gaukel-

196

te ihr vor, einen enormen Druck zu spüren. Warpgeschwindigkeiten nahmen exponentiell zu, und das bedeutete: Sie rasten jetzt mit 3053facher Lichtgeschwindigkeit durchs All. Shelby schüttelte wie benommen den Kopf. *Ein höheres Tempo halten Menschen nicht aus*, fuhr es ihr durch den Sinn. *Für höhere Geschwindigkeiten sind Menschen nicht bestimmt.*

»Die Borg beschleunigen auf Warp neun Komma neun neun«, sagte Hobson. Die Distanz wuchs nun schneller als vorher — der würfelförmiger Raumer war praktisch doppelt so schnell wie die *Chekov.*

»Wie ist das möglich?« hauchte Peel. »Dazu ist nahezu unbegrenzte Energie erforderlich.«

»Die Borg ›besorgen‹ sich jene Dinge, die sie brauchen«, erwiderte Shelby. »Wenn sie nicht selbst in der Lage waren, die erforderlichen Energiequellen zu erschließen, so haben sie die betreffende Technologie einfach übernommen — von einem besiegten Volk. Diese Methode haben sie zur Meisterschaft entwickelt.«

Der würfelförmige Raumer wurde mit jeder verstreichenden Sekunde kleiner. »Maximale Vergrößerung«, sagte Korsmo. Das Borg-Schiff schwoll wieder an — um gleich darauf erneut zu schrumpfen.

»Wir werden langsamer«, stöhnte Hobson.

»Brücke an Maschinenraum ...«

Parke kam einer Frage des Captains zuvor. »Als die Borg das Feuer erwiderten, sind wichtige Bordsysteme beschädigt worden. Ich kann Ihnen nicht die vollen zehn Minuten geben.«

»Was *können* Sie mir anbieten.«

Polly Parke zögerte. Offenbar verstand sie die Enttäuschung des Kommandanten, denn sie entgegnete schlicht: »Eine Entschuldigung.«

Korsmo sah zum Wandschirm und beobachtete, wie das Borg-Schiff zu einem Punkt wurde. Er dachte über sein Gebaren während der letzten Minuten nach. »Das gilt auch für mich, Chefingenieur«, murmelte er schließlich. Und etwas lauter: »Nehmen Sie Gas weg. Wir setzen den Flug mit normaler Reisegeschwindigkeit fort.«

»Reduziere Geschwindigkeit auf Warp sechs.« Es gelang Hobson nicht ganz, die Erleichterung vollkommen aus seiner Stimme zu verbannen.

Korsmo stand auf, legte die Hände auf den Rücken und betrachtete einen Borg-Raumer, der inzwischen ebenso winzig war wie die fernsten Sterne. Er seufzte. »Sie haben uns einfach ignoriert.«

»In der Tat, Sir«, pflichtete ihm Shelby bei.

»Schicken Sie der *Enterprise* im Penzatti-System eine Mitteilung«, brummte Korsmo. »Berichten Sie von unserer Begegnung mit den Borg und übermitteln Sie die Koordinaten.« Er zögerte kurz, bevor er mit einer gewissen Zufriedenheit hinzufügte: »Die verdammten Mistkerle sind imstande, mit Warp neun Komma neun neun zu fliegen, aber Subraum-Impulse sind dreißigmal schneller. Das dürfte selbst die Leistungsfähigkeit der Borg-Triebwerke überfordern.«

»Glauben Sie, daß sie zu Warp zehn in der Lage sind?« fragte Hobson nach einigen Sekunden.

Alle Brückenoffiziere sahen ihn an. »Darauf geben die Gesetze der Physik eine deutliche Antwort«, sagte Korsmo mit jenem trockenen Humor, der zu seinem Wesen gehörte. Shelby fühlte eine gewisse Dankbarkeit, als sie feststellte, daß er nicht mehr wie ein Besessener klang. »Warp zehn kann unmöglich erreicht werden, da es sich um unendliche Geschwindigkeit handelt.«

»Aber wenn jemand dazu imstande wäre, so tippe ich auf die Borg«, warf Shelby ein.

Korsmo starrte sie an. »Es ist völlig ausgeschlossen.«

»Hoffentlich haben Sie recht, Captain«, erwiderte sie. »Die Borg haben schon genug Ungewißheit in unseren Kosmos gebracht. Ich verabscheue die Vorstellung, daß sie auch das angebliche Naturgesetz von der Unerreichbarkeit einer unendlichen Geschwindigkeit über den Haufen werfen.«

»Keine Sorge, Commander.« Korsmo lächelte schief. »Ich kenne die wichtigste Regel des Universums, und sie lautet: Captain Picard wird mit allem fertig. Solange dieses Prinzip gilt, brauchen sich die Naturgesetze keine Sorgen zu machen.«

KAPITEL 11

Ihre Schwester?« Picard lehnte sich verwirrt zurück. »Ihre Schwester?« wiederholte er.

Guinan zuckte andeutungsweise mit den Achseln. »Nun, es besteht keine Blutsverwandtschaft — wie sie bei Menschen als Voraussetzung für solche Beziehungen gilt. Wie dem auch sei: Wir waren geistig-emotionale Schwestern, bis ...« Sie hob die Hand. »Ich sollte die Geschichte besser von Anfang an erzählen, damit Sie alles verstehen.«

»Ja, dafür wäre ich Ihnen sehr dankbar«, erwiderte Picard.

Troi hörte stumm zu und staunte. Sie kannte eine Guinan, die immer in sich selbst ruhte, sich ganz und gar unter Kontrolle hatte. Das Erscheinen von *Q*, das Verschwinden des Captains, als die Borg angriffen — die Wirtin des Gesellschaftsraums blieb immer gelassen. Doch nun schien sie Unbehagen zu empfinden.

»Ich habe Ihnen davon berichtet, daß mein Volk einer Attacke der Borg zum Opfer fiel«, sagte Guinan. »Viele von uns starben, und die Überlebenden verließen die verheerte Heimat, um sich auf verschiedenen Welten niederzulassen. Aber Sie wissen nicht, daß wir schon vorher von den Borg erfuhren — als wir Delcara fanden.«

»Wie alt ist sie?« fragte Deanna.

»Etwa so alt wie ich«, antwortete Guinan. Sie lächelte dünn. »Sie wollen eine würdevolle Dame doch nicht nach ihrem Alter fragen, oder?«

Picard beugte sich vor. »Wann fanden Sie Delcara? Und wo?«

Irgend etwas in Jean-Lucs Stimme verriet mehr als nur normales Interesse an dieser Angelegenheit. Troi spürte eine Mischung aus Sorge und Neugier, ein überraschend starkes emotionales Engagement in bezug auf Delcara.

»Sie war wunderschön«, sagte Guinan. »Eine schimmernde Präsenz ... Nie zuvor bin ich jemandem wie ihr begegnet. Sie strahlte Frieden und Harmonie aus, wenigstens zuerst, und dieser Umstand kam auch in ihrem Erscheinungsbild zum Ausdruck: das Haar so schwarz wie der Weltraum, eine Haut, die zu leuchten schien. Sie hatte stark ausgeprägte telepathische Fähigkeiten. Ihr Bewußtsein war mit den Wundern der Galaxis synchronisiert, mit den Gezeiten des Schicksals. Und das alles spiegelte sich in ihren Augen wider. In Augen, die ...«

»Die in anderen Personen bis zum Kern des Selbst sahen«, sagte Picard. »In Augen, die wichtige Botschaften vermittelten, selbst wenn sie schwiegen.«

»Ja«, bestätigte Guinan. »Eine uralte Seele wohnte in ihrem Leib, und uralter Kummer begleitete sie. Delcara stammte aus einem Volk namens Shgin — es lebte am gegenüberliegenden Rand des Quadranten Delta.«

»Heute die Heimat der Borg«, kommentierte Picard.

Guinan nickte. »Ja. Die Shgin waren eine kriegerische Spezies, und als sie den Borg begegneten, sahen sie eine willkommene Herausforderung in ihnen. Sie freuten sich auf den Kampf.« Eine kurze Pause. »Was sie später bitter bereuten. Zumindest jene von ihnen, die lange genug lebten. Die Borg vernichteten ihre Zivilisation mit jener Gründlichkeit, die wir nur zu gut kennen. Delcara hatte einen Lebensgefährten und zwei Kinder — sie verlor ihre Familie. Zusammen mit einigen anderen gelang ihr die Flucht. Im Lauf der Jahre starben ihre Begleiter, bis nur noch sie übrigblieb. Allein reiste sie durch die Galaxis, entdeckte entweder unbewohnte Planeten oder von den Borg heimgesuchte Welten. Als wir sie fanden, hatte sie schon viele Jahre in Einsamkeit verbracht. Dieser Umstand und das erlebte Entsetzen blieben nicht ohne Folgen für sie. Es dauerte eine ganze Weile, bis es uns gelang, sie aus ihrem emotionalen Kokon zu befreien. Ich half dabei. Besser gesagt: Ich leistete den maßgeblichen Beitrag. Delcara und ich wurden Freunde, und bald standen wir uns so nahe wie Schwestern. Sie paßte sich unserer Kultur an und lernte, sich Gefühlen und dem Zuhören zu widmen. Sie verliebte sich in einen Angehörigen meines Volkes. Und dann ...«

Guinan zögerte erneut, und Picard ahnte den Grund dafür. »Die Borg griffen an«, sagte er.

Guinan nickte. »Ja. Die Borg griffen an. Sie brachten meinem Volk den Tod, und auch Delcaras neuer Lebensgefährte fiel ihnen zum Opfer. Ich mußte sie von seiner Leiche fortzerren. Die Schreie ...« Sie hob die Hände zu den Schläfen. »Ich höre sie noch heute.«

»Was für eine arme Frau«, flüsterte Troi. »Die geliebte Familie gleich zweimal zu verlieren, an die Borg ...«

»Es war zuviel für Delcara«, fuhr Guinan fort. »Ich wollte sie dazu veranlassen, bei mir zu bleiben, aber sie veränderte sich immer mehr. Sie wich in sich selbst zurück, und ihr Wesen gewann düstere Aspekte. Das Grauen, der Verlust, die Hilflosigkeit ... Dies alles warf Schatten auf ihre innere Schönheit. Sie verschwand vor vielen Jahren, ohne irgendwelche Spuren zu hinterlassen.«

»Sie mag keine Spuren hinterlassen haben«, sagte Picard langsam. »Aber ich glaube, ich weiß trotzdem, wohin sie verschwunden ist.«

Genau in diesem Augenblick zirpte sein Insignienkommunikator, und er aktivierte das kleine Gerät. »Ja?«

Der Baß des klingonischen Sicherheitsoffiziers erklang. »Sir, wir haben einige Mitteilungen erhalten, die

Kämpfe und Begegnungen betreffen — sowohl mit den Borg als auch mit jener Entität, von der Captain Korsmo und Commander Shelby annehmen, daß sie den Borg-Raumer im Penzatti-System vernichtete. Soll ich ...«

»Sagen Sie Mr. Data, daß ich ihn unverzüglich zu sprechen wünsche«, erwiderte Picard. »Anschließend erwarte ich die Senior-Offiziere — auch Sie, Guinan — im Konferenzzimmer. Wir treffen uns dort in fünfzehn Minuten.«

»Captain, die Kom-Botschaften ...«

»Wir hören sie uns in einer Viertelstunde an, Mr. Worf.«

»Ja, Sir.«

Picard unterbrach die Verbindung, wandte sich Guinan und Troi zu. »Ich weiß auch so, wovon sie berichten. Alles läuft auf folgendes hinaus: In einem viele Jahrhunderte alten Krieg steht die entscheidende Schlacht bevor — und wir geraten dabei zwischen die Fronten.«

Erneut saßen die Senior-Offiziere der *Enterprise* am Konferenztisch, und diesmal herrschte eine deutlich spürbare Anspannung.

Während der letzten Minuten hatten sie sich die einzelnen Berichte angehört, und darin ging es um eine gewaltige Vorrichtung, die Planeten verschlang, eine mysteriöse Frau aus Guinans Vergangenheit und ein angreifendes Borg-Schiff. Picards Herz pochte schneller, als er von den Konfrontationen erfuhr, die zwei Starfleet-Raumer namens *Chekov* und *Repulse* hinter sich hatten. Wie viele Personen mußten noch sterben, bis diese Sache vorbei war? Jean-Luc dachte an zahllose Gräber und verlorene, zerstörte Raumschiffe. Wie viele Opfer mußten gebracht werden, um den Wahnsinn zu beenden?

Ähnliche Gedanken gingen Riker durch den Kopf, und seine Besorgnis nahm zu, als er von der Auseinan-

203

dersetzung zwischen Shelbys Schiff und dem Borg-Raumer erfuhr. Er mochte die Frau. Um ganz ehrlich zu sein: Sie war ihm mehr als nur sympathisch — obgleich er sich an seinen Wunsch erinnerte, sie übers Knie zu legen.

»Nummer Eins?« fragte Picard plötzlich.

Riker hob den Kopf und fühlte die gleiche Verlegenheit wie ein beim ›Schlafen‹ ertappter Schüler. »Ich bin in Gedanken versunken gewesen, Captain«, gestand er. »Damals, als mir die Macht von *Q* zur Verfügung stand ... Ich gab sie ihm zurück, in der sicheren Überzeugung, daß ich sie nicht brauchte. Heute könnte ich jene Macht verwenden, um den Borg das Handwerk zu legen ...« Er schüttelte den Kopf. »Ich könnte sie verwenden, um Gutes zu bewirken, um Leben zu retten, die Borg endgültig zu eliminieren ...«

»Oder die Romulaner«, warf Troi ein und wies damit auf die Gefahren einer solchen Denkweise hin. »Oder die Tholianer.«

»Oder die Klingonen«, grollte Worf.

Rikers Blick wanderte von einem Gesicht zum nächsten, und schließlich lächelte er. »Man könnte in Versuchung geraten, überhaupt nicht aufzuhören, oder?«

»Die Anwendung von Macht bringt erhebliche Gefahren mit sich«, sagte Picard. »Nun, ich sehe keinen Sinn darin, Dinge zu bedauern, die zur Vergangenheit gehören, Nummer Eins. Es sei denn, sie haben einen direkten Bezug zur Gegenwart.«

Er stand auf, und seine Fingerspitzen strichen über den langen Tisch. »Ich glaube, inzwischen kenne ich die Verbindungen zwischen den einzelnen Situationsaspekten. Was ich Ihnen jetzt schildern möchte, beruht zu einem immer noch recht großen Teil auf Spekulationen und Vermutungen, aber ich bin dennoch sicher, daß sich daraus eine nützliche Hypothese ergibt. Mr. Data hat mir bei einigen der grafischen Darstellungen geholfen — sie basieren auf historischen Fakten.«

Der Captain trat zum Computerschirm, auf dem nun eine Karte der Galaxis erschien, in einzelne Quadranten unterteilt. Die Bereiche Alpha und Beta im unteren Teil der Darstellung glühten dunkelblau. Der Quadrant Gamma präsentierte sich schwarz: unerforschter Raum. Das galt auch für den Quadranten Delta, der ebenfalls weitgehend als unerforscht galt. Doch dort zeigte sich eine u-förmige rote Linie, die den Borg-Raum markierte. Ähnliche Linien kennzeichneten die stellaren Territorien der Föderation, des klingonischen Imperiums, des romulanischen Reiches und andere bekannte Regionen.

»Die Borg entwickelten sich im Delta-Quadranten zu einem Machtfaktor«, sagte Picard. »Wann jene Entwicklung begann, läßt sich nicht feststellen. Wir wissen nicht, ob sich ihr Ursprung außerhalb unserer Galaxis befindet, ob es sich um eine Evolution von Maschinen handelt oder ob sie ihre Existenz einem Volk verdanken, das alles Technische liebte. Nun, irgendwann stießen die Borg auf den Widerstand eines großen und mächtigen Volkes, dessen Namen wir nicht kennen. Vielleicht waren es die sogenannten ›Bewahrer‹, die auf vielen Welten humanoides Leben ›säten‹ und dann verschwanden.«

»Wenn sie von den Borg ausgelöscht wurden, Captain ...«, meinte Riker. »Das würde ihr Verschwinden erklären.«

Picard nickte. »Ich benutze auch weiter den Namen ›Bewahrer‹, obwohl diese Bezeichnung überhaupt nicht zutrifft. Nun, der Krieg gegen die Borg dauerte an, aber allmählich zeichnete sich eine Niederlage der Bewahrer ab. Während sie den Kampf im Quadranten Delta fortsetzten, entfalteten sie auch woanders Aktivität, an einem möglichst weit vom Kampfgebiet entfernten Ort. Sie konstruierten ein neues Waffensystem und wollten nicht riskieren, daß es vor der Fertigstellung vom Gegner zerstört wurde. Es war eine Waffe der Verzweiflung, eine Waffe der Vergeltung — sie sollte nur dann zum

Einsatz gelangen, wenn die Borg den Sieg errangen. Ihr Potential reichte, um einen beträchtlichen Teil der Galaxis zu verwüsten, doch ein Triumph der ›Seelenlosen‹ erschien den Bewahrern als noch schlimmer. Die Bewahrer — oder wer auch immer — hielten sich offenbar für die letzte Hoffnung der Milchstraße. Sie setzten das Ende ihres Volkes mit einer galaktischen Katastrophe gleich.

Während sie an ihrer Superwaffe arbeiteten, stellten sie zuerst einen Prototyp fertig und schufen *das*.«

Der Bildschirm zeigte nun ein riesiges Raumschiff: Es wies ein gewaltiges Maul auf, und daran schloß sich ein deformer Kegel an.

»Im Vergleich mit dem geplanten Endprodukt war der Prototyp eher simpel«, betonte Picard. »Was jedoch kaum etwas an seiner Gefährlichkeit änderte. Das Konzept sah den Einsatz innerhalb der Galaxis vor: Planetare Massen sollten als Treibstoff dienen. Was durchaus logisch erschien. Die Borg hinterließen nur leblose Wüsten, und der Plan sah vor, jene verheerten Welten als Mittel gegen den erbarmungslosen Feind einzusetzen.«

Riker betrachtete das Bild. »Ich kenne das Ding.« Er schnippte mit den Fingern. »Es ist der Planeten-Killer! Jene Maschine, mit der es die erste *Enterprise* zu tun bekam! An der Akademie haben wir davon erfahren.«

»Ich ebenfalls«, sagte Picard. »Neutroniumhülle. Strahlen, die aus reinen Antiprotonen bestehen. Ein ›Maul‹, das Planeten verschlingt ... Eigentlich wundert es mich, daß nicht schon früher jemand daran gedacht hat.

Ich glaube, folgendes geschah: Die Bewahrer — beziehungsweise die Konstrukteure — stellten fest, daß der Krieg praktisch verloren war. Sie starteten den Prototyp des Planeten-Killers und beschleunigten die Arbeit an der endgültigen Version, die wesentlich größer, schneller und leistungsfähiger sein sollte ...«

»Um wieviel schneller?« fragte Geordi.

Picard schürzte die Lippen. »Aus dem Logbuch der ersten *Enterprise* geht hervor, daß der Planeten-Killer mit höchstens Warp vier flog. Und es ist weitaus mehr nötig, um Borg-Schiffe einzuholen.«

»Können wir wirklich sicher sein, daß der Planeten-Killer als Waffe gegen die Borg gebaut wurde?« erkundigte sich LaForge.

»Wir haben den Kurs des Planeten-Killers berechnet, um herauszufinden, woher er kam«, entgegnete Picard. Wieder veränderte sich das Bild auf dem Computerschirm, zeigte nun eine gestrichelte Linie, die durch den Alpha- und Beta-Quadranten reichte. »Die Ergebnisse entsprechen jenen Resultaten, die bei ähnlichen Analysen an Bord der ersten *Enterprise* erzielt wurden. Der wissenschaftliche Offizier Spock schloß damals, daß sich der Ursprung des Planeten-Killers außerhalb der Galaxis befand. Das ist tatsächlich der Fall. Ich nehme an, die Konstruktion fand jenseits der galaktischen Barriere statt, in einer speziellen Raumstation oder Werft. Mr. Spock erweiterte die Kurslinie in die Zukunft, und daraus ergab sich: Die Vernichtungsmaschine flog in Richtung Erde. Gehen wir jetzt von zwei Voraussetzungen aus. Erstens: Der Planeten-Killer wurde damals nicht unschädlich gemacht. Und zweitens: Er setzte den Flug über das Sol-System hinaus bis zu seinem Einsatzgebiet fort.«

Die Linie wurde länger und führte bis zum Zentrum des Quadranten Delta.

»Der Borg-Raum«, murmelte Riker.

»Der Pfeil ins Herz«, kommentierte Geordi.

»Mit seiner damaligen Geschwindigkeit hätte der Planeten-Killer Jahrhunderte gebraucht, um sein Ziel zu erreichen«, fuhr Picard fort. »Vielleicht war ein Start des Prototyps überhaupt nicht vorgesehen, doch angesichts der drohenden Niederlage hielten es die Bewahrer für erforderlich, ihn in den Kampf zu schicken. Sie gingen vermutlich von der Annahme aus, daß die Borg ihren Eroberungsfeldzug fortsetzten, und dann wären sie unterwegs der apokalyptischen Waffe begegnet.«

Riker sah auf. »Die erste *Enterprise* hat den Planeten-Killer vernichtet.«

»Ja. Eine Ironie des Schicksals: Die *Enterprise* NCC-1701 neutralisierte eine Waffe, die geschaffen wurde, um jene Wesen zu besiegen, mit denen es heute die *Enterprise* NCC 1701-D zu tun bekommt.«

»Nett«, brummte Geordi. »Aber hatte die Crew der damaligen *Enterprise* eine Wahl?«

»Nein«, sagte Picard. »Nun zum Rest. Die endgültige Version des Planeten-Killers verließ nie die ›Werft‹. Den Grund dafür kennen wir nicht. Vielleicht kam es zu irgendeinem technischen Problem. Oder die überlebenden Bewahrer beschlossen, die Milchstraße zu verlassen.«

»Oder sie begriffen, daß sie eine Waffe konstruiert hatten, die eine noch größere Gefahr darstellte als die Borg«, meinte Guinan.

Geordi verzog das Gesicht. »Keine besonders angenehme Vorstellung.«

»Der endgültige Planeten-Killer wurde also nie gestartet«, wiederholte Picard. »Er schwebte jenseits der galaktischen Barriere ...« Der Captain deutete auf den Bildschirm. »Einsam, verlassen, vergessen. Bis ihn eine Frau entdeckte. Eine Frau, die sich nach Rache sehnte. Eine Frau, die sich nichts mehr wünschte, als den Borg Vernichtung zu bringen, um jeden Preis. Eine Frau namens Delcara. Sie aktivierte das Schiff und ist nun damit unterwegs zum Borg-Raum. Sie begegnete dem Borg-Schiff im Penzatti-System und zerstörte es. Sie errang einen mühelosen Sieg über die *Repulse*. Zusammen mit den Berichten wurden uns auch visuelle Daten übermittelt, die uns einen unmittelbaren Eindruck ermöglichen.«

Der Computerschirm zeigte eine Darstellung des gewaltigen Gebildes, das im Kalisch-System zwei Planeten gefressen hatte.

Troi schnappte nach Luft und keuchte. Die anderen Offiziere sahen sie erstaunt und besorgt an.

»Deanna ...?« fragte Riker.

»Ich ... kenne die Maschine«, brachte die Counselor hervor. »Ich habe sie schon einmal gesehen. Aber ans Wo und Wann entsinne ich mich nicht mehr.« Sie schloß die Augen, suchte in allen Ecken ihres Gedächtnisses. »Die Form, so viele ... Stacheln ...«

»An was erinnern Sie sich, Counselor?« drängte Picard. Er versuchte nicht, sanft oder rücksichtsvoll zu sein. Erst vor kurzer Zeit hatte er erfahren, wie sie im Zustand der Verwirrung auf so etwas reagieren konnte.

»Ich ...« Sie schüttelte den Kopf. »Der Traum, den ich bereits erwähnte ... Darin erschien mir etwas, das ähnlich aussah. Mehr fällt mir leider nicht ein. Bitte entschuldigen Sie, Captain.«

»Schon gut. Ich schätze, wir bekommen schon bald Gelegenheit, mehr in Erfahrung zu bringen.«

»Soll das heißen, der Erde droht Gefahr, wie damals durch die Aktivität des ersten Planeten-Killers?«

»Nein. Seltsamerweise ist das nicht der Fall. Diese Maschine fliegt einen elliptischen Kurs.« Der Computer blendete eine weitere Linie ein, und Picards Zeigefinger folgte ihrem Verlauf. »Die Flugbahn beginnt am gleichen Ausgangspunkt, wölbt sich jedoch an unserem Sektor vorbei. Trotzdem. Sie führt durch mehrere bewohnte Sonnensysteme, was uns Grund genug gibt, besorgt zu sein. Mr. Data, programmieren Sie einen Kurs zum Kalisch-System, dem letzten bekannten Aufenthaltsort des Planeten-Killers, der fast die *Repulse* vernichtet hätte.«

Die Offiziere wechselten erstaunte Blicke, und schließlich erwiderte Riker: »Sind wir nicht angewiesen, hier zu warten, Captain?«

»Ich habe Starfleet bereits eine Nachricht geschickt

und rechne praktisch jeden Augenblick mit einer Antwort«, sagte Picard. »Für die *Enterprise* hat es keinen Sinn, länger in der Umlaufbahn des Planeten Penzatti zu bleiben. Natürlich behandeln wir auch weiterhin die transferierten Überlebenden, aber es wäre Zeitverschwendung, noch länger auf die Borg zu warten. Zweifellos gilt ihre Aufmerksamkeit in erster Linie dem Planeten-Killer: Die Borg dürften wissen, woher er kommt, und vermutlich ahnen sie auch sein Vernichtungspotential. Er stellt eine Gefahr dar, die sie nicht ignorieren können. Mit anderen Worten: Wo auch immer sich die Zerstörungsmaschine befindet — die Borg können nicht weit sein.«

»Woher wollen Sie das so genau wissen, Captain?« fragte Beverly Crusher.

Picard drehte den Kopf und sah sie an. »Weil ich mich in die Lage der Borg versetze«, erwiderte er.

Der Captain saß im Bereitschaftsraum, blickte aus dem Panoramafenster und beobachtete, wie die Heimatwelt der Penzatti immer kleiner wurde. Nach einer Weile summte der Türmelder, und er sagte: »Herein.« Ein leises Zischen folgte, als sich das Schott erst öffnete und dann wieder schloß. Stille folgte — eine Stille, die Jean-Luc deutliche Hinweise auf die Identität des Besuchers bot. Er drehte sich um und sah seine Vermutung bestätigt. »Ja, Guinan?«

Sie verschränkte die Arme. »Sie liefern interessante Theorien, Sir. Aber es überrascht mich, daß Sie im Konferenzzimmer nicht auch den anderen Grund genannt haben, der Sie dazu veranlaßt, dem Planeten-Killer entgegenzufliegen.«

Picard betrachtete sein Spiegelbild im dunklen Fenster. »Er bedroht ganze Welten. Er ist das Artefakt eines uralten Volkes. Er hat ein Starfleet-Schiff mühelos außer Gefecht gesetzt. Er ist ein Feind der Borg, dazu fähig, ihre Raumer zu vernichten. Darüber hinaus hat Starfleet offiziell Besorgnis zum Ausdruck gebracht. Sind noch weitere Gründe erforderlich?«

»Oh, die von Ihnen genannten Punkte genügen durchaus«, sagte Guinan. Dann veränderte sich ihre Stimme auf eine subtile Weise, und der schmerzhafte Klang verschwand daraus. »Aber es gibt einen Grund, dem noch mehr Bedeutung zukommt. *Sie.* Irgendwie ist es *ihr* gelungen, das Etwas unter Kontrolle zu bringen. Deshalb macht der Planetenfresser einen weiten Bogen ums Sol-System — weil *sie* ihn steuert. Vielleicht befindet sie sich sogar in seinem Innern. Und Sie werden den Gedanken an jene Frau seit Jahrzehnten nicht los.«

Picard schwieg eine Zeitlang. »Wir stehen irgendwie in Verbindung, Guinan«, sagte er. »Auf eine mir rätselhafte Weise. Einst kam sie zu mir. Und jetzt muß *ich* sie finden. Mir bleibt keine andere Wahl . . .«

». . . als das Unerkennbare zu suchen?«

Jean-Luc zuckte mit den Schultern. »Was auch immer.«

»Nun, wenigstens brauchen wir nicht zu befürchten, daß Ihr Urteilsvermögen Einschränkungen unterliegt.«

Picard drehte sich um und bedachte Guinan mit einem durchdringenden, sogar vorwurfsvollen Blick. »So etwas würde ich nie zulassen.«

»Captain, ich habe gelernt, daß es nie angebracht ist, ›nie‹ zu sagen. Das Wörtchen ›niemals‹ hat die scheußliche Angewohnheit, schon nach kurzer Zeit dem Ausdruck ›zum erstenmal‹ zu weichen.«

KAPITEL 12

Geordi LaForge wußte, daß ihm noch einige Stunden blieben, bis die *Enterprise* jenen Ort erreichte, wo die Konfrontation zwischen der *Repulse* und dem Planeten-Killer stattgefunden hatte. Das Warptriebwerk funktionierte ebenso einwandfrei wie alle anderen Bordsysteme, und deshalb hatte der Chefingenieur kein schlechtes Gewissen, als er die Krankenstation aufsuchte, um einige Zeit in der Gesellschaft einer Frau zu verbringen, die vor mehr als zehn Jahren den Namen Reannon Bonaventure getragen hatte. Noch immer glaubte er fest daran, daß sich in dem Kokon aus Apathie ein waches, leidendes Ich verbarg, das sich Rettung erhoffte und dem er helfen konnte. In dieser Hinsicht hatte er einen Plan entwickelt — und bereits mit der Ausführung begonnen.

Beverly Crusher runzelte andeutungsweise die Stirn, als LaForge die Krankenstation betrat. »Hallo, Geordi«, begrüßte sie ihn.

»Ich weiß, was Sie sagen wollen«, kam er der Ärztin zuvor. »Aber Sie müssen mir einen Versuch gestatten. Ich kann ihr bestimmt helfen.«

»Woher nehmen Sie nur die Gewißheit?« Dr. Crusher blieb vor Geordi stehen und verschränkte die Arme. Ihre Körpersprache brachte es deutlich zum Ausdruck: *Geben Sie sich alle Mühe, mich zu überzeugen! Nehmen Sie mir den Zweifel!*

»Nun ...«, begann LaForge. »Wenn Sie einen Patienten behandeln — wissen Sie dann mit absoluter Sicherheit, daß er überleben wird?«

»Ich bin ziemlich sicher, ja.«

»Aber nicht zu hundert Prozent.«

Dr. Crusher rollte ungeduldig mit den Augen. Das sah LaForge natürlich nicht, aber er bemerkte ein kurzes, auf Ärger hindeutendes Flackern in der elektromagnetischen Aura. »Hundertprozentige Sicherheit gibt es gar nicht, Geordi.«

»Eben. Ich möchte den gleichen Spielraum an Unsicherheit in Anspruch nehmen wie Sie.«

Beverly lachte leise. »Was ist los mit Ihnen, Geordi? Warum sind Sie so sehr an der Frau interessiert?«

»Vielleicht heißt der Grund dafür Instinkt, Doktor. Ich weiß, was es bedeutet, Hilfe zu benötigen. Außerdem habe ich mich mit Reannons Vergangenheit beschäftigt, mit ihrer Persönlichkeit. Sie war einzigartig. Und sie verdient es, daß man versucht, ihr Ich zu retten.«

»Na schön.« Die Ärztin seufzte und wußte, daß sie sich früher oder später dem Unvermeidlichen beugen mußte. »Ich dachte mir schon, daß Sie mit einem solchen Anliegen kommen. Und mir war auch klar, daß ich letztendlich nachgeben würde. Deshalb habe ich bereits mit den Penzatti gesprochen und ihnen das Versprechen abgenommen, in Reannons Präsenz die Ruhe zu bewahren.«

»Vielen Dank, Doktor.«

Geordi drehte sich zu der Frau um, die auf der Kante des Biobetts saß und ins Nichts starrte: eine lebende Marionette, die darauf wartete, daß man sie bewegte. Der Chefingenieur griff nach einer eiskalten Hand. »Kommen Sie, Reannon.« Er zog behutsam, und daraufhin erhob sich die Patientin und folgte ihm.

Sie gingen durch den zentralen Bereich der Krankenstation, und diesmal wandten sich die Penzatti ab. Einige von ihnen schauderten. Dr. Crusher bemerkte, daß nur einer den Blick auf die Frau gerichtet hielt: Dantar, jener Mann, der sie angegriffen hatte. Sein grünes Gesicht war maskenhaft starr, und die Fühler bewegten sich nicht. Er spannte die Muskeln, erwartete vielleicht von der früheren Borg, daß sie irgend etwas gegen ihn unternahm. Aber sie zeigte nicht die geringste Reaktion, weder auf ihn noch auf etwas anderes. Geordi führte sie durch die Tür, und als sich das Schott hinter ihm und seiner Begleiterin schloß, schien die ganze Krankenstation erleichtert aufzuatmen.

Dantar hob den Kopf, als sich Beverly Crusher näherte. »Ja?« fragte er leise.

»Ist alles in Ordnung mit Ihnen?« fragte die Ärztin. Ihre Aufmerksamkeit galt dem verletzten Bein, das gut heilte.

»Sie möchten wissen, ob ich das ... Ding noch einmal angreife.«

»Bitte verzeihen Sie meine Neugier.«

Der Penzatti zuckte mit den Schultern. »Sie haben uns die Situation erklärt. Außerdem: Derartige Aktionen bringen meine Familie nicht ins Leben zurück. Deshalb sind sie sinnlos.« Er versuchte zu lächeln, doch es wurde eine Grimasse daraus. »Das stimmt doch, oder?«

»Ja.« Beverly klopfte ihm auf die Schulter. »Und das sollten wir nie vergessen.«

LaForge geleitete Reannon durch den Korridor und ignorierte die verblüfften Blicke der Besatzungsmitglieder, denen sie begegneten — was ihm recht leicht fiel, da er ihre Augen gar nicht sehen konnte. Dafür fielen ihm Veränderungen in der individuellen Aura auf. Wenn ihnen jemand entgegenkam, so schienen die infraroten Emissionen plötzlich zu ›flackern‹, sobald die betreffende Person Reannon Bonaventure bemerkte. Und dann ... Eine jähe Erkenntnis in Hinsicht auf die Identität der blassen Frau sorgte dafür, daß Puls und Atemrhythmus schneller wurden.

Geordi dachte in diesem Zusammenhang an Beispiele aus der terranischen Geschichte, an Leprakranke, deren Anblick genügte, um andere Menschen zur Flucht zu veranlassen. Er wußte, worauf solche Verhaltensweisen basierten: auf Vorurteilen. Reannon hatte wohl kaum darum gebeten, mit dem Gemeinschaftsbewußtsein der Borg vereint zu werden. Konnte man ihr vorwerfen, zu einem Opfer geworden zu sein? LaForge fühlte sich versucht, die übrigen Besatzungsmitglieder anzuschreien, ihnen ihre Furcht vorzuwerfen, aber er beherrschte sich. Sie sahen nur die Repräsentantin einer Spezies, die Tausende, sogar Millionen von Leben ausgelöscht und Captain Picard in ein Monstrum verwandelt hatte. Kein Wunder, daß sie aus einem Reflex heraus versuchten, einen weiten Bogen um die Frau zu machen. Trotzdem: Ärger brodelte im Chefingenieur.

Sie blieben vor einer Tür stehen, und Geordi wandte sich an seine Begleiterin. »Reannon ...« Er sprach den Namen möglichst oft, in der Hoffnung, damit Erinnerungen zu wecken. »Reannon, dies ist das Holo-Deck. Dort sollen Sie jemanden kennenlernen.«

Vor ihnen glitten die beiden Schotthälften auseinander, und sie betraten einen großen Raum, in dem ein gelbes Gittermuster glühte. Als sich die Tür wieder schloß, sagte Geordi: »An diesem Ort können wir unserer Phantasie Gestalt geben. Ich habe hier eine Überraschung für Sie vorbereitet.« Etwas lauter: »Computer, starte Programm LaForge 1A.«

Sofort verschwanden die gelben Gitter — Geordi und Reannon standen plötzlich auf der Brücke eines Raumschiffs. Hier herrschte nicht die Sauberkeit wie im großen Kontrollraum der *Enterprise:* Abfälle lagen auf dem Boden, und einige Konsolen erweckten den Eindruck, mehrmals notdürftig repariert worden zu sein.

Der Chefingenieur hörte, wie Metall über Metall kratzte, und er erkannte das Geräusch sofort: Es fanden Instandsetzungsarbeiten statt.

In der gegenüberliegenden Ecke war eine Jeffries-Röhre geöffnet, und zwei Beine ragten daraus hervor. Geordi hörte einen dumpfen Fluch und die Vermutung, daß der Raumer nicht mehr lange kreuz und quer durch die Galaxis fliegen konnte. »Entschuldigen Sie bitte!« rief er.

»Ja?« ertönte die Stimme der Frau aus der Röhre.

»Ich möchte Ihnen jemanden vorstellen.«

Diese Worte riefen ein verärgertes Seufzen hervor, und anschließend klapperten Werkzeuge. Die Frau kam zum Vorschein: Augenbrauen sowie einige Strähnen waren angesengt, und sie schien nur wenig Geduld zu haben. In Gedanken klopfte sich LaForge auf die Schulter. Diese holographische Projektion wirkte überaus echt.

»Nun?« fragte die Frau. »Was ist los? Sie sind ...«

»Geordi LaForge. Und Ihre Präsenz an diesem Ort geht auf ein sehr detailliertes Psychoprofil zurück, das jemand als Datenkomplex in den Starfleet-Computern speicherte — eine Frau, die befürchtete, allein im All zu sterben und nichts zu hinterlassen. Wenn ich vorstellen darf ... Reannon Bonaventure, das ist Reannon Bonaventure.«

Der Chefingenieur bekam nun Gelegenheit, sie eingehend zu mustern, und dabei gelangte er zu der Erkenntnis, daß ihre Ähnlichkeit mit Counselor Troi eigentlich nur oberflächlicher Natur war. Sie hatte sich das dichte schwarze Haar am Hinterkopf zusammengesteckt, und ihr fehlte die aristokratische Ausstrahlung der Betazoidin. Statt dessen erschien sie wie jemand, der schmutzige Arbeit nicht scheute. Eine gewisse Derbheit haftete ihr an, und Geordi lächelte unwillkürlich.

Die holographische Reannon schritt langsam um ihr echtes Ebenbild herum, zupfte dabei nachdenklich an ihrem Ohr. Sie beugte sich vor, stützte die Hände an den Knien ab und schob ihr Gesicht ganz dicht an das der bleichen Frau heran. Nach einigen Sekunden drehte sie sich um, ohne dabei die Haltung zu verändern. »Sie scherzen wohl, wie?«

»Nein.«

Sie wandte sich wieder der ehemaligen Borg zu, zwickte in die weiße Wange, drehte den Kopf der Befreiten von einer Seite zur anderen. »Zugegeben, ich bin ein Morgenmuffel«, sagte sie. »Aber das hier ist doch absurd.«

»Sie verdankt ihren Zustand den Borg«, erklärte Geordi. »Ich habe sie hierhergebracht, damit sie ihr früheres Selbst sieht, damit sie sich daran erinnert, wie sie einst gewesen ist.«

Reannon trat zurück und breitete die Arme aus, eine Geste, die ihrer Umgebung insgesamt galt. »Hier bin ich. Dies ist die Grundlage der Geschichten, die man sich über mich erzählt. Die ›Tollkühne‹. Tja, das Problem mit der Tollkühnheit besteht darin, daß sie einem dauernd Gefahren beschert.« Sie blickte einmal mehr zu ihrer Zukunft. »Es hat mich echt erwischt, wie?«

»Bitte versuchen Sie, mit ihr zu sprechen«, sagte Geordi. »Vielleicht gelingt es Ihnen, sie ...«

»Was soll mir gelingen?« Jäher Zorn vibrierte nun in Reannons scharfer Stimme. Mit den geschmeidigen, kraftvollen Bewegungen einer Raubkatze wanderte sie durch den Kontrollraum. »Was erwarten Sie von mir, verdammt? Warum präsentieren Sie mir eine solche Überraschung? Sehen Sie sich das bleichgesichtige *Ding* an! Sie weisen darauf hin, daß mir so etwas bevorsteht, und dann bitten Sie mich auch noch, damit zu *reden?* Na schön. Wie Sie wollen.« Die Holographie wirbelte zur echten Reannon herum. »*Du bist ein Idiot!* Hast du verstanden? Du bist ein schwachsinniger *Trottel!* Ich meine, sieh dich nur an. *Sieh dich nur an!*« Ihre Stimme bebte. »Nach allem, was ich hinter mir habe, nach all den Erfolgen ... Ein solches Ende hält das Schicksal für mich bereit? Verdammt und verflucht, wieso hast du dich erwischen lassen!« Reannon schrie Reannon an. »Du bist ein Zombie! Eine wandelnde Tote! Ich dachte immer: Wenn ich sterbe, ist es aus und vorbei. Aber so etwas,

217

weder Leben noch Tod ... Ich finde es *abscheulich* und *widerwärtig!*«

Geordi staunte. Bei der Programmierung des Holo-Decks hatte er sich streng an die Original-Persönlichkeit der Frau gehalten und war nicht ganz sicher gewesen, worin das Ergebnis bestehen mochte. *Dieses* Resultat verblüffte ihn. »Reannon ...« Er wußte nicht einmal, welche der beiden Frauen er meinte.

Die holographische Reannon nahm im Sessel vor den Sensorkontrollen Platz. »Bitte gehen Sie jetzt.«

»Nur Sie können sich selbst helfen«, sagte Geordi.

Reannon drehte sich ruckartig um. »Soll das heißen, ich kann eine derartige Zukunft vermeiden? Gibt es eine Möglichkeit, diese schreckliche Verwandlung zu verhindern?«

»Nein«, erwiderte LaForge. »Nein, eine solche Möglichkeit gibt es nicht. Aber Sie können sich dabei helfen, in die Realität zurückzufinden.«

»Tatsächlich?«

»Ich glaube schon«, sagte Geordi mit mehr Zuversicht, als er wirklich empfand.

Reannon stand langsam auf, ging einige Schritte und blieb vor sich selbst stehen. Ihre Hände schlossen sich um die Schultern der früheren Borg. »O Kindchen ... In was für einen Schlamassel hast du dich gebracht?«

Sie bekam keine Antwort.

»Erinnerst du dich?« fuhr Reannon fort. »Erinnerst du dich an die guten Zeiten? Los, Mädchen, gib dir Mühe. Denk an die Ferengi, die dich übers Ohr hauen wollten — und plötzlich mit leeren Händen dastanden. Oder an die Bewohner von Savannah, die dich für eine Göttin hielten, weil sie noch nie eine Frau mit heller Haut gesehen hatten.« Die Holographie lächelte plötzlich. »Denk daran, verfolgt zu werden, an die Aufregung: Deine Adern enthalten mehr Adrenalin als Blut, und mit rasenden Gedanken suchst du nach einem Ausweg. Und denk an den Sex. In jedem Raumhafen ein anderer. Alle wollten ein Stück von dir — um damit anzugeben. Männer in verschiedenen Sektoren behaupteten, zur gleichen Zeit mit dir zusammengewesen zu sein. Meine Güte, der Sex war echt super. Komm schon, Mädchen: Das kannst du doch nicht alles vergessen haben, oder?«

Wieder blieb eine Antwort aus. Die blasse Frau starrte auch weiterhin apathisch ins Nichts.

Reannon schüttelte sie, als sich neuerlicher Ärger in ihr rührte. »Komm schon«, drängte sie. »Du *mußt* dich daran erinnern. Sag etwas. Na los! Hast du gehört? Du sollst endlich etwas sagen, verdammt!« Sie sprach immer lauter und wütender. »Ich kann nicht *vollkommen* erledigt sein. Nein, *ich* nicht! Es ist mir immer gelungen, dem Verhängnis ein Schnippchen zu schlagen. Komm schon!« Sie schüttelte die echte Reannon noch heftiger.

Geordi näherte sich den beiden Frauen. »Ich glaube, das reicht...«

»*Komm schon!*« heulte Reannon, holte aus und versetzte der Bleichen eine schallende Ohrfeige. Ihr Kopf ruckte zur Seite, und sie taumelte.

»Das geht zu weit!« rief LaForge. Er packte Reannon von hinten, preßte ihr die Arme an den Leib. Das Hologramm wand sich hin und her, während die ehemalige Borg das Gleichgewicht verlor: Sie fiel zu Boden, blieb liegen und blickte zur Decke.

»*Sag etwas!*« kreischte Reannon. »Sag endlich etwas! Bist du völlig leer? Nein, du kannst nicht *nur* eine leere Hülle sein. Ich bin irgendwo in dir gefangen. *Gib mich frei!*«

»Computer...« Geordi wollte die Anweisung erteilen, das Szenario-Programm zu beenden.

»*Nein!*« entfuhr es Reannon fast hysterisch. »Nicht der Computer! Noch nicht! *Jetzt noch nicht!* Warten Sie!«

»Ich höre.«

Die Stimme der Frau zitterte, als sie leiser fortfuhr: »Bitte... Versprechen Sie mir, daß Sie weitere Versuche

219

unternehmen. Lassen Sie mich nicht in einem solchen Zustand. Bitte versprechen Sie mir das.«

»Ich werde mir alle Mühe geben«, erwiderte LaForge und konnte kaum fassen, daß er es wirklich nur mit einer holographischen Projektion zu tun hatte.

»Geben Sie nicht auf«, fügte Reannon hinzu. »Retten Sie mich. Irgendwie. Bitte.«

»Ich versuche es«, sagte Geordi.

»Versprechen Sie's.«

»Versprochen.«

Sie kämpfte nicht mehr gegen die Umklammerung an, und daraufhin ließ der Chefingenieur sie los. Einige Sekunden lang rührte sie sich nicht von der Stelle und starrte auf ihr anderes Ich hinab. Dann wandte sie sich zu LaForge um.

»Ich versuche es mit allen Mitteln«, betonte er noch einmal.

»Danke«, sagte Reannon. Sie überraschte Geordi erneut, indem sie ihn plötzlich küßte, noch dazu mit erstaunlicher Leidenschaft. Irgend etwas in ihm bedauerte, daß sie schon nach kurzer Zeit zurückwich.

Sie hüstelte wie verlegen und wanderte zur Jeffries-Röhre. »Mit allen Mitteln«, wiederholte sie. »Wenn Sie mich jetzt entschuldigen würden ... Es wartet Arbeit auf mich.« Es sollte mutig und tapfer klingen, aber LaForge hörte trotzdem einen Hauch Furcht in ihrer Stimme. Sie verlor kein weiteres Wort, kroch rasch in die Röhre.

»Computer«, sagte Geordi. »Ende der Simulation.«

Die Brücke verschwand, wich dem glühenden Gittermuster des Holo-Decks. LaForge schritt zu der reglosen Reannon Bonaventure und half ihr auf. »Was halten Sie davon, wenn wir dem Gesellschaftsraum im zehnten Vorderdeck einen Besuch abstatten und dort einen Schluck trinken?« Er sprach lässig und wie beiläufig, um die Frau zu einer Reaktion zu veranlassen. Als sei ihre Apathie nur gespielt. Als genüge es, sie zu überlisten, um die alte Reannon Bonaventure ins Leben zurückzuholen.

Aber sie blieb stumm, und Geordi seufzte innerlich. Er ahnte allmählich, daß er sich auf etwas sehr Schwieriges eingelassen hatte. Und er wußte, daß er gar nicht aufgeben *konnte.* Irgend etwas zwang ihn regelrecht dazu, Reannon zu helfen.

Er griff nach ihrem Arm, und sie folgte ihm gehorsam in den Korridor.

Beverly Crusher betrat die Krankenstation und sah sich kurz um, bevor sie zu ihrem Büro ging. Doch nach einigen Schritten blieb sie plötzlich stehen.

Eins der Betten war leer, und sie wußte sofort, wer fehlte. Mit strenger Miene wandte sie sich an die anderen Penzatti. »Wo ist Dantar?«

Die Patienten schwiegen, zuckten nur mit den Schultern. Vielleicht wußten sie wirklich nicht Bescheid, aber Beverly hielt es für wahrscheinlicher, daß sie ihr keine Auskunft geben wollten.

»Wann hat er die Krankenstation verlassen?« fragte sie. Wieder schloß sich Stille an.

Die Ärztin klopfte auf ihren Insignienkommunikator. »Crusher an Sicherheitsabteilung. Vielleicht haben wir ein Problem ...«

Im Gesellschaftsraum der *Enterprise* herrschte eine Atmosphäre, die aus Unbehagen und einer gewissen Anspannung bestand — das war häufig der Fall, wenn sich eine gefährliche Mission ankündigte. An Bord von Raumschiffen funktionierte die Gerüchteküche besonders gut, und diesmal munkelte man von den Borg — beziehungsweise von etwas, das den Borg ähnelte, jedoch noch viel mächtiger war.

Guinan bediente die Gäste, plauderte mit ihnen und signalisierte auf subtile Weise Bereitschaft, den einzelnen Besatzungsmitgliedern zuzuhören, wenn jemand sein Herz ausschütten wollte. Sie trat zu einem Tisch, an dem Data saß, nickte ihm zu und nahm Platz.

»Es geschieht nur selten, daß Sie allein hierherkommen«, sagte Guinan. »Für gewöhnlich begleiten Sie jemand anders — es sei denn, eine ganz bestimmte Absicht führt Sie in den Gesellschaftsraum.«

Der Androide überlegte kurz. »Ich glaube, das ist heute nicht der Fall. Ich habe nur den Wunsch verspürt, mit Kollegen zusammen zu sein — und zwar unter Umständen, die keinen Zusammenhang mit Dienstpflichten aufweisen.«

»Und der Grund dafür?« fragte Guinan.

Data zuckte mit den Achseln — eine Geste, die er von Riker abgeschaut hatte. Zuerst war es ihm sehr schwergefallen festzustellen, wann entsprechende Verhaltensmuster als angemessen galten: Gelegentlich hob und senkte er die Schultern mitten in einem Satz, ohne daß es irgendeine Verbindung zu dem Gespräch gab. Manche Leute nahmen das zum Anlaß, einen Defekt im positronischen Gehirn des Androiden zu vermuten. »Keine Ahnung«, erwiderte er.

»Vielleicht haben Sie schlicht und einfach *Spaß* daran, Data.«

Er dachte darüber nach. »Das halte ich für unwahrscheinlich. Das Konzept ›Spaß‹ ist mir fremd. Ich weiß es durchaus zu schätzen, wenn mir bestimmte Situationen Stimuli anbieten, aber ...«

Guinan hob die Hand. »Begnügen wir uns mit folgender Feststellung: Sie finden *unterbewußt* Gefallen daran, mit anderen Mitglieder der Crew zusammenzusein.«

Data musterte die Wirtin und setzte zu einem Kommentar an, als LaForge mit Reannon hereinkam. Alle Anwesenden blickten zur Tür, und Stimmen flüsterten. Welchen Ort Geordi und seine Begleiterin auch aufsuchten — überall sprach man über sie.

Der Chefingenieur ließ den VISOR-Blick durchs große Zimmer schweifen und glaubte zu erkennen, wie die

Leute unwillkürlich zurückwichen — als seien sie bestrebt, einen möglichst großen Abstand zu der bleichen Frau zu wahren. Normalerweise verlor Geordi nicht leicht die Beherrschung, aber jetzt brannte der Ärger zu heiß in ihm.

»Was befürchten Sie?« fragte er laut genug, damit ihn alle hörten. »Glauben Sie vielleicht, daß eine Berührung genügt, um sich anzustecken?«

Guinan trat an seine Seite und legte ihm die Hand auf die Schulter, doch es gelang ihr nicht, LaForge zu beruhigen. »Sie ist ein Opfer! Begreifen Sie das nicht? Diese Frau wurde körperlich und geistig unterjocht — und Sie verhalten sich so, als sei es ihre eigene Schuld! Sie sollten sich schämen, bei ihrem Anblick zu schaudern!«

Geordi geleitete Reannon Bonaventure zu dem Tisch, an dem Data saß. Die Präsenz des Androiden erfüllte ihn mit Erleichterung. Data mochte nicht in der Lage sein, die positiven Empfindungen von Menschen zu teilen, aber ihm blieben auch die negativen fremd, zum Beispiel Furcht und Mißtrauen. Er setzte sich, und Guinan folgte seinem Beispiel, zögerte und räusperte sich demonstrativ — Reannon stand noch immer. LaForge seufzte und zog sie behutsam auf einen Stuhl herab. »Es fällt ihr noch immer schwer, nichtverbale Hinweise zu verstehen.«

»So hat es den Anschein«, sagte Guinan.

Data musterte sie wie durch ein imaginäres Mikroskop. »Mit ihren motorischen Funktionen ist alles in bester Ordnung.«

»Ja, aber damit hat es sich leider«, erwiderte Geordi. Er stützte das Kinn auf die eine Hand und seufzte. »Ich habe dauernd das Gefühl, daß ich ihr auf eine andere, wirkungsvollere Weise helfen sollte, aber ich weiß einfach nicht weiter. Wir sind in der Holo-Kammer gewesen, und dort fand eine Begegnung mit ihrem früheren Selbst statt.«

»Hat sie darauf reagiert?«

»Nein.« LaForge beugte sich vor, und nur noch weni-ge Zentimeter trennten sein VISOR von Reannons Au-gen. »Vielleicht stimmt es. Vielleicht ist es tatsächlich Zeitverschwendung.«

Reannon sah ihn an.

Sie *richtete den Blick auf ihn.*

Die mimische Veränderung konnte Geordi natürlich nicht beobachten, aber er bemerkte ein kurzes Flackern in ihrer Aura. »Data, Guinan ... Interessiert sie sich vielleicht für das VISOR?« Er erstarrte förmlich, wagte es nicht, sich wieder zurückzulehnen.

»Von *Interesse* in dem Sinne kann vermutlich nicht die Rede sein«, entgegnete der Androide. »Aber sie hat es zur Kenntnis genommen. Zum erstenmal zeigt sie eine Reaktion auf ihre Umwelt, und das ist zweifellos ein Fortschritt.«

Reannon neigte nun den Kopf, um das visuell-organi-sche Restitutionsobjekt aus einem anderen Blickwinkel zu betrachten.

Dann hob sie wie zögernd die Hand und tastete mit den Fingerkuppen nach dem VISOR, strich darüber hin-weg, bis sie das Schaltkreismodul am Ohr berührte.

»Da soll mich doch ...«, flüsterte LaForge und ver-stummte sofort wieder, um die Frau nicht zu erschrek-ken.

»Zweifellos gilt ihre Aufmerksamkeit der visuellen Prothese«, stellte Data fasziniert fest. »Vielleicht sieht sie darin eine Analogie zu ihren eigenen Erfahrun-gen.«

»Wie ... wie soll ich mich jetzt verhalten?«

»Lassen Sie der Natur ihren Lauf«, erwiderte Guinan. »Ein Rat, der abgedroschen klingt, aber nichts von sei-nem Wert verloren hat.«

Unmittelbar darauf bildeten sich dünne Falten in ih-rer Stirn.

Die Wirtin reagierte auf die Stimmung im Gesell-schaftsraum mit der gleichen Sensibilität wie normale

Personen auf das Pochen ihres Herzens. Als Dantar hereinkam, spürte sie sofort eine Veränderung.

Langsam näherte sich der Penzatti dem Tisch, und sein Gesicht trug einen Ausdruck grimmiger Entschlossenheit. Die Fühler zitterten ein wenig, wie erwartungsvoll. Der starre Blick galt Reannon.

»Geordi ...«, sagte Guinan leise, und irgend etwas in ihrer Stimme alarmierte den Chefingenieur. Die Wirtin brauchte ihrer Warnung nichts hinzuzufügen, stand auf und begrüßte den immer noch einige Schritte entfernten Neuankömmling. »Willkommen im Gesellschaftsraum. Wie kann ich zu Diensten sein?«

Die nächsten Ereignisse schienen eine Ewigkeit zu beanspruchen, obwohl in Wirklichkeit nur wenige Sekunden verstrichen.

Dantars Hände blieben zunächst hinterm Rücken verborgen; ein in der Nähe sitzendes Besatzungsmitglied bemerkte etwas und rief eine Warnung. Unmittelbar darauf streckte der Penzatti die Arme — in beiden Händen hielt er je einen schweren Keldin-Blaster. Sofort legte er mit den Strahlern an, zielte auf Reannon und rief: »Tod dem Mörder meiner Familie!«

Dann drückte er ab.

Die bleiche Frau ignorierte Dantar und sah noch immer zum VISOR. Geordi sprang auf, stieß sie vom Stuhl und zu Boden. Er fiel ebenfalls und beobachtete, wie Reannon von ihm fortrollte.

Zwei Strahlblitze gleißten und zuckten dorthin, wo die frühere Borg eben noch gesessen hatte. Sie verfehlten das Ziel, rasten weiter, trafen ein Panoramafenster — und brannten ein etwa dreißig Zentimeter durchmessendes Loch hinein.

Was natürlich nicht ohne Konsequenzen blieb.

Ein plötzlicher Sturm heulte, als das Vakuum des Alls die Luft aus dem Gesellschaftsraum saugte.

Crewmitglieder schrien und versuchten, sich an den im Boden verankerten Einrichtungsgegenständen festzu-

225

halten. Die Dekompression zerrte an ihnen und trachtete danach, sie in den Kosmos zu schleudern, in den sicheren Tod.

Dantar griff nach dem Tisch, doch dadurch rutschten ihm die Blaster aus den Händen. Entsetzt sah er, wie sie davonflogen, das Loch passierten und in der Schwärze des Weltraums verschwanden.

Reannon hatte sich in unmittelbarer Nähe des Fensters befunden, und sie wurde nun emporgerissen. Der eine Arm ragte durch die Öffnung nach draußen, und der Kopf schickte sich an, ihm zu folgen. LaForge schrie und vergeudete keinen Gedanken an die eigene Sicherheit, als er nach vorn hechtete und die Frau am Bein festhielt. Gleichzeitig tastete er mit den Füßen nach einem Tischbein. Vergeblich. Das Zerren wurde immer stärker, und es bestand die Gefahr, daß er den fatalen Böen zum Opfer fiel. Doch dann schloß sich Datas Hand um seine Wade — der Androide hatte die Finger einfach in den Tisch gebohrt, wirkte jetzt wie ein unerschütterlicher Fels in der Brandung. Auch Guinan hatte sicheren Halt gefunden, und ihr Gewand wehte wie ein Banner. Sie rief etwas, das niemand verstand.

Data, Geordi und Reannon formten eine Kette, deren letztes Glied — die bleiche Frau — mitten in der entweichenden Luft schwebte, den einen Arm im Loch. Ihr Überleben hing jetzt davon ab, ob es Geordi auch weiterhin gelang, sie am Bein festzuhalten — ganz zu schweigen von Data, dessen Kraft verhinderte, daß Reannon und LaForge nach draußen gerissen wurden. Immer wieder stieß die frühere Borg mit dem Kopf ans Fenster. Der Chefingenieur rief ihren Namen und spürte, wie seine Finger angesichts der rasch sinkenden Temperatur taub wurden.

Monate schienen zu vergehen, sogar Jahre. Aber in Wirklichkeit dauerte das Chaos nur wenige Sekunden. Das Zerren der Dekompression ließ ebenso plötzlich nach, wie es begonnen hatte. Reannon fiel, prallte mit einem dumpfen Pochen auf den Boden. Es zischte, als Luft in den Gesellschaftsraum strömte, um normalen Druck wiederherzustellen.

Geordi wußte, daß die automatischen Notsysteme der *Enterprise* reagiert hatten. Er stellte sich vor, wie direkt hinter dem Loch im Panoramafenster ein Kraftfeld entstanden war, um das Leck zu schließen, bis eine Reparatur vorgenommen werden konnte.

Er atmete erleichtert auf und ließ Reannons Bein los. Anschließend krümmte und spreizte er die Finger, um die Durchblutung zu stimulieren. »Ist alles in Ordnung? Wurde jemand verletzt?«

Die einzelnen Besatzungsmitglieder antworteten — offenbar war niemand ernsthaft zu Schaden gekommen.

Dantar lag auf dem Boden und sah zur Decke hoch. »Habe ich sie umgebracht?« stöhnte er immer wieder. »Habe ich sie getötet? Können die Seelen meiner Familie endlich ruhen?«

»Ihre Familie!« entfuhr es Geordi. Er stemmte sich langsam hoch. »Frau und Kinder wären sicher bestürzt, wenn sie wüßten, daß der Ehemann und Vater zu einem Mörder ...«

Er unterbrach sich, als die rechte Hand etwas Warmes und Feuchtes berührte. LaForge drehte den Kopf, hielt Ausschau ...

»*Data!*« rief er eine Sekunde später, als er wußte, um was für eine Art von Flüssigkeit es sich handelte.

Blut strömte aus Reannons linker Schulter — aus einer Schulter, die keinen Arm mehr hatte.

Sie schrie nicht, starrte nur auf die klaffende Wunde, mit dem kühlen Interesse einer unbeteiligten Beobachterin.

Geordi glaubte zu verstehen, was passiert war. Als sich das Kraftfeld formte, um einen weiteren Druckverlust zu verhindern, registrierte es ein Hindernis und versuchte, es nach innen zu schieben. Doch der Arm

227

glitt nicht etwa durchs Loch zurück, sondern wurde gegen eine scharfe Kante des transparenten Aluminiums gepreßt.

»Data!« rief er noch einmal, ohne zu wissen, was er von dem Androiden erwartete. Dennoch wurde Data sofort aktiv. Er eilte zu Reannon, hob sie hoch... Blut spritzte ihm auf die Uniform.

Geordi kam auf die Beine, schaltete seinen Insignienkommunikator ein und wies Dr. Crusher auf einen medizinischen Notfall hin. Zusammen mit dem Androiden hastete er los, als Worf und einige Sicherheitswächter den Gesellschaftsraum erreichten. Für einen Sekundenbruchteil zeichnete sich im Gesicht des Klingonen Erstaunen ab, als er die armlose Schulter der Frau in Datas Armen sah — dann waren Chefingenieur und Androide an ihm vorbei. Data sprintete, und es fiel LaForge schwer, nicht den Anschluß zu verlieren.

Unterdessen schnitt Worf die für ihn typische finstere Miene, betrat die große Kammer und näherte sich Dantar, der noch immer auf dem Boden lag und immerzu fragte, ob die Borg tot und seine Familie gerächt war.

Der Klingone runzelte die Stirn, wodurch sich sein Gesichtsausdruck kaum veränderte. Wenn der Penzatti den Verstand verloren hatte oder einen derartigen Eindruck zu erwecken versuchte, so durfte er nicht mit Worfs Anteilnahme rechnen.

Dantar sah aus großen Augen zu ihm auf und brachte fast schrill hervor: »Ich habe sie ständig gehört — die Seelen meiner Familie. Sie jammerten und klagten, wollten einfach nicht verstummen. Können sie jetzt endlich Frieden finden?«

»Ja«, knurrte Worf ohne den geringsten Versuch, Mitgefühl zu zeigen. »Sie ruhen in der Arrestzelle, und dort werden Sie ihnen gleich Gesellschaft leisten.« Er packte den Penzatti und schleifte ihn in Richtung Korridor.

Picard betrat die Krankenstation und ging sofort zu Geordi, der vor dem Operationszimmer wartete, unfähig dazu, den Raum zu betreten und der Behandlung beizuwohnen. Data stand neben ihm. Dem Androiden hätte es sicher nichts ausgemacht, bei der Operation zuzusehen, aber er hielt es für wichtiger, LaForge durch seine Präsenz moralische Unterstützung zu gewähren.

»Alles in Ordnung?« fragte Jean-Luc.

»Ja, Sir«, erwiderte der Chefingenieur. »Ich bin noch ein bißchen schwach auf den Beinen, aber das ist alles.«

»Von Guinan erfuhr ich, daß der Penzatti Blaster abfeuerte«, sagte Picard. »Woher stammten die Waffen?«

Geordi räusperte sich. »Ich habe bereits Nachforschungen angestellt. Die Blaster befanden sich im Arsenal, und um jenen Raum zu betreten, braucht man eine spezielle Genehmigung, die vom Computer kontrolliert wird. Nun, die Penzatti genießen nicht umsonst den Ruf, gut mit Computern umgehen zu können. Dantar fand den Zugangscode heraus und holte sich seine beiden Blaster. Inzwischen stellen sie keine Gefahr mehr dar: Ich habe gesehen, wie die Strahler durchs Loch im Panoramafenster verschwanden.«

»Ich möchte, daß der Zugangscode sofort geändert wird.«

»Das ist bereits geschehen, Sir.«

Picard nickte anerkennend. »Gut. Ich nehme an, Mr. Worf hat inzwischen eine neue Unterkunft für unseren recht aggressiven Gast gefunden. Woraus folgt: Es bleibt ›nur‹ noch das Problem der früheren Borg.«

Dr. Crusher kam aus dem Operationszimmer und trug schon wieder saubere Kleidung. Normalerweise sorgten spezielle Kraftfelder im Behandlungsbereich für eine Reinigung der Wunden, aber bei besonders schwer verletzten Patienten mußte sich Beverly die Hände ›schmutzig machen‹.

Sie hielt direkt auf Geordi zu, und in ihren Augen funkelte Zorn. »Sie haben versprochen, sich um sie zu kümmern!« platzte es aus ihr heraus. »Sie haben die Verantwortung übernommen! All das Gerede davon, ihr zu helfen und was weiß ich ... Ihre ›Hilfe‹ hätte sie fast umgebracht!«

»*Ohne* mich wäre sie jetzt tot!« protestierte Geordi. »Bedeutet das überhaupt nichts?«

»Ich habe Ihnen eine Patientin mit zwei Armen überlassen. Und Sie brachten sie mir mit nur einem Arm zurück. Allein *das* zählt.«

»Mr. LaForge hat ein ausgesprochen unangenehmes Erlebnis hinter sich«, sagte Picard fest. »Ich halte es für unangebracht, irgendwelche Vorwürfe gegen ihn zu erheben.«

»An *Ihren* Händen klebte nicht das Blut der armen Frau.«

»Aber an meinen!« betonte Geordi. »Reannons Blut klebte nicht nur an meinen Händen, sondern auch an der Uniform und an meinem Gewissen. Warum? Ich möchte ihr nur helfen, aber sie gerät immer wieder in Gefahr, während ich mit ihr zusammen bin. Sie wollen mir die Schuld geben, Doktor? Oh, nur zu. Es spielt keine Rolle. Ich fühle mich auch so schon schuldig genug.«

Beverly schürzte die Lippen und trat beiseite. »Ich nehme an, Sie möchten zu ihr, oder? Gehen Sie nur.«

Geordi nickte knapp, schob sich an der Ärztin vorbei und verschwand im Operationszimmer.

Dr. Crusher sah ihm nach und schüttelte den Kopf. »Ich verstehe es nicht«, sagte sie. »Die Sache ist mir ein Rätsel. Er scheint von der Frau geradezu besessen zu sein. Weshalb?«

»Er repariert Dinge«, antwortete Picard. »Er lebt dauernd mit einem Gerät, das ihm die visuelle Wahrnehmung ermöglicht. Als Chefingenieur bekommt er es immer wieder mit Defekten und Fehlfunktionen aller Art zu tun. Vielleicht sieht er in diesem Fall keine beschädigte Maschine, sondern einen beschädigten Menschen. Vielleicht fühlt er sich zu einer ›Reparatur‹ verpflichtet.«

»Es könnte auch noch etwas anderes dahinterstekken«, fügte Data nachdenklich hinzu. »Möglicherweise sieht er Reannon Bonaventure aus einer Perspektive, die ihm individuelle Erkenntnisse vermittelt. Vielleicht erkennt er dort ein... Potential, wo andere Personen nur...« Er zögerte und suchte nach den richtigen Worten. »Wo andere Personen nur Windmühlen sehen.«

Im Operationszimmer setzte sich die bleiche Frau auf. Und starrte.

»Wie geht es Ihnen, Reannon?« fragte Geordi. In Gedanken hörte er, wie ihm die freche Stimme der holographischen Reannon Bonaventure antwortete: »Kann nicht klagen. Und wie läuft's bei Ihnen?« Doch eine derartige Erwiderung beschränkte sich allein auf seine Phantasie. Die Wirklichkeit bescherte ihm nur Stille.

Die Frau starrte noch immer, und LaForge stellte fest, daß ihre Aufmerksamkeit einen Fokus hatte: Sie galt dem künstlichen Arm.

»Besseres konnte ich so schnell nicht bewerkstelligen«, erklang Beverly Crushers Stimme. Hinter der Ärztin hörte Geordi die charakteristischen Schritte von Picard und Data. »Wenn mir mehr Zeit zur Verfügung steht, ist es möglich, aus Gewebeproben einen neuen Arm zu clonen. Oder wenn sie diesen behalten möchte ... Ich wäre imstande, Haut wachsen zu lassen, um das Metall zu bedecken. Die geringe Pigmentierung führt vielleicht zu einigen Problemen, aber die lassen sich bestimmt lösen. Niemand könnte die Prothese als solche erkennen.«

Reannon betrachtete ihren neuen Arm. Die einzelnen Sektionen aus geripptem Metall glänzten im Licht der Lampen. Die Finger liefen spitz zu, und es klickte, als sich die Hand zur Faust ballte.

»Sie schenkt ihrer Umwelt wesentlich mehr Beachtung als vorher«, meinte Picard. »Mr. LaForge hat ganz offensichtlich einen positiven Einfluß auf sie.« Die letz-

231

ten Worte richtete sich aus gutem Grund an Beverlys Adresse.

Sie verstand den Hinweis. »So scheint es. Trotzdem: Mir wäre wohler zumute, wenn sich Deanna um sie kümmern würde. Psychologie ist *ihr* Fachgebiet, nicht Geordis.«

»Die Counselor hat bisher keine empathischen Impulse von ihr empfangen«, gab Picard zu bedenken. »Aber es ist durchaus möglich, daß sie jetzt ...«

»Sehen Sie nur!« stieß Beverly hervor.

Reannon blickte auf ihre mechanische Hand, und in ihren Mundwinkeln zuckte es.

»Sie lächelt«, sagte Data. »Zum erstenmal offenbart sie zumindest eine Andeutung von Mienenspiel.«

»Ja, sie lächelt«, bestätigte Dr. Crusher und musterte Reannon. »Bemerkenswert. Na schön, Geordi — ich entschuldige mich in aller Form bei Ihnen. Sie haben ganz offensichtlich Fortschritte bei ihr erzielt.«

»Nein«, widersprach der Chefingenieur.

Ärztin, Androide und Captain sahen ihn überrascht an. »Wie können Sie anderer Meinung sein?« fragte Dr. Crusher verwirrt. »Wir haben gerade eine emotionale Reaktion gesehen, und sie stammt von einer Person, für die kaum mehr Hoffnung zu bestehen schien.«

»Ja. Aber wissen Sie auch, was jene Reaktion ausgelöst hat?« LaForge griff nach der metallenen Hand. »Reannon freut sich, weil ein Teil von ihr wieder maschineller, künstlicher Natur ist. Sie lächelt, weil sie damit begonnen hat, sich in einen kybernetischen Organismus zu verwandeln.«

»Soll das heißen ...«, begann Picard.

Geordi nickte. »Ja. Reannon Bonaventure zeigt nur deshalb Emotion, weil sie glaubt, wieder zu einem Borg zu werden. Das entspricht ihrem Wunsch.«

Er ließ enttäuscht die Schultern hängen, als er sich abwandte und ging.

KAPITEL 13

Das ist alles, Jean-Luc. Leider habe ich keine zusätzlichen Informationen für Sie.«

Der Wandschirm hatte zunächst eine *Repulse* gezeigt, die nur mit halber Impulskraft flog, und jene Darstellung war dem Gesicht der Kommandantin Ariel Taggert gewichen. Als die *Enterprise* das Kalisch-System erreichte, fand sie dort ein beschädigtes Raumschiff vor und mußte feststellen, daß zwei Planeten fehlten. Daraufhin nahm Picard das Schlimmste an — bis es gelang, eine Kom-Verbindung zur *Repulse* zu schaffen. Es erfüllte ihn mit Erleichterung zu erfahren, daß die Konfrontation mit dem Planetenfresser nur wenige Opfer verlangt hatte. »Es ist ein riesiges Ungeheuer, und verdammt mächtig noch dazu«, sagte Taggert. »Ich habe Ihnen alle von unseren Sensoren gewonnenen Daten übermittelt. Als wir das Ding zum letztenmal sahen, verließ es das Sonnensystem mit Kurs zwei eins eins Komma vier.«

Data saß an der Operatorstation und nahm die Koordinaten als Grundlage für eine rasche Berechnung. »Captain Taggert, Captain Picard ...«, sagte er. »Diese Angaben bestätigen unsere Hypothese in bezug auf den Ursprungsort der Vorrichtung.«

»Vorrichtung.« Taggert schüttelte den Kopf. »Man kann eine Uhr als ›Vorrichtung‹ bezeichnen. Aber dieses Ding ist eine Monstrosität. Das gilt auch für denjenigen, der es kontrolliert — wer auch immer das sein mag.«

»Sie haben damit kommuniziert«, stellte Picard fest.

»O ja, das stimmt. Und wenn man das Drumherum

233

wegläßt, läuft die Botschaft des Planeten-Killers auf folgendes hinaus: ›Geht mir aus dem Weg.‹ Nun, wenn er es auf die Borg abgesehen hat, so möchte ich jetzt nicht in deren Haut stecken.«

Ich bin ein Borg gewesen, dachte Picard. *Und mir liegt kaum etwas daran, diese Erfahrung zu wiederholen.* »Sollen wir Sie ins Schlepptau nehmen?«

Taggert winkte ab. »Nicht nötig. Es dauert zwölf Stunden, um die wichtigsten Bordsysteme zu reparieren, und dann machen wir uns wieder auf den Weg. Außerdem: In unserem derzeitigen Zustand nützen wir Ihnen nichts. Einige Phasersalven und ein paar Manövriertricks machen keinen Unterschied. Ich bin nicht einmal sicher, ob wir Ihnen mit einer voll einsatzfähigen *Repulse* helfen könnten.«

»Ist der Planetenfresser ein so starker Gegner?«

»Und ob«, erwiderte Taggert ernst. »Ich habe so etwas noch nie zuvor gesehen, Jean-Luc. Noch *nie*. Selbst mit der *Enterprise* sind Sie nicht in der Lage, ihn aufzuhalten. Dazu ist niemand imstande.«

»Trotzdem muß ich es versuchen.«

»Gott sei mit Ihnen.«

»Diesem Wunsch schließe ich mich an. *Enterprise* Ende.«

Taggerts Gesicht verschwand vom Schirm und wich einer Darstellung der *Repulse*. Picard wandte sich an den Androiden. »Wenn das Objekt den gegenwärtigen Kurs fortsetzt ... Welches Sonnensystem erreicht es dann?«

Data brauchte nicht einmal auf die Instrumente zu sehen. »Die aktuelle Flugbahn bringt es zum tholianischen Raumgebiet.«

»Wundervoll«, kommentierte Riker. »Die Tholianer sind bestimmt bereit, uns zu helfen.«

»Sarkasmus, Nummer Eins?« fragte Picard. »Vielleicht können Sie ihn gegen den Planeten-Killer einsetzen.«

»Captain Taggerts Ausführungen deuten darauf hin,

daß sich mit Phasern und Photonentorpedos nichts dagegen ausrichten läßt«, erwiderte Riker trocken. »Vielleicht ist der Einsatz alternativer Waffen angebracht.«

»Ich bitte Mr. LaForge darum, Zwillen für uns vorzubereiten. Mr. Data, Kurs zwei eins eins Komma vier. Warpfaktor sieben.« Er deutete zum Wandschirm. »Transit einleiten.«

Die *Enterprise* sprang in den Warpraum und ließ das Kalisch-System hinter sich zurück.

Taggert beobachtete, wie das große Schiff der Galaxis-Klasse verschwand. »Brücke an Krankenstation. Wie sieht's bei Ihnen aus, Kate?«

»Schon etwas besser«, tönte Pulaskis Stimme aus dem Lautsprecher der internen Kommunikation. »Sie haben mir weniger Verletzte geschickt als erwartet.«

»Vielleicht lerne ich allmählich, mehr Rücksicht zu nehmen.«

»Freut mich für Sie. Dadurch steigt Ihre Lebenserwartung.«

Taggert blickte noch immer zum Wandschirm. »Wollen wir hoffen, daß auch Picard noch einige Jährchen vor sich hat. Brücke Ende.«

Sie kehrte zum Kommandosessel zurück, nahm Platz, sah einmal mehr zum Projektionsfeld — und fühlte sich schrecklich klein und unwichtig.

»Seien Sie vorsichtig, Picard«, murmelte sie.

»Captain...« Worf zögerte und überprüfte noch einmal die Anzeigen der Sensoren. Er schien es nicht fassen zu können. »Ich glaube, wir haben den Planetenfresser gefunden.«

»Bestätigung«, sagte Data. »Er fliegt mit dem gleichen Kurs wie vorher. Geschwindigkeit Warp drei.«

»Er ist also nicht besonders schnell«, bemerkte Picard. »Wir bleiben bei Warp sieben, um aufzuholen. Falls man uns näher heranläßt...«

Aus dem leuchtenden Punkt im Projektionsfeld wurde schon nach kurzer Zeit ein riesenhaftes Gebilde. Stille herrschte auf der Brücke, als die Offiziere einen Eindruck von der gewaltigen Vernichtungsmaschine gewannen. »Sensoranzeigen?« fragte Picard leise. Seine Stimme war dabei kaum mehr als ein Flüstern.

»Angesichts der Neutroniumhülle lassen sich kaum Informationen über die innere Struktur gewinnen«, antwortete Worf. »Die Emissionen deuten auf einen Konversionsgenerator hin. Eine derartige Technologie ist uns fremd.«

»Ich registriere Fluktuationen im Warpfeld, die sich von den uns bekannten Vibrationen unterscheiden«, sagte Data. »Ein ähnliches energetisches Muster haben wir bei den Triebwerkssystemen der Borg gemessen.«

»Halten Sie es für möglich, daß die Antriebstechnik der Borg von dem Volk stammt, das den Planeten-Killer konstruiert hat?« erkundigte sich Picard.

»Ich weise nur auf gewisse Ähnlichkeiten hin«, entgegnete Data. »Wir wissen, daß die Borg jede Gelegenheit nutzen, um nützliche Technik aufzunehmen. Wenn sie auf eine überlegene Warptechnologie stießen, so haben sie bestimmt nicht gezögert, sie in ihre Struktur zu integrieren.«

»Aber die Borg fressen keine Planeten«, wandte Riker ein. »Und planetare Massen dienen unserem Freund dort draußen als Treibstoff.«

»In der Tat. Und angesichts der enorm hohen Geschwindigkeiten, die von Borg-Schiffen erreicht werden können, muß ihnen eine nahezu unerschöpfliche Energiequelle zur Verfügung stehen.«

Troi beobachtete das kolossale Gebilde auf dem Wandschirm und schüttelte den Kopf. »Unglaublich«, hauchte sie.

Picard und Riker drehten sich zu ihr um. »Counselor...?«

»Es ist...« Die Betazoidin wirkte zutiefst beeindruckt

und suchte nach geeigneten Worten. »Die davon ausgehenden Emanationen, Captain: Man könnte meinen, das Etwas sei ...«

»Lebendig?«

»Captain ...« Trois Blick wanderte zu Picard, und Kummer schimmerte in ihren Augen. »Es wird von Emotionen angetrieben.«

»Dem muß ich widersprechen«, warf Data ein. »Die Umwandlung planetarer Massen in Energie beweist eindeutig ...«

»Ich spreche nicht von physischem Treibstoff«, unterbrach Deanna den Androiden. »In der Vorrichtung wimmelt es von Emotionen. So etwas habe ich noch nie zuvor gespürt.«

»Halten Sie einen Vergleich mit Tin Man für angebracht?«

»Nein. Nein, Tin Man lebte. Dabei handelte es sich um eine biologische Entität, die ein Herz benötigte. Das Gebilde da draußen ist in erster Linie eine Maschine. Aber ihr liegt eine Technik zugrunde, die eine empathische Verbindung schafft ...«

»Eine empathische Verbindung mit wem oder was?« hakte Picard nach. Er mußte sich zwingen, nicht die Geduld zu verlieren.

Troi schüttelte erneut den Kopf. »Ich weiß es nicht. Ich höre ... zahllose Stimmen. Es ist schwer zu beschreiben ... Dort drüben gibt es eine ... Präsenz. Und sie stellte schon einmal einen Kontakt mit mir her, als ich schlief. Daran kann kein Zweifel bestehen — obwohl ich mich nicht an Einzelheiten erinnere.«

»Genug der Spekulationen«, sagte Picard. »Grußfrequenzen öffnen.«

»Grußfrequenzen offen«, polterte Worf.

»Achtung, an das fremde Raumschiff. Hier spricht Jean-Luc Picard von der *Enterprise*. Identifizieren Sie sich.«

Eine Antwort blieb aus, doch nach einigen Sekunden

meldete Data: »Das Objekt wird langsamer, Captain. Warp zwei ... Warp eins ... Rückkehr in den Normalraum.«

»Transit unterbrechen.« Picard stand langsam auf, und sein Blick klebte dabei am Wandschirm fest. Die *Enterprise* näherte sich nun dem gewaltigen Destruktionsapparat, der über mehr Energie verfügte als jedes andere bekannte Raumschiff. Jean-Luc dachte voller Respekt an die Intelligenz und das technische Wissen jenes Volkes, das den Planetenfresser gebaut hatte.

Plötzlich flackerte das Licht im Kontrollraum, und das Summen der Konsolen wurde lauter. Die Brückenoffiziere wechselten verblüffte Blicke.

»Wir werden sondiert, Captain«, knurrte Worf.

»Schilde hoch!« befahl Picard.

»Die Ortungssignale durchdringen unsere Deflektoren, Captain«, berichtete Data kurze Zeit später. »Offenbar bleiben negative Folgen für die Bordsysteme aus.«

»Unternehmen Sie nichts«, sagte Picard. »Sollen uns die Fremden ruhig sondieren ...« *Als ob wir eine Wahl hätten*, dachte er. »Mit unserer Passivität zeigen wir ihnen, daß wir nichts zu verbergen haben.«

Und dann schrie Troi.

Im Gesellschaftsraum des zehnten Vorderdecks blickte Guinan aus dem Fenster und beobachtete jenes gewaltige Objekt, das vor der *Enterprise* im All hing.

»Unglaublich«, flüsterte sie. »O Schwester ... Was hast du getan?«

Plötzlich spürte sie, wie sich Selbstsphären ausdehnten. Guinan taumelte zurück, stieß gegen einen Tisch und stützte sich darauf ab. Sie ignorierte den stechenden Schmerz im Schienbein, drehte sich um und eilte zur Tür.

Riker war sofort an Trois Seite, als sie die Augen verdrehte und aus dem Sessel rutschte. »Deanna!« entfuhr es ihm.

»Brücke an Krankenstation!« rief Picard. »Doktor Crusher, Counselor Troi hat eine Art Anfall!«

»Nein.«

Dieses Wort stammte von der Betazoidin. Sie hatte sich überraschend schnell erholt, wirkte jetzt wieder ruhig und lächelte. Ihre großen dunklen Augen glänzten, und in Trois Gesicht zeigte sich Freude, als sie Picard ansah. »Sie sind es also ...«

»Wie bitte?« Jean-Luc richtete einen verwirrten Blick auf Riker — der Erste Offizier schien ebensowenig zu verstehen wie er. »Ja, ich bin es, Counselor. Stimmt was nicht?«

»Alles ist in bester Ordnung.«

Beverly Crushers besorgte Stimme erklang aus dem Interkom. »Was passiert bei Ihnen? Soll ich hochkommen, um ...«

»Nein.« Deanna stand auf. »Es gibt keine Probleme irgendeiner Art.«

»Halten Sie sich in Bereitschaft, Doktor«, sagte Picard.

»Mit dieser Anweisung setzen Sie die arme Frau nur unnötigen Belastungen aus«, sagte Troi.

Riker runzelte die Stirn. »Ihre Stimme ... Sie sprechen jetzt mit einem anderen Akzent, Deanna. Was ist geschehen?«

»Die Stimme ...«, wiederholte Picard fast ungläubig. »Ich kenne sie ...«

Die Betazoidin wandte sich ihm zu. »Verstehen Sie jetzt? Es war sehr wichtig für mich, daß Sie als erster davon erfahren.«

Picard wankte zurück und hielt sich an der Armlehne des Kommandosessels fest, schien neue Kraft schöpfen zu müssen. Einige Sekunden lang bewegten sich seine Lippen, ohne daß er einen Ton hervorbrachte — er wirkte auf eine seltsame Art und Weise hilflos. Aber kaum jemand bemerkte etwas davon, denn die Blicke der Brückenoffiziere galten in erster Linie Troi. Beziehungsweise jenem Wesen, das nun im Körper der Betazoidin steckte.

Deanna stand mit gestrafften Schultern und schob das Kinn vor. In ihren Zügen zeigte sich nun vage Erheiterung.

»Oh, keine Sorge, Picard«, sagte sie. »Ich bleibe nicht lange. Warum ich gekommen bin? Weil ich Ihnen viel verdanke. Die Klarheit Ihrer Gedanken wies mir den Weg.«

Im Anschluß an diese Worte beugte sie sich vor und küßte den Captain.

Er war zunächst versucht, den Kuß zu erwidern, doch dann griff er nach den Schultern der Frau und schob sie energisch fort. »Dafür fehlt Ihnen die Erlaubnis von Counselor Troi. Sie mißbrauchen ihren Körper. Wer auch immer Sie sind ...«

»Sie wissen, wer ich bin.« Eine veränderte Troi hob die Brauen. »Aber wie Sie wünschen, Picard. Wahrscheinlich ist es besser so. Das Bewußtsein dieses Individuums zeichnet sich nicht durch übermäßige Stabilität aus. Wenn ich zu lange Teil davon bleibe, könnte es sich auflösen. Und das hätte keinen Sinn. Deshalb ziehe ich mich zurück.«

Eine imaginäre Marionettenschnur schien zu reißen: Deanna zuckte jäh zusammen und taumelte. Picard hielt sie mit einem Arm fest und sah sich gleichzeitig um, hielt nach dem fremden Wesen Ausschau. Troi blinzelte verwirrt.

Die Tür des Turbolifts öffnete sich, und Guinan betrat die Brücke. Angesichts der jüngsten Ereignisse hielt es kaum jemand für seltsam, daß sie im Kontrollraum der *Enterprise* erschien.

Sie blieb am Turbolift stehen, und ihre Hände ruhten auf dem gewölbten Geländer, das die rückwärtigen Stationen vom Kommandobereich trennte. Mit erstaunlich streng klingender Stimme sprach sie ein Wort, das nur ein Name sein konnte: »Delcara.«

Die Luft vor dem großen Wandschirm flimmerte kurz, und dann manifestierte sich das Geschöpf.

Und zwar ganz langsam, ein Körperteil nach dem anderen. Zuerst schwebte nur das Gesicht vor dem Projektionsfeld, und dann wurden allmählich die Konturen des Körpers sichtbar. Eine Frau. Sie schien nackt zu sein, doch dieser Eindruck täuschte: Ein Gewand materialisierte, umhüllte ihren Leib. Das lange Haar wogte, bildete eine dunkle Wolke, in der es hier und dort blitzte.

Sie entsprach ganz genau den Erinnerungsbildern Picards.

Die Brückenoffiziere beobachteten, wie sie Gestalt annahm. Sie alle waren fasziniert — mit einer Ausnahme.

»Sicherheitsalarm«, knurrte Worf. »Eindringling auf der Brücke!«

»Schon gut«, sagte Picard.

»Captain ...«

»Es ist alles in Ordnung«, sagte Jean-Luc langsam. Emotionales Chaos herrschte in ihm — er fühlte sich wieder wie jener verblüffte Starfleet-Kadett, der vor vielen Jahren mit der Vision einer Frau konfrontiert worden war. Aber er konnte es sich jetzt nicht leisten, in Erinnerungen zu schwelgen. Er mußte streng rational bleiben, um die Situation unter Kontrolle zu halten, durfte sich nicht von seinen Empfindungen ablenken lassen.

Picard holte tief Luft und zwang sich, in gewohnten Bahnen zu denken. »Wir haben nichts zu befürchten. Es gibt keinen Schatten.«

Die Offiziere sahen genauer hin. Tatsächlich: Die Erscheinung vor ihnen blieb ohne Schatten.

Riker verstand. »Ein Hologramm.«

241

Guinan setzte sich in Bewegung und trat der Frau entgegen. Delcara lächelte ätherisch. »Guinan …«, sagte sie. »Du siehst gut aus.«

»Du ebenfalls«, erwiderte die Wirtin vorsichtig. »Was machst du hier?«

»Ich plaudere mit deinem Captain. Er wollte mich sprechen, und diesen Wunsch erfülle ich ihm. Dazu fühle ich mich verpflichtet.«

»Ich möchte allein mit Ihnen reden«, sagte Picard. »Nur Sie, Guinan und ich.«

»Davon rate ich ab, Captain«, brummte Worf.

»Ich ebenfalls«, fügte Riker hinzu.

Picard bedachte sie mit einem durchdringenden Blick. »Dies ist meine Entscheidung.«

Aber eigentlich wußte er nicht, warum er sie traf. Möglicherweise deshalb, weil Delcara etwas sehr Persönliches repräsentierte, das er nicht mit den anderen Offizieren teilen wollte. Oder steckte etwas ganz anderes dahinter? Vielleicht …

Vielleicht wollte er Delcara für sich allein.

Jean-Luc sah zu Troi, die sich inzwischen wieder gefaßt und von Riker zumindest in groben Zügen erfahren hatte, was geschehen war. Deanna erwiderte seinen Blick, und in ihren Augen schimmerte Verständnis. Aus irgendeinem besonderen Grund hielt er das für sehr wichtig.

»Ja, Sir«, sagte Riker nur. Worf schwieg und schnitt eine finstere Miene — die typische Reaktion des Klingonen, wenn es jemand ablehnte, seinen Rat zu beherzigen.

»Mein Bereitschaftsraum befindet sich dort.« Picard deutete in die entsprechende Richtung.

Delcara nickte und wandte sich vom Wandschirm ab, Sie ging nicht etwa zur Tür, sondern *schwebte* eher. Der Captain war zunächst überrascht, als sich das Schott nicht vor ihr öffnete, erinnerte sich dann an die holographische Natur der Besucherin:

Wie ein Phantom glitt die Frau durch eine massive Wand.

Picard sah Guinan an. »Ich glaube, uns steht ein … interessantes Erlebnis bevor.«

»Daran zweifle ich nicht«, erwiderte Guinan, und es klang sehr ernst.

KAPITEL 14

Das Schott des Bereitschaftsraums schloß sich hinter ihnen, und Picard richtete den Blick auf die Frau aus seiner Vergangenheit. »Na schön«, sagte er. »Wie? Wie haben Sie es geschafft? Und was beabsichtigen Sie?«

»Worauf beziehen sich Ihre Fragen?« erwiderte Delcara.

»Auf alles. Die Akademie. Dieses Schiff. Alles.«

Die Besucherin sah zu Guinan und Jean-Luc, ›trat‹ dann um den Schreibtisch herum und blieb auf der anderen Seite stehen.

»Also gut«, sagte sie leise. »Guinan hat Ihnen bestimmt schon viel erzählt. Hier ist der Rest der Geschichte.

Ich fühlte mich von Ihnen angezogen, auf eine Art und Weise, die ich nicht beschreiben kann«, fuhr Delcara fort. »Ich spürte Ihr Selbst, und es schien irgendwie ... für mich bestimmt zu sein.« Sie lächelte ihr wundervolles Lächeln. »Menschen glauben, daß es für jeden irgendwo in der Galaxis einen Partner gibt, daß niemand allein sein muß. Es geht nur darum, die richtige Person zu finden. Nun, für manche Geschöpfe ist jene Dualität nicht nur eine Theorie, sondern ein greifbares Etwas, das ihren Lebensinhalt bestimmt.«

Picard schuttelte den Kopf. »Ich habe keine Ahnung, wovon Sie reden.«

»Ich weiß, was sie meint«, sagte Guinan. »Mein Volk weist eine gewisse Sensibilität dem Raum-Zeit-Kontinuum gegenüber auf — ein Instinkt, den wir weiterentwickeln, bis er zu einer bewußt einsetzbaren Fähigkeit wird. Von der Galaxis geht ein ständiges Flüstern aus, und wir verstehen es, besser zu lauschen als andere. Wir haben Delcara in dieser Technik unterwiesen. Eigentlich kann sie jeder lernen — Voraussetzung ist nur die Bereitschaft, aufmerksam zuzuhören. In diesem Zusammenhang romantisierst du zu sehr, Schwester.«

Delcara drehte sich zum Fenster um, blickte zu dem riesigen Schiff, das ihren physischen Körper enthielt. Wenn sie Guinans Worte überhaupt vernommen hatte, so reagierte sie nicht darauf. »Irgend etwas ist in mir«, murmelte sie. »Irgend etwas verbindet mich mit den Seelenlosen.«

»Meinen Sie die Borg?« fragte Picard.

Die Besucherin zuckte mit den Achseln. »Wenn sie sich heute so nennen ... Sie hatten viele Namen. Wie dem auch sei: Irgend etwas verbindet mich mit ihnen — und mit denen, die durch sie leiden. Ein großer Teil meines Lebens verstrich, bevor ich mich dieser Erkenntnis stellte. Wohin ich auch gehe ... Sie folgen mir.«

»Das ist doch lächerlich, Delcara«, sagte Guinan sanft. Sie ging am Schreibtisch vorbei und näherte sich dem Hologramm. »Gibst du dir etwa die Schuld für das, was geschehen ist?«

Delcara sah sie nicht an. »Was auch immer ich berühre — es stirbt.« In diesen Worten kam kein Selbstmitleid zum Ausdruck; es klang vielmehr nach der Feststellung einer Tatsache. Die holographische Frau streckte ihre rechte Hand aus: Fingerkuppen tasteten nach dem Tisch, glitten in ihn hinein, ohne auf Widerstand zu treffen. »Jetzt bin ich sicher. Jetzt braucht die Galaxis keine Angst mehr zu haben. Wenn ich mit den Borg fertig bin, gibt es sie nicht mehr.«

»Sie sprachen eben davon, daß Sie sich von mir angezogen fühlten«, sagte Picard. »Selbst wenn das stimmt ... Was passierte damals? Warum war niemand

245

sonst imstande, Sie zu sehen? Ich befürchtete, den Verstand zu verlieren ... Präsentierten Sie sich als Hologramm?«

»Nein. Zu jenem Zeitpunkt stand mir noch keine holographische Technik zur Verfügung. Außer Ihnen sah mich niemand, weil ich nicht gesehen werden wollte. Guinan hat Ihnen sicher meine speziellen Talente geschildert. Ich bin in der Lage, Einfluß auf das Bewußtsein zu nehmen. Ich kann ein Selbst veranlassen, den Wahrnehmungen keine Beachtung zu schenken. Sie haben mich gesehen, weil ...« Delcara zeigte erneut ein strahlendes Lächeln, und dabei entstanden dünne Falten in ihren Augenwinkeln. »Weil es einer Lüge gleichkommt, das Ich auf die eben genannte Weise zu täuschen. Mir lag nichts daran, Sie zu belügen.«

»Und jene Nacht?«

»Nun, ich habe einige Aspekte Ihres Bewußtseins stimuliert, die den Sinn fürs Dramatische beinhalten«, antwortete Delcara.

»In Ihrer Phantasie wurde die windige Nacht zu einem regelrechten Sturm.«

»Ich bin von Ihnen berührt worden.« Jean-Lucs Finger glitten zur Stirn, als hätten Delcaras Lippen dort ein sichtbares Zeichen hinterlassen. »Sie haben mich geküßt. Es fühlte sich an wie Eis.«

»Ein Fehler, den ich inzwischen sehr bedauere«, entgegnete die Besucherin kummervoll. »Ich weiß, was Ihnen später zustieß. Ein auf die Stirn gehauchter Kuß — und die Borg schicken sich an, Ihnen das Todesurteil zu bringen, Sie zu zwingen, ihre seelenlose Existenz zu teilen. Wenn ich damals auf die Stimme meines Herzens gehört hätte ...«

»Dann wäre ich heute ein Borg? Oder tot?« Picard schüttelte den Kopf. »Unsinn!«

»Der Captain hat recht«, sagte Guinan. »Schwester, die vielen Jahre der Einsamkeit, des Schmerzes und der Verzweiflung ... Sie blieben nicht ohne Folgen für dich.

Du solltest vermeiden, absurde Spekulationen mit der Wirklichkeit zu verwechseln.«

Delcara glitt durch den Tisch. »Offenbar verschließt du die Augen vor dem Offensichtlichen, Guinan. Und einen solchen Fehler lehne ich ab. Als ich die Wahrheit erkannte — als ich mir über die Art meines Schicksals klar wurde —, ergriff ich alle notwendigen Gegenmaßnahmen, um die eigene Zukunft wieder selbst zu bestimmen. Sieh nur.« Sie deutete aus dem Fenster. »Sieh dir das Ergebnis meiner Bemühungen an.«

Das gewaltige Gebilde schwebte neben der *Enterprise* im All, schien angesichts seiner geballten Vernichtungskraft in eine Aura düsterer Schönheit gehüllt zu sein. Etwas Hypnotisches haftete ihm an, und es fiel Picard schwer, den Blick davon abzuwenden. »Sie haben es entdeckt ...«

»Was ich Ihnen verdanke«, sagte Delcara. »Es dauerte Jahre, bis ich ein geeignetes Schiff fand, um die energetische Barriere am Rand der Galaxis zu passieren. Als Orientierungsgrundlage diente mir der Kurs des Planeten-Killers — ich verfolgte ihn zu seinem hypothetischen Ausgangspunkt zurück und hoffte inständig, dort eine Waffe gegen die Seelenlosen zu finden. Was ich dort entdeckte, ging weit über meine Erwartungen hinaus.«

Guinan gab der Neugier nach. »Worum handelt es sich?«

Delcara zögerte und schien sich zu bemühen, eine verständliche Antwort zu formulieren. »Lieber Picard ...«, erwiderte sie schließlich, »sind Ihrer Meinung nach der menschlichen Phantasie Grenzen gesetzt?«

»Es gibt keine«, erwiderte der Captain. »Die menschliche Vorstellungskraft hat uns bis zu den Sternen gebracht. Eines Tages wird sie uns noch viel weiter tragen.«

»Dann denken Sie an ein Raumschiff, das von Imagination und festem Willen angetrieben wird, von der alles andere beherrschenden Entschlossenheit, Rache zu nehmen.«

»Wenn ich berücksichtige, was wir bisher von dir gehört haben ...«, begann Guinan. »Mir scheint, du paßt gut zu einem solchen Schiff.«

»In der Tat«, bestätigte Delcara. »Und das gilt auch für *sie*. Das große Schiff dort draußen enthält die Herzen, Selbstsphären und Seelen eines einst großen und mächtigen Volkes. Es war in der ganzen Galaxis unterwegs, nicht nur in einem Teil davon. Mit jeder metaphorischen Faser des gemeinschaftlichen Seins glaubte es an den Frieden, an die Ausbreitung des Lebens. Ich meine ein Volk, das in Harmonie mit sich selbst und dem Universum lebte. Als es den Seelenlosen begegnete — den Borg —, versuchte es zunächst, mit ihnen zu kommunizieren, sie zu verstehen, die Borg so zu lieben wie das übrige Leben. Sie begriffen nicht, daß die Seelenlosen das Anti-Leben repräsentieren, und dieser Fehler brachte ihnen das Ende. Als sie den Kampf aufnahmen, war es bereits zu spät, aber sie kämpften trotzdem. Und einige von ihnen schufen die großen Kriegsmaschinen. Dazu gehörte auch der sogenannte Planeten-Killer: ein Modell für die noch viel größere und leistungsfähigere Version.

Doch die Borg entfalteten noch mehr Vernichtungskraft als erwartet, und nur der Prototyp wurde fertiggestellt. Man hatte ihn bereits zu einem experimentellen Einsatz gestartet, als sich die Konstrukteure der Erkenntnis stellen mußten, daß die Zeit nicht mehr ausreichte: Sie vernahmen den mentalen Todesschrei ihrer viele tausend Lichtjahre entfernten Artgenossen. Das Wissen, die letzten ihrer Art zu sein, sank wie ein Leichentuch auf sie herab, nahm ihnen die Existenz.«

»Sie starben?« fragte Picard erstaunt. »Das Volk wurde von den Borg ausgelöscht — und die Konstrukteure starben einfach?«

»Sie starben nicht auf die Weise, wie Sie glauben«,

sagte Delcara. »Sie verschmachteten, wurden immer mehr zu Schatten ohne Substanz. Die Zeit verlor an Bedeutung für sie. Vage erinnerten sie sich daran, daß der Prototyp seinen Flug fortsetzte, daß aus dem Test ein echter Einsatz wurde. Nun, dem Modell fehlte das Potential zu hohen Geschwindigkeiten. Es würde Jahrhunderte dauern, bis der Planeten-Killer das Raumgebiet der Borg erreichte — um dort die Seelenlosen zu eliminieren. Die Konstrukteure zweifelten nicht daran, daß die von ihnen geschaffene Waffe den angestrebten Erfolg erzielte. Sie waren sich des endgültigen Sieges sicher, aber sie triumphierten nicht, denn bisher hatten sie immer Leben gegeben, nicht genommen. Die zweite Version ihres Waffensystems blieb unvollständig in der riesigen Werft außerhalb der Galaxis.

Die letzten Überlebenden jenes Volkes starben ganz plötzlich und alle zusammen. Eine Art mentaler Windstoß begleitete ihren Tod, wie ein letztes telepathisches Röcheln. Und doch ... und doch ...«

Delcara unterbrach sich, und eine Zeitlang schien sie Erinnerungen nachzuhängen. »Sie konnten nicht ... vollkommen sterben«, fuhr die holographische Frau fort. »Ihr Volk war noch wundersamer, als sie selbst geglaubt hatten. Lieber Picard, unter bestimmten Umständen können die Menschen über sich selbst hinauswachsen und verblüffende Dinge vollbringen. Das gilt auch für die Konstrukteure. Ihr kollektives Bewußtsein weigerte sich zu sterben. Körper und Geist gaben sich dem Tod preis, aber die Essenz verharrte im Diesseits. Zorn brodelte in ihr, genährt von einer Ungerechtigkeit mit kosmischem Ausmaß. Sie glitt in die Maschine hinein, die von geschickten Händen und Genialität geschaffen worden war — um dort zu ›spuken‹, wie Sie es vielleicht nennen würden. Nun, die Ich-Schatten der Baumeister begaben sich in ihr eigenes Werk, und dort blieben sie.«

»Ihrer Geschichte mangelt es nicht an Elementen aus Phantastik und Fiktion«, kommentierte Picard. »Sie bie-

249

ten uns Metaphysik anstatt Wissenschaft. In diesem Zusammenhang: Eine Technik für die ›Ego-Speicherung‹
wurde vor einigen Jahrzehnten auf Camus II entdeckt.
Sie stammte von einer vor langer Zeit untergegangenen
Zivilisation.«

»Ach, tatsächlich?« entgegnete Delcara mit erzwun-
gener Geduld. »Und wer vernichtet jene Kultur? Die
Borg?«

»Vielleicht war sie eine Kolonie des Volkes, das Ihren
Planetenfresser entwickelte«, spekulierte der Captain.
»Wie dem auch sei: Die auf Camus II entdeckte Technik
diente dem psychischen Transfer. Hinzu kommt: Die
Bewohner von Arret kannten eine Methode, um ihr Ich
in speziellen Kugeln unterzubringen. Ist es nicht viel
wahrscheinlicher, daß für den ›Spuk‹ an Bord des
Raumschiffs dort draußen eine ganz normale wissenschaftliche Erklärung existiert, die ...«

»Warum bestehen Sie darauf?« Ärger ließ Delcaras
Stimme vibrieren, und in ihren Augen funkelte es. »Ich
schildere Ihnen die Wahrheit. Ich spreche von der Herr-
lichkeit des Geistes, von Gefühlen, die über den Tod
hinausgehen, und Sie möchten das alles in etwas Bana-
les verwandeln! Ich betone noch einmal: Ruhelose
Phantome warteten in dem gewaltigen Schiff ...«

»Bis du kamst«, sagte Guinan.

»Bis ich kam«, pflichtete ihr Delcara bei. Ihr Zorn verflüchtigte sich sofort wieder. »Die Geister riefen mich,
und ich hörte sie, als ich ihnen nahe genug war. Die
Pracht ihrer Schöpfung lockte mich an. Sie liebten mich,
hießen mich willkommen, sahen in mir Rettung und
Hilfe, einen Erlöser und Verbündeten. Das Schiff
brauchte jemanden, der die Konstruktion vervollstän-
digte. Dieser Aufgabe stellte ich mich. Anschließend benötigte es einen Piloten, und erneut war ich gern zu
Diensten. Während langer Jahre der Einsamkeit wuchs
in den Geistern der Wunsch, sich an den Seelenlosen zu
rächen, und durch mich wurde die Vergeltung möglich.«

»Meinst du den Wunsch der Konstrukteure — oder deinen eigenen?« fragte Guinan.

Delcara trat auf sie zu und sah ihr zum erstenmal tief in die Augen. Guinan rührte sich nicht von der Stelle, und ihre Hände blieben in den weiten Ärmeln des Gewands verborgen. Picard glaubte zu erkennen, daß sie eine defensive Haltung einnahm.

»Ab und zu gibt es Verbindungen, die sich durch eine perfekte Übereinstimmung von Bestrebungen auszeichnen, Schwester«, erwiderte die Besucherin. »Das ist bei mir und meinem Schiff der Fall. Wir sind eins. Das Schiff schützt meinen physischen Leib und bewahrt ihn vor Verletzungen. Das Schiff versetzt mich in die Lage, es den verfluchten Borg heimzuzahlen. Und damit erfülle ich den Wunsch der Geister. Verehrte Guinan, lieber Picard ... Die Seelen der Verdammten warten dort drüben auf mich — ihren Schutzengel.«

»Der Schutzengel der Verdammten hieß Satan«, entgegnete Jean-Luc leise.

»O lieber Picard ... Beziehen Sie Ihre Argumente jetzt aus der jüdisch-christlichen Mythologie?«

»Dies ist alles andere als lustig, Delcara!« sagte Guinan scharf. »Wir haben einander vertraut. Wir haben uns gegenseitig in Geheimnisse eingeweiht, die wir für immer hüten wollten. Ich dachte, du hättest deinen hoffnungslosen Haß auf die Borg inzwischen überwunden.«

»Den Haß ... überwunden? O nein, Guinan.« Es schien dunkler zu werden, während Delcara sprach. »Soll ich etwa mit dem Wissen leben, daß die Borg auch weiterhin schalten und walten können, wie es ihnen beliebt? Soll ich mich damit abfinden, daß sie mir und Millionen anderen Leid brachten? Einmal bin ich in der Lage gewesen zu vergessen, ein neues Leben zu beginnen und mir einzureden, es sei lebenswert. Doch diese Illusion wurde mir schon bald genommen. Ich begriff, daß es weder Frieden noch Harmonie geben kann, solange

251

die Seelenlosen existieren.« Neuerlicher Zorn erklang in jeder einzelnen Silbe. »*Hoffnungsloser* Haß, Guinan? Nein, er ist nicht hoffnungslos. Das dort ...« Mit einem zitternden Zeigefinger deutete Delcara aus dem Fenster. »Das dort gibt mir Hoffnung. Und Kraft. Und Macht.«

»Macht geht vor Recht?« erkundigte sich Picard.

Die Frau sah ihn an, und ihre Züge offenbarten einen Hauch Erheiterung. »Macht *ist* Recht.«

»Die Borg sind einst mächtiger gewesen. War das Recht dadurch auf ihrer Seite?«

Delcara wölbte eine Braue. »Jetzt gibt es eine größere Macht als die der Borg. Nur darauf kommt es an.«

Im Anschluß an diese Bemerkung wandte sie sich um, trat durch die Wand und verschwand im All.

Guinan stützte die Hände auf Picards Schreibtisch, beugte sich vor und erweckte den Eindruck, mit sich selbst zu ringen. Jean-Luc wollte sie stützen, doch sie schüttelte den Kopf. »Schon gut. Es ist alles in Ordnung mit mir.«

»Wir kennen uns schon seit einer ganzen Weile, Guinan. Und ich habe Sie nie zuvor so voller Unbehagen gesehen.«

Sie ließ sich auf einen Stuhl sinken, musterte den Captain mit einer Mischung aus Neugier und Bewunderung. »Unbehagen? Ja ... Ich mußte erleben, wie eine gute Freundin — eine Schwester — rationale Erklärungen ablehnte und statt dessen *was* vorzog?«

»Metaphysischen Firlefanz«, sagte Picard.

Guinan nickte langsam. »Ja. Diese Besessenheit allein würde genügen, um mir Unbehagen zu bereiten. Aber ihr steht auch noch eine Waffe zur Verfügung, mit der eine ganze Galaxis verheert werden kann. Sie hingegen ... Sie begegnen im wahrsten Sinne des Wortes der Frau Ihrer Träume — und haben nicht eine Sekunde lang die Kontrolle über sich verloren. Captain ... Sie erstaunen mich immer wieder.«

Picard blickte aus dem Fenster des Bereitschaftsraums

und beobachtete das gewaltige Raumschiff. »Manchmal überrasche ich mich selbst«, murmelte er.

Delcara kehrte in die Einheit des Schiffes zurück und spürte die Präsenz der Vielen.

»Hallo, meine Kinder«, sagte sie. »Ich hoffe, ihr habt mich nicht zu sehr vermißt.«

Wir haben dich sehr vermißt, sangen die Vielen. *Wir lieben dich, Delcara. Wir brauchen dich, Delcara. Verlaß uns nie.*

»Nun, ich kann nicht versprechen, euch *nie* zu verlassen, Kinder ...«

Sofort nach diesen Worten spürte Delcara so etwas wie leisen ... Groll: ein Splitter aus heißem Glühen neben der Kühle, die den normalen Zustand der Einheit charakterisierte. Sie fühlte sich dadurch beunruhigt. »Was ist los?«

Du liebst jemand anders. Es klang vorwurfsvoll, und in dem Gesang ließ sich eine winzige Dissonanz vernehmen.

»Es spielt keine Rolle, was ich für andere empfinde«, antwortete Delcara. »Derartige Emotionen verblassen im Vergleich zu dem, was ich in bezug auf euch und eure Mission fühle. Ich bin aus freiem Willen bereit gewesen, euch jede nur erdenkliche Hilfe zu gewähren. Stellt ihr nun meine Loyalität in Frage?«

Du hast den anderen zugehört und sogar daran gedacht, zu ihnen zurückzukehren. Zu ihm.

»Ich habe tatsächlich daran gedacht«, gestand Delcara. Sie sah keinen Sinn darin, es zu leugnen. »Doch jetzt bin ich wieder hier.«

Wenn du uns liebst, wenn dir etwas an unserer Vergeltungsmission liegt ...

»Ihr lebt nur als Entschlossenheit, die vielen Verbrechen der Seelenlosen zu bestrafen. Diese Determination teile ich voll und ganz. Aber mein Bewußtsein ist ohne jede Einschränkung lebendig, basiert auf Fleisch und

Blut. Solche ... Schwächen, wenn ihr so wollt, veranlassen mich, auch andere Möglichkeiten in Erwägung zu ziehen, gelegentlich an Alternativen verschiedener Art zu denken. Es ist eine automatische Reaktion, gewissermaßen ein Instinkt. Wenn ich Picard wiedersehe, so erwachen Reminiszenzen an die kurze Zeit, die wir gemeinsam verbrachten ...«

Hast du den Picard geliebt?

»Jetzt liebe ich niemanden mehr«, sagte Delcara. »Ich wage es nicht. Aber etwas in Picard erinnert mich an jene Männer, die ich einst liebte. Eine Brücke aus ganz besonderer Leidenschaft verbindet sie. Das Feuer des Lebens brennt in ihm, und davon fühle ich mich ebenso angezogen wie eine Motte vom Licht. Aber ich werde nicht zulassen, daß der auf mir lastende Fluch auch ihn tötet. Gegen meine Gefühle kann ich kaum etwas ausrichten, Kinder, aber ich unterliege keineswegs dem Zwang, mein Verhalten von ihnen bestimmen zu lassen.«

Wir möchten nicht, daß dich jemand anders bekommt. Du sollst allein uns gehören. Du wirst gebraucht, für die Mission der Rache, und in dieser Hinsicht kannst du auf unsere volle Unterstützung zählen. Aber das gleiche Engagement verlangen wir auch von dir. Wir sind der Wille — und du bist die Möglichkeit, den Willen durchzusetzen, ihm Geltung zu verschaffen.

»Ich weiß«, entgegnete Delcara. »Ich bleibe auch weiterhin eins mit euch. Was nicht nur eurem Wunsch entspricht, sondern auch meinem.«

So soll es sein, für immer und ewig. Der disharmonische Klang kehrte in den Gesang zurück, als die Vielen hinzufügten: *Denk nie daran, uns zu verlassen. Es verunsichert uns. Es bedroht die Vendetta, und nur darauf kommt es an — auf die Rache.*

»Es liegt mir fern, euch zu verunsichern, meine Kinder. Ich liebe euch viel zu sehr, und das wißt ihr.«

Ja, wir wissen es. Aber wir möchten es immer wieder von

*dir hören. Bleib bei uns, und wir bleiben bei dir. Bis in alle
Ewigkeit.*

Guinan war längst gegangen, doch Picard saß noch immer im Bereitschaftsraum und war so sehr in Gedanken versunken, daß er das Summen des Türmelders zunächst überhörte. Es wiederholte sich mehrmals, und schließlich hob Jean-Luc den Kopf. »Herein.«

Das Schott glitt auf, und Deanna Troi trat einen Schritt vor. »Captain ...«

Durch die offene Tür sah Picard, wie Riker und Worf verstohlen in Richtung des Bereitschaftsraums spähten. Als sie begriffen, daß der Captain ihre Blicke bemerkt hatte, wandten sie sich zu rasch um und sahen verlegen zum großen Wandschirm.

»Ja, Counselor«, sagte er und winkte. Hinter der Betazoidin schloß sich das Schott.

Deanna nahm Platz. »Ich habe Ihre Unruhe gespürt, Captain.«

»Was mich kaum überrascht, Counselor.« Picard rang sich ein Lächeln ab. »Das Erscheinen von Delcara kam einem ... Schock für mich gleich.«

»Was für eine Art von Schock meinen Sie? Empfinden Sie ihn als angenehm oder unangenehm?«

»Bisher beschränkt es sich auf einen Schock«, erwiderte der Captain. »Ich schätze, ich muß erst noch alles verarbeiten.«

»Soll das heißen, Sie wissen nicht, wie Sie in bezug auf Delcara fühlen?«

Picard wölbte die Brauen. »Kennen Sie meine Gefühle besser als ich selbst?«

»Vielleicht in diesem Fall«, sagte Deanna. »Es handelt sich um ambivalente Emotionen, und möglicherweise liegt dort die Ursache für Ihre Unruhe: Sie legen immer großen Wert darauf, Ihre eigenen Reaktionen zu kontrollieren.«

»Man bezeichnet so etwas als ›gemischte Gefühle‹,

Counselor.« Picards Lippen deuteten ein Lächeln an, doch der Ernst wich nicht aus seinen Augen. »So etwas erlebe ich nur sehr selten.«

»Praktisch nie«, bestätigte Troi.

»Praktisch nie«, wiederholte Jean-Luc. »Ich gelte als zielstrebig und unbeirrbar. Diesen Ruf möchte ich mir bewahren.«

Deanna nickte langsam. »Nun gut ... Wie fühlen Sie in Hinblick auf Delcara?«

Picard dachte darüber nach und suchte nach den richtigen Worten, um seine Empfindungen in angemessener Weise zu beschreiben. Weitere Bilder formten sich in ihm, Visionen einer fernen Vergangenheit: Sie zeigten ein Gesicht, das ihm über Jahre hinweg in den Träumen erschienen war.

»Die damaligen Ereignisse haben mich lange Zeit verwirrt«, sagte er langsam. »Es sind so ...« Jean-Luc zögerte kurz. »Es sind so bizarre Erinnerungen. Ich bin ganz und gar nicht sicher gewesen, ob die Geschehnisse jener Nacht wirklich stattfanden. Ihnen haftete etwas Romantisches an, und ich bin von Natur aus nicht besonders romantisch, Counselor. Vielleicht beunruhigte mich deshalb die Feststellung, daß es sich nicht um Imagination handelt, sondern um Realität. Ich bin mir nicht sicher, ob ich mich freuen oder enttäuscht sein soll.«

Deanna lächelte. »Der Zauber verliert seinen Glanz, wenn man feststellt, daß dabei Spiegel benutzt wurden.«

»Ja. Nun, wenn ich beschließe, Delcaras Geschichte zu glauben ... Sie zeichnet sich ebenfalls durch ›Zauber‹ oder ›Magie‹ aus. Die Besucherin erwähnt, quer durch die Galaxis von mir angelockt worden zu sein, irgendwie meine ›Präsenz‹ wahrgenommen zu haben. Die wissenschaftliche Basis für solche Dinge ist recht knapp bemessen, Counselor. Halten Sie es für möglich, daß eine geheimnisvolle Macht namens Schicksal zwei Personen miteinander verbindet?«

Troi hob und senkte die schmalen Schultern. »Ich kenne Beispiele dafür, Captain, und zwar aus eigener Erfahrung. Zum Beispiel hatte ich einen Verlobten, der Porträts von einer Frau malte, die er überhaupt nicht kannte. Und er war sehr überrascht, als sie ganz plötzlich erschien und sein Selbst mit der gleichen Intensität spürte wie er das ihre.«

Picard nickte langsam. »Ja. Ja, das hatte ich ganz vergessen. Damals habe ich an der Authentizität des Phänomens gezweifelt.«

»Ich weiß«, ließ sich Deanna vernehmen. »Sie hielten eine List meines Verlobten für wahrscheinlicher.«

»Sie wußten von meinem Argwohn?« fragte Jean-Luc überrascht. »Das haben Sie nie erwähnt.«

»Was hätte ich Ihnen sagen sollen? Sie waren und sind jemand, der in erster Linie an die Rationalität glaubt, und in jenem Fall wurden Sie mit ausgesprochen ungewöhnlichen und irrationalen Situationsaspekten konfrontiert. Sie *mußten* ein gut vorbereitetes Täuschungsmanöver vermuten.«

»Ja«, murmelte Picard. »Aber da es den Anschein hatte, daß alle beteiligten Personen aus freiem Willen agierten, und da es für meinen Verdacht keine Grundlage aus konkreten Beweisen gab ... Ich verzichtete darauf, Maßnahmen zu ergreifen. Und jetzt ...«

»Jetzt erwacht Ihre Skepsis erneut«, meinte Troi. Nach einer kurzen Pause: »Lieben Sie Delcara, Captain?«

»Ob ich sie liebe?« wiederholte Picard verblüfft.

»Ja.«

Er gestikulierte vage und hilflos. »Ich kenne sie nicht einmal.«

»Manchmal spielt das keine Rolle.«

»Für mich schon.«

»Es gibt so etwas wie Liebe auf den ersten Blick.«

»Unsinn. Eine derartige Vorstellung ist ebenso absurd wie ...«

»Wie Leben auf fernen Welten? Wie Überlichtgeschwindigkeit? Wie ein Androide, der sich wünscht, ein Mensch zu sein? Wie Gefühle, die zwei Personen miteinander verbinden, obgleich sich zwischen ihnen eine ganze Galaxis erstreckt?«

Picard lehnte sich zurück. »Sie haben den falschen Beruf gewählt«, brummte er. »Sie hätten Anwalt werden sollen.«

Deanna lächelte. »Immerhin bin ich die Counselor dieses Schiffes.«[*]

Plötzlich riß sie die Augen auf. »Sie setzt den Flug fort, Captain!«

Jean-Luc drehte den Kopf und blickte aus dem Fenster: Das riesige Schiff setzte sich in Bewegung, sauste mit einer Geschwindigkeit fort, die angesichts der enormen Masse verblüffte. Picard nahm an, daß es jetzt mit voller Impulskraft beschleunigte.

Er stand abrupt auf, als der Türmelder summte, rief ein knappes »Herein!«

Die Tür öffnete sich, und Riker stand im Zugang. Er legte die Hände auf den Rücken und wirkte sehr ernst. »Captain, der Planeten-Killer ...«

»Ist unterwegs, ich weiß«, unterbrach Picard den Ersten Offizier. »Sorgen Sie dafür, daß sofort ein Verfolgungskurs programmiert wird.«

»Etwas anderes kommt hinzu. Die Fernbereichssensoren haben einen zweiten Raumer geortet: ein Borg-Schiff, das dem Planetenfresser entgegenrast.«

---

[*] Unübersetzbares Wortspiel: ›Counselor‹ bedeutet auch ›Anwalt‹ — *Anmerkung des Übersetzers.*

KAPITEL 15

Picard betrat die Brücke und merkte sofort, wie Unsicherheit und Verwirrung von ihm wichen. Die romantischen Vorstellungen und visionären Erinnerungen seiner Jugend beunruhigten ihn, aber eine Krise brachte sofort die alte Selbstsicherheit zurück. Er verabscheute Unbestimmtes, vor allem dann, wenn dadurch seine Fähigkeit beeinträchtigt wurde, den Dienstpflichten nachzukommen.

Bei der Begegnung mit fremden Schiffen basierte Picards Gebaren nur auf der ihm angeborenen Vorsicht. Es machte keinen guten Eindruck, mit aktivierten Waffensystemen und Schutzschirmen zu erscheinen — dadurch hatte es den Anschein, als sei die *Enterprise* immer für den Kampf bereit. Was Schlußfolgerungen auf eine ausgeprägt kriegerische Natur der Besatzung zuließ. Für Picard kam der Frieden immer an erster Stelle, und das bedeutete: Er versuchte zunächst, einen Kommunikationskontakt herzustellen, mit den Fremden zu reden und dabei die Sprache der Diplomatie zu benutzen.

Allerdings ... Wenn es sich bei den Fremden um feindselige Wesen wie Ferengi oder Tholianer handelte, so ordnete Jean-Luc Alarmstufe Gelb an. Bei manchen Völkern galt es als ein Zeichen von Schwäche, wenn man sich ihnen *ohne* Deflektoren näherte. In solchen Fällen konnte der Verzicht auf unmittelbare Verteidigungsbereitschaft Reaktionen auslösen, die von Verachtung bis hin zu einem sofortigen Angriff reichten.

259

In Hinsicht auf die Borg gab es nur eine mögliche Entscheidung.

»Alarmstufe Rot«, sagte Picard.

Sofort heulten die Sirenen, und Besatzungsmitglieder eilten zu den Gefechtsstationen. Energetische Schilde umhüllten die *Enterprise*, und Akkumulatoren nahmen Energie für die Waffensysteme auf.

»Alle Sektionen melden Bereitschaft, Captain«, sagte Worf. Im Baß des Klingonen schwang Zufriedenheit, vielleicht sogar freudige Erwartung mit. Kritische Situationen gefielen ihm, forderten den klingonischen Krieger in seinem Wesen heraus. »Derzeit verfolgen wir den Planeten-Killer.«

»Wann kommen die Borg bis auf Gefechtsreichweite heran?«

Data drehte sich halb um. »In fünf Minuten und einundzwanzig Sekunden, wenn Geschwindigkeit und Kurs konstant bleiben.«

»Öffnen Sie einen Kom-Kanal zum Planetenfresser.«

»Kanal geöffnet«, brummte Worf nur eine Sekunde später.

»Delcara ...«, begann Picard. »Ein Borg-Schiff fliegt Ihnen entgegen.«

Diesmal formte sich das Hologramm nicht nach und nach, sondern präsentierte sofort eine vollständige Struktur. Praktisch von einem Augenblick zum anderen stand ein holographisches Abbild Delcaras auf der Brücke und verschränkte die Arme. Eine Aura aus würdevoller Gelassenheit umgab die Frau. »Ja, ich weiß.«

»Es ist ein sehr gefährlicher Gegner.«

»In dieser Hinsicht habe ich direkte Erfahrungen gesammelt, ebenso wie Sie, lieber Picard«, antwortete Delcara. »Mir ist klar, wozu die Seelenlosen imstande sind. Und ich kenne meine eigene Macht.«

»Dieses Wissen teilen die Borg.« Picard hatte zuvor im Kommandosessel Platz genommen, und nun erhob er sich wieder, schritt durch den Kontrollraum und blieb

260

vor der Besucherin stehen. »Welche Siege auch immer Sie errungen haben — Sie dürfen nicht davon ausgehen, daß Sie auch diesmal mühelos triumphieren. Zweifellos sind die Borg vorbereitet.«

»Wenn sie auf ein schwarzes Loch vorbereitet wären...«, erwiderte Delcara. »Dürften sie dann hoffen, jenseits des Ereignishorizonts *nicht* zermalmt zu werden? Wohl kaum. Von mir zu wissen und mit mir fertig zu werden — das sind zwei völlig verschiedene Dinge. Es mag möglich sein, daß die Seelenlosen mein Potential kennen, aber ich halte es für extrem unwahrscheinlich, daß sie vor mir geschützt sind. Lieber Picard, ich schlage vor, Sie ziehen sich zurück, damit Sie nicht zu Schaden kommen.«

»Eine *Frau*, die uns herablassend behandelt«, grollte Worf verärgert.

»Informieren Sie Starfleet von der Präsenz des Borg-Schiffes in diesem Sektor«, wies Picard den klingonischen Sicherheitsoffizier an.

Diesmal blieb es mehrere Sekunden lang still, und schließlich erwiderte Worf: »Tut mir leid, Sir, aber ich sehe mich außerstande, Ihrer Aufforderung nachzukommen.«

»Was?« Der Captain drehte sich um. »Was ist denn los?«

»Subraum-Interferenzen, vermutlich vom Planeten-Killer erzeugt. Sie begannen sofort nach dem Rendezvousmanöver. Auf die lokale Kommunikation bleiben sie weitgehend ohne Einfluß, aber der Transfer von Mitteilungen über interstellare Distanzen ist derzeit nicht möglich.«

»Die Borg sind jetzt in visueller Reichweite«, meldete Data.

»Auf den Schirm.«

Delcaras Schiff verschwand und wich einem noch unheilvolleren Anblick: Das Projektionsfeld zeigte nun einen würfelförmigen Raumer.

261

Picard sah zum Wandschirm und spürte, wie es ihm kalt über den Rücken lief. Es war ein ebenso unerwartetes wie unwillkommenes Gefühl. Er durfte sich auf keinen Fall von dem Trauma beeinflussen lassen, das er aufgrund der Behandlung durch die Borg erlitten hatte. Seine Crew verließ sich auf ihn. Jean-Luc atmete tief durch und verdrängte die grauenhaften Erinnerungen an seine Zeit als Locutus aus dem bewußten Denken, um nicht von ihnen gelähmt zu werden.

Plötzlich wurde ihm klar, daß Riker etwas gesagt hatte. Picard gab zwar nicht gern zu, unaufmerksam gewesen zu sein, aber er wollte auf keinen Fall riskieren, wichtige Informationen zu ignorieren. »Entschuldigen Sie bitte, Nummer Eins. Könnten Sie das noch einmal wiederholen?«

»Sollen wir die Separation des Diskuselements vorbereiten, Captain?« fragte Riker sofort, ohne sich etwas anmerken zu lassen.

»Dafür bleibt uns keine Zeit. Außerdem: Dem Diskussegment steht nur Impulskraft zur Verfügung, und ich möchte nicht, daß die entsprechenden Besatzungsmitglieder den Borg hilflos ausgeliefert sind.«

»Ich verstehe, Sir.«

»Noch eine Minute bis zur Gefechtsreichweite«, sagte Data.

»In Bereitschaft halten.« Picard nahm im Kommandosessel Platz und sah zum Wandschirm. Das Borg-Schiff raste heran, wurde immer größer ...

Sie glauben, uns aufhalten zu können.

Delcara lächelte. Ihre Kinder freuten sich auf die neue Gelegenheit, Vergeltung zu üben, sangen ein Lied der Aufregung. »Wir zeigen ihnen, wie sehr sie sich irren«, erwiderte sie.

Sie können uns nicht aufhalten. Niemand ist dazu in der Lage.

»Nichts und niemand. Wir sind groß. Wir sind mächtig. Wir sind die Rache. Wir sind die Witwe des Universums. Wir sind Vendetta.«

Wir sind stark und im Recht. Wir werden triumphieren.

»Ruhm pflastert unseren Weg«, fügte Delcara hinzu. »Und nun ... Schnappen wir uns die verdammten Mistkerle.«

Als die Alarmsirenen heulten, leerte sich der Gesellschaftsraum schnell. Guinan stand jetzt allein vor dem Panoramafenster und starrte ins All. Sie sah auf eine ganz persönliche Art und Weise, beobachtete den riesigen Planetenfresser, der von ihrer Schwester geflogen wurde. Jenseits davon erblickte sie den Feind. Ein erbarmungsloser Kampf stand bevor.

»Sei vorsichtig, Schwester«, flüsterte Guinan. »Bitte sei vorsichtig.«

»Die Borg setzen sich mit uns in Verbindung, Sir«, sagte Worf. Er versuchte nicht, seine Überraschung zu verbergen.

Picard strich den Uniformpulli glatt und nahm sich einige Sekunden Zeit, um psychisch-emotionale Kraft zu sammeln. Ihm stand nun eine Konfrontation mit jenen Wesen bevor, die ihn in ein willenloses Werkzeug verwandelt hatten. »Auf den Schirm«, sagte er mühsam — jede einzelne Silbe fiel ihm schwer.

Ein Borg-Soldat erschien im Projektionsfeld, und hinter ihm erstreckten sich lange Korridore, in denen es hier und dort flackerte. Als die Gestalt sprach, blieben ihre Lippen unbewegt — die Stimme schien ihren Ursprung woanders zu haben. »Übergebt euer Schiff den Borg«, lautete die schlichte Botschaft.

»Hier spricht Jean-Luc Picard, Captain der *Enterprise* ...«

»Wir sind uns deiner Identität bewußt, Locutus«, sagte der Borg kühl.

Picard erbebte innerlich. Der Name ... Er schien Sub-

263

stanz zu gewinnen, ihn zu berühren, eine neuerliche Metamorphose einzuleiten, die sein Ich in einen mentalen Kerker zwängte.

Er stand auf. Furcht und Beklemmung wichen dem Zorn über das, was man ihm angetan hatte.

»Locutus ist tot«, sagte er fest.

»Der Tod ist irrelevant«, tönte es aus dem Lautsprecher der externen Kommunikation. »Locutus ist irrelevant. Ein anderer Sprecher wird vorbereitet.«

Picard sah zu Riker, dessen Züge ähnliches Erstaunen offenbarten. »Ein anderer?« flüsterte Jean-Luc dem Ersten Offizier zu. Riker zuckte mit den Achseln, und daraufhin wandte Picard sich wieder an den Borg. »Welchen Sprecher meinen Sie?«

»Deine Fragen sind irrelevant. Wir nehmen das andere Schiff auf, und anschließend absorbieren wir die *Enterprise*. Bereitet euch darauf vor, mit den Borg eins zu werden.«

»Bereitet euch darauf vor, unsere Phaser zu kosten«, knurrte Worf so leise, daß ihn niemand hörte.

Ohne ein weiteres Wort wurde die Verbindung unterbrochen, und der Wandschirm zeigte das würfelförmige Raumschiff.

»Captain, die Borg greifen den Planeten-Killer an«, sagte Data.

»Gegenwärtige Position halten«, erwiderte Picard. Er versuchte, ruhig und beherrscht zu klingen, als er hinzufügte: »Mal sehen, wozu Delcara imstande ist.«

Der Planetenfresser drehte sich, wandte dem Würfel die rachenartige Öffnung zu.

Diesmal ließen die Borg Delcara nicht näher herankommen. Sie eröffneten sofort das Feuer und versuchten, ein Stück aus dem gewaltigen Gebilde herauszuschneiden — um es zu analysieren und im Anschluß daran jene Waffe zu absorbieren, von der ein anderes Borg-Schiff zerstört worden war.

264

Der Strahl traf den Planeten-Killer, und Delcaras Raumer schien zu erzittern, wie überrascht vom hohen energetischen Potential des Gegners. Es blieben sogar Brandspuren an der Neutroniumhülle zurück.

Schmerzen! riefen die Stimmen in Disharmonie. *Man hat uns Schmerzen zugefügt!*

»Immer mit der Ruhe, Kinder«, sagte Delcara. »Es sind keine Schmerzen in dem Sinne. Der Angriff hat nur einige Kratzer hinterlassen, mehr nicht. Die Seelenlosen können uns unmöglich bezwingen. Konzentriert euch auf mich, meine Kinder, um zu fühlen, was ich euch biete. Ich bin euer Schiff, erfüllt von Macht.«

Sie hielt die Augen geschlossen, und ein schmaler Spalt trennte ihre beiden Lippen voneinander. Die Geister des Schiffes drifteten ihr entgegen, erfüllten ihren geistig-emotionalen Kosmos. Sie wurde zum Nexus, zum Fokus. In ihr schlug das Herz eines uralten Volkes; in ihr brodelte der unermeßliche Zorn von Opfern; in ihr kochte das Verlangen nach Rache. Die Phantome waren der Wille — und Delcara repräsentierte die Möglichkeit, diesen Willen durchzusetzen. Umgekehrt verhielt es sich ebenso. Sie stellten Teile eines größeren Ganzen dar — eines größeren Ganzen, das Vendetta hieß.

Die ›Kraft‹ des Schiffes wuchs, als ein ätherisches Äquivalent von Blut durch das kolossale Gebilde wogte. Energie ballte sich zusammen, sprengte schließlich seine Fesseln und zuckte aus dem Maul.

Der Strahl traf den Borg-Raumer...

... und zerstob an einem Schutzschirm.

»Die Schilde der Borg halten stand«, meldete Worf mit unverhohlener Bewunderung.

»Die Sensoren bestätigen, daß der Strahl aus reinen Antiprotonen besteht«, meldete Data. »Bei den Borg-Deflektoren sind jetzt erste Belastungserscheinungen erkennbar.«

»Mal sehen, ob wir sie noch mehr belasten können«, sagte Picard. »Setzen Sie eine Antimateriewolke ein. Und drehen Sie anschließend sofort mit voller Impulskraft ab, Kurs vier null drei Komma acht.«

Antimaterie sauste dem würfelförmigen Raumschiff entgegen, verwandelte sich in wabernde Energie. Die Schilde der Borg flackerten und konnten das ungeheure Destruktionspotential kaum mehr fernhalten. Ein Strahl raste durchs All, tastete nach dem zweiten Gegner, aber die *Enterprise* hatte bereits das Ausweichmanöver eingeleitet und befand sich auf der anderen Seite des Borg-Raumers, feuerte dort eine volle Breitseite aus ihren Phasern ab. Die Entladungen gleißten an den Deflektoren …

»Stabilität der Schilde sinkt auf zweiundvierzig Prozent und nimmt weiter ab«, berichtete Data. »Der Angriff des Planeten-Killers reduziert die defensive Kapazität der Borg auf ein kritisches Maß.« Und nach einer kurzen Pause: »Sir, das würfelförmige Schiff nimmt Fahrt auf.«

»Die Borg *ziehen sich zurück?*« fragte Picard fassungslos. Er war ebenso verblüfft wie alle anderen auf der Brücke. Entweder vernichteten die Borg einen Gegner, oder sie schenkten ihm keine Beachtung. Sie ergriffen *nie* die Flucht.

Delcara folgte ihnen. Die Borg feuerten erneut, und diesmal konnte kein Zweifel mehr bestehen: Der Planeten-Killer erbebte. Ein Stück der Neutroniumhülle — die Substanz war so dicht, daß ein Phaser die gleiche Wirkung darauf hatte wie ein Streichholz — löste sich aus dem Rumpf und wirbelte fort. Doch das Borg-Schiff verfügte nicht über die notwendige zusätzliche Energie, um mit einem Traktorstrahl danach zu greifen.

Die Vielen schrien hinter Delcaras Stirn und liefen Gefahr, ihren Fokus zu verlieren.

»Nein!« entfuhr es der Pilotin besorgt. »Dies ist der

Wille. Dies ist der Weg. Dies ist, was vollbracht werden muß. Die Schilde der Seelenlosen stellen kein unüberwindliches Hindernis für uns dar, meine Kinder. Wir vernichten sie. Jetzt. *Jetzt!*«

»Jetzt!« befahl Picard. »Phaser und Antimaterie — Feuer!«

Die *Enterprise* griff an, als der Planeten-Killer das Borg-Schiff von der anderen Seite her unter Beschuß nahm. Die Schilde des würfelförmigen Raumers flackerten noch stärker als vorher, und ein Energiestrahl leckte nach dem Starfleet-Schiff — die Borg wollten erst den Floh erledigen, um sich dann ganz der Wespe zu widmen.

Aber der Floh ließ sich nicht verscheuchen. Die Schilde der *Enterprise* hielten, da die Borg nicht mehr ihr ganzes energetisches Potential einsetzen konnten. Kurz darauf wurde aus dem Flackern der Deflektoren eine Art Funkenregen, und eine Lanze aus Antiprotonen bohrte sich in den Würfel.

Picards Schiff entging nur um Haaresbreite einer Katastrophe. Der von Delcara fokussierte Strahl brannte sich innerhalb eines Sekundenbruchteils durch den Borg-Raumer und kam auf der anderen Seite wieder zum Vorschein, genau dort, wo sich die *Enterprise* befand. Nur ein blitzschnell von Data eingeleitetes Ausweichmanöver verhinderte, daß sich das Starfleet-Schiff in einen Haufen Schlacke verwandelte.

Die *Enterprise* wich zurück, und ihre Besatzung beobachtete, wie sich ein spinnenwebartiges Muster aus Rissen in der Hülle des Borg-Schiffes bildete. Der Würfel zitterte — er wirkte dadurch wie ein lebendes Geschöpf, das von Wut geschüttelt wurde —, und Delcaras Strahl bohrte sich noch einmal hinein.

Das Raumschiff der Borg explodierte, platzte jäh auseinander. Flammen züngelten lautlos durchs All, um schon nach wenigen Sekunden im Vakuum zu ersticken.

Trümmerstücke wirbelten in alle Richtungen davon. Einige verglühten an den Deflektoren der *Enterprise;* andere verschwanden in den Tiefen des Alls.

Die Brückenoffiziere beobachteten das Geschehen beeindruckt. Alles war ganz schnell gegangen. Vor nicht allzu langer Zeit hatten vierzig Schiffe der Föderation und verschiedene planetare Verteidigungssysteme versucht, ein einzelnes Borg-Schiff zu vernichten — vergeblich. Doch hier und jetzt genügten wenige Sekunden, um einen der gefürchteten würfelförmigen Raumer zu zerstören.

Eine gewaltige Wolke aus Staub und Trümmern hing vor der *Enterprise* im All, und plötzlich kam etwas aus ihr heraus: der von Delcara gesteuerte Planeten-Killer. Teile des Borg-Schiffes trafen die Neutroniumhülle und prallten wirkungslos daran ab.

Die riesige Vernichtungsmaschine glitt am Starfleet-Schiff vorbei und versuchte nicht, einen Kom-Kanal zu öffnen. Sie blieb stumm und setzte den Flug mit dem ursprünglichen Kurs fort — mit einem Kurs, der sie schließlich ins Zentrum des Borg-Raumes führen würde.

»Bemerkenswert«, sagte Picard.

Worf betrachtete die Anzeigen der Sensoren. »Das energetische Niveau des Planeten-Killers hat sich um acht Prozent verringert. Darüber hinaus lassen sich geringfügige externe Beschädigungen feststellen.«

»Beschädigungen einer Neutroniumhülle.« Riker zupfte an seinem Bart. »Das gibt uns einen Hinweis darauf, wozu die Borg imstande sind ...«

»Und auch darauf, was Delcaras Raumschiff auszuhalten vermag«, kommentierte Picard und hoffte dabei, daß er nicht bestürzt klang. Seine Offiziere sollten auf keinen Fall glauben, daß ihn das Ausmaß der beobachteten Macht eingeschüchtert oder gar entmutigt hatte.

»Unterdessen setzt der Planetenfresser den Flug mit

dem ursprünglichen Kursvektor fort. Seine Geschwindigkeit beträgt Warp sechs.«

Picard sah zu Riker. »Die Höchstgeschwindigkeit des Planeten-Killers, dem damals die erste *Enterprise* begegnete, schien sich auf Warp vier zu beschränken.« Der Erste Offizier nickte, und daraufhin wandte sich Jean-Luc an den Androiden. »Folgen Sie ihm, Mr. Data.«

»Abfangkurs, Sir?«

»Schließen Sie einfach nur zu Delcaras Schiff auf«, erwiderte Picard. »Aber halten Sie genug Abstand, um es uns zu ermöglichen, Starfleet Command eine Nachricht zu schicken.«

»Ja, Sir.«

Picard blickte zum Wandschirm, und seine Gedanken rasten, als er eine Entscheidung zu treffen versuchte. »Wenn wir vom gegenwärtigen Kurs ausgehen, Mr. Data ...«, sagte er nach einer Weile. »Welches Sonnensystem bildet die nächste Etappe des Planetenfressers? Die Tholianer?«

Der Androide nahm eine rasche Berechnung vor. »Ja, Sir. Er erreicht das tholianische Raumgebiet in knapp drei Tagen.«

»Übermitteln Sie den Tholianern eine Warnung«, fügte Picard hinzu. »Weisen Sie darauf hin, daß bald ein sehr gefährlicher Besucher eintrifft.«

»Externer Kom-Kontakt, Captain.«

»Delcara?«

»Nein, Sir.« Worf sah auf. »Captain Korsmo von der *Chekov*.«

Unmittelbar darauf erschien Morgan Korsmo im großen Projektionsfeld an der Wand. »Picard ...«, sagte er ohne Einleitung. »Ein Borg-Schiff ist in Ihre Richtung unterwegs.«

»Das *war* es«, entgegnete Jean-Luc. »Der Planeten-Killer hat es außer Gefecht gesetzt.«

Korsmos Pupillen weiteten sich. »Sie haben ihn also gefunden! Wir hörten von der *Repulse,* daß er hierher-

269

fliegt. Ist es Ihnen gelungen, mit dem Ding zu kommunizieren?«

»Ja. Geflogen wird der Planetenfresser von einer Frau
namens Delcara. Sie hat es sich zur Aufgabe gemacht,
die Galaxis von den Borg zu befreien.«

»Von ihren Methoden halte ich nicht viel, wohl aber
von den Zielen«, sagte Korsmo trocken. »Haben Sie die
Dame darauf hingewiesen, daß Starfleet recht besorgt
ist, was die ihr zur Verfügung stehenden Waffen betrifft?«

»Nur die eigenen Absichten spielen eine Rolle für
sie«, gab Picard zurück. »Ich schätze, es ist ihr völlig
schnuppe, was wir von ihrer Tour durch die Milchstraße
halten. Sie hat sich eine ganz bestimmte Sache in den
Kopf gesetzt, und daran hält sie unbeirrbar fest, was
auch immer geschieht.«

Korsmos Miene verfinsterte sich. »Das können wir
nicht zulassen. Wir müssen etwas unternehmen.«

»Der Ansicht bin ich ebenfalls«, pflichtete Picard dem
Captain der *Chekov* bei. »Die Frage lautet: *Was* unternehmen wir?«

»Wir zeigen Delcara, wer hier der Boß ist!« stieß Korsmo hervor.

Picard wechselte einen kurzen Blick mit Riker, bevor
er wieder zum Wandschirm blickte. »Sie hat zwei Borg-
Raumer zerstört, Captain — bei einem hatte sie ein wenig Hilfe von uns. Sie steuert ein Schiff, daß mit einem
gewissen Eigenbewußtsein ausgestattet ist und die ganze Flotte der Föderation verschlingen könnte. Anschließend hätte es sogar noch Platz für den Nachtisch. Sie
setzt Energiestrahlen aus reinen Antiprotonen ein, und
für unsere Phaser bleibt die Hülle ihres Schiffes undurchdringlich. Hinzu kommt eine Rachsucht, die tiefe
Abgründe aus Raum und Zeit überbrückt hat. Delcara
weiß genau, wer hier der Boß ist.«

Korsmo wirkte verdutzt. »Das klingt so, als hätten Sie
bereits aufgegeben.«

»Ich kenne die Stärken des Gegners und unsere eigenen Schwächen, Captain. Das hat nichts mit Aufgabe zu tun, eher mit Vorsicht.«

»Hoffentlich läßt es Ihre Vorsicht zu, daß Sie den Standpunkt Starfleets vertreten«, sagte Korsmo steif. »Nun, ich kann Ihnen natürlich keine Befehle erteilen, Picard. Aber wenn wir Kurs und Geschwindigkeit beibehalten, so wird in achtundzwanzig Stunden ein Rendezvousmanöver möglich. Ich möchte mit der Frau reden, die den Planeten-Killer kontrolliert, und Sie können mir dabei helfen, eine Kom-Verbindung zu schaffen. Falls die Dame ein Gespräch ablehnt, greife ich an.«

»Das wäre sehr unklug«, stellte Picard fest.

»Es käme Selbstmord gleich«, betonte Riker.

»Sie sollten folgendes berücksichtigen: Die Föderation und Starfleet vertreten die Ansicht, daß der Planeten-Killer nicht einfach so in der Galaxis herumzigeunern kann, um zu tun, was ihm beliebt. Immerhin bedroht er das Leben von Unschuldigen. Nun, ob Sie diese Entscheidung befürworten oder nicht, ist völlig unerheblich. Entweder bringen wir das Ding mit Worten zur Vernunft — oder mit Gewalt. Um es ganz klar auszudrücken: Wir müssen jedes Mittel nutzen, um es unschädlich zu machen. Andere Möglichkeiten stehen uns nicht offen. Und um ganz ehrlich zu sein, Picard ... Ich hätte gedacht, daß Sie mehr Mumm haben und sich nicht von irgendeiner Frau mit einem großen Schiff Angst einjagen lassen. Korsmo Ende.«

Das Bild im Projektionsfeld wechselte, zeigte wieder den Planetenfresser, der ungerührt durchs All raste und sich dem Raumgebiet der berüchtigten Tholianer näherte.

»Wundervoll«, murmelte Picard und schnitt eine Grimasse. »Einfach wundervoll.«

KAPITEL 16

Bitte um die Erlaubnis, ganz offen sprechen zu dürfen, Sir.«

Korsmo sah zu Shelby auf, und in seinen Zügen zeichnete sich vages Interesse ab. Er legte einen Bericht beiseite, setzte sich hinter dem Schreibtisch auf — eine automatische Reaktion, zu der ihn Shelby häufig veranlaßte; etwas an ihr erinnerte ihn an eine strenge Lehrerin — und antwortete: »Erlaubnis erteilt.«

»Vor einigen Stunden haben Sie mit dem Kommandanten der *Enterprise* gesprochen«, sagte Shelby. Sie stand gerade, die Füße etwa dreißig Zentimeter auseinander, die Hände auf dem Rücken. »Ich gewann dabei den Eindruck, daß Sie ziemlich schroff zu Captain Picard waren.«

»Müssen wir das noch einmal durchkauen, Commander?« brummte Korsmo. Irgend etwas in seiner Stimme vermittelte eine klare Botschaft: Zwar hatte er dem Ersten Offizier erlaubt, offen zu reden, aber er wollte trotzdem keine unwillkommenen Bemerkungen hören. »Ich respektiere Jean-Luc Picard. Darauf habe ich deutlich hingewiesen. Wollen Sie vielleicht, daß ich es mit Blut für Sie niederschreibe?«

»Wenn Captain Picard einen Angriff auf den Planeten-Killer für unklug hält, so hat er bestimmt einen guten Grund dafür«, sagte Shelby fast tonlos.

Korsmo stand langsam auf, wie eine Schlange, die sich in ihrem Korb aufrichtete. »Wenn ich einen Angriff befehle ... Sind Sie dann bereit, meine Autorität auf der

272

Brücke zu unterstützen? Oder muß ich damit rechnen, daß Sie mir in den Rücken fallen?«

In Shelbys Wangen zuckte es mehrmals. »Sie sind mein vorgesetzter Offizier, Sir. Nicht Captain Picard. Ich würde es niemals wagen, einem Vorgesetzten gegenüber aufsässig zu sein.« Sie zögerte kurz, bevor sie hinzufügte: »Ganz gleich, wie sehr ich mich provoziert fühle.«

Korsmo nickte, blieb jedoch ernst. »Es wäre gut für uns beide, wenn Sie immer daran denken. Wegtreten.«

»Sir, ich ...«

»Haben Sie nicht gehört?« zischte der Captain. »Wegtreten.«

Shelby holte tief Luft und hoffte auf eine Inspiration, um das Gespräch fortzusetzen und doch noch ihr Anliegen vorzutragen. Aber ihr fiel nichts ein, und Korsmo schenkte ihr keine Beachtung mehr, sah zum nahen Monitor.

Sie reckte den Hals, um zu erkennen, was die Aufmerksamkeit des Captains beanspruchte: Er befaßte sich mit dem allgemeinen Teil der Personalakte eines gewissen Jean-Luc Picard und schüttelte ungläubig den Kopf.

Shelby gab keinen Ton von sich, verließ den Bereitschaftsraum und kehrte auf die Brücke der *Chekov* zurück. Hinter ihr schloß sich die Tür mit einem leisen Seufzen, und die stellvertretende Kommandantin verharrte einige Sekunden lang, dachte über die Bedeutung dessen nach, was sie gerade gehört und gesehen hatte.

»Verdammt«, hauchte sie.

Im Maschinenraum der *Enterprise* drehte sich ein überraschter Geordi um, als er Picards Stimme hörte: »Wenn Sie einen Augenblick Zeit hätten, Mr. LaForge ...«

»Ja, Sir, natürlich.« Der Chefingenieur führte den Besucher zu seinem Büro, und vor der Tür trat er beiseite,

273

um Picard zuerst eintreten lassen. Dann folgte er ihm, blieb stehen und wartete.

»Die ehemalige Borg ...«, begann der Captain. »Welche Fortschritte haben Sie mit ihr erzielt?«

Geordi zuckte andeutungsweise mit den Schultern. »Nur sehr wenige«, gestand er. »Ich bin nicht einmal sicher, ob ich irgendeine Art von Einfluß auf sie entfalte. Andererseits ... Sie zeigte Interesse an meinem VISOR.« Er verzog das Gesicht. »Und sie freute sich über ihre Armprothese.«

»Kein Wunder«, sagte Picard. »Immerhin ist es eine mechanische Vorrichtung. Gerade solche Dinge könnten sie zu Reaktionen veranlassen.« Er zögerte. »Dr. Crusher hat mit ihrem Rehabilitierungsprogramm kaum Erfolg. Ich möchte, daß Sie es erneut versuchen. Verbringen Sie noch etwas mehr Zeit mit der Frau. Aufgrund des VISORs fällt es ihr bestimmt leichter, Sie zu identifizieren. Aus ähnlichen Gründen sollten Sie auf Datas Hilfe zurückgreifen.«

»Wir eignen uns, weil wir die einzigen Besatzungsmitglieder dieses Schiffes sind, die den Borg ähneln?« Geordi wußte nicht, ob ihm derartige Vorstellungen gefielen.

Offenbar spürte auch Picard so etwas wie Unbehagen. »Das wollte ich keineswegs andeuten, Lieutenant.«

»Ich weiß, Sir. Bitte entschuldigen Sie.« Geordi seufzte. Die Kuppe des Zeigefingers strich über den VISOR-Rand. »Eigentlich hätte ich mich längst daran gewöhnen müssen ... Darf ich fragen, warum Sie sich plötzlich für Reannon interessieren?«

Picard beugte sich vor. »Wenn uns eine echte Kommunikation mit ihr gelingt, wenn wir an das in ihrem Gedächtnis gespeicherte Wissen herankommen — dann haben wir Gelegenheit, mehr über die Borg herauszufinden. Ich erinnere mich an den größten Teil der Zeit, die ich bei den Fremden verbrachte, aber Reannon Bonaventure war noch länger bei ihnen, und vielleicht hat sie mehr in Erfahrung gebracht. Darüber hinaus könnte sie uns dabei helfen, bessere Beziehungen zur Pilotin des Planetenfressers herzustellen.«

»Wie denn?«

»Ich möchte ihr Gesicht dem Feind zeigen«, sagte Picard. »Delcara hält die Borg für unmenschliche, seelenlose *Dinge*. Wenn wir ihr beweisen, daß die Borg-Soldaten *Individuen* sind, einzelne Personen, deren Ich vom Kollektivbewußtsein unterjocht wird, so daß sie keine Kontrolle über sich haben ... Damit könnten wir durchaus eine Wirkung auf sie erzielen. Wir geben ihr ein Appetithäppchen fürs Nachdenken — und vielleicht möchte sie anschließend die ganze Mahlzeit.«

»Sie erhoffen sich viel.«

»Die Hoffnung sollte man nie aufgeben, Lieutenant. Wenn Sie mich nun entschuldigen würden ...« Jean-Luc Picard ging zur Tür. »Ich muß eine Konferenz vorbereiten.«

Der Planeten-Killer flog auch weiterhin mit Warp sechs, und tief in seinem Innern hörte Delcara den ungeduldigen Gesang der Vielen.

Wir möchten uns nicht mit ihnen treffen, erklang es. *Sie lenken ab, und wir müssen es vermeiden, abgelenkt zu werden. Diskussionen sind sinnlos. Um mit ihnen zu reden, müssen wir die Geschwindigkeit herabsetzen, was bedeutet: Es dauert länger, um unser Ziel zu erreichen. Wir haben so lange gewartet ...*

»Ja«, bestätigte Delcara. Sie sprach so geduldig wie mit einem Kind. »Deshalb spielt es kaum eine Rolle, noch ein wenig länger zu warten.«

Du bist nur wegen Picard dazu bereit. Du willst ihn nicht enttäuschen.

»Er hat mich darum gebeten. Und aus Respekt ihm gegenüber bin ich geneigt, ihm seinen Wunsch zu erfüllen.«

Wir hassen ihn.

»Ihr verdankt ihm viel«, erwiderte Delcara, und zum erstenmal bewirkten die Vielen einen Schatten von Zorn in ihr. »Ihr verdankt ihm eure Existenz. Er zeigte mir den Weg. Seine Überlegungen brachten mich zu euch. Die Macht seiner Persönlichkeit und die Kraft seines Schicksals führten mich zu ihm. Bei ihm fließen die Gezeiten der Vorsehung, und ich ritt auf jenen Wellen, die mich schließlich zu euch trugen. Wenn er mit uns sprechen möchte, so bin ich verpflichtet, mir Zeit für ihn zu nehmen. Ihr braucht deshalb kein Opfer darzubringen. Eure Seelen verlangen nach Gerechtigkeit — gerade ihr solltet verstehen, wann etwas gerecht ist.«

Die Vielen schwiegen einige Sekunden lang, und dann erwiderten sie mißmutig: *Wir verstehen. Sprich mit ihm.* Aber die Stimmen klangen nicht begeistert.

Geordi schritt durch den Korridor, den einen Arm um Reannons aus Fleisch und Blut bestehenden Ellenbogen gehakt.

Wie immer sah sie starr geradeaus und achtete nicht auf die anderen Besatzungsmitglieder, denen sie unterwegs begegneten. LaForge hingegen spürte die stummen Blicke der Männer und Frauen, das instinktive Bestreben, der ehemaligen Borg auszuweichen. Diese Reaktionen weckten Ärger in dem sonst immer gelassenen Chefingenieur.

»Ein tolles Raumschiff, nicht wahr, Reannon?« fragte er im Plauderton. »Es wurde erst vor vier Jahren in Dienst gestellt. Das beste Schiff in der ganzen Flotte — und das ist keine Prahlerei. Ich kann diese Behauptung mit Fakten untermauern. Möchten Sie sehen, was ich meine?«

»Sie möchte überhaupt nichts sehen.«

Die Stimme ertönte in der Nähe, und unüberhörbare Feindseligkeit vibrierte in ihr. Geordi gab sich innerlich einen Tritt, weil er nur auf Reannon geachtet und seine Umgebung weitgehend ignoriert hatte. Erst jetzt stellte er fest, wo sie sich befanden: in unmittelbarer Nähe einer Arrestzelle.

Dantar stand in dem Zimmer, und nicht nur ein Kraftfeld hinderte ihn daran, den Raum zu verlassen: Vor der Tür war ein Sicherheitswächter postiert. Der Penzatti wirkte entspannt, lehnte neben dem Zugang an der Wand und vermied es dadurch, den energetischen Schild zu aktivieren. »Sie ist nicht einmal ein lebendes Wesen, nur ein Ding und ein Mörder.«

Ein oder zwei Sekunden lang schenkte Geordi dem Gefangenen keine Beachtung, doch dann explodierte der Ärger in ihm. Er richtete den Zeigefinger auf Dantar. »Reannon ist ein Opfer, ebenso wie Sie. Diese Frau wollte nicht in eine Borg verwandelt werden. Und wenn sie wüßte, daß sie Ihre Familie umgebracht hat ... Dann würde sie zweifellos Ihren Kummer teilen.«

»Ach, tatsächlich?« Dantars Fühler zuckten kurz — eine Geste, die zusammen mit dem Gesichtsausdruck auf Sarkasmus hindeutete. »Das *glauben* Sie.«

»Ich weiß es.«

»Und wenn schon, Föderationsmann. Es ist mir völlig gleichgültig. Nur eins spielt für mich eine Rolle: Dieses *Etwas* hat meine Familie umgebracht. Und deshalb denke ich dauernd daran, sie am Hals zu packen und ganz langsam zu erwürgen.«

Geordi schüttelte den Kopf und zog am Arm seiner Begleiterin. »Kommen Sie, Reannon.«

Sie gingen durch den Korridor, und hinter ihnen schrie Dantar: »Ich kriege dich! Hast du gehört, verdammte Borg? Ich erwische dich! Den einen Arm hast du bereits verloren. Wenn ich dich Stück für Stück erledigen muß — meinetwegen. Irgendwann gelingt es mir, dich ins Jenseits zu schicken!«

Geordi hastete mit Reannon zum nächsten Turbolift. »Maschinenraum«, wies er den Computer der Transportkapsel an. »Der Maschinenraum gefällt Ihnen bestimmt.«

Stille.

»Dort gibt's jede Menge Technik. Und die nahen Wandler *wummern* leise. Es ist phantastisch.«

Keine Reaktion.

LaForge griff nach den Schultern der Frau. »Sind Sie da drin, Reannon? Antworten Sie endlich — ich weiß, daß Sie mich hören. Ein Teil von Ihnen möchte zurückkehren. Davon bin ich überzeugt. Vor einer Weile habe ich mit Counselor Troi gesprochen, und angeblich ist sie nicht in der Lage, etwas in Ihnen zu spüren. Aber ich bin ganz sicher, daß Sie existieren. Ich *weiß* es. Bitte antworten Sie.« Er nahm ihre Hand und hob sie zum VISOR. »Sehen Sie das? Sehen Sie es? Ein Apparat. Ihnen gefallen Apparate, nicht wahr? Ich werde dadurch nicht zu einem seelenlosen Etwas, und das bedeutet, auch Sie können eine *Person* sein. Kommen Sie zurück in diese Welt, Reannon.«

Nichts.

LaForge schlug mit der Faust an die Wand des Turbolifts, und kurz darauf öffnete sich die Tür.

Deanna Troi stand im Gang, der zum Maschinenraum führte. »Geordi«, sagte sie. Es klang förmlicher als sonst.

»Counselor...« Er neigte ein wenig den Kopf zur Seite. »Kann ich Ihnen irgendwie helfen?«

»Eigentlich geht es darum, ob *ich* Ihnen helfen kann.« Deanna nickte in Richtung der stummen Frau.

Geordi sah von Reannon zu Troi. »Alles in Ordnung, Counselor? Ich meine, Sie scheinen... Oh, keine Ahnung...«

»Es ist nichts weiter.« Deanna winkte ab, doch unmittelbar darauf seufzte sie. »Nein, damit mache ich mir etwas vor.«

»Möchten Sie mich in mein Büro begleiten?« fragte LaForge. »Heute ging's drunter und drüber, was?«

Zwei Minuten später befanden sich Geordi, Troi und Reannon im Büro des Chefingenieurs. Die frühere Borg kehrte ihnen den Rücken zu und blickte in den Maschinenraum.

»Vielleicht bin ich einfach nur frustriert«, sagte Troi. »Was ich nicht gern zugebe.« Sie straffte die Gestalt. »Commander Riker würde vermutlich darauf hinweisen, daß ich zu aristokratisch bin, um mich von solchen Dingen beeinflussen zu lassen.«

»Nein!« erwiderte Geordi mit gespieltem Entsetzen.

Deanna lächelte. »Doch.« Dann verblaßte das Lächeln wieder. »Ich empfinde ebenso wie Sie — auch ich bin der Ansicht, daß Reannon Hilfe braucht. Und daß ich mit meiner Empathie keinen Beweis dafür finden kann, daß jemand existiert, der die Hilfe in Anspruch nimmt ... Dieser Umstand setzt mir sehr zu. Wenn mir meine besonderen Fähigkeiten nichts nützen, fühle ich mich plötzlich ... überflüssig.«

»Ja, ich erinnere mich«, entgegnete Geordi mit deutlicher Anteilnahme. »Sie hatten erhebliche Probleme, als Sie vorübergehend Ihr empathisches Potential verloren. Wie dem auch sei, Counselor: Jene Erfahrung hätte eigentlich recht lehrreich für Sie sein sollen.«

»Oh, das stimmt«, antwortete Troi mit einem Spott, der ihr selbst galt. »Ich habe festgestellt, daß ich eine verdammte Nervensäge sein kann, wenn sich meine Empathie als nutzlos erweist.«

»Counselor!« Geordi schmunzelte. »Ihre Ausdrucksweise!«

»Man kann anderen gegenüber nur ehrlich sein, wenn man sich selbst mit Ehrlichkeit begegnet«, stellte Troi fest. »In gewisser Weise beneide ich Sie, Geordi. Um Reannon zu helfen, sind Sie mindestens ebenso qualifiziert wie ich, vielleicht sogar noch mehr. Ich habe mehrmals versucht, einen mentalen Kontakt mit ihr herzustellen, und um ganz offen zu sein: Bei mir machen sich sofort die Symptome des Enttäuschungssyndroms bemerkbar, wenn ich nicht einmal eine ganz einfache psychische Verbindung schaffen kann. Sie sind

279

nicht an derartige Beziehungen mit anderen Personen gewöhnt, und deshalb haben Sie mehr Geduld.«

»Nun, mein Vorrat an Geduld geht allmählich zur Neige«, sagte LaForge. »Ich . . .«

Ruckartig hob er den Kopf. »Wo ist Reannon?«

Troi drehte sich um — und hielt vergeblich nach der ehemaligen Borg Ausschau.

Geordi sprang auf und eilte zur Tür des Büros, gefolgt von Deanna. Draußen sah er sich rasch um und streckte die Hand aus. »Dort drüben!«

Reannon befand sich hoch über dem Bodenniveau, ging über einen Laufsteg, der zum Materie-Injektor führte. Ihren Bewegungen haftete etwas Energisches und Entschlossenes an. Fähnrich Barclay versuchte, ihr den Weg zu versperren, doch sie schob ihn mühelos mit dem mechanischen Arm beiseite.

Wenige Sekunden später bemerkte Geordi eine vertraute Gestalt hinter der Frau. »Data«, hauchte er.

Der Android schloß zu Reannon auf, die nun verharrte und einmal mehr durch den großen Maschinenraum starrte. Die vielen Treppen und Laufstege, die summenden Aggregate, das glänzende Metall — dies alles schien sie zu faszinieren.

Deanna Troi taumelte. Geordis Besorgnis galt in erster Linie Reannon, aber er reagierte aus einem Reflex heraus und trat sofort an die Seite der Betazoidin und stützte sie, damit sie nicht das Gleichgewicht verlor und fiel. »Counselor . . .«

»Mein Gott«, kam es leise von ihren Lippen. »Sie erinnert sich.«

Reannon stand hoch oben und rührte sich nicht mehr von der Stelle. Nach einer Weile begann sie zu zittern. Data näherte sich der Frau, bis ihn nur noch fünf oder sechs Meter von ihr trennten. Sie schien seine Präsenz nicht zur Kenntnis zu nehmen.

»Furcht«, sagte Troi. Es klang so, als sei sie mit den Gedanken ganz woanders. Aus großen Augen sah sie zu Reannon. »Sie wurde mit einer großen Entität konfrontiert, in der Macht und Leben pulsierte ... Etwas Gewaltiges ... Es umfaßte und umschloß sie, und daraufhin wurde sie zu einer Gefangenen, eingesperrt in ihrem eigenen Körper. O Gott ...«

Data trat noch näher an die Frau heran. »Miß Bonaventure«, sagte er ruhig und formulierte jede einzelne Silbe mit großer Präzision, »ich bin Commander Data. Wir kennen uns bereits.«

Sie drehte den Kopf, richtete den Blick auf ihn ... In ihren Augen veränderte sich etwas: Grauen glühte darin, ein unbeschreiblicher Schrecken. Sie wirkte plötzlich wie jemand, der sich in der Falle glaubte.

»Captain Picard hat mich gebeten, mit Lieutenant La-Forge zusammenzuarbeiten und ihm bei Ihrer Rehabilitation zu helfen«, sagte Data höflich. »Offenbar komme ich gerade zum richtigen Zeitpunkt. Der Aufenthalt so hoch über dem Bodenniveau bietet Ihnen kein ausreichendes Maß an Sicherheit. Bestimmt sind effizientere Formen der Interaktion zwischen uns möglich, wenn Sie mich nach unten begleiten. Wären Sie vielleicht daran interessiert, den Steptanz zu erlernen?«

Reannon wich zurück und preßte sich an die Wand, brachte keinen Ton hervor.

Der Abstand zwischen ihr und Data schrumpfte immer mehr, und der Androide streckte die Hand aus. »Miß Bonaventure, es wäre sicher besser, wenn ...«

Sie streckte blitzartig die Prothese aus, packte Data am Handgelenk und zog mit ihrer ganzen Kraft. Es knirschte, und der Arm des Androiden löste sich aus der Schulter.

Er trat erstaunt zurück und warf einen kurzen Blick auf den jetzt leeren Ärmel. »Ich bedauere diesen Zwischenfall sehr, Miß Bonaventure ...«

Die Frau schrie.

Es war ein heiserer, kehliger Schrei, der auf Worte verzichtete — ein hysterisches Heulen, das von Entsetzen kündete. Und dann griff Reannon an, schwang den Arm wie eine Keule. Data duckte sich unter dem Hieb hinweg, doch die ehemalige Borg veränderte sofort das Bewegungsmoment ihrer Waffe, riß sie nach oben und traf ihren Gegner mitten im Gesicht.

Data taumelte zurück, auf die Plattform, tastete mit einem Arm nach dem Geländer — und verlor das Gleichgewicht, weil ihm die betreffende Extremität fehlte. Er fiel, winkelte den anderen Arm an, um sich hochzustemmen ... Reannon stand über ihm, kreischte, holte aus und schlug immer wieder zu, schmetterte ihm die improvisierte Keule an Schultern und Rücken. In ihrem Fall wurde die Kraft des Wahnsinns noch von der Prothese verstärkt. Data kam halb auf die Beine, doch ein neuerlicher Hieb schleuderte ihn zum Rand des Laufstegs. Die Frau trat nach ihm, offenbar mit der Absicht, ihn in die Tiefe zu stoßen.

Ein Phaserstrahl surrte, und Reannon wankte zurück, prallte gegen die Wand. Sie stand noch immer, aber das wiedererwachte Bewußtsein war bereits betäubt, und nun sank sie langsam zu Boden, blieb reglos liegen.

Data sah nach unten und erkannte Worf. Der klingonische Sicherheitsoffizier war von Geordi verständigt worden und hielt den Strahler noch immer schußbereit. »Alles in Ordnung, Commander?« rief er.

»Mir fehlt ein Arm, aber ansonsten stelle ich keine Defekte fest«, antwortete Data. »Ich nehme an, meine Kommunikationsversuche in Hinsicht auf Miß Bonaventure blieben ohne Erfolg.«

»Unter gewissen Umständen sind Phaser das beste Kommunikationsmittel«, grollte Worf und schob seine Waffe ins Halfter.

Data kehrte zur Hauptebene des Maschinenraums zurück, und die bewußtlose Reannon wurde in Geordis Büro getragen. Worf ließ sie nicht aus den Augen, während LaForge den abgerissenen Arm des Androiden wieder an der Schulter befestigte.

»Mir scheint, wir erzielen Fortschritte, Geordi«, sagte Data.

»Fortschritte?« wiederholte der Chefingenieur. »Reannon hat versucht, Sie umzubringen.«

»Ja, das stimmt.« Data überlegte. »Vermutlich ist Ihre Perspektive für die Realität nachhaltig gestört: Sie hat mich angegriffen, weil sie einen Borg in mir sah.«

»Genau«, bestätigte Troi. »Eine so starke emotionale Reaktion kann durchaus als Fortschritt gelten.«

Geordi verzog das Gesicht. »Noch mehr ›Fortschritte‹ dieser Art, und von Data bleibt nur Schrott übrig.«

Die beiden Starfleet-Schiffe hatten ihren Kurs dem des Planetenfressers angepaßt, und alle drei Raumer flogen jetzt nur noch mit fünfundzwanzig Prozent Impulskraft — sie ›krochen‹ durchs All.

Picard und Riker standen im Transporterraum, und O'Brien bediente die Kontrollen. »Die *Chekov* meldet alles klar für den Transfer, Captain«, sagte er.

»Energie«, erwiderte Jean-Luc, straffte die Schultern und strich den Uniformpulli glatt.

Es schimmerte über der Plattform, und zwei Personen materisierten: Captain Korsmo und Commander Shelby.

»Captain, Commander ...«, begrüßte Picard die beiden Besucher. Er nickte ihnen zu. »Willkommen an Bord der *Enterprise*. Bei Ihnen ist es eine Rückkehr, Commander.«

»In gewisser Weise hat sie Ihr Schiff nie verlassen, Picard«, sagte Korsmo, trat von der Plattform herunter und streckte die Hand aus. Picard griff danach. »Shelby redet dauernd von Ihnen.«

»Das ist übertrieben«, erwiderte die stellvertretende Kommandantin der *Chekov* und lächelte. »Offenbar geht es Ihnen gut, Captain. Und Sie scheinen bestens in Form zu sein, Commander.«

Riker schmunzelte. Einst wäre er bereit gewesen, die

erste Gelegenheit zu nutzen, um Shelby eine Ohrfeige zu geben, aber jetzt freute ihn das Wiedersehen. Sie hatten zusammen eine recht gefährliche Situation überstanden, und durch diese gemeinsame Erfahrung änderte sich alles. »Und Ihnen scheint es zu bekommen, Erster Offizier zu sein.«

Korsmo ließ laut und demonstrativ die Fingerknöchel knacken. »Jetzt haben wir nicht nur die üblichen Höflichkeitsfloskeln hinter uns gebracht, sondern auch bewiesen, daß wir unsere jeweiligen Ränge kennen. Ich schlage vor, wir verlieren nicht noch mehr Zeit. Wo steckt Ihre Delcara, Picard?«

»Sie wird bald eintreffen«, entgegnete Jean-Luc. »Ich habe sie auf unseren Wunsch hingewiesen, ein Gespräch mit ihr zu führen.«

»Hat sie geantwortet?«

»Nicht direkt, aber ...«

»Zum Teufel auch, woher wollen Sie dann wissen, daß die Dame bald eintrifft?« brummte Korsmo. »Was hat dieser Unsinn zu bedeuten?«

Riker runzelte die Stirn, musterte die beiden Raumschiff-Kommandanten nacheinander und blickte dann zu Shelby. Sie verlagerte das Gewicht vom einen Bein aufs andere — Korsmos Verhalten schien ihr ebenso Unbehagen zu bereiten wie dem Ersten Offizier der *Enterprise*.

Eine leise Warnung erklang in Picards Stimme, als er erwiderte:

»Delcara ist ganz offensichtlich bereit, auf mein Anliegen einzugehen, denn immerhin hat sie den Warptransfer unterbrochen und ein Rendezvousmanöver mit uns durchgeführt. Ihr steht genug Feuerkraft zur Verfügung, um unsere beiden Schiffe mühelos zu zerstören und nur ein paar Moleküle von ihnen übrigzulassen. Nichts und niemand zwingt sie, mit uns zu reden, Morgan. Sie ist zu überhaupt nichts gezwungen, und je eher Sie begreifen, daß wir ihr gegenüber sehr vorsichtig sein müssen, desto besser für uns alle. Habe ich mich klar genug ausgedrückt?«

Korsmo wölbte eine Braue und wirkte amüsiert. »Ich glaube schon. Ich schlage vor, wie begeben uns nun zum Konferenzzimmer.«

Picard ging los, und Korsmo achtete darauf, mit ihm Schritt zu halten, nicht von seiner Seite zu weichen. Die beiden Ersten Offiziere zögerten und warteten, bis ihre Vorgesetzten hinter einer Korridorecke verschwanden.

»Was ist los mit ihm?« fragte Riker ohne Einleitung.

Shelby spielte zunächst mit dem Gedanken, Korsmo in Schutz zu nehmen, sein Gebaren zu verteidigen, doch dann beschloß sie, die Wahrheit zu sagen. »Er ist eifersüchtig auf Picard.«

»Eifersüchtig?«

»Offenbar waren sie Rivalen während ihrer Zeit an der Akademie«, erklärte Shelby. Sie sprach leise, als fürchtete sie, Korsmo konnte sie hören. »Er beneidet Picard um seinen Ruf bei Starfleet.«

»Korsmo hat beeindruckende Erfolge erzielt«, sagte Riker verwirrt. »Er wurde mehrmals ausgezeichnet und hat das Kommando der *Chekov* bekommen, die wohl kaum ein halb verrosteter Frachter ist.«

»Aber man kann sie nicht mit der *Enterprise* vergleichen«, erwiderte Shelby — ein Hinweis, der Riker zu einem bestätigenden Nicken veranlaßte. »Und er ist nicht Captain Picard. Als es zu der großen Konfrontation bei Wolf 359 kam, konnte die *Chekov* den Ort der Auseinandersetzung nicht schnell genug erreichen. Captain Korsmo glaubt vermutlich, daß er in der Lage gewesen wäre, bei dem Kampf gegen die Borg einen wichtigen — vielleicht sogar einen entscheidenden — Beitrag zu leisten.«

»Indem er die Anzahl der zerstörten Schiffe von vierzig auf einundvierzig erhöht hätte.«

»Ja, das stimmt vermutlich«, räumte Shelby ein. »Wie dem auch sei: Er ist davon überzeugt, daß er eine große

285

Chance versäumte. Und es ärgert ihn, daß ausgerechnet ...«

»Daß ausgerechnet Picard eine Lösung für das Problem fand. Glauben Sie, es mangelt Captain Korsmo an Kompetenz?«

»Ganz und gar nicht. Er ist nur blind, wenn es um Captain Picard geht. Nun, wir alle haben unsere Schwächen. Zum Beispiel kenne ich einen Offizier, der einfach nicht begreifen will, daß er Captain eines anderen Schiffes werden sollte, um seine berufliche Laufbahn voranzubringen.«

»Abgesehen von seiner Unfähigkeit, diese Erkenntnis zu teilen, ist er ein guter Erster Offizier.«

»Sogar ein ausgezeichneter.« Shelby lächelte — und durch das Lächeln wurde sie noch weitaus attraktiver. »Darüber hinaus schreckt er nicht davor zurück, schwierige Entscheidungen zu treffen.«

Ein ganzes Stück vor Riker und Shelby gingen die beiden Kommandanten Seite an Seite und schwiegen, bis Picard schließlich sagte: »Es freut mich, Sie wiederzusehen, Morgan. Nach dieser Sache spendiere ich Ihnen einen Drink im Gesellschaftsraum, und dann sprechen wir über die alten Zeiten.«

»Über die alten Zeiten?« Korsmo lachte kurz. »Ich habe Ihnen damals ganz schön zugesetzt, Picard. Bestimmt wünschten Sie mich ziemlich oft zum Teufel. Wollen Sie im Ernst behaupten, daß Sie jetzt so etwas wie Nostalgie empfinden?«

Picard zuckte mit den Schultern. »Sie übertreiben.«

»Ganz und gar nicht. In gewisser Weise verdanken Sie Ihre erfolgreiche Karriere mir.«

Jean-Luc musterte ihn überrascht. »Tatsächlich?«

»Ja. Meine ständigen Sticheleien führten dazu, daß Sie sich alles abverlangten.«

»Eine faszinierende Perspektive in Hinsicht auf unsere Zeit an der Akademie«, kommentierte Picard.

»Es stimmt. Ich habe Sie immer wieder an ihre Grenzen erinnert, und das stimulierte Sie dazu, über sich selbst hinauszuwachsen.«

Jean-Luc hielt diese Behauptung für den größten Unsinn, den er je gehört hatte. Doch aus irgendeinem Grund ahnte er, daß mehr dahintersteckte als nur ein Scherz. Korsmos Worte schienen eine tiefe Überzeugung zum Ausdruck zu bringen, und Picard hielt diesen Zeitpunkt nicht für geeignet, um den anderen Captain auf seinen Irrtum hinzuweisen.

»Vielen Dank, Morgan«, sagte er schlicht und wechselte das Thema, als sie den Turbolift betraten. »Was wollen Sie der Pilotin des Planeten-Killers mitteilen?«

»Ich werde ihr den Standpunkt Starfleets verdeutlichen. Und ich erwarte von Ihnen, daß Sie ihn teilen. Denken Sie daran, daß ich hier der Senior-Offizier bin.«

»Der Senior-Off ...«

»Ich bin vor Ihnen zum Captain befördert worden«, betonte Korsmo. »Wußten Sie das nicht?«

»Zwei Wochen vor mir«, sagte Picard und versuchte, nicht spöttisch zu klingen.

»*Vor* Ihnen — nur darauf kommt es an. Der Zeitraum spielt keine Rolle.«

»Wie Sie meinen.« Picard seufzte, und dann sagte er plötzlich: »Halt.«

Die Transportkapsel des Turbolifts verharrte, und Jean-Luc wandte sich dem überraschten Korsmo zu.

»Wir haben es mit einer Frau zu tun, die von etwas besessen ist«, sagte er, bevor sein Begleiter eine Frage stellen konnte. »Sie scheinen von der Annahme auszugehen, daß allein die Präsenz unserer beiden Raumschiffe genügt, um die Frau einzuschüchtern. Wenn das der Fall ist, so haben Sie die gegenwärtige Situation falsch beurteilt. Delcara hat die Macht, ihren Willen durchzusetzen. Ich bezweifle, daß wir in der Lage sind, sie aufzuhalten.«

»Zum Teufel auch, wir *werden* sie aufhalten«, knurrte Korsmo.

»Vielleicht hört sie nicht auf uns.«

»Bestimmt ist sie bereit, uns zuzuhören, wenn sie unsere Phaser und Photonentorpedos zu spüren bekommt. Außerdem: Wir haben ihr Schiff sondiert. Eine bestimmte Stelle der Neutroniumhülle ist beschädigt. Wenn wir den betreffenden Bereich aufs Korn nehmen, können wir vielleicht weitere Schäden verursachen.«

»Ich möchte vermeiden, daß ihr etwas zustößt.«

»Jetzt hören Sie mal, Picard ...«

Jean-Luc hob den Zeigefinger dicht vor Korsmos Gesicht und sagte scharf: »*Ich möchte nicht, daß ihr etwas zustößt.*«

Der *Chekov*-Kommandant starrte Picard verblüfft an. »Sind Sie übergeschnappt? Was bedeutet Ihnen die Frau?«

»Sie ist ein Opfer. Ein Opfer, das bereits genug gelitten hat. Ich möchte ihr weiteres Leid ersparen. Verstanden?«

Korsmo begann zu lachen, unterbrach sich jedoch sofort, als er das Blitzen in Picards Augen sah. Daraufhin verfinsterte sich sein Gesicht. »Ich muß meine Pflicht erfüllen, *Captain*. Und das gilt auch für Sie.«

Einige Sekunden lang starrten sich die beiden Männer an, und dann sagte Jean-Luc abrupt: »Konferenzraum.« Sofort setzte sich die Transportkapsel wieder in Bewegung.

Deanna Troi und Guinan warteten im Besprechungszimmer, als Picard und Korsmo hereinkamen. Morgan erkannte die Betazoidin als Bordcounselor, doch er wußte nicht, was er von der zweiten Frau halten sollte. Picard stellte sie vor.

»Wenn Sie mir eine neugierige Frage gestatten, Captain ...«, brummte Korsmo. »Warum halten Sie die Präsenz eines Barkeepers für erforderlich?«

»Ich bin Wirtin und Gastgeberin«, erwiderte Guinan höflich. »Eine langjährige ... Beziehung verbindet mich mit der Pilotin des Planetenfressers.«

288

»Darf ich fragen, um was für eine Art von Beziehung es sich handelt?«

»Sie ist persönlicher Natur.«

Korsmo drehte sich verblüfft zu Picard um und wollte allem Anschein nach gegen den Umstand protestieren, daß wichtige Informationen zurückgehalten wurden, noch dazu von einem einfachen Besatzungsmitglied, das bei einer Einsatzbesprechung dieser Art eigentlich gar nichts zu suchen hatte. Aber Jean-Lucs eisiger Blick hielt ihn davon ab, irgendwelche Einwände zu erheben.

Picard wandte sich an Troi. »Wie geht es Miß Bonaventure? Wie ich hörte, kam es zu einem Zwischenfall im Maschinenraum.«

»Sie ruht jetzt«, erwiderte Deanna. »Man hat sie in einem normalen Quartier untergebracht. In der Krankenstation herrscht eine zu angespannte Atmosphäre.«

»Eine angespannte Atmosphäre? In der Krankenstation?« Korsmo sah zu Jean-Luc.

»Dort werden einige Penzatti behandelt, die Miß Bonaventure mit ausgeprägter Feindseligkeit begegnen. Sie ist eine ehemalige Borg-Soldatin, die wir vom Kollektivbewußtsein separieren konnten.«

Korsmo rieb sich das Kinn. »An Bord dieses Schiffes wird's nie langweilig, oder? Der reinste Zoo.«

»Wir haben hier eine recht stimulierende Arbeitsumgebung«, erwiderte Picard. »Nun, es wäre angebracht, einen Sicherheitswächter vor Miß Bonaventures Kabine zu postieren ...«

»Lieutenant Worf hat bereits eine entsprechende Anweisung erteilt«, sagte Troi, woraufhin Jean-Luc zufrieden nickte.

Das Schott glitt mit einem leisen Zischen auf, und Shelby kam herein, begleitet von Riker. Picard bedachte seinen Stellvertreter mit einem tadelnden Blick. »Sie haben sich Zeit gelassen, Nummer Eins.«

»Ein kleiner Umweg, Sir.«

»Ich verstehe.«

Kurz darauf traf auch Geordi LaForge ein. Picard begrüßte ihn mit einem wortlosen Nicken.

Korsmo wanderte unruhig durchs Konferenzzimmer. »Wo steckt die Frau? Wir sind alle hier. Wo bleibt sie?«

»Sie wird kommen«, sagte Guinan.

»Oh, wunderbar«, entgegnete Korsmo. »Ihre *Wirtin* garantiert uns, daß wir uns nicht mehr lange in Geduld fassen müssen.«

»Captain ...«, warnte Picard.

»Und was hat es mit ihrem Schiff auf sich?« fuhr Korsmo ungerührt fort. »Besteht die Besatzung nur aus ihr? Was treibt den Raumer an?«

»Der Haß von Geistern«, meinte Jean-Luc. »So drückte sich Delcara aus. Sie sprach von Phantomen, die auf sie warteten, um ihrem Zorn einen Fokus zu geben und den Planeten-Killer in einen Boten der Rache zu verwandeln. Nun, Mr. LaForge hat Analysen vorgenommen, um Daten für weniger metaphysische Erklärungen zu finden.«

»Unsere Sondierungssignale konnten wenigstens einige jener Interferenzen durchdringen, die von Abschirmfeldern und der Neutroniumhülle geschaffen werden.« Geordi trat zum Computerschirm, und auf seine Anweisung hin erschien dort ein Diagramm. »Mit Datas Hilfe habe ich Korrelationen durchgeführt, die andere Völker betreffen, bei denen eine vergleichbare Technik entwickelt wurde. Berücksichtigt wurden auch die Auskünfte, die Captain Picard von Delcara erhielt.«

Der Planetenfresser erschien nun auf dem Schirm, und LaForge deutete auf die Dorne. »Diese Vorrichtungen treiben das Schiff an. Sie krümmen den Raum wie die Aggregate der bei uns gebräuchlichen Warpgondeln, allerdings auf eine andere Weise. Wir haben Fluktuationen festgestellt, die sich von denen in unseren Warpfeldern unterscheiden. Nun, wir brauchen mindestens eine Woche, um die Struktur zu analysieren, doch eins steht schon jetzt fest: Mit unseren gegenwärtigen technischen Möglichkeiten sind wir nicht in der Lage, eine solche Antriebsmethode zu nutzen. Sie scheint sich jedoch durch ein großes Potential auszuzeichnen, insbesondere in Hinsicht auf eine bessere Treibstoff-Effizienz.«

»Sie meinen Treibstoff in Form von Planeten«, stellte Korsmo fest. »Davon stammt die Betriebsenergie. Der Unsinn in bezug auf Geister...«

»Dazu komme ich gleich«, unterbrach Geordi den Kommandanten der *Chekov*. »Auf Orin IV gab es eine intelligente Spezies, und ihre Technik konnte Dinge bewerkstelligen, die angeblich an Bord des Planeten-Killers existieren. Doch in jenem Fall handelt es sich keineswegs um irgendeinen Hokuspokus.«

»Orin IV«, murmelte Picard. »Eine Welt, die vor etwa fünfzig Jahren besiedelt wurde, nicht wahr?«

»Ja, Captain. Und die Kolonisten machten eine höchst interessante archäologische Entdeckung: Sie fanden ein außerordentlich komplexes Computersystem, das nach wie vor funktionierte und von einem uralten Volk geschaffen wurde, vielleicht von den sogenannten Bewahrern. Irgendwann blieb der Computer sich selbst überlassen. Er besitzt eine kristalline Struktur und ist etwa so groß wie ein mittlerer Berg. Darüber hinaus enthält er ein miteinander verwobenes Netzwerk aus individuellen Speichertaschen.

Es läuft auf folgendes hinaus: Wenn Angehörige jenes Volkes starben, wurden die Engramme ihrer Selbstsphären — oder gar das ganze Bewußtsein — in den Kristall übertragen. Dort boten sie Wissen und Informationen an, die von einem geeigneten Operator abgerufen werden konnten.«

»Auf welche Weise?«

»Durch eine Art zentrale Hauptplatine«, antwortete LaForge. »Darin bestand das eigentliche Problem. Und gleichzeitig ist es der Hauptunterschied zwischen dem speziellen Computer auf Orin IV und den Borg. Die

Borg bilden ein Kollektivbewußtsein. Auf Orin IV hingegen existieren Hunderttausende von einzelnen Erinnerungsbereichen — Dateien, wenn Sie so wollen. Der Zugriff auf sie erfordert ein zentrales Ich, das die gleiche Funktion ausübt wie ein regelnder Prozessor. Nun, das zentrale Ich muß ein lebendes Individuum sein — und unglaublich stark. Zu den Kolonisten von Orin IV gehörte auch ein Betazoide, und er versuchte mit seinen empathischen Fähigkeiten, eine Verbindung zum kristallenen Computer zu schaffen. Die überwältigende Datenflut brachte ihn um den Verstand. Er wurde mit zahllosen Ich-Komponenten gleichzeitig konfrontiert, und damit konnte er einfach nicht fertig werden. Als man einen vulkanischen Spezialisten holte, war es bereits zu spät: Der fehlgeschlagene Zugriffsversuch hatte alle Erinnerungskomponenten gelöscht.«

»Mit anderen Worten ...«, sagte Picard langsam. »Vielleicht haben die Konstrukteure des Planetenfressers ihre Selbstsphären in spezielle Speichervorrichtungen an Bord des Schiffes transferiert. Aber sie benötigten ein fremdes Bewußtsein, das stark genug ist, um alle individuellen Impulse zu erfassen, sie miteinander zu vereinen und auf ein gemeinsames Ziel zu fokussieren.«

»Sie brauchen ein Bewußtsein, das über genug mentale Energie verfügt, um sie zu strukturieren und den Funktionskomplex des riesigen Schiffes zu kontrollieren«, pflichtete Geordi dem Captain bei. »Ohne einen derartigen externen Faktor bleiben die Ich-Einheiten nur Datenfragmente ohne einheitliche Struktur, ohne Sinn und Bedeutung. Erst durch das Steuerungsselbst ist der Planeten-Killer mehr als nur eine Vernichtungsmaschine, die ihrer programmierten Aufgabe gerecht wird.

Das zentrale Ich steuert unter anderem den Vorgang der Treibstoffaufnahme, damit es den Antriebs- und Waffensystemen nie an Energie mangelt. Die stachelartigen Gebilde dort ...« — Geordi deutete auf den Bildschirm — ». . . dienen nicht nur dazu, Warpfelder für den überlichtschnellen Flug zu schaffen. Sie können auch den Zweck von Entlademodulen für Energiestrahlen erfüllen, was den Planeten-Killer in die Lage versetzt, sich gleichzeitig nach allen Seiten hin zu verteidigen. Dadurch wird er zu einem sehr schwierigen Gegner.«

Korsmo näherte sich dem Chefingenieur, um auf irgend etwas hinzuweisen — und schritt durch Delcara.

Er sprang erschrocken zurück, als sich die holographische Frau drehte und einen spöttischen Blick auf ihn richtete. Dann sah sie zu Geordi. »So viele Erklärungen«, sagte sie. »So viel Mühe, um die göttliche Gerechtigkeit und das Wunder meiner Mission in etwas Gewöhnliches zu verwandeln. ›Hauptplatine‹, ›Erinnerungskomponente‹ und so weiter . . . Solche Bezeichnungen kann nur jemand benutzen, der nicht versteht, was Haß und Vergeltung bedeuten. Es sind Worte, wie sie den Borg zustehen. Hüten Sie sich davor, nach und nach die Identität des Feindes zu übernehmen. Halten Sie die Blindheit der Augen von Ihrem Intellekt fern.« Und zu Picard: »Ich habe Ihren Wunsch nach einem Gespräch zur Kenntnis genommen und bin hier.« Delcara breitete die Arme aus. »Was möchten Sie mit mir besprechen?«

Picard betrachtete das Hologramm aufmerksam. Irgend etwas schien sich verändert zu haben: Die Frau wirkte nun älter. Ein Teil ihres ›Glanzes‹ war verblaßt, und dünne Falten zeigten sich im Gesicht. Zuvor hatte das Haar den Anschein erweckt, in einer immerwährenden Brise zu wehen, doch jetzt bewegte es sich kaum noch, und die Augen erschienen trüber. Jean-Luc blickte zu Guinan und Troi — auch sie bemerkten den Wandel.

Doch damit durfte er sich jetzt nicht befassen, ebensowenig wie mit Delcaras sturer Entschlossenheit, das Irrationale dem Rationalen vorzuziehen. Picard beschloß, sofort zur Sache zu kommen. »Delcara . . .«, sagte er in einem förmlichen Tonfall. »Das ist Captain Morgan Korsmo. Wir beide sind als offizielle Repräsentanten Starfleets hier.«

»Tatsächlich, lieber Picard?« Sie schien amüsiert zu sein, doch Jean-Luc glaubte, in ihrem Lächeln auch Müdigkeit und Erschöpfung zu erkennen. »Und was möchte Starfleet mit mir diskutieren, Captain Morgan Korsmo?« Sie setzte einen Fuß vor den anderen, schritt geradewegs in den Konferenztisch hinein. Dort verharrte sie, und nur ihr Oberkörper war sichtbar — der Rest blieb unter dem Tisch verborgen. Dadurch bot sie einen sehr beunruhigenden Anblick, sah aus wie eine lebende Statue.

Korsmo räusperte sich. »Captain Picard und ich ...«, begann er. »Wir sind wegen Ihrer Absichten besorgt.«

»Meine Absicht besteht darin, den gefährlichsten Feind des Lebens in dieser Galaxis zu eliminieren«, betonte Delcara und hob skeptisch die Braue. »Haben Sie etwas dagegen?«

»Unsere Besorgnis gilt dem Umstand, daß Sie beträchtliche Teile der Föderation verheeren«, sagte Korsmo. »Ihr Raumschiff verwendet Planeten als Treibstoff. Es gibt mehrere Völker, denen es ganz und gar nicht gefallen wird, wenn Sie Teile ihrer Sonnensysteme verschlingen.«

»Bei den Menschen gibt es ein Sprichwort: Wo gehobelt wird, da fallen Späne.«

»Hier geht es um mehr als nur einige Späne, Delcara«, warf Picard ein. »Sie sprechen von der größten Zerstörung, die unsere Galaxis je erlebt hat. Nicht einmal die ganze Flotte der Borg wäre in der Lage, ein solches Chaos anzurichten.«

»O lieber Picard, so etwas kann nur jemand behaupten, der nicht weiß, was es mit einer Borg-Invasion auf sich hat.«

»Wir haben einige Konfrontationen hinter uns.«

»Einige Konfrontationen mit was?« fragte Delcara,

und ihre Stimme klang nun scharf. »Mit einem einzelnen Borg-Raumer. Mit einem Schiff, das eine ganze Flotte besiegte und Tausenden den Tod brachte — bevor es Ihnen mit viel Glück gelang, die Gefahr zu bannen. Nein, Sie haben keine Vorstellung von der wahren Macht der Borg. Im Vergleich zu ihnen spielen meine geringfügigen Bedürfnisse überhaupt keine Rolle.«

»Ihre ›geringfügigen Bedürfnisse‹ rufen Dutzende von Völkern auf den Plan!« erwiderte Korsmo. »Und Starfleet wird bei diesem Krieg die Führung übernehmen! Wir können nicht zulassen, daß sie mehrere Quadranten mit einem Raumschiff durchqueren, das so enorme Vernichtungskraft freisetzen kann — mit einem Schiff, das seine Betriebsenergie aus Planeten gewinnt!«

»Sie sprechen von einer Vorrichtung, die Ihnen allen Rettung bringt«, sagte Delcara.

»Ist dir nicht klar, welche unmittelbaren Konsequenzen deine Mission mit sich bringt?« fragte Guinan. »Selbst mit hoher Warpgeschwindigkeit brauchst du Jahre, um den Borg-Raum zu erreichen. Und während dieser Jahre hinterläßt dein Schiff eine Schneise der Zerstörung in den bewohnten Sektoren. Es ist reinster Wahnsinn — das mußt du doch einsehen.«

»Wahnsinn ist es, über den Verlust einiger weniger Leben zu jammern, während die Borg ganze Völker auslöschen! Ich werde versuchen, besiedelten Welten auszuweichen, aber mein Schiff braucht gewisse Dinge, trotz der verbesserten Materie-Energie-Konversion. Es hat Bedürfnisse, die erfüllt werden müssen. Wenn es neuen Treibstoff benötigt, so werde ich ihn beschaffen. Und falls dieser Vorgang intelligenten Wesen das Leben kostet, so werde ich den Tod der betreffenden Personen betrauern. Aber er läßt sich nicht vermeiden. Wenn jemand versucht, mich mit Gewalt aufzuhalten, so reagiere ich mit noch mehr Gewalt. Es bereitet mir gewiß kein Vergnügen, Tod zu bringen, ganz im Gegenteil. Aber die Seelen der Toten erkennen sicher die Notwendigkeit meines Handelns. Anteilnahme und das Versprechen, möglichst viel Rücksicht zu nehmen ... So etwas können Sie wohl kaum von den Borg erwarten.«

»Es genügt nicht, daß Sie versprechen, vorsichtig zu sein«, sagte Picard. Er beugte sich zu dem Hologramm vor. »Um nur ein Beispiel zu nennen: In einem halben Tag erreichen Sie das tholianische Raumgebiet. Bestimmt fühlen sich die Tholianer allein von Ihrer Präsenz herausgefordert. Sie müssen mit einem Angriff rechnen.«

»Mein Vater war der einzige Überlebende eines tholianischen Überfalls von fünfzehn Jahren«, fügte Riker hinzu. »Die Tholianer sind unerbittliche Gegner.«

»Ich kann ihnen wahre Unerbittlichkeit zeigen!« zischte Delcara. Ein Schatten fiel auf ihre Züge. »Sie können mich nicht aufhalten. *Niemand* kann mich aufhalten.«

»Aber Jahre der Zerstörung ...«, begann Guinan.

»Was sind Jahre für mich? Ich habe die ganze Zeit des Universums.«

»Delcara, Sie lassen keinen Zweifel daran, daß Sie Ihr Schiff für destruktive Zwecke einsetzen wollen«, sagte Korsmo. Die holographische Frau wandte sich von ihm ab, und er trat um den Tisch herum. »Starfleet kann das nicht zulassen. Ich befehle Ihnen hiermit ...«

»Captain«, warnte Picard einmal mehr.

Korsmo ignorierte ihn, richtete einen vor Zorn zitternden Zeigefinger auf Delcara und sprach noch lauter. »Ich befehle Ihnen hiermit, Ihr Schiff mir oder Captain Picard als autorisierte Repräsentanten Starfleets zu übergeben. Wenn Sie sich weigern zu gehorchen, sehen wir uns gezwungen, unmittelbare Maßnahmen gegen Sie einzuleiten.«

Die Frau sah ihn an, und in ihren dunklen Augen gleißte es. »Sie aufgeblasener, armseliger und völlig unwichtiger Narr!«

»Delcara ...« Guinan versuchte, ihre Gedankenschwester zu beruhigen. Deanna Troi erbebte am ganzen Leib, als ihr intensive Emotionen entgegenfluteten.

»Wissen Sie eigentlich, was Sie da reden?« fauchte das Hologramm. »Ist Ihnen überhaupt klar, wem Sie ›Befehle‹ erteilen wollen? Ich bin Ihre einzige Rettung! Sie sollten vor mir auf die Knie sinken und den Göttern dafür danken, daß sie mich zu Ihnen geschickt haben. Ohne mich hätten Sie nicht die geringste Überlebenschance! Oder glauben Sie etwa, die Borg würden Sie einfach vergessen? Geben Sie sich vielleicht der Illusion hin, daß die Seelenlosen nach ihrer Niederlage nicht noch einmal angreifen?« Delcara schritt durch das Konferenzzimmer, marschierte wie ein Geist durch alle Hindernisse. »Narren!« wiederholte sie. »Die Borg geben *nie* auf. Sie werden zurückkehren. Sie kehren solange zurück, bis sie den Sieg erringen. Sie führen einen Angriff nach dem anderen, bis ihre Gegner entweder tot oder absorbiert sind. Sie kennen kein Erbarmen, denn ihnen fehlen Herz und Seele. Menschlichkeit ist ihnen fremd. Sie töten nur. Ja, sie töten und töten und töten. Möchten Sie mich deshalb daran hindern, sie auszulöschen? Weil Sie Wert auf das Privileg legen, von seelenlosen Geschöpfen ins Jenseits geschickt zu werden? Ich lasse es nicht zu!« Delcara versuchte, mit der Faust auf den Tisch zu schlagen, aber es blieb alles still, und die Finger durchdrangen den Kunststoff. »Ich werde Sie retten, ob Sie wollen oder nicht. Ob Sie verstehen oder nicht.«

»Sie sind verrückt!« entfuhr es Korsmo. »Verrückt und schwachsinnig ...«

Guinan warf die Arme hoch. »Oh, wundervoll. So spricht ein wahrer Diplomat.«

Korsmo wirbelte herum und sah zu Picard. »Erlauben Sie Ihrer Wirtin, so mit mir zu reden?«

»Seien Sie still, Morgan!« donnerte Picard, und der *Chekov*-Kommandant war so verwirrt, daß er tatsächlich schwieg und einen Schritt zurückwich.

Und Delcara lachte mit dunkler, unheilvoller Stimme.

»Vielleicht hat er recht«, sagte sie leise. »Vielleicht bin ich wirklich schwachsinnig. Aber Schwachsinn ist immer noch besser als völlige Hirnlosigkeit wie bei Ihnen, Korsmo. Meine Besessenheit hat mich bis zum Rand des Wahnsinns gebracht, möglicherweise auch darüber hinaus, aber Ihre bemitleidenswerte Ignoranz verwehrt Ihnen den Blick auf die Realität.« Delcara breitete die Arme aus, schien auf diese Weise einen Sieg in Anspruch nehmen zu wollen. Ihre Stimme gewann einen triumphierenden Klang. »Ich bin der Einäugige! Sehen Sie mich an! Fürchten Sie mich! Ja, ich bin der Einäugige. Ich wandle im Reich der Blinden. Und unter den Blinden ist der Einäugige König.«

Sie drehte sich um, hob die Arme wie zu einem Schwalbensprung und hechtete durch die Wand. Korsmo machte Anstalten, ihr zu folgen, sah dann die Sinnlosigkeit eines solchen Unterfangens ein und blieb stehen.

»Eine entzückende Dame«, sagte er.

»Captain ...«, kam es eisig von Picards Lippen. »Ich möchte Sie allein sprechen.«

Die anderen strebten sofort der Tür entgegen, und Guinan verließ das Zimmer als letzte. Sie warf Korsmo noch einen verächtlichen Blick zu, bevor sich das Schott hinter ihr schloß.

»Würden Sie mir bitte erklären, warum Sie sich eben zu einem derartigen Verhalten hinreißen ließen?« fragte Picard.

»Ich habe nur den Standpunkt Starfleets verdeutlicht«, antwortete Korsmo.

»Unsinn! Die Situation erforderte Taktgefühl und Behutsamkeit, aber Sie haben gedroht und beleidigt. Ihr Gebaren stand somit in einem krassen Gegensatz zu meinen Hinweisen.«

»Seit wann glauben Sie, mir Befehle erteilen zu können, Picard?«

»Seit Sie beschlossen, sich wie ein verdammter Narr aufzuführen!« erwiderte Jean-Luc scharf. »Man führt keine Verhandlungen, indem man einem Gesprächspartner Schwachsinn vorwirft. Und Drohungen bilden nie eine gute Taktik — erst recht nicht, wenn man kaum eine Möglichkeit hat, ihnen Nachdruck zu verleihen.«

»Ich mußte Ihrer Delcara zeigen, wer hier das Sagen hat«, brummte Korsmo. »Nun, Picard, eins Ihrer Probleme besteht darin, daß Sie nie jemandem auf die Füße treten wollen. Wie oft haben Sie den eigenen Stolz vergessen? Wie oft sind wir von anderen Völkern ausgelacht worden, weil Sie einen Rückzieher machten, um bloß niemanden zu vergraulen?«

Jean-Luc musterte sein Gegenüber wie eine exotische Bakterie. »Bei der Ausübung meiner Pflichten denke ich an die Sicherheit des Schiffes und berücksichtige auch den Umstand, daß sich diese Galaxis nach Frieden und Harmonie sehnt. Solche Ziele lassen sich nicht mit Zorn und Einschüchterung erreichen.«

»Aber auch nicht mit Feigheit!« hielt Korsmo dem Kommandanten der *Enterprise* entgegen.

Die Temperatur im Zimmer schien um einige Grad zu sinken, und in Gedanken verfluchte sich Morgan. Was fiel ihm eigentlich ein? Wie kam er bloß darauf anzudeuten, Picard könnte ein Feigling sein? Er mochte auf eine geradezu unerträgliche Weise selbstbewußt sein und vom einen Ende der Milchstraße bis zum anderen als Held gelten, aber das bedeutete nicht ...

Jean-Luc schwieg, obgleich ihm der Ärger aus jeder Pore strömte. Er war zu diszipliniert, um jene Dinge in Worte zu kleiden, die ihm nun durch den Kopf gingen. Statt dessen sagte er schlicht: »Ich lehne es ab, eine so dumme Bemerkung durch einen Kommentar meinerseits zu würdigen.«

Korsmo setzte zu einer Erwiderung an, aber bevor er einen Ton hervorbringen konnte, öffnete sich die Tür. Riker stand auf der Schwelle. »Der Planetenfresser beschleunigt«, sagte er sofort. »Er setzt den Flug in Richtung Borg-Raum fort, diesmal mit Warp sieben.«

Die beiden Kommandanten wechselten einen kurzen Blick, und dann verließ Korsmo das Besprechungszimmer mit langen, eiligen Schritten. Er nahm sich nicht die Zeit, den Transporterraum aufzusuchen, klopfte auf seinen Insignienkommunikator. »Korsmo an *Chekov*.«

»Hier *Chekov*«, klang es aus dem Lautsprecher des kleinen Kom-Geräts.

Shelby trat an Korsmos Seite, als er die Anweisung erteilte: »Beamen Sie mich und den Ersten Offizier an Bord.« Er sah zu Picard und fügte hinzu: »Sie wissen, was wir zu tun haben.«

»Ja«, entgegnete Jean-Luc. Als die beiden Gestalten vor ihm entmaterialisierten, fragte er sich, wie sie ihrer Aufgabe gerecht werden sollten.

KAPITEL 17

Delcara hörte den Verdruß der Vielen hinter ihrer Stirn.

Wir sind hungrig, ertönte es. *Wir haben Zeit damit verbracht, über den Picard zu sprechen und an ihn zu denken. Wir brauchen Nahrung. Unsere Vergeltungsmission liegt dir ebensowenig am Herzen wie wir selbst.* Die letzten Worte vermittelten einen deutlichen Vorwurf.

Plötzlich fühlte sich Delcara sehr müde. »Natürlich liegt ihr mir am Herzen. Wir sind eins. Wir sind zusammen. Wir sind groß. Das wißt ihr.«

Beweise es. Finde Nahrung für uns.

»Bald«, sagte Delcara. »Bald erreichen wir das nächste Sonnensystem. Aber ihr könnt nicht wirklich hungrig sein. Die Konversionsmaschinen haben genug Energie aus den bisher aufgenommenen Planeten gewonnen. Wie ist es möglich, daß ihr schon wieder Appetit habt?«

Wir glauben, du möchtest uns nicht mehr ernähren. Wir glauben, du fürchtest, dir dadurch den Zorn des Picard einzuhandeln.

»Es ist eine Art Test, wie?« Daraufhin wußte Delcara, daß ihre Müdigkeit nicht nur imaginärer Natur war. Benommenheitsnebel hing über ihrem Bewußtsein, und sie überlegte, wann sie zum letztenmal geschlafen hatte — eine Frage, auf die sie keine Antwort wußte. »Ihr wollt herausfinden, für wen ich mehr und stärker empfinde: für Picard oder für euch.«

Ja, bestätigten die Vielen.

»Na schön. Ich werde euch zeigen, daß meine Entschlossenheit nicht nachgelassen hat. Ich werde es euch allen zeigen.«

Der Planeten-Killer raste dem tholianischen Raumgebiet entgegen.

»Noch zweiundzwanzig Minuten bis zum stellaren Territorium der Tholianer, Sir«, sagte Data.

Picard saß reglos im Kommandosessel und beobachtete die vorbeigleitenden Sterne. Auf der Steuerbordseite, vierzigtausend Kilometer entfernt, flog die *Chekov*.

»Die Sensoren registrieren ein tholianisches Schiff direkt voraus, Sir«, meldete Worf plötzlich. »Das energetische Niveau ist ausgesprochen niedrig.«

»Vermutlich aufgrund eines zuvor erfolgten Einsatzes der Bordwaffen«, spekulierte Riker.

»Warptransfer unterbrechen, Mr. Chafin.« Picard stand auf. »Öffnen Sie einen Kom-Kanal ...«

»*Chekov* an *Enterprise*«, klang Korsmos Stimme aus dem Lautsprecher der externen Kommunikation. »Warum reduzieren Sie die Geschwindigkeit, Picard?«

»Um dem tholianischen Schiff Hilfe anzubieten«, erwiderte Jean-Luc. »Gegen den Planeten-Killer können wir ohnehin nichts ausrichten. Dazu wären wir nur imstande, wenn wir auf die Hilfe aller anderen Starfleet-Schiffe zurückgreifen könnten. Und vielleicht müßten wir selbst dann eine Niederlage hinnehmen. Es geht darum, dort zu helfen, wo Hilfe geleistet werden kann — und zu warten, bis ein Kom-Kontakt mit Starfleet Command möglich wird.«

»Das tholianische Schiff würde gewiß nicht anhalten, um Ihnen zu helfen«, betonte Korsmo. »Wir verfolgen den Planeten-Killer. Spielen Sie den barmherzigen Samariter, wenn Sie unbedingt wollen. Korsmo Ende.«

Die *Chekov* sauste fort, und einige Sekunden später verschwand sie vom Wandschirm. Das tholianische Schiff schwebte nun im Zentrum des Projektionsfelds.

Picard verdrängte die Gedanken an den ebenso knappen wie unangenehmen Wortwechsel. »Verbinden Sie mich mit den Tholianern dort draußen.«

»Kontakt hergestellt«, sagte Worf.

»An das tholianische Schiff: Hier spricht Jean-Luc Picard von der *Enterprise*.«

Der dreieckige Raumer neigte sich hin und her, wie von einem Marionettenfaden bewegt, und unmittelbar darauf wich er dem blauroten Glanz eines Tholianers. Picard zuckte unwillkürlich zusammen, wie immer, wenn er mit einem dieser bizarren und unbeherrschten Wesen konfrontiert wurde. Zornige Tholianer waren nicht nur unausstehlich, sondern auch sehr gefährlich, aber Jean-Luc fühlte sich trotzdem verpflichtet, Hilfe zu leisten.

»Schon wieder die *Enterprise*«, schrillte es aus den Lautsprechern.

»Schon wieder?« entgegnete Picard. Seit seiner Zeit an Bord der *Stargazer* war er keinen Tholianern mehr begegnet. »Ich verstehe nicht ganz ...«

»Ich bin Commander Loskene«, heulte die Stimme. »Vor neunzig Jahren Ihrer Zeitrechnung drang die *Enterprise* in unser Raumgebiet vor. Wir verhandelten damals mit einem lügenden Vulkanier namens Spock. Gehört er noch immer zu Ihrer Besatzung?«

Picard sah zu Riker, der mit den Schultern zuckte. Die Tholianer waren für ihre Pünktlichkeit bekannt, aber offenbar hatten sie keine klaren Vorstellungen vom menschlichen — oder vulkanischen — Zeitempfinden. »Derzeit nicht«, sagte Jean-Luc und verzichtete auf den Hinweis, daß Vulkanier nie logen. »Wir verfolgen ein Raumschiff, das groß genug ist, um Planeten zu verschlingen ...«

»Sie haben es geschickt, um unsere Welten zu verheeren«, stieß Loskene wütend hervor.

»Das ist nicht wahr«, gab Picard zurück. Er hatte es allmählich satt, sich dauernd irgendwelche Vorwürfe anzuhören. »Gesteuert wird das Schiff von einem Individuum, das aus eigenem Antrieb handelt, gegen die Wünsche Starfleets und der Föderation. Gehe ich recht in der Annahme, daß Sie vergeblich versucht haben, den Raumer aufzuhalten?«

»Föderationsoffiziere lügen, insbesondere jene, die den Befehl über Schiffe namens *Enterprise* führen«, verkündete Loskene.

»Sir, bitte erlauben Sie mir den respektvollen Hinweis, daß solche Behauptungen nichts nützen«, warf Riker ein.

»Die tholianische Flotte wird den Eindringling zerstören«, sagte Loskene. »Und nach unserem Sieg verlangen wir von Starfleet Rechenschaft für den nicht von uns provozierten Angriff.«

»Starfleet ist Ihre einzige Chance, mit dem Leben davonzukommen.« Picard konnte seine Verärgerung kaum mehr unterdrücken. »*Enterprise* Ende.« Er drehte sich um und ging wieder zum Kommandosessel. »Mr. Data, wir setzen die Verfolgung des Planeten-Killers mit Warp acht fort.«

Die *Enterprise* raste davon und versuchte, zu der gewaltigen Vernichtungsmaschine aufzuschließen.

Doch es war gar keine Eile nötig.

Als sich die *Chekov* Delcaras Schiff näherte, »verspeiste« es gerade den äußersten Planeten des tholianischen Sonnensystems.

»Übermitteln Sie eine Warnung, Mr. Hobson«, sagte Korsmo.

Hobson kam der Aufforderung nach, aber der Planeten-Killer reagierte nicht, blieb auch weiterhin auf seine Mahlzeit konzentriert. Traktorstrahlen packten Teile der Welt und zogen sie in die maulartige Öffnung.

»Zielerfassung auf die beschädigte Stelle der Neutroniumhülle!« befahl Korsmo. »Bugwärtige Torpedos laden.«

»Torpedos geladen und bereit.«

»Feuer.«

Die Geschosse zuckten Blitzen gleich durchs All, und wenige Sekunden später explodierten sie an der Hecksektion des Planeten-Killers.

»Keine feststellbaren Schäden«, berichtete Hobson. »Unter der Neutroniumhülle erstreckt sich eine zweite schützende Schicht aus Castrodinium.«

»Hervorragend«, brummte Korsmo.

»Sir, die Sensoren registrieren etwa siebzig Schiffe, die hierher unterwegs sind«, sagte Hobson. »Die tholianische Flotte, Sir.«

»Es wird immer besser.«

Shelby sah zu Korsmo, und er erwiderte ihren Blick. »Versetzen Sie sich in meine Lage, Commander. Was unternähmen Sie jetzt? Sollen wir uns zurückziehen und uns auf die Rolle eines Beobachters beschränken? Oder halten Sie es für besser, die Offensive der Verteidiger zu unterstützen?«

»Der Planeten-Killer muß aufgehalten werden«, sagte Shelby sofort.

»Ganz meine Meinung. Kursanpassung, Steuermann. Öffnen Sie einen Kom-Kanal zu den Tholianern und teilen Sie ihnen mit, daß sie Hilfe bekommen — ob sie wollen oder nicht.«

Delcara schwamm in Ekstase. Mit fast sinnlicher Zärtlichkeit steuerte sie jenen Strahl der durch den Planeten schnitt, und sie war eins mit den glücklichen Vielen, als sie die letzten Teile verspeisten.

Mehr! riefen sie. *Wir wollen mehr.*

»Ihr könnt noch mehr haben«, sagte Delcara. »Direkt voraus befindet sich ein weiterer unbewohnter Planet ...«

Nein, diesmal keine unbewohnte Welt.

Guinans Schwester zögerte und wußte nicht recht, was sie von dieser Antwort halten sollte. »Wie bitte?«

Wir haben in den Geist dieser Wesen geblickt, in ihre Her-

305

*zen und Seelen. Sie sind streitsüchtig und egoistisch. Sie grei-
fen jene an, die sich ihnen gegenüber nicht zur Wehr setzen
können. In gewisser Weise ähneln sie den Borg. Ich möchte
sie.*

»Nein«, entgegnete Delcara. »Die Tholianer mögen
alles andere als perfekt sein, aber sie sind nicht seelen-
los.«

*Sie würden uns zerstören, wenn sie eine Möglichkeit dazu
hätten.*

»Dazu reicht ihre Macht nicht aus.«

Sie werden es versuchen. Sie nähern sich uns.

Und dann kam die tholianische Flotte bis auf Gefechtsreichweite heran.

Die Tholianer hatten inzwischen ihre gefürchtete Trak-
torfeld-Waffe weiter verbessert. Früher waren Stunden
notwendig gewesen, um das berüchtigte Netz zu schaffen, und jetzt nahm dieser Vorgang nur noch wenige
Minuten in Anspruch.

Tholianische Netzknüpfer — diesen Namen erhielten
die entsprechenden Schiffe von der *Chekov*-Crew — rasten immer wieder dem Planeten-Killer entgegen und
um ihn herum. Das riesige Gebilde war hundert- oder
gar tausendmal größer, doch davon ließen sich die Verteidiger nicht beeindrucken. Sie hielten an ihrer Entschlossenheit fest und spannten ein energetisches Netz
um die kolossale Vernichtungsmaschine, die sich praktisch nicht von der Stelle rührte und in aller Ruhe die
letzten Reste des äußersten solaren Trabanten verspeiste.

Innerhalb weniger Sekunden entstanden die ersten
Netzstränge, und knapp fünf Minuten später war der
Planetenfresser von einem bläulich glühenden Gespinst
umhüllt. Die einzelnen Traktorstrahlen zeichneten sich
durch eine spezielle Struktur aus: Sie nahmen externe
Energie auf, um sich zu stabilisieren. Woraus folgte ...
Je mehr Energie das gefangene Schiff einsetzte, um sich

zu befreien, um so undurchdringlicher wurden die Wände seines Kerkers.

Die *Chekov* hielt sich zurück und wagte es nicht, das Feuer zu eröffnen, aus Furcht, versehentlich einen der tholianischen Raumer zu treffen. Die Tholianer waren keine sehr umgänglichen Zeitgenossen und hatten Korsmo zu verstehen gegeben, daß er sich nicht einmischen sollte. Um keinen Zweifel am Ernst der Botschaft aufkommen zu lassen, eröffnete ein Schiff das Feuer auf den Starfleet-Kreuzer. Die Energiestrahlen zerstoben an den Deflektoren, ohne Schaden anzurichten, aber sie wiesen den Captain darauf hin, daß es besser war, kein Risiko einzugehen.

Das Netz schloß sich um den Planetenfresser, und die Tholianer gratulierten sich zu ihrem Sieg. Offenbar war der Gegner von seiner unerwarteten Niederlage so entsetzt, daß er nicht einmal daran dachte, von seinen Waffen Gebrauch zu machen.

Der Jubel dauerte genau neunzehn Sekunden — dann eröffnete der Planeten-Killer das Feuer und setzte Energiestrahlen aus Antiprotonen ein. Das Netz flackerte, und überall kam es zu Entladungen. Zwei Netzknüpfer, die sich noch nicht von dem Gespinst gelöst hatten, platzten in lautlosen Explosionen auseinander. Und dann lösten sich die ersten Stränge auf. Das Netz war dazu bestimmt, externe Energie aufzunehmen, aber das Potential der Vernichtungsmaschine ging weit über seine Absorptionskapazität hinaus. Weite Stränge verschwanden, und das Gespinst zerfaserte immer schneller.

Verzweiflung ergriff die Tholianer, und sie nahmen den Planetenfresser unter Beschuß. Die *Chekov* griff ebenfalls an, mit Photonentorpedos, Phasern und Antimateriewolken. Die Strahlen aus Antiprotonen gleißten immer wieder, tasteten wie zufällig nach tholianischen Raumern, zerstörten einen nach dem anderen — es sah nach beiläufigen Zielübungen aus. Und dieser Eindruck täuschte nicht: Die wesentlich kleineren Raumschiffe hatten überhaupt keine Chance.

Nach einer Weile drehte der Planeten-Killer gemächlich ab, schenkte den Verteidigern keine Beachtung und nahm Kurs auf die tholianische Zentralwelt.

Kurz darauf traf die *Enterprise* ein.

Ja, sangen die Vielen. *Jetzt weißt du, daß sie uns Schmerzen zufügen wollten, Sie sind böse. Sie denken nur an sich selbst. Sie verdienen den Tod.*

Delcara spürte, wie ihr Widerstand nachließ. Eigentlich ergab alles einen Sinn. Sie erahnte einen großen Teil der Disharmonie, die einen integralen Bestandteil der Galaxis zu bilden schien. Es gab Chaos. Es gab Böses. Nicht nur die Borg, sondern überall. Ja. Ja, die Tholianer hatten große Schuld auf sich geladen. Delcara fühlte die Wahrheit dieser Erkenntnis, dachte an Überfälle, die anderen Sonnensystemen galten; sie dachte an Grenzen, die sich dauernd änderten, um einen Vorwand dafür zu liefern, fremde Schiffe mit dem Hinweis auf Verletzung tholianischer Hoheitsrechte anzugreifen und zu beschlagnahmen. Ja, es handelte sich um eine unleugbare Wahrheit, die nun wie ein Fanal erstrahlte, ihr den Weg zur Zentralwelt wies.

Der Planetenfresser pflügte durchs All und näherte sich der tholianischen Heimatwelt. Nicht allzu weit entfernt loderte das Zentralgestirn des Sonnensystems im All und kümmerte sich nicht um das Schicksal seiner Trabanten. Ob der zweite Planet, Heimat der Tholianer, weiterhin existierte oder im Rachen von Delcaras Schiff verschwand, spielte für die Sonne keine Rolle. Sie selbst würde auch weiterhin existieren, für viele Jahrmillionen, und nur darauf kam es an.

Tholianische Raumer flogen dem Feind entgegen — und wurden vernichtet. Der Planeten-Killer reduzierte die Geschwindigkeit, ignorierte die im All treibenden Wrackteile und Leichen ebenso wie die Angriffe der

Chekov. Delcara spürte, daß die Besatzung jenes Schiffes nichts Böses im Schilde führte, daß es ihr nur darum ging, Leben zu bewahren, und deshalb verzichtete sie darauf, den Starfleet-Kreuzer zu vernichten.

Noch zwanzig Sekunden bis zur Heimatwelt.

Achtzehn Sekunden, siebzehn ... Der Planet schien anzuschwellen, kam einer großen Verlockung gleich. Auf der Oberfläche herrschte eine Temperatur von etwa neunzig Grad Celsius, und die Vielen freuten sich auf zusätzliche Energie, auf Feuer in ihrem Bauch.

Fünfzehn Sekunden, dreizehn ... Der Planetenfresser kam immer näher. Noch elf Sekunden ...

Neun ...

Und aus dem Nichts erschien ein Hindernis.

»Acht Sekunden bis zur Kollision«, sagte Data tonlos.

Das gewaltige Schiff auf dem Wandschirm wurde immer größer. Picard saß im Kommandosessel und beobachtete die riesige Vernichtungsmaschine.

Als er den Abfangkurs befohlen hatte, begriffen die Offiziere sofort, daß der Captain alles auf eine Karte setzte: Jean-Luc riskierte sein Schiff und das Leben aller Personen an Bord, um das Unheil von der tholianischen Heimatwelt fernzuhalten.

Die Tholianer waren keine Freunde der Föderation, ganz im Gegenteil: Sie galten als notorische Unruhestifter. Vor einigen Monaten hatten sie es abgelehnt, bei Wolf 359 zusammen mit Starfleet gegen die Borg zu kämpfen. Bei jener Gelegenheit gaben sie sogar zu verstehen, daß sie kaum Tränen vergießen würden, wenn die Erde und alle anderen Planeten der Föderation den Borg zum Opfer fielen. Für die Feindseligkeit der Tholianer gab es ein weiteres Beispiel. Ihre Flaggschiffe hatten die *Enterprise* bedroht, als sie in ihrem Sonnensystem erschien. Allerdings bekamen sie keine Chance zum Angriff, denn sie platzten in den Antiprotonen-Strahlen des Planeten-Killers auseinander.

Picard erteilte eine Anweisung, die der ganzen Crew den Tod bescheren mochte, aber niemand zögerte — alle Besatzungsmitglieder erfüllten wie immer ihre Pflicht. Sie vertrauten dem Captain, legten ihr Schicksal in seine Hände.

Aber daß wir ausgerechnet zugunsten der Tholianer unser Leben riskieren ..., dachte Worf verdrießlich.

»Noch sieben Sekunden«, sagte Data. »Sechs, fünf ...«

Fünf Sekunden trennten Picard und seine Gefährten vom Verderben. Entweder rammte der Planeten-Killer die viel kleinere *Enterprise* und zerschmetterte sie mit seiner enormen Masse, oder er zerstörte sie mit einem Energiestrahl.

Es gab noch eine dritte Möglichkeit: Vielleicht beschloß die Vernichtungsmaschine, sich einen weiteren Happen zu genehmigen ...

Eine Alternative namens Überleben schien nicht zu existieren.

Delcara ›sah‹ das Raumschiff nicht, aber irgendwie spürte sie, daß die *Enterprise* den Weg versperrte. Sie schwebte genau an der richtigen Stelle und hinderte den Planetenfresser daran, die Heimatwelt der Tholianer zu erreichen.

»Picard«, flüsterte Delcara.

Damit fordert er dich heraus! riefen die Vielen. *Er glaubt, daß du nichts gegen ihn unternimmst. Er rechnet damit, über uns zu triumphieren. Töte ihn. Vernichte sein Schiff und bring uns zu dem Planeten. Wir wollen die Welt. Wir brauchen sie als Nahrung.*

»Aber Picard setzt sein Leben aufs Spiel, um die Bewohner jener Welt zu schützen«, erwiderte Delcara. Verzweiflung erzitterte in ihr. »Also können sie nicht nur schlecht sein.«

Es bedeutet nur, daß der Picard ein Narr ist. Willst du dich von uns abwenden, um einen Narren zu lieben? Wir wollen den Planeten. *Er gehört uns. Gib ihn uns. Gib ihn uns. Gib ihn uns!*

Die *Enterprise* hing vor der Welt im All, bereit dazu, sich zu opfern.

Gib uns den Planeten! riefen die Vielen.

»Picard!« rief die Eine.

»Noch drei Sekunden«, sagte Data.

Die *Enterprise* rührte sich nicht von der Stelle.

Der Planeten-Killer raste auch weiterhin auf sie zu.

Im Kontrollraum der *Chekov* starrten die Offiziere entsetzt zum Wandschirm.

»Mein Gott, er begeht Selbstmord!« stieß Korsmo hervor.

Shelby schüttelte den Kopf. »Nein, das glaube ich nicht. Er versucht es mit einem Trick. Mit irgendeinem Trick ...«

»Phaserkanonen — Feuer!« donnerte Korsmo. Aber die *Chekov* befand sich nicht in Gefechtsreichweite und hatte keine Möglichkeit, den Planeten-Killer rechtzeitig zu erreichen.

»Zwei«, erklang Datas Stimme.

Picards Hände schlossen sich fest um die Armlehnen des Kommandosessels. Riker versteifte sich und schob wie trotzig das Kinn vor. Troi wirkte ruhig und gelassen. Worf bedauerte, daß sie nicht das Feuer auf den Planetenfresser eröffneten — obwohl das sinnlos gewesen wäre. Data fragte sich, ob er die Kollision überleben und zusammen mit den Trümmern der *Enterprise* im All treiben würde, hilflos und bei Bewußtsein, bis schließlich seine Betriebsenergie zur Neige ging.

»Eins«, sagte er.

Sie blickten jetzt geradewegs in den Rachen des Planeten-Killers. Die Feuer der Hölle brannten im tiefen Schlund der Vernichtungsmaschine; die Seelen der Ver-

311

dammten — in Form von flackerndem Gleißen — hießen Picard und die Crew seines Schiffes willkommen.
Hitze wogte der *Enterprise* entgegen, eine Hitze, vor der
es keinen Schutz gab.

Und dann verschwand sie plötzlich.

»Lieber Himmel!« hauchte Korsmo und schüttelte ungläubig den Kopf. »Er scheint das ganze Glück des Universums für sich gepachtet zu haben.«

»Der Planeten-Killer hat abgedreht«, meldete Data so
ruhig, als ginge es um eine routinemäßige Kurskorrektur.

Das gewaltige Gebilde entfernte sich nun von der
Enterprise und beschleunigte, schien bestrebt zu sein,
die Distanz zum Starfleet-Raumschiff so schnell wie
möglich zu vergrößern. Und die Flugbahn...

»Die Sonne«, sagte Data. »Der Planetenfresser fliegt
zur tholianischen Sonne.«

Das Bild auf dem Wandschirm wechselte. Delcaras
Schiff schrumpfte, während sich vor ihm der Glutball
des Zentralgestirns ausdehnte. Der Planeten-Killer war
riesig, aber im Vergleich mit der Sonne blieb er winzig
und unbedeutend.

»Die Vernichtungsmaschine stürzte in den solaren
Gravitationsschacht«, stellte Data fest.

Picard stand langsam auf und glaubte, seinen Augen
nicht trauen zu können. »Delcara...«, flüsterte er.

Im Gesellschaftsraum blickte Guinan aus dem Fenster
und raunte den Namen ihrer Gedankenschwester.

Kleiner und immer kleiner wurde der Planeten-Killer,
und Picard gewann den Eindruck, Stimmen zu hören,
verzweifelte Schreie — und ein Schrei stammte von ihm
selbst. Traktorstrahlen nützten nichts. Waffen ebensowenig. Aus irgendeinem unerfindlichen, abscheulichen

Grund kündigte sich nun Delcaras Tod an, und Jean-Luc hatte keine Möglichkeit, sie zu retten.

Ein Raumschiff, das ganze Welten verschlucken konnte, schien vor dem Hintergrund der Sonne kaum mehr als ein Staubkorn zu sein. Und dann ... Der Planetenfresser stürzte in einen nuklearen Ofen, in dem die Hitze von hundert Millionen Atomexplosionen auf ihn wartete.

Stille herrschte auf der Brücke — die Offiziere schwiegen betroffen. Sie spürten, daß mehr geschehen war, als sie verstanden.

Picard sank in den Kommandosessel und ließ die Schultern hängen. Troi musterte ihn voller Mitgefühl, doch der Captain gab keinen Ton von sich. Er starrte auch weiterhin zum Wandschirm, zur tholianischen Sonne, ignorierte seine unmittelbare Umgebung.

»Die *Chekov* setzt sich mit uns in Verbindung«, meldete Worf. Er sprach leiser als sonst.

Picard antwortete nicht, deutete nur ein Nicken an. Der Klingone öffnete einen Kom-Kanal, und Korsmo fragte sofort: »Picard? Alles in Ordnung?«

»Niemand ist zu Schaden gekommen«, erwiderte Jean-Luc. Es gelang ihm, seine Empfindungen zu verbergen, aber die Stimme hatte sich verändert — er klang jetzt viel älter. »Und bei Ihnen?«

»Crew und Schiff sind okay. Was für ein Glück, daß uns jenes Monstrum keine Beachtung geschenkt hat.«

»Das ›Monstrum‹ hat Selbstmord begangen, um zu vermeiden, die *Enterprise* zu beschädigen oder gar zu zerstören«, antwortete Picard. »Ich ...«

»Captain!« entfuhr es Worf.

»Ja?« entgegneten Jean-Luc und Morgan Korsmo gleichzeitig.

»Die Sensoren registrieren ein Objekt ...«

»O mein Gott«, ächzte der *Chekov*-Kommandant.

Picard und die Brücken-Offiziere sahen zum Wandschirm.

Delcaras Schiff kam unbeschädigt auf der anderen Seite der Sonne zum Vorschein. Mit jeder verstreichenden Sekunde wurde der Planeten-Killer schneller, und im Vakuum des Alls kühlte die glühende Neutroniumhülle rasch ab. Voller Impulskraftschub vergrößerte die Entfernung zum tholianischen Zentralgestirn, und wenige Sekunden später begann der Warptransfer.

Die beiden Starfleet-Schiffe und die Raumer der Tholianer blieben stumm und beeindruckt zurück.

Nach einer Weile brach Korsmo das Schweigen, und in seiner Stimme ertönte unüberhörbarer Sarkasmus.

»Ich hoffe, Sie haben noch mehr gute Ideen auf Lager, Picard.«

finale

KAPITEL 18

Die Sonne wurde erst zu einer Scheibe und dann zu einem Punkt weiter hinter dem Schiff, doch der Zorn blieb. Die Vielen waren wütend.

Du hast versucht, uns Schmerzen zuzufügen! heulten sie. *Du hast versucht, uns zu töten!*

»Nein, geliebte Kinder«, erwiderte Delcara und fühlte sich erneut sehr müde. »Ich wußte, daß wir überleben würden. Ich wußte, daß wir groß sind. Ich wußte, daß unsere Kraft genügt, um den Flug selbst durch das feurige Herz eines Sterns zu überstehen, denn in unseren Herzen brennt ein noch heißeres Feuer.«

Du hast unsere Existenz riskiert, um den Picard zu schützen.

»Ja!« bestätigte Delcara. Sie konnte sich nicht länger beherrschen. »Ja, und ich wäre bereit, in einer ähnlichen Situation die gleiche Entscheidung noch einmal zu treffen. Picard und ich … Wir sind miteinander verbunden, auf eine Weise, die ich nicht erklären kann, die ich nicht einmal verstehe. Wir bleiben immer zusammen, obgleich uns das Schicksal dazu zwingt, voneinander getrennt zu sein. Ich lasse mich nicht in ein Instrument verwandeln, das Picard den Tod bringt. Damit müßt ihr euch abfinden.«

Es gefällt uns nicht.

»Es braucht euch nicht zu gefallen«, sagte Delcara. »Akzeptiert es einfach.«

Die Vielen schwiegen eine Zeitlang. *Ist unsere Rache*

nicht mehr wichtig für dich? Genügt dir unsere Liebe nicht mehr? Wir lieben dich so, wie der Picard dich niemals lieben kann. Er ist sterblich. Er ist Fleisch und wird irgendwann verrotten und verfaulen. Wir hingegen sind ewig. Wir können dich bis zum Ende der Zeit lieben. Diese Möglichkeit bleibt dem Picard verwehrt.

»Ja, das stimmt«, räumte Delcara ein. »Die Liebe von Sterblichen ist immer nur kurz — das weiß ich aus Erfahrung. Ich habe mehrmals geliebte Personen verloren: Kinder, Partner, Freunde ...«

Aber nicht uns, entgegneten die Vielen. *Uns verlierst du nie.*

»Nie ...«, wiederholte Delcara.

Sollen wir schneller fliegen? Wir können viel schneller sein als das Raumschiff des Picard. Unsere Höchstgeschwindigkeit ist noch nicht gemessen worden. Wenn du möchtest ...

»Ich halte unsere gegenwärtige Geschwindigkeit für zufriedenstellend«, sagte Delcara. »Wir haben die ganze Zeit des Universums, Kinder. Genießen wir die Freude darüber, bald Rache üben zu können, während wir gleichzeitig unsere Ressourcen schonen.«

Du lehnst Eile ab, weil du den Picard nicht zu weit hinter dir zurücklassen willst! riefen die Vielen, und es klang wieder schrill.

»Vielleicht.« Die Frau seufzte. »Wenn ihr tatsächlich recht habt, so ist es mein Wunsch — den ihr respektieren werdet, geliebte Kinder.«

Wir respektieren alle deine Wünsche, antworteten die Vielen. Doch in ihren Stimmen ertönte etwas, das der Pilotin Unbehagen bereitete. Etwas Unangenehmes fand darin Ausdruck. Ein unstillbarer Rachedurst, der sogar Delcara schaudern ließ. Und was noch beunruhigender war: Sie erkannte die ersten Anzeichen dieses Empfindens auch in sich selbst.

Deanna Troi befand sich im schlicht eingerichteten Quartier der früheren Borg und saß Reannon Bonaventure gegenüber. Sie hielt ihre Hand, sah ihr tief in die Augen und versuchte, einen Kontakt mit dem verborgenen Ich herzustellen.

»Reannon?« fragte die Betazoidin sanft. »Allmählich erahne ich Ihr Selbst. Sie verstecken sich wie ein ängstliches Kind. Ihre Seele ist noch immer in einem von den Borg geschaffenen Kerker des Entsetzens gefangen. Aber Sie können ihn verlassen. Liebe und Verständnis zeigen Ihnen den Weg. Es dauert sicher eine Weile, aber wir haben genug Zeit. Und an Hilfe mangelt es Ihnen gewiß nicht. Weichen Sie nicht vor mir zurück, Reannon. Ergreifen Sie meine ausgestreckte geistige Hand. Empfangen Sie das Licht meines Ichs.«

Keine Reaktion.

Im Korridor erklang das Geräusch von Schritten, und kurz darauf öffnete sich die Tür. Geordi LaForge zögerte auf der Schwelle. »Bitte entschuldigen Sie, Counselor. Ich wußte nicht, daß Sie hier sind ... Ich verschiebe meinen Besuch auf später.«

»Nein, bleiben Sie, Geordi.« Deanna winkte den Chefingenieur näher. »Ihre Präsenz kann gewiß nicht schaden.«

Er nahm Platz und schüttelte den Kopf. »Ich bin noch immer völlig baff. Das Ding flog quer durch eine Sonne, ohne Strahlung und Hitze zum Opfer zu fallen. Es ist einfach unglaublich.«

»Ich halte es für noch unglaublicher, daß wir den Planetenfresser verfolgen und uns einreden, ihn aufhalten zu können«, erwiderte Troi.

Dünne Falten bildeten sich in Geordis Stirn. »Sie klingen erstaunlich fatalistisch, Counselor.«

»Es gibt einen gewissen Unterschied zwischen Fatalismus und Realismus.«

»Wer hätte gedacht, daß die Tholianer völlig passiv blieben, als wir ihr Raumgebiet verließen? Sie verzichteten auf Drohungen irgendeiner Art. Wahrscheinlich können sie es noch immer nicht fassen, daß der Captain alles riskierte, um ihre Heimatwelt vor der Vernichtung zu bewahren.« Geordi beugte sich zu Reannon vor. »Irgendwelche Fortschritte?«

»Der Zwischenfall im Maschinenraum ...« Troi lehnte sich zurück und versuchte, nicht verzagt und mutlos zu wirken. »Ich habe mir mehr davon versprochen. Ihr Ich hat sich wieder in einen mentalen Kokon aus Apathie gehüllt. Die Seele versteckt sich.«

»Was ich ihr eigentlich nicht verdenken kann«, murmelte Geordi.

»Ich auch nicht. Reannon schreckt vor ihren Erinnerungen an die Borg zurück. Sie verdrängt alles, flieht vor der Wirklichkeit.«

Geordi nahm die Hand der Frau und hob sie zu seinem Gesicht. »Damit habe ich sie schon einmal zu einer Reaktion veranlaßt. Offenbar interessiert sie sich für mein VISOR. Vielleicht reagiert sie erneut darauf.«

Er hielt die eiskalte Hand so, daß die Fingerspitzen sein VISOR berührten, ließ sie langsam über das spangenförmige Gerät hinwegstreichen. »Reannon? Reannon? Ich weiß, daß Sie mich hören. Und ich weiß auch, daß ich Ihnen helfen kann. Reannon?«

Ganz langsam bewegten sich die Augen der ehemaligen Borg, und sie richtete den Blick auf LaForge.

»Sie reagiert tatsächlich.« Deanna flüsterte und schien zu befürchten, den Bann zu brechen, wenn sie zu laut sprach.

Plötzlich schloß Reannon die Finger um das VISOR und zerrte mit aller Kraft. Mit einem jähen Ruck löste sich das visuell-organische Restitutionsobjekt von Geordis Gesicht, und von einem Augenblick zum anderen weilte der Chefingenieur in einer Welt, die nur aus Finsternis bestand.

Reannon Bonaventure hielt das VISOR fest in der Hand und gab unverständliche Geräusche von sich. Instinktive Panik erfaßte LaForge, und er sprang vor, streckte die Hand nach dem Gerät aus, das ihm visuelle

320

Wahrnehmung ermöglichte. In der ihn umgebenden Dunkelheit griff er daran vorbei, stolperte und fiel.

Das Poltern und Krachen alarmierte den vor der Tür postierten Sicherheitswächter. Mit schußbereitem Phaser kam er herein. »Lieutenant!« rief er erschrocken, als er sah, daß Geordi auf dem Boden lag und verzweifelt um sich tastete.

»*Nein!*« rief Deanna. Sie trat rasch vor und breitete die Arme aus, als wollte sie auf diese Weise einen Phaserstrahl abwehren. »Schießen Sie nicht! Gleich ist wieder alles in Ordnung!«

Reannon hatte sich in Bewegung gesetzt, ging in einem immer kleiner werdenden Kreis und versuchte, das VISOR aufzusetzen — es rutschte dauernd herunter, und die Frau heulte in einer Mischung aus Zorn und Enttäuschung.

»Was passiert?« fragte Geordi besorgt. Troi half ihm auf die Beine, und er wiederholte: »Was passiert? Was stellt sie an?«

Reannon zögerte kurz, sah sich verwirrt um und nahm das VISOR in die eine Hand — mit der anderen versuchte sie, sich die Augen auszukratzen. Glücklicherweise ruhte Geordis Gerät in der Hand des mechanischen Arms; andernfalls hätte sie sich mit den stählernen Fingern schlimme Verletzungen zugefügt.

Troi hielt Reannon fest, sprach beruhigend auf sie ein und betonte immer wieder, daß ihr keine Gefahr drohte. Schließlich ging der Anfall vorbei, und die Frau kehrte in den komaartigen Zustand zurück.

Deanna gab das VISOR Geordi, der es sich sofort vor die Augen schob. Er seufzte, als die Finsternis verschwand und bunten Farben wich. »Nicht beschädigt«, sagte er erleichtert. »Zum Glück. Was ist geschehen, Counselor?«

»Ich glaube, Reannon wollte ihre Augen mit mechanischen Äquivalenten ersetzen«, antwortete Troi.

LaForge seufzte erneut. »Sie trachtet danach, wieder

321

zu einer Borg zu werden. Mein Gott ... Darauf hat sie es abgesehen, nicht wahr?«

»Ich denke schon«, pflichtete Deanna dem Chefingenieur bei. »Aber es gibt auch noch einen anderen Faktor in ihr. Ein Teil wünscht sich die frühere Identität als kybernetisches Mischwesen zurück, doch ein anderer Aspekt ihres Selbst ist entsetzt und versucht, grauenhaften Erinnerungen zu entkommen.« Deanna strich der nun wieder reglosen Frau zärtlich übers Haar. »In ihrer Seele findet ein ständiger Kampf zwischen diesen beiden Merkmalen ihres Wesens statt, und daran leidet sie sehr.«

»Ich bin sicher gewesen, ihr tatsächlich helfen zu können.« Geordis Stimme klang gepreßt. »Ich bin *ganz sicher* gewesen.«

Troi musterte ihn nachdenklich. »Diese Angelegenheit ist sehr wichtig für Sie. Noch viel wichtiger, als ich zunächst vermutet habe. Und Ihre bisherigen Hinweise genügen nicht als Erklärung dafür. Warum geht Ihnen Reannons Schicksal so nahe?«

LaForge setzte sich und suchte nach geeigneten Worten, um sein Empfinden auf angemessene Weise zum Ausdruck zu bringen. »Ich ... ich weiß es nicht«, sagte er schließlich. »Ich bewundere den Typ Frau, den Reannon repräsentiert. Die völlig unabhängige und wagemutige Abenteurerin. Ja, ich bewundere und respektiere sie, und ...«

»Lieben Sie Reannon?«

Geordi neigte überrascht den Kopf zur Seite. »Ich ... ich *glaube* nicht. Mir liegt viel an der Möglichkeit, ihr zu helfen, und ich denke oft an sie ...« Er zögerte, und nach einigen Sekunden fügte er hinzu: »Ich denke praktisch ständig an sie.« Er holte tief Luft und straffte die Schultern. »Es ist eine Herausforderung für mich, mehr nicht. Ein Projekt. Ein Projekt, das ich mit Erfolg beenden möchte. Mir geht es einzig und allein darum, daß sich Reannon besser fühlt.«

»Wie Sie meinen«, erwiderte Deanna in einem neutralen Tonfall. LaForge betrachtete die vom VISOR geschaffene Darstellung ihres Gesichts und fragte sich, ob sie lächelte.

Trois Insignienkommunikator piepte, und unmittelbar darauf zirpte auch Geordis Kom-Gerät. Picards Stimme tönte aus den kleinen Lautsprechern. »Ich erwarte alle Senior-Offiziere zu einer unverzüglichen Besprechung im Konferenzzimmer.«

»Was ist passiert, Captain?« fragte Troi. Sie spürte Jean-Lucs Besorgnis.

»Wir haben Meldungen von einigen Außenbasen in den peripheren Sektoren der Föderation erhalten. Die Borg sind unterwegs.« Picard legte eine kurze Pause ein. »Mit einer Streitmacht.«

Er unterbrach die interne Kom-Verbindung, und Geordi sah die Counselor an. »Offenbar sind die Borg entschlossen, den Planeten-Killer zu zerstören, bevor er ihr Raumgebiet erreicht.«

»Wenn es zwischen ihnen und Delcara zum Kampf kommt ...«, sagte Deanna. »Für wen ergreifen wir dann Partei?«

LaForge kaute auf der Unterlippe. »Ich wünschte, ich könnte Ihnen eine Antwort auf diese Frage geben. Eine Menge hängt davon ab.«

Guinan schritt langsam durch den Korridor, ohne den anderen Besatzungsmitgliedern Beachtung zu schenken. Damit offenbarte sie ein ganz und gar untypisches Verhalten — normalerweise hatte sie immer ein freundliches Wort für die Angehörigen der Crew übrig, denen sie begegnete. Doch jetzt ... Irgend etwas belastete sie.

Vor der Tür des Holo-Decks blieb sie stehen, zögerte und erweckte den Eindruck, mit sich selbst zu ringen. Es herrschte noch immer Alarmstufe Gelb, was bedeutete: Derzeit nutzte niemand die holographische Tech-

323

nik der *Enterprise*, um individuellen Phantasien Gestalt zu verleihen. Guinan atmete tief durch und trat ein.

Mitten in der großen Kammer verharrte sie und ließ ihren Blick über das glühende Gittermuster schweifen. Schließlich hob sie die Hände, berührte die Schläfen mit den Fingerspitzen.

»Delcara«, sagte sie leise. Und noch einmal: »Delcara.« Ihre Stimme erklang nicht nur auf dem Holo-Deck, sondern reichte über die Grenzen von Raum und Zeit hinweg.

Stille folgte, und dann flimmerte es, als sich eine Gestalt formte.

Guinan schnappte unwillkürlich nach Luft. In Delcaras Gesicht zeigten sich noch mehr Falten als vorher, und das Haar hatte seinen einstigen Glanz verloren, schien an einigen Stellen auszufallen. Sie stand vornübergebeugt, mit krummem Rücken, als lastete das Gewicht einer ganzen Welt auf ihren Schultern. Die Veränderung machte sich auch in der Aura bemerkbar. Aus dem früheren weißen Glanz war ein stumpfes Grau geworden. Die Augen unter den buschigeren Brauen lagen tiefer in den Höhlen als zuvor. Die Dunkelheit von Argwohn kroch durch ihre wie verwelkten Züge.

»Was ist los mit dir?« flüsterte Guinan.

»Nichts«, erwiderte Delcara. »Was soll mit mir sein, Gedankenschwester? Du hast mich gerufen, und ich bin gekommen. Erwartest du mehr?«

»Computer«, sagte Guinan lauter. »Öffne allgemeine Logbuch-Datei, Sternzeit 44793.6. Kopiere die visuellen Daten zu einem Duplikat des Hologramms, das die Frau namens Delcara zeigte. Ein Einzelbild genügt.«

Der Computer begann mit der Elaboration, und fast sofort erschien eine zweite holographische Darstellung. Im Gegensatz zur ersten fehlte ihr das Bewegungsmoment, aber dieser Mangel wurde durch zusätzliche Ästhetik ausgeglichen: Die zweite Delcara strahlte eine Schönheit aus, die bei der ersten verblaßt war.

»Geordi hat diese Technik bei seiner Borg-Freundin verwendet«, sagte Guinan. »Bei jener Frau, deren Seele er befreien will. Das brachte mich auf die Idee, dich von hier aus zu rufen.«

»Eine Borg-Freundin?« erwiderte Delcara skeptisch. »Eine Borg, deren Seele gerettet werden soll? So etwas ist ausgeschlossen, Gedankenschwester. Die Borg haben keine Seelen. Ebensowenig wie dies hier.« Sie richtete einen faszinierten Blick auf das Hologramm. »Allerdings ergeben sich dadurch interessante Möglichkeiten.«

Sie trat vor — und vereinte ihren substanzlosen Körper mit der holographischen Projektion.

Die Holo-Frau erzitterte, orientierte sich, und dann blickte Delcara aus ihren Augen. Sie hob die Hände, berührte versuchsweise ihr Gesicht. »Nicht übel«, murmelte sie und blickte zufrieden zu Guinan. »Gedankenschwester ... Mir scheint, ich sehe dich jetzt aus einer ganz neuen Perspektive. Offenbar geht es dir gut.«

»Im Gegensatz zu dir. Du siehst schrecklich aus, Delcara.«

»Die alte Offenheit ... Oh, ich erinnere mich. Du hast mich gebeten zu verzeihen. Du hast mir geraten, mein Leben zu leben und nicht in der Vergangenheit zu verweilen. Aber sieh nur, was ich erreicht habe, Schwester.«

»Ja, was *hast* du erreicht?« entgegnete Guinan scharf. »Begreifst du denn nicht, was mit dir geschieht? Deine Besessenheit bringt dich allmählich um. Sie zerfrißt deine Seele, und Gott allein weiß, was sie in bezug auf deinen Körper angerichtet hat.«

»Mit meinem Körper ist alles in bester Ordnung«, meinte Delcara.

»Komm zur *Enterprise*«, drängte Guinan. »Verlaß den Planetenfresser. Komm zu mir zurück. Und zu ihm. Wir sind deine Zukunft. Nicht die Maschine, in der du dich versteckst.«

325

»*Du* verstehst nicht. Die Geister brauchen mich. Und ich brauche sie.«

»Du brauchst sie nur für die Rache. Wenn du auf Vergeltung verzichtest, benötigst du nur Liebe und keine Maschine, die gebaut wurde, um zu vernichten.«

Delcara drehte sich um, wandte Guinan den Rücken zu. »Du verstehst nicht«, wiederholte sie.

»Ich habe es nie verstanden. Es ist mir ein Rätsel, wieso du dich einer Besessenheit hingibst, die dich immer mehr aushöhlt. Ich weiß noch, wie du einst gewesen bist, Delcara. Finsternis wohnte in dir, aber du warst bereit, dich dem Licht zu öffnen und zu lieben. Du warst bereit, zu hoffen und nicht nur von Zerstörung zu träumen.«

»Wir alle verändern uns. Nun, nicht wir alle ...« Sarkasmus erklang in diesen Worten. »Du bist genauso freundlich, zuvorkommend und aufmerksam wie damals.«

»Früher haben solche Eigenschaften eine große Rolle für dich gespielt, Delcara. Komm zu uns zurück. Komm zu *mir* zurück.«

»Die Geister brauchen mich«, betonte die Projektion noch einmal.

Guinan griff nach Delcaras Händen und spürte die Pseudo-Masse des Hologramms. »Die Geister brauchen dies, die Geister brauchen das. Sie *nehmen* immer und können dir nicht jene Art von Beziehung geben, die nur zwischen Personen aus Fleisch und Blut möglich ist. Phantome haben von dir Besitz ergriffen und bringen dir einen langsamen Tod. Verlaß sie und kehr zu uns zurück.«

»Nein!« entfuhr es Delcara. »Ich kann die Geister nicht im Stich lassen!«

»Gib die Vendetta auf ...«

»Ich *kann nicht!* Jene Frau, die du einst kanntest ... Sie fiel den Borg zum Opfer. Jetzt bin ich einzig und allein Rache. Nur das ist von mir übrig.«

»Ich weigere mich, das zu glauben.«

»Es macht keinen Unterschied, ob du mir glaubst oder nicht.«

Guinan überlegte fieberhaft. »Laß uns zu dir kommen.«

»Unmöglich.«

»Nein. Wir besuchen dich in deinem Schiff. Wir treten uns direkt gegenüber und schicken keine Hologramme.« Bei diesen Worten drückte sie Delcaras ›Hände‹. »Und wir sprechen mit den Wesen, die du repräsentierst. Picard kann recht überzeugend sein.«

»Picard«, flüsterte Delcara. Nach einigen Sekunden fügte sie mit festerer Stimme hinzu: »Nein, das kann ich nicht zulassen.«

»Diese Worte stammen von *ihnen*, nicht von dir«, sagte Guinan mit Nachdruck.

»Sie sind die Vielen. Ich bin die Eine.«

»In diesem Fall kommt es in erster Linie auf die Eine an.«

»Na schön ...«, sagte Delcara, und jede einzelne Silbe vermittelte Müdigkeit. »Na schön. Wie stur und unerbittlich du sein kannst. Du wärst imstande, selbst die Götter der Geduld zu erzürnen.«

Guinan lächelte. »Ich könnte ihnen zumindest Stoff zum Nachdenken geben.«

»Die Zeit wird knapp.« Delcaras Miene verfinsterte sich noch etwas mehr. »Ich spüre weitere Seelenlose am Horizont des Alls. Diesmal kommen sie mit drei Schiffen.«

Guinan folgte dem Blick ihrer Gedankenschwester, als sei sie imstande, durch eine massive Wand zu sehen. »Drei?«

»Ja. Ein schwieriger Kampf steht bevor, aber ich werde den Sieg erringen. Deshalb bin ich bereit, Picard an Bord meines Schiffes zu empfangen.«

»Um deinen Triumph im voraus mit ihm zu genießen?«

»Nein«, erwiderte Delcara kummervoll. »Weil ich ahne, daß er eine weitere Konfrontation mit den Borg vielleicht nicht überlebt. Er muß fort sein, wenn die Seelenlosen eintreffen. Eine letzte Begegnung — und anschließend sehen wir uns nie wieder. Die endgültige Trennung von ihm dürfte schmerzlich sein, aber bestimmt werde ich irgendwie damit fertig. Was für ein Glück, daß ich ihn nicht liebe.«

Die vom Holo-Deck geschaffene Projektion krümmte ein wenig den Rücken — und erstarrte, als Delcara verschwand. Guinan nickte langsam. »Ja, was für ein Glück.«

Erneut versammelten sich die Offiziere im Konferenzzimmer, und auch Korsmo sowie sein weiblicher Erster Offizier Shelby nahmen an der Besprechung teil.

Es ging um die Erörterung einer Strategie — und Picard hatte gehofft, daß solche Beratungen nie wieder notwendig wurden.

»Die Borg sind unterwegs«, sagte er. »Nach der Meldung von Starbase 222 fliegen sie mit einer Geschwindigkeit von über Warp neun Komma neun.«

Geordi pfiff durch die Zähne. »Unglaublich. Die schnellsten, von Signalverstärkern modulierten Subraum-Impulse erreichen Warp neun Komma neun neun neun, und das bedeutet: Die Borg sind nur wenig langsamer als unsere Kom-Signale. Nun, nach den Gesetzen der Physik kann kein Objekt bis auf Warp zehn beschleunigt werden. Aber wenn doch jemand dazu in der Lage ist, so tippe ich auf die Borg. Was keineswegs heißen soll, daß mir entsprechende Vorstellungen Freude bereiten.«

»Noch unglaublicher ist, daß die Borg der Starbase überhaupt keine Beachtung geschenkt haben«, warf Shelby ein.

»Offenbar sind sie in großer Eile«, meinte Riker. »Und ich glaube, ich kenne auch den Grund dafür.«

328

Er sah aus dem Fenster. Der durchs All rasende Planeten-Killer schuf eine Art Tunnel, dessen Wände aus den bunten Streifenmustern von Sternen bestanden. Die beiden Starfleet-Schiffe *Enterprise* und *Chekov* hielten den Abstand konstant und flogen mit der gleichen Geschwindigkeit, was alles andere als unproblematisch war — die Triebwerke mußten ständig kontrolliert werden.

Riker schüttelte verwundert den Kopf. Delcara brauchte Jahre, um den Borg-Raum zu erreichen, aber das schien ihr völlig gleichgültig zu sein. Sie hatte selbst darauf hingewiesen: Die ganze Zeit des Universums stand ihr zur Verfügung.

Die *Enterprise* hingegen durfte gerade den Zeitfaktor nicht außer acht lassen. Data wies nun darauf hin. »Wenn wir davon ausgehen, daß der Planetenfresser den nächsten Borg-Angriff übersteht, so gelangt er bald zum Sonnensystem der Gorn. Falls sich der Kurs nicht ändert, passiert er anschließend einen romulanischen Raumsektor.«

»Wundervoll«, kommentierte Riker sarkastisch.

»Warum bringt es die Dame nicht sofort hinter sich?« knurrte Korsmo. »Warum greift sie nicht einfach das Hauptquartier der Föderation an?« Er schnaufte. »Lieber Himmel, sie verwandelt mehrere Quadranten in ein interstellares Trümmerfeld, bevor sie ihr Ziel erreicht.«

»Mir ist durchaus klar, wozu Delcara imstande ist, Captain«, erwiderte Picard ruhig.

»Nun, sie wird keine Gelegenheit bekommen, ihre Pläne zu verwirklichen«, sagte Korsmo. »Ich habe eine Mitteilung von Starfleet erhalten ...«

»Ja, ich weiß«, unterbrach Jean-Luc den Kommandanten der *Chekov.* »Starfleet Command hat auch uns verständigt.«

Korsmo hob überrascht die Brauen, bevor er mit den Schultern zuckte. »Dann wissen Sie Bescheid.«

Dr. Crusher wirkte ebenso verwirrt wie Troi und La-

Forge. »Nun, *ich* weiß *nicht* Bescheid«, sagte die Ärztin. »Könnte mir bitte jemand erklären, was es mit der Mitteilung auf sich hat?«

»Starfleet zieht eine Flotte zusammen, um den Planeten-Killer aufzuhalten«, sagte Korsmo voller Genugtuung. »Wenn die Borg ihn nicht erwischen, so erledigen wir ihn.«

Einige Sekunden lang herrschte Stille im Konferenzzimmer. Picard sah zu Shelby, die neben ihrem Vorgesetzten saß, ohne seinen Enthusiasmus zu teilen. Auch Riker schien nicht begeistert zu sein. »Irgendwelche Probleme?« wandte sich Jean-Luc an die beiden Ersten Offiziere.

Shelby räusperte sich. »Es droht eine Wiederholung von Wolf 359.«

»Genau«, bestätigte Riker.

»Mir gefällt nicht, was Sie da andeuten«, brummte Korsmo. »Starfleet kann den Planeten-Killer ebensowenig ignorieren wie die Angriffe der Borg. Wenn in der Galaxis dauerhafter Frieden herrschen soll, so muß der Frieden geschützt werden. Wir dürfen uns nicht einfach umdrehen und die Augen schließen, wenn eine Gefahr auftaucht, woraus auch immer sie bestehen mag.« Noch etwas schärfer fügte er hinzu: »Außerdem möchte ich die anwesenden jungen Leute darauf hinweisen, daß Wolf 359 ein ausgezeichnetes Beispiel für Heroismus bietet!«

»Wolf 359 war ein Massaker«, stellte Riker fest. »Ich werde nie Admiral Hansons Gesichtsausdruck vergessen, als er schilderte, auf welche Weise er gegen die Borg kämpfen wollte: Er erschien wie ein aufgezäumtes Schlachtroß. Sie haben es nicht mit eigenen Augen gesehen, Captain, im Gegensatz zu uns — ein tapferer Verteidiger, der in den Tod zog. Später sahen wir auch den Friedhof aus Raumschiffen, den der Feind zurückließ.«

»Und der Kampf fand nur gegen *ein* Borg-Schiff

330

statt«, sagte Shelby. »Wie wir eben hörten, zieht Starfleet eine Flotte zusammen, die nicht annähernd so stark sein kann wie jene, die bei Wolf 359 vernichtet wurde. Immerhin gehörten die besten Schiffe zu ihr. Und diesmal ist der Gegner aber noch weitaus mächtiger.«

».Jeines Erachtens sollten wir uns vor allem mit der aktuellen Situation befassen«, ließ sich Picard in einem Tonfall vernehmen, der deutlich darauf hinwies, daß er keine weiteren Diskussionen in bezug auf dieses besondere Thema duldete. »Sie ist in erster Linie durch den Umstand gekennzeichnet, daß wir es früher oder später mit drei Borg-Raumern zu tun bekommen. Welche Möglichkeiten haben wir, Mr. LaForge?«

»Nun, wir kennen gewisse Methoden, um beim Kampf gegen die Borg etwas Zeit zu gewinnen«, antwortete der Chefingenieur. »Fluktuationen der Resonanzfrequenzen unserer Phaser behindern die Fähigkeit der Borg, sich dem Einsatz unserer Waffen anzupassen. Veränderungen der Nutonik halten unsere Schilde länger stabil, wenn auch nur für einige Sekunden.«

»Das ist doch nicht alles, oder?« fragte Korsmo. »Ich erinnere mich an einige spezielle Info-Berichte. Und Shelby sprach ebenfalls davon. Wenn ich mich nicht sehr irre, geht es dabei um die Deflektorscheibe ...«

Geordi nickte. »Wir haben folgendes herausgefunden: Die energetische Struktur der Borg reagiert recht empfindlich auf die hohen Phaserfrequenzen — sie können Systemversagen verursachen. Je mehr, desto besser, dachten wir damals. Wir setzten hochkonzentrierte gebündelte Energie ein: Sie stammte aus dem Warptriebwerk und wurde durch die Deflektorscheibe kanalisiert. Davon erhofften wir uns mehr ›Durchschlagskraft‹ als bei den Phasern und Photonentorpedos. Allerdings hatte die Sache auch einen Haken. Wir brauchten dafür so viel Energie, daß wir nicht mehr mit Warpgeschwindigkeit fliegen konnten. Darüber hinaus versagte das primäre Kühlsystem des Warpreaktors, und fast wären die Dilithiumkristalle gesplittert.«

»Welche Ergebnisse haben Sie erzielt?« fragte Korsmo.

Geordi rutschte unruhig in seinem Sessel hin und her. Auch die übrigen Offiziere offenbarten Anzeichen von Unbehagen. »Keine. Die Borg-Schilde haben einfach alles absorbiert.«

»Was wahrscheinlich mir zuzuschreiben ist«, meinte Picard. »Als mich die Borg ›rekrutierten‹, entnahmen sie meinem Bewußtsein alle möglichen Strategien.«

»Der andere Nachteil bestand darin, daß wir uns kaum mehr von der Stelle rühren konnten«, sagte Riker. »Bei einem Borg-Raumer ist so etwas schon schlimm genug, aber diesmal bekommen wir es mit *drei* Schiffen zu tun. Unter solchen Umständen grenzt eine derartige Taktik an Selbstmord.«

»Der Gegner kann sich nur auf das vorbereiten, was er von uns weiß«, erwiderte Geordi. »Und seit der Entführung des Captains hat er kaum mehr Informationen über uns gewonnen.«

»Haben Sie eine Idee, Mr. LaForge?« erkundigte sich Picard.

»Ja, und ich glaube, die Sache ist zumindest einen Versuch wert«, bestätigte der Chefingenieur. »Wesley hat mit Warpblasen experimentiert.«

»Lieber Himmel, erinnern Sie mich nicht daran«, stöhnte Beverly Crusher.

»Vielleicht können wir eine Waffe daraus entwickeln«, fuhr Geordi fort. »Alle Gleichungen und Daten in Hinsicht auf die Experimente sind im Computer gespeichert, und in meiner Freizeit habe ich mich des öfteren damit beschäftigt. Data und ich hatten mehrmals Gelegenheit, darüber zu diskutieren ...«

»Unsere Gespräche dienten in erster Linie dem Theoretisieren«, erklärte der Android. »Unserer Ansicht nach ist es möglich, mit Hilfe des Computers eine ganz bestimmte Materie-Antimaterie-Mischung zu schaffen, um jene Art von Warpblase zu erzeugen, mit der Wesley sich beschäftigt hat.«

»Im Triebwerk?« fragte Picard erschrocken.

»Nein, Sir«, antwortete Data. »Die Energie aus der gegenseitigen Annihilation von Materie und Antimaterie wird in dem für Notfälle bestimmten Generator im unteren Bereich des sekundären Rumpfs erzeugt. Anschließend leitet der Computer sie durch die Warpfeldgeneratoren der Gondeln. Die Warpblase interagiert dann mit dem Subraumfeld des Borg-Schiffes und hüllt es in ein schrumpfendes Mini-Universum, vergleichbar mit dem Miniatur-Kosmos, in dem Doktor Crusher gefangen war. Anders ausgedrückt: Die Blase entfernt das betreffende Schiff aus unserem Raum-Zeit-Kontinuum.«

»Wir müßten also nahe genug an den Borg-Raumer heran, um eine Warpblase über dem Subraumfeld ›abzuwerfen‹«, sagte Picard.

Geordi nickte. »Ja, Sir. Und uns steht allein Impulskraft zur Verfügung, um den Wirkungsbereich zu verlassen. Innerhalb von drei oder vier Sekunden müssen wir eine sichere Entfernung zwischen uns und das Borg-Schiff legen, wenn wir ihm nicht in der Warpblase Gesellschaft leisten wollen.«

»Klingt riskant«, ließ sich Riker vernehmen.

»Wie lange würde es dauern, um den für Notfälle bestimmten Generator vorzubereiten?« fragte Picard.

»Wesley hat die gesamte theoretische Grundlagenarbeit geleistet.« Geordi hob und senkte die Schultern. »Es geht also nur darum, einige Justierungen vorzunehmen. Eine halbe Stunde dürfte genügen.«

»In Ordnung. Beginnen Sie mit den erforderlichen Modifikationen.« Picard zögerte. »Captain Korsmo, ich . . .«

Er bekam keine Gelegenheit, den Satz zu beenden. Der Kommunikator des Konferenzzimmers summte, und Chafins Stimme erklang. »Captain, der Planeten-Killer verringert die Geschwindigkeit.«

»Befinden sich die Borg-Schiffe in der Nähe?«

»Nein, Sir.«

»Vielleicht ist dem Ding das Benzin ausgegangen«, brummte Korsmo.

Die Tür öffnete sich, und Guinan kam herein. Korsmo sah auf, doch abgesehen von einem lauten Seufzen gab er keinen Kommentar ab. Guinan schenkte ihm nicht die geringste Beachtung und wandte sich sofort an Picard.

»Sie will uns empfangen.«

»Das *will* sie?« Picard brauchte nicht extra zu fragen, wer mit ›sie‹ gemeint war.

»Vielleicht hätte ich es anders ausdrücken sollen«, räumte die Wirtin ein. »Sie signalisiert Bereitschaft, uns zu empfangen, und allein das ist schon ein Fortschritt.«

»»Sie‹?« wiederholte Korsmo. »Die Frau im Planeten-Killer?«

»Er unterbricht den Warptransfer, Captain«, meldete Chafin.

»Gehen Sie längsseits«, sagte Picard und stand auf. »Transporterraum, treffen Sie Vorbereitungen für den Transfer von vier Personen zum Planetenfresser. Counselor, Guinan, Mr. Data ... Bitte begleiten Sie mich.«

»Nein, Sir!« entfuhr es Riker. »Der Captain muß an Bord seines Schiffes bleiben ...«

»In diesem Fall halte ich eine Ausnahme für angebracht«, entgegnete Picard fest und voller Zuversicht. »Vielleicht ist dies unsere einzige Chance, den Planeten-Killer als Verbündeten zu gewinnen. Wenn uns das gelingt, brauchen wir uns wegen der Borg nie wieder Sorgen zu machen. Mr. LaForge, Counselor Troi ... Was ist mit der Frau namens Bonaventure? Könnte sie bei Verhandlungen mit Delcara irgendwie nützlich sein?«

»Verhandlungen mit Delcara sind ausgeschlossen, Picard«, warf Korsmo ein. »Sie ist eine Terroristin! Sie ver-

334

hält sich so, wie es ihr paßt. Mit einer solchen Person sind keine Kompromisse möglich.«

Picard bedachte den Kommandanten der *Chekov* mit einem eisigen Blick und ignorierte ihn dann. »Ich warte auf eine Antwort, Counselor.«

»Reannon sollte besser an Bord der *Enterprise* bleiben«, sagte Troi. »Bei ihrer Rekonvaleszenz hat eine sehr kritische Phase begonnen, und sie ist ausgesprochen unberechenbar. Vielleicht wäre sie tatsächlich in der Lage, Ihnen zu helfen. Aber sie könnte auch großen Schaden anrichten.«

»Ich bin der gleichen Meinung«, pflichtete Geordi der Betazoidin bei.

»Nun gut. Sie bleibt hier.« Jean-Luc sah, wie Riker zu einem neuerlichen Einwand ansetzte, und deshalb fügte er rasch hinzu: »Meine Entscheidung steht fest, Nummer Eins.«

»Captain . . .« Shelby beugte sich vor. »Dies ist nicht der richtige Zeitpunkt.«

»Commander Shelby hat recht, Sir. Gerade jetzt dürfen Sie die *Enterprise* nicht verlassen. Die Borg kommen.«

Picard wandte sich an Riker, und sein Gesicht vermittelte eine Botschaft, die der Erste Offizier nicht falsch verstehen konnte. Dies war mehr als nur Entschlossenheit, das Risiko selbst einzugehen. Er sah sich nun dicht vor dem Ziel einer mehrere Jahrzehnte langen Suche. Will Riker begriff, daß er den Captain nicht aufhalten konnte.

»Bitte entschuldigen Sie mich bei ihnen«, sagte Picard schlicht.

KAPITEL 19

Korsmo betrat die Brücke der *Chekov* und ließ sich in den Kommandosessel sinken. Shelby nahm ebenfalls Platz und wirkte weitaus ruhiger als der Captain.

»Es widerspricht allen Regeln der Vernunft«, sagte Korsmo mehr zu sich selbst. Doch alle Anwesenden hörten die Bemerkung und richteten neugierige Blicke auf ihn.

»Sir?« fragte der Mann am Operatorpult.

Korsmo sah niemanden an und schüttelte den Kopf. »Manche Leute in dieser Galaxis halten sich immer an die Vorschriften, treffen immer die richtigen Entscheidungen. Bei ihnen mag die berufliche Laufbahn im großen und ganzen zufriedenstellend sein, aber sie bleibt ohne Farbe, ohne Aufregung. Tja, und dann gibt es jene, die sich nicht um die Vorschriften scheren, die einfach das tun, was sie für richtig halten — und sie ernten den ganzen Ruhm. Wie soll man so etwas nennen?«

Einige Sekunden lang herrschte Stille auf der Brücke, und dann antwortete Shelby klar und deutlich: »Ich nenne so etwas Gerechtigkeit.«

Korsmo warf ihr einen finsteren Blick zu. »Danke für diesen Hinweis.«

Shelby schwieg, neigte nur den Kopf — eine stumme Bestätigung.

Korsmo sah zum Wandschirm und beobachtete den mit Relativgeschwindigkeit Null im All schwebenden Planeten-Killer. Die *Enterprise* hatte sich ihm genähert. »Position halten«, wies der Captain den Steuermann an.

»Sir...«, entfuhr es Hobson überrascht. »Bisher war das fremde Objekt in einen Kokon aus Interferenzen gehüllt, die den Einsatz des Transporters unmöglich machten. Aber jetzt stellen die Sensoren eine Öffnung in dem speziellen Abschirmfeld fest. Sollen wir...?«

»Nein«, sagte Korsmo. »Wir warten einfach nur ab. Immerhin hat man uns nicht eingeladen.«

Guinan, Picard, Data und Troi traten auf die Transporterplattform. Worf und Riker standen einige Meter entfernt, und O'Brien prüfte die Anzeigen der Konsole. »Jetzt läßt sich ein Transfer durchführen, Sir«, sagte er, und es klang ein wenig überrascht. »Außerdem empfange ich ein Peilsignal aus dem Innern des Planeten-Killers. Jemand möchte, daß ich Sie zu einem bestimmten Ort schicke.«

»Dann sollten wir den Jemand nicht enttäuschen«, erwiderte Picard.

»Sir, ich rate noch einmal davon ab«, sagte Riker, obgleich er nicht glaubte, Picard umstimmen zu können. Damit behielt er recht.

»Zur Kenntnis genommen, Nummer Eins.«

Worf trat vor und bot dem Captain einen Phaser an. »Ich schlage vor, Sie nehmen das hier mit, Sir.«

»Ich halte Waffen nicht für notwendig, Mr. Worf.«

»*Ich* schon«, entgegnete der Klingone mit fast grimmig klingender Stimme.

Die verbale Vehemenz des Sicherheitsoffiziers erstaunte Picard. Und er verstand den Grund dafür. Für einen klingonischen Krieger mußte es sehr schwer sein, sich mit Passivität zu begnügen, während sich sein vorgesetzter Offizier Gefahren aussetzte. Klingonen zeichneten sich durch großes Pflichtbewußtsein aus, und dieser Umstand sorgte in Worf für einen enormen Konflikt. Einerseits mußte er dem Captain gehorchen, doch andererseits fühlte er sich dazu verpflichtet, ihn zu schützen.

Picard nahm den Phaser allein aus Rücksicht auf Worf entgegen. »Danke, Lieutenant.«

Der Sicherheitsoffizier nickte kurz, trat zurück und verschränkte die Arme.

Picard schritt zu einem Transferfeld, drehte sich um und sah Guinan an. »Benutzen Sie zum erstenmal einen Transporter?«

Sie zuckte mit den Achseln. »Für alles gibt es ein erstes Mal.«

Jean-Luc nickte und wandte sich an O'Brien. »Energie«, sagte er.

Der Captain und seine Begleiter entmaterialisierten und verschwanden.

»*Vaya con dios*«, murmelte Riker.

Picard sah sich selbst.

Er wich einen Schritt zurück, und aus einem Reflex heraus tastete die rechte Hand nach dem Phaser. Dann bemerkte er, daß die Person ihm gegenüber — jenes Wesen, das ihm so sehr ähnelte — die gleichen Bewegungen vollführte, und daraufhin begriff er, um was es sich handelte. Verlegenheit ging mit der Erkenntnis einher, und er trat noch etwas weiter zurück, um einen besseren Überblick zu gewinnen.

»Wie Geordi vermutete«, sagte Jean-Luc. »Kristalle.«

Picard, Troi, Guinan und Data sahen sich neugierig um. Die Counselor und der Captain staunten ganz offensichtlich. Guinan wirkte so unbeeindruckt, als hätte sie sich schon oft an einem derartigen Ort aufgehalten. Data begann sofort mit ersten Sondierungen.

Überall erhoben sich komplex strukturierte Gebilde, die offenbar aus Kristallen bestanden.

Kristallene Wände, Platten und Säulen schufen zahllose Spiegelbilder der vier *Enterprise*-Offiziere. Picard warf einen Blick auf die Anzeigen von Datas Tricorder, bevor er versuchsweise die Hand ausstreckte und eine der Säulen berührte, in der sich ebenfalls ein Spiegelbild zeigte. Der Kristall fühlte sich warm an, schien mit individuellem Leben zu vibrieren.

»Unglaublich«, flüsterte der Captain.

Troi spürte auf allen Seiten Vitalität, und in ihr regten sich Gefühle, die sie bisher noch nicht kennengelernt hatte. Die Wände, der Boden, die Decke — überall zitterten Emotionen. Deanna wies Picard darauf hin und fügte hinzu: »Sie erwecken den Eindruck, irgendwie ... unter Kontrolle gehalten zu werden.«

»Sind sie vielleicht ... gefangen?« fragte Jean-Luc.

»Nein. Etwas *benutzt* sie, und die Emotionen lassen es bereitwillig mit sich geschehen. Man könnte meinen, allein Willenskraft triebe dieses Schiff an.«

»Es steckt noch mehr dahinter«, sagte Data und blickte wieder auf die Displays seines Tricorders. »Die kristallenen Strukturen sind gewissermaßen Akkumulatoren, in denen alle Arten von Energie gespeichert sind: physikalische, kinetische, elektromagnetische und so weiter.« Er legte eine kurze Pause ein und betätigte Tasten. Die Neutroniumhülle hatte fast alle Sondierungssignale abgeschirmt, aber jetzt befanden sie sich im Innern des Planetenfressers, und hier waren umfassende Ortungen möglich. Der Androide gewann möglichst schnell möglichst viele Daten. »Meine internen Scanner bestätigen Geordis Hypothesen. Die vom hiesigen Triebwerksystem geschaffenen Warpfelder unterscheiden sich von den uns bekannten. Eine modifizierte harmonische Resonanz gestattet es diesem Raumschiff, die Raumkrümmung auf eine effizientere Weise zu beeinflussen, was höhere Geschwindigkeiten ermöglicht.« Data wandte sich an Picard. »Es existieren gewisse Parallelen zur Antriebstechnik der Borg. Vielleicht ist die hier gebräuchliche Methode sogar noch besser.«

»Die Borg nehmen fremde Technik auf«, sagte Picard nachdenklich. »Woraus sich der Schluß ziehen läßt, daß es bei ihnen kaum Eigenentwicklungen gibt.«

»Kein Wunder.« Guinan betrachtete ihr Spiegelbild

339

und rückte sich den Hut zurecht. »Um neue Technologien zu entwickeln, braucht man Phantasie. Kreativität erfordert Träume. Den Borg fehlt Imagination, und deshalb unterliegt ihre Erfindungsgabe starken Beschränkungen.«

»Was ihnen inzwischen klargeworden sein könnte«, sagte Picard langsam. »Wir haben uns nach dem Grund für die Veränderung ihrer Prioritäten gefragt — die Borg interessieren sich nicht mehr nur für menschliche Technik, sondern streben auch Interaktionen mit uns an. Vielleicht wissen sie, daß ihrer ›Evolution‹ ohne Phantasie Grenzen gesetzt sind. Vielleicht wollen sie den menschlichen Erfindungsreichtum für sich nutzbar machen, um die eigene Weiterentwicklung zu gewährleisten.«

»Eine interessante Hypothese«, kommentierte Data. »Das zentrale Kollektivbewußtsein der Borg ist sicher in der Lage, die eigenen Mängel zu analysieren. Möglicherweise möchte es sich durch den menschlichen Kreativitätsfaktor erweitern. Faszinierend. Während Sie die Borg als Locutus repräsentierten, bezeichneten Sie mich als primitiven künstlichen Organismus, trotz meiner schöpferischen Kraft.«

»Offenbar schätzen die Borg unsere Denkfähigkeiten«, sagte Picard. »Sie sind dauernd bemüht, sich selbst zu verbessern, und sie wissen inzwischen, daß ihr mechanisches Leben dem unseren gegenüber Nachteile hat.« Er warf Data einen kurzen Blick zu. »Womit ich Ihnen keineswegs zu nahe treten möchte.«

»Ich verstehe, Captain«, erwiderte der Androide ruhig. »Und ich fühle mich nicht beleidigt.«

In diesem Augenblick schrie Deanna.

Die anderen wirbelten herum. Troi starrte zu einer Kristallwand, streckte den Arm aus und brachte hervor: »Ich habe mich selbst gesehen, und plötzlich veränderte sich das Spiegelbild, zeigte mir nicht nur ein fremdes Gesicht, sondern Hunderte, Tausende ...«

Die Counselor wirkte bestürzt und beruhigte sich erst, als ihr Guinan die Hand auf die Schulter legte. Verwirrt schüttelte sie den Kopf. »Tut mir leid. Ich bin nur erschrocken.«

»Sehr menschlich von Ihnen«, sagte Data.

»Es waren die Vielen.«

Erneut drehten sie sich um, und diesmal sahen sie Delcara. Picard riß unwillkürlich die Augen auf. Er war nicht der Delcara auf dem Holo-Deck begegnet, und seit dem Gespräch mit Guinan schien sie noch mehr gealtert zu sein. Troi schnappte nach Luft. Data richtete nur den Tricorder auf die Frau.

Das Haar war grauweiß, und tiefe Falten durchzogen die sichtbare Haut. Delcara lächelte, aber ihr Gesicht verwandelte sich dadurch in eine Grimasse. Die Brauen gingen ineinander über und formten eine dunkle Linie über den Augen, schienen einen Schatten auf sie zu projizieren. Der Oberkörper blieb jetzt ständig nach vorn geneigt, und der Rücken krümmte sich wie unter einer schweren Last. Sie präsentierte eine ganz andere Physiognomie: Die Stirn bildete eine Art Buckel, und als Delcara den Kopf ein wenig zur Seite kippte, um die Besucher zu mustern, bekam ihre Mimik etwas Dämonisches.

Seltsam: Offenbar war ihr das eigene Erscheinungsbild überhaupt nicht bewußt. Glaubte sie vielleicht, daß sie noch immer reine, unbefleckte Schönheit ausstrahlte? Vielleicht verbarg sich ein derartiger Aspekt tief in ihrem Innern, ohne zu ahnen, was geschah. Vielleicht verharrte jenes Ich in dem naiven Glauben, an der früheren Ästhetik festhalten zu können, trotz des emotionalen Krebsgeschwürs namens Rachedurst. Doch jene Dunkelheit trübte inzwischen auch das letzte Licht der Delcara, die einst nur Liebe gekannt hatte, weder Haß noch das Streben nach Vergeltung.

Einer Delcara, deren innere Schönheit sich dem Kadetten Jean-Luc Picard offenbart hatte.

Der Captain trat vor, und seine ausgestreckte Hand tastete vergeblich nach Substanz. »Wieder nur ein Hologramm.«

»Und wieder spricht der Captain aus Ihnen«, erwiderte die holographische Frau. »Schon damals waren Sie jemand, der großen Wert auf Vernunft legte, der es verstand, Verantwortung wahrzunehmen und zu führen. Manche Dinge ändern sich nie.«

»Delcara ...«, begann Guinan.

Sie winkte fast zornig ab. »Ich habe erlaubt, daß Sie hierherkommen, weil Sie noch immer nicht verstehen.« Delcaras Stimme zitterte. »Ich empfange Sie hier, *damit* Sie verstehen. Eine Rückkehr zu meiner früheren Existenz ist unmöglich. Davon ist nichts mehr übrig. Kommen Sie.«

Sie wandte sich um und schritt durch einen Korridor, der weder Anfang noch Ende zu haben schien. Picard folgte ihr, ebenso die anderen. Eine sonderbare Stille herrschte um sie herum. An Bord der *Enterprise* gab es immer irgendwelche Hintergrundgeräusche: das Summen der Triebwerke, das elektronische Zirpen von Computersystemen.

Doch hier, im Herzen des Planetenfressers, blieb alles still. Die Offiziere schritten durch eine Welt der Lautlosigkeit; ihre Stiefel verursachten nicht einmal ein leises Knirschen auf dem kristallenen Boden.

Irgendwann brachten sie eine Ecke hinter sich und blieben stehen.

Bisher waren sie von hohen Säulen umgeben gewesen, und weit über ihnen hatten sich rohrartige Verbindungen erstreckt — vielleicht Komponenten des Energieverteilungssystems. Jetzt sahen Picard und seine Begleiter zahllose Platten, die etwa zwei Meter lang sein mochten und in einem Winkel von fünfundvierzig Grad aus dem Boden ragten. Ein langer Gang führte an ihnen vorbei, und an seinem Ende reichte eine einzelne Säule empor; ihre Spitze verlor sich in Dunkelheit.

342

Die holographische Frau näherte sich ihr zielstrebig, verharrte davor und drehte sich um.

»Verstehen Sie jetzt?«

Im Innern der Säule befand sich der reine und unversehrte Leib Delcaras, wie eine in Bernstein gefangene Fliege, vor der Fäulnis rachsüchtiger Besessenheit geschützt.

Im Kontrollraum der *Enterprise* hob Worf ruckartig den Kopf. »Sir, die Fernbereichssensoren orten drei Raumschiffe, die sich mit Warp sieben nähern. Kurs drei zwei zwei Komma neun. Wenn sie die gegenwärtige Geschwindigkeit beibehalten, sind sie in siebzehn Minuten hier.«

»Borg?« fragte Riker fast tonlos.

»Ich glaube, ja, Sir.«

»Benachrichtigen Sie den Captain. Teilen Sie der Landegruppe mit, daß sie sich für den Retransfer in Bereitschaft halten soll.«

»Es läßt sich kein Kom-Kontakt herstellen, Sir«, erwiderte Worf nach einigen Sekunden. Er kam der nächsten Frage des Ersten Offiziers zuvor und fügte hinzu: »Das Abschirmfeld verhindert eine genaue Anpeilung.«

»Mit anderen Worten: Wir können den Captain und die anderen nur zurückbeamen, wenn es Delcara in den Kram paßt«, meinte Riker. »Wundervoll. — Maschinenraum: Wie lange dauert es, um den für Notfälle bestimmten Generator für Warpblasen zu modifizieren?«

»Ich brauche noch etwa fünfzehn Minuten, Commander«, ertönte Geordis Stimme.

»Die neuesten Sensordaten geben Ihnen nicht viel Spielraum, Mr. LaForge. In siebzehn Minuten bekommen wir Besuch von den Borg.«

»Ich verabscheue es, zuviel Zeit zu haben«, sagte der Chefingenieur.

»In dieser Hinsicht können Sie ganz beruhigt sein. Beeilen Sie sich.«

»Ja, Commander.«

»Sir...« Worf klang geradezu verblüfft. »Die Borg setzen sich mit uns in Verbindung.«

»Vielleicht wollen sie ihren Triumph ankündigen«, sagte Riker. »Ist die *Chekov* ebenfalls auf Empfang?«

»Jawohl, Sir.«

»Offenbar fällt es den Borg nicht schwer, das aus Interferenzen bestehende Abschirmfeld des Planeten-Killers mit ihren Kom-Signalen zu durchdringen. Auf den Schirm, Lieutenant.«

Delcaras Schiff verschwand aus dem Projektionsfeld — und wich einem völlig unerwarteten Anblick.

Auf den ersten Blick betrachtet schien es sich um einen gewöhnlichen Borg zu handeln. Doch bei genauerem Hinsehen stellte sich heraus, daß der Kopf anders geformt war. Die sichtbare Struktur von Haut und Knochen weckte deutliche Assoziationen.

»Ein Ferengi?« brachte Riker hervor.

»So hat es den Anschein«, entgegnete Worf, der es noch immer nicht fassen konnte.

Der Ferengi-Borg zögerte einige Sekunden lang, als wollte er den Starfleet-Repräsentanten Gelegenheit geben, sich von ihrer Überraschung zu erholen. Dann sagte er: »Ich bin ... Vastator. Vastator von den Borg.«

Riker wollte sich identifizieren, aber er klappte den Mund sofort wieder zu, als er eine andere Stimme hörte. »Hier spricht Captain Morgan Korsmo von der *Chekov*.« Picards Stellvertreter schwieg. Korsmo war derzeit der ranghöchste Offizier, und deshalb stand es ihm zu, mit den Borg zu reden. Riker überließ ihm diese Aufgabe gern.

»Vastator von den Borg«, fuhr der *Chekov*-Kommandant fort, »Sie befinden sich im stellaren Territorium der Föderation. Ich berufe mich hiermit auf meine Autorität als Starfleet-Captain und befehle Ihnen, unverzüglich in Ihren Quadranten zurückzukehren.«

»Ihre Befehle sind belanglos«, sagte Vastator. Riker

erlebte eine zweite Überraschung, als sich der Tonfall des Borg veränderte: In seiner Stimme erklang nun die typische Verschlagenheit eines Ferengi. »Wir sind jedoch zu einer Vereinbarung bereit.«

Riker sah zu Worf, und seine Lippen formulierten zwei stumme Worte: *Eine Vereinbarung?*

»Was wollen Sie uns vorschlagen?« fragte Korsmo.

»Wir haben erfahren, wie mächtig die Waffe ist, in deren Nähe Sie sich befinden. Sie stellt nicht nur eine Gefahr für uns dar, sondern auch für Sie. Wir werden die Waffe zerstören, und Sie verzichten auf eine Intervention. Als Gegenleistung versprechen wir, Sie nicht zu vernichten.« Ein Ferengi, der ohne die für sein Volk charakteristische Arroganz sprach, wirkte ausgesprochen seltsam.

»Ausgeschlossen«, sagte Riker.

»Mischen Sie sich nicht ein, Commander!« erwiderte Korsmo scharf.

»Die Föderation verhandelt nicht mit Terroristen«, sagte der Erste Offizier der *Enterprise.* »Darauf haben Sie selbst hingewiesen.«

»Mit Terrorismus hat dies nichts zu tun. Es geht hier um Verhandlungen mit einem bedrohten Volk.«

»Die Borg sind nicht bedroht, Captain«, widersprach Riker. »Ganz im Gegenteil: Sie bedrohen alle anderen Zivilisationen.«

»Sie brauchen sich nicht sofort zu entscheiden«, sagte Vastator. »Ihnen bleiben sechzehn Minuten Zeit. Letztendlich spielt es keine Rolle für uns, welche Wahl Sie treffen. Es geht dabei nur um Sie selbst, um Ihr Überleben.« Im Anschluß daran unterbrach der Borg die Verbindung.

Korsmo erschien auf dem Wandschirm, und in seinen Augen blitzte Ärger. »Ich habe Sie nicht darum gebeten, Ihre Meinung zu äußern, Commander.«

Riker holte tief Luft. »Wir werden nicht tatenlos zusehen, wie die Borg Delcaras Schiff zerstören.«

»Tatsächlich nicht?« fauchte Korsmo.

»Nein. Der Planetenfresser raste in eine Sonne, um die *Enterprise* nicht zu zerstören. Von den Borg können wir wohl kaum so viel Rücksichtnahme erwarten.«

»Haben Sie darüber nachgedacht, was passiert, wenn Delcara die Borg-Raumer vernichtet und den Flug ungehindert fortsetzt?« fragte Korsmo eisig. »Innerhalb einer Woche wird die bereits erwähnte Flotte versuchen, sie aufzuhalten. In einem solchen Fall fürchten Sie große Verluste, nicht wahr? Wenn ich mich recht entsinne, sprachen Sie in diesem Zusammenhang von einem Massaker. Wenn wir den Planeten-Killer eliminieren können, indem wir hier passiv bleiben oder ihn angreifen, so bewahren wir Tausende von Starfleet-Angehörigen vor dem Tod. Sind Sie bereit, die Verantwortung für das Leben so vieler Personen zu übernehmen, Commander?«

»Und wenn es den Borg gelingt, Delcaras Raumer zu zerstören?« entgegnete Riker. Er versuchte, ruhig zu sprechen, nicht die Kontrolle über sich zu verlieren. »Glauben Sie etwa, daß die Burschen einfach kehrtmachen und dorthin zurückkehren, woher sie gekommen sind?«

»Vielleicht. Vielleicht auch nicht. Möglicherweise versuchen sie, in die zentralen Raumsektoren der Föderation vorzustoßen. Doch dann begegnen sie dem vollen Verteidigungspotential der Föderation. Was derzeit nicht der Fall ist. Hinzu kommt: Verhandlungen mit den Borg rücken jetzt zumindest in den Bereich des Denkbaren. Die Präsenz des Ferengi läßt vermuten, daß Übereinkünfte erzielt werden können.«

»Wer einen Pakt mit dem Teufel schließt, bezahlt früher oder später einen hohen Preis dafür, Captain Korsmo«, warnte Riker.

»Das ist Ihre Meinung, Commander. Ich halte folgendes für angebracht: Wenn die Borg eintreffen, eröffnen wir nicht das Feuer auf sie, es sei denn, wir werden dazu gezwungen. Des weiteren unternehmen wir nichts, um den Planeten-Killer zu verteidigen. Falls er in Schwierigkeiten gerät, bemühen wir uns, einen Beitrag zu seiner Vernichtung zu leisten — er ist einfach zu gefährlich.« Riker wollte protestieren, aber Korsmo gab ihm keine Gelegenheit, Einwände zu erheben. »Ich bin im Augenblick der ranghöchste Offizier, Commander, und das bedeutet für Sie, daß Sie sich meinen Wünschen fügen müssen. Habe ich mich klar genug ausgedrückt?«

»Ja, das haben Sie, Captain. Sie vergessen nur eins: Captain Picard und die Landegruppe befinden sich an Bord von Delcaras Schiff.«

Korsmo zögerte einige Sekunden lang. »Dieser Punkt ist meiner Aufmerksamkeit keineswegs entgangen, Commander Riker. Nun, Commander Shelby hat uns ausführlich Bericht erstattet: Ihr Captain hielt sich an Bord des Borg-Schiffes auf, als Sie den Befehl erteilten, das Feuer zu eröffnen. Der Umstand, daß Picard noch lebt, hat mehr mit der Borg-Technik zu tun als mit Ihrer Sorge um seine Sicherheit. Sie brauchen mir gegenüber also nicht aufs hohe Roß zu steigen, Mr. Riker. Sie haben bewiesen, daß Sie fähig und bereit sind, schwierige Entscheidungen zu treffen. Und dazu bin auch ich in der Lage. Es läuft alles auf folgendes hinaus: Die Starfleet-Order sind völlig unmißverständlich. Der Planeten-Killer soll aufgehalten werden. Die Borg *wollen* ihn aufhalten, und deshalb vermeiden wir einen Kampf gegen sie. Vielleicht können wir die Grundlage für einen Frieden mit ihnen schaffen.«

»Ihre Interpretation der Starfleet-Anweisungen ...«

»... ist die einzige, die hier zählt, Commander.« Korsmo betonte das letzte Wort, um den Rangunterschied hervorzuheben. »*Chekov* Ende.«

Das Bild im großen Projektionsfeld wechselte, zeigte wieder das All.

»Versuchen Sie auch weiterhin, Captain Picard zu erreichen«, sagte Riker. Er stand auf und ging zum Wandschirm, wünschte sich dabei eine Möglichkeit, die Landegruppe aus dem Planetenfresser zu holen und zur *Enterprise* zurückzubringen.

Er sprach wie zu sich selbst, und gleichzeitig waren seine Bemerkungen für die Crew bestimmt. »Ich weigere mich, die Starfleet-Befehle auf eine solche Weise zu interpretieren. Man kann unmöglich von uns verlangen, beiseite zu treten und zuzusehen, wie die Borg den Captain umbringen und jene Waffe zerstören, die uns eine Chance gibt, den Sieg über einen erbarmungslosen Feind zu erringen. Wenn Starfleet wirklich so etwas beabsichtigt, so soll das Hauptquartier bitte jemanden schicken, der mir die Hintergründe erläutert. Bis dahin lehne ich es strikt ab, mich einer derartigen Interpretation anzuschließen.« *Was ein Ende deiner beruflichen Laufbahn bedeuten könnte, wenn du nicht eine Menge Glück hast, Riker*, fügte er in Gedanken hinzu.

Er drehte sich zu Worf um. »Alarmstufe Rot. Gefechtsstationen besetzen.« Er legte eine kurze Pause ein, um die nächsten Worte noch dramatischer klingen zu lassen. »Die Besatzung soll sich auf einen Kampf vorbereiten, der uns vielleicht allen das Leben kostet.«

KAPITEL 20

Delcara?« flüsterte Picard. Er berührte den Kristall, und einmal mehr spürte er pulsierende Wärme. Eine nackte Frau ruhte in der Säule, und ihr Leib sah genauso aus wie damals, als er ihn durch das transparente Gewand gesehen hatte. Die Augen waren geschlossen, und das lange Haar umschmiegte die Schultern.

Deanna keuchte unwillkürlich und hob aus einem Reflex heraus die Hand zum Mund. Guinan stand reglos, doch ihr Gesicht machte deutlich, daß sie nicht unbeeindruckt blieb. Nur Data offenbarte keine Anzeichen von Überraschung. Einmal mehr nahm er eine Sondierung mit dem Tricorder vor. »Sie lebt«, sagte er.

»Natürlich lebe ich«, erwiderte Delcara verärgert. Sie stand neben dem Körper und schien den krassen Unterschied im äußeren Erscheinungsbild überhaupt nicht zu bemerken. »Ich bin das Leben. Ich bin das Leben des ganzen Schiffes. Ich bin die Pilotin: Körper und Geist sind stark genug, um die Wünsche und Bedürfnisse der Vielen zu kanalisieren. Ohne einen Piloten fehlen ihnen Fokus und Kontrolle. Ohne einen Piloten haben sie so wenig Disziplin wie eine große Klasse ungezogener Kinder. Verstehen Sie?« zischte Delcara. »Die Vielen sind tot! Die Toten brauchen die Lebenden, wenn sie ihre Mission erfüllen wollen! Die Toten können sich nicht selbst heimsuchen. Sie brauchen ...«

»Ein Opfer«, sagte Guinan leise. »Du bist ein Opfer. Ein Mittel zum Zweck.«

»Es ist ein guter, ruhmreicher Zweck.«

349

»Kommen Sie zu uns, Delcara«, drängte Picard. »Verlassen Sie die Säule. Kehren Sie ins Leben zurück. Es ist noch nicht zu spät.« Seine Fingerkuppen strichen über den Kristall. »Diese Barriere trennt uns. Laß uns zusammensein.« Er ging nun zum Du über — das Sie erschien nicht mehr angemessen.

»O Picard«, seufzte Delcara. »Liebster Picard ... Was nützt es, die Realität des Geistes zu erklären, wenn du so sehr von der Unwirklichkeit des Fleisches besessen bist?«

»Damit kann ich mich nicht abfinden!« entfuhr es dem Captain. »Ich bin nicht imstande, einfach fortzugehen und zuzulassen, daß du in ... in einem *solchen* Zustand existierst: gefangen zwischen Leben und Tod, zwischen Himmel und Hölle. Du verbringst eine Ewigkeit im Fegefeuer, für die Sünden anderer.«

»Oh, jetzt dramatisierst du zu sehr, lieber Picard.« Delcara lächelte schwermütig und vollführte eine vage Geste. »So oft habe ich an dich gedacht ... Immer wieder habe ich mich gefragt, was aus dir wird, wohin dich dein Ehrgeiz führt. Es ist wirklich schade. Wenn wir uns in einem anderen Leben begegnet wären ...«

»Vielleicht ist das der Fall«, sagte Jean-Luc sanft. »Vielleicht sind wir zwei alte Seelen, die sich seit Jahrhunderten nacheinander sehnen. Und jetzt gibt es nur noch diese Barriere zwischen uns.«

»Die *Borg* stehen zwischen uns. Die Notwendigkeit, sie für ihre zahllosen Verbrechen zu bestrafen.«

»Nein!« Picard schob wie entrüstet das Kinn vor. »Nein. Es gibt nur diese eine Barriere. Und du hast sie selbst geschaffen, mit deinem Streben nach Rache. Aber du kannst dich von jener Besessenheit befreien, Zorn und Haß überwinden. Zieh einen Schlußstrich. Komm mit uns.«

»Es ist noch nicht zu spät«, flüsterte Guinan. »Hast du gehört, Gedankenschwester? Es ist noch nicht zu spät, obwohl du etwas anderes glaubst ...«

350

»Ich glaube an die Wahrheit. Ich glaube an das, was ich weiß. Eine Fortsetzung dieses Gesprächs ist sinnlos. Kehrt an Bord eures Schiffes zurück. Laßt mich allein.« Als sich Picard und seine Begleiter nicht von der Stelle rührten, kreischte die holographische Frau: »*Laßt mich allein!*«

Das Hologramm verschwand.

Und überall erwachte Leben in den Kristallen. Hunderte und Tausende von Gesichtern zeigten sich darin, die Mienen wutverzerrt, in den Augen eine brennende Leidenschaft, die über den Tod hinausging. Die Stimmen der Geister hallten laut durch die langen Korridore und Gänge des gewaltigen Schiffes, erklangen auch in den Gedanken der Lebenden. »*Geht! Verlaßt uns! Ihr seid hier nicht erwünscht! Wir sind die Vielen! Ihr seid die Wenigen!*«

»Nein!« rief Picard und preßte sich die Hände an die Ohren. Neben ihm lag Deanna Troi auf dem Boden — der empathische Orkan zerfaserte ihr Ich, trieb das Selbst der Counselor in die Finsternis der Bewußtlosigkeit. Guinan taumelte und hob wie abwehrend die Hände. Data trat an die Seite der Betazoidin, aber er wußte nicht, auf welche Weise er ihr helfen sollte. »*Hört auf!*« donnerte Picard.

»*Du kannst sie nicht bekommen! Du hast kein Recht, Anspruch auf sie zu erheben!*«

»Doch, das habe ich!« widersprach Jean-Luc. »Mein Anspruch auf Delcara ist mindestens ebensogroß wie eurer. Ihr ahnt nicht, was sie mir bedeutet! Die Erinnerungen an sie begleiten mich seit Jahrzehnten, und ihr Bild weilte immer vor meinem inneren Auge.« Die Vielen heulten noch immer, und Picard konnte kaum die eigene Stimme hören. »Seit jener Nacht in der Akademie habe ich Delcara als Personifizierung meiner Wünsche gesehen. Sie kam der Verkörperung meines wichtigsten Ziels gleich. Sie war die Galaxis für mich. Sie bot die gleiche Faszination wie die Entdeckung neuer Welten, wie der Reiz des Unbekannten. Nie habe ich eine andere Frau geliebt, *denn meine Liebe gilt den Sternen, die von Delcara symbolisiert werden.* Des Nachts, wenn ich allein im Bett meines Quartiers liege, träume ich von ihr. Mit ihrer Präsenz wurzelt sie tief in meinem Denken und Empfinden, in meiner Seele. Für keine andere Person gab es jemals so viel Platz in mir. Sie ist mein Leben! Gebt sie mir, verdammt! Ihr armseligen Geister und Phantome kennt nur Haß und Zorn — was wißt ihr von Liebe? *Gebt mir Delcara!«*

Picard gestattete sich ein wenig Stolz — er hielt seine improvisierte Romantik für recht eindrucksvoll. Inzwischen wußte er, daß Delcara in ihrem Wahn nicht auf die Stimme der Vernunft hörte, und deshalb trachtete er danach, ihre Barrieren mit dramatischem Unsinn zu durchdringen. Natürlich waren seine Bemerkungen übertrieben und brachten Gefühle zum Ausdruck, deren Intensität rein imaginärer Natur blieben. Aber sie gingen mit genug echtem Schmerz einher, um überzeugend zu wirken.

Die Vielen heulten auch weiterhin, bebten vor Zorn in den Kristallen, die ihnen eine Existenz im Diesseits gewährten und gleichzeitig ewige Verdammnis bedeuteten. Picard versuchte, dem hysterischen Toben keine Beachtung zu schenken, sich ganz auf die eigene Entschlossenheit zu konzentrieren.

Ein Abbild Delcaras trat aus dem in der Säule gefangenen Körper. Jetzt haftete ihr keine Häßlichkeit mehr an — ein seltsamer Zauber hatte die Fäulnis der Rache aus ihr getilgt und die frühere Schönheit zurückgebracht. Die holographische Frau näherte sich und schluchzte plötzlich, streckte ihre Hände Picard entgegen, ohne ihn berühren zu können. Jean-Luc tastete einmal mehr nach der Säule …

Und die Delcara in dem Kristall hob langsam ihre Lider.

Erschütterungen erfaßten den Planeten-Killer — es

hatte den Anschein, als ließe Wut das riesige Raumschiff erzittern. Picard verlor den Halt und wankte nach vorn, stieß mit der Stirn an die Säule. Er sank zu Boden, rollte sich auf den Rücken und sah gerade noch, wie die übrigen Angehörigen der Landegruppe im Gleißen eines Transporterfelds entmaterialisierten.

»Was ist los?« rief er.

Niemand antwortete ihm.

Die Delcara im Kristall hatte die Augen wieder geschlossen, und das Hologramm wandte sich dem Captain zu. »Ich verfüge über ein eigenes Transfersystem, lieber Picard«, sagte sie. »Eben hast du herrlich klingende Worte der Liebe gesprochen, und deshalb weiß ich: Wir müssen zusammenbleiben. Ich habe deine Gefährten zur *Enterprise* zurückgeschickt, auch Guinan, die ich immer schätzen und respektieren werde.«

»Ich kann nicht hierbleiben, Delcara. Dieses Raumschiff ...«

»Wird angegriffen, lieber Picard.« Das Hologramm lächelte. »Die Borg sind da.«

Reannon Bonaventure saß in ihrer Kabine, blickte aus dem Fenster und sah, wie drei riesige Borg-Raumer den Warptransit beendeten und in den Normalraum zurückkehrten. Sie eröffneten sofort das Feuer auf den Planeten-Killer. Reannon schnappte nach Luft und riß die Augen auf ...

Und sie schrie.

»*Borg!*« kreischte sie, und das Wort kam aus dem innersten Kern ihrer Seele.

Der Sicherheitswächter vor der Tür hörte sie und erstarrte förmlich — bisher hatte die Frau nicht einen einzigen Ton von sich gegeben. Er zog den Phaser und rechnete mit dem Schlimmsten: Der Schrei schien darauf hinzudeuten, daß hinter dem Schott ein Borg materialisiert war, um Bonaventure zurückzuholen, sie wieder in ein Maschinenwesen zu verwandeln.

Er betrat die Kabine und sah nur eine Frau, die mitten im Zimmer stand und immer wieder heulte: »Borg! Borg! *Borg!*« Sie ruderte mit den Armen, als wollte sie aufsteigen und fliegen. Nirgends zeigte sich ein Angreifer, und deshalb verzichtete der Wächter darauf, die Sicherheitsabteilung zu verständigen.

»Es ist alles in Ordnung ...« Er hatte diese Worte gerade ausgesprochen, als Reannon jäh herumwirbelte und mit ihrer ganzen Kraft ausholte. Der mechanische Arm traf das Gesicht des Wächters, brach ihm den Kiefer und schleuderte ihn in die Schwärze der Bewußtlosigkeit. Die ehemalige Borg griff sofort nach dem Phaser und stürmte zur Tür.

Im Korridor zögerte sie verwirrt, wandte sich dann nach rechts. Die Frau hastete durch den langen Gang, und schließlich sah sie vertraute Symbole an einer Tür. Sie wußte, daß sie sich schon einmal in jenem Raum aufgehalten hatte, doch die Umstände blieben ihr verborgen. Ein dichter Nebel umgab den Teil ihres Selbst, der verstehen konnte, und nur gelegentlich filterte Licht durch den Dunst: Es pulsierte unheilvoll, kündete von entsetzlichen Dingen. Grauen fraß sich durch Reannons Gehirn.

Sie passierte die Tür — und verharrte abrupt.

Jetzt fiel es ihr wieder ein: Dies war die Krankenstation. Einige Penzatti erholten sich hier noch von ihren Verletzungen — die übrigen hatte man inzwischen in normalen Quartieren untergebracht; sie sahen nun auf und musterten den Neuankömmling verdrießlich.

Eine breitere Lücke bildete sich in Reannons mentalem Nebel, und ein Bild gewann dort Konturen. Es zeigte seelenlose kybernetische Wesen, jedes einzelne von ihnen ein individueller Kerker, der ein leidendes, gequältes Ich enthielt, jedes einzelne von ihnen ein erbarmungsloser Mörder. Die Frau erinnerte sich plötzlich daran, daß sie ebenfalls ein solches Geschöpf gewesen war, daß sie getötet und zerstört hatte, ohne Mitleid, ohne Gnade. Darüber hinaus existierte etwas in ihr, das sich nach jenem Leben sehnte und wieder zu einem Borg werden wollte ...

Sie taumelte zurück und prallte gegen einen Geräteschrank, stieß medizinische Instrumente zu Boden. Wie aus einem Reflex heraus griff sie nach dem einen und anderen Gegenstand, starrte darauf hinab und erahnte ihren Zweck.

Hinter ihr erklangen verwunderte Stimmen. Reannon erhob sich und lief in den Korridor, als Dr. Crusher und Dr. Selar durch die gegenüberliegende Tür eintraten. Sie wußten nicht, was sie von der Unruhe der Patienten halten sollten. Einige von ihnen gestikulierten und riefen zusammenhanglose Worte, in denen sich immer wieder eine Silbe wiederholte: Borg. Alles war so schnell gegangen, daß die Krankenpfleger überhaupt nichts von Reannon Bonaventures ›Besuch‹ bemerkt hatten.

»Offenbar spüren die Penzatti irgendwie, daß wir den Borg begegnen«, sagte Beverly Crusher. Sie wußte von den drei würfelförmigen Raumern. Riker hatte sie verständigt und aufgefordert, in der Krankenstation alles für die Aufnahme neuer Patienten vorzubereiten.

»Das ist eine logische Annahme«, pflichtete Selar der Ärztin bei. In diesem besonderen Fall erwies sich die Logik als falsch.

Auf der Brücke galt die allgemeine Aufmerksamkeit dem großen Wandschirm.

Die drei Borg-Schiffe boten einen ehrfurchtgebietenden Anblick und nahmen den Planetenfresser sofort unter Beschuß. Diesmal gaben sie sich nicht mit irgendwelchen Halbheiten zufrieden und nutzten ihre ganze offensive Kapazität. Gleich drei jener Strahlen, die Picards Schiff an den Rand der Vernichtung gebracht hatten, jagten Delcaras Raumer entgegen und kochten über die Neutroniumhülle.

355

Plötzlich materialisierten drei Gestalten im Kontrollraum.

Worf riß seinen Phaser aus dem Halfter, und Riker sprang mit einem Satz auf — beide rechneten damit, daß Borg-Soldaten erschienen. Das Schimmern des Transporterfelds verblaßte, und erstaunlicherweise präsentierten sich vertraute Gesichter: Guinan, Troi und Data. Riker stellte sofort fest, daß der Captain fehlte.

Er verlor keine Zeit. »Bericht, Mr. Data.«

Der Androide sah sich um. Er wirkte nicht in dem Sinne überrascht — ihn schien in erster Linie die veränderte Situation zu faszinieren. »Wir haben den organischen Körper Delcaras gefunden, Sir, und es kam zu einem empathischen Angriff jener Entitäten, die psychische Überbleibsel der Konstrukteure des Planeten-Killers sind. Captain Picard setzte sich mit großer Eloquenz für Delcaras Freilassung ein ...«

»Und offenbar brachte ihn seine eigene Rhetorik in Schwierigkeiten«, sagte Guinan. Sie schüttelte den Kopf. »Commander, wenn Sie nichts dagegen haben, kehre ich jetzt zum Gesellschaftsraum zurück. Hier nütze ich Ihnen kaum etwas.« Ihr Blick wanderte zum Projektionsfeld, und einige Sekunden lang beobachtete sie das Gefecht im All. Dann wandte sie sich noch einmal an den Ersten Offizier. »Ich hoffe, Sie sind nicht so hilflos wie ich.« Mit diesen Worten verließ sie die Brücke.

Picard taumelte erneut und sank auf die Knie, als sich der Planetenfresser schüttelte.

»Nun, lieber Picard ...«, sagte Delcara. »Jetzt spürst du die Macht, der ich den Rücken kehren soll.«

»Ich habe dich gebeten, vom Haß Abstand zu nehmen«, entgegnete der Captain.

»Mit Vergebung können die Borg nichts anfangen. Sie haben keine Ahnung, was so etwas bedeutet. Sie verstehen nur dies.«

Der Planeten-Killer erwiderte das Feuer. Ein Strahl

aus Antiprotonen zuckte durchs Vakuum — und zerstob an den Deflektoren der Borg. Die Schilde des Gegners glühten und flackerten, als sie mit immer stärkeren Belastungen fertig werden mußten, aber die würfelförmigen Raumer ließen auch weiterhin ihre Waffen sprechen — erste Risse bildeten sich in der Neutroniumhülle von Delcaras Schiff.

Die Vielen gaben einen zornigen Schrei von sich. *»Dein Fokus wird instabil! Du konzentrierst dich nicht! Was ist los mit dir?«*

Picard hielt sich die Ohren zu, aber damit konnte er die Stimmen nicht von sich fernhalten. Sie erklangen zwischen seinen Schläfen, und er mußte sie erdulden — obwohl ihr Zorn gar nicht ihm galt, sondern Delcara. Er fragte sich, wie sie das mentale Heulen aushielt.

»Mit mir ist alles in bester Ordnung!« erwiderte sie.

»Er hat dich verdorben! Der Picard hat dich verdorben!«

»Unsinn!« antwortete Delcara scharf. »Er kann mich gar nicht verderben. Er hat mir die Reinheit der Liebe gegeben.«

»Mit Liebe hat dies überhaupt nichts zu tun! Es geht einzig und allein um die Vendetta, um unsere Rache und auch deine. Greif an. Greif die verdammten Borg mit der Wut an, die dir und uns Kraft gab. Greif an — oder wir sind verloren.«

Delcara wandte sich von Picard ab und breitete die Arme aus. Der Körper im Kristall schien kurz zu zittern.

»Verdammt seid ihr!« rief sie. »Und *verdammt* bin ich!«

»Die Borg ignorieren uns, Sir«, sagte Data. Er saß wieder an der Operatorstation und verhielt sich so, als sei überhaupt nichts Außergewöhnliches geschehen. Troi hingegen brachte kaum ein Wort hervor und litt noch immer an den Nachwirkungen des emotionalen Angriffs in Delcaras Schiff. Riker hatte sie zur Krankenstation schicken wollen, aber sie bestand darauf, im Kontrollraum zu bleiben. »Sie konzentrieren ihre ganze

357

Feuerkraft auf den Planeten-Killer«, fügte der Androide hinzu.

»Irgendwelche Schäden bei den Borg?«

»Ihr energetisches Niveau ist durchschnittlich um einundzwanzig Komma drei Prozent gesunken. Die Antiprotonenstrahlen belasten ihre Deflektoren. Wie dem auch sei: Der Angriff bleibt nicht ohne negative Folgen für den Planeten-Killer. Wenn es den Borg wie in der Vergangenheit gelingt, ihr volles Energiepotential innerhalb kurzer Zeit wiederherzustellen ...«

»Dann schaffen sie es vielleicht, Delcaras Schiff zu vernichten, den Captain zu töten und die einzige Waffe zu vernichten, die ihnen Respekt einflößt. Mr. Worf, Zielerfassung auf den nächsten Borg-Raumer.« Riker nahm im Kommandosessel Platz und strich sich den Uniformpulli glatt, imitierte damit das typische Gebaren Captain Picards. Er dachte daran, wie Korsmo reagieren würde, wenn die *Enterprise* das Feuer eröffnete. »Photonentorpedos und Phaser. Geben Sie den Burschen alles, was wir haben.«

Auch Worf wußte, was sich in Hinsicht auf die *Chekov* anbahnte, aber in ihm regte sich trotzdem Zufriedenheit — er verabscheute es, einem Kampf nur zuzusehen. »Feuer wird eröffnet«, bestätigte er.

Die *Enterprise* griff an, und ihre Phaser-Entladungen brannten über die Schilde eines Borg-Schiffes, das durch Delcaras Antiprotonenstrahlen in Bedrängnis geraten war. Doch der würfelförmige Raumer schenkte dem neuen Gegner überhaupt keine Beachtung, weil das Kollektivbewußtsein eine klare Priorität für die offensive Kapazität festgelegt hatte: der Planeten-Killer. Dieser Umstand gab der *Enterprise* Gelegenheit, den Angriff fortzusetzen und die energetischen Reserven des Gegners zu verringern.

»Die *Chekov* versucht, sich mit uns in Verbindung zu setzen«, brummte Worf.

»Teilen Sie Korsmo mit, daß wir derzeit indisponiert

sind«, sagte Riker. »Nehmen Sie das Borg-Schiff auch weiterhin aufs Korn, Mr. Worf.« Er beobachtete, wie der Planetenfresser Strahlen aus reinen Antiprotonen durchs All schleuderte. »Der Feind meines Feindes ist mein Freund.«

Im Kontrollraum der *Chekov* sprang Captain Korsmo auf und ballte wütend die Fäuste. »Ich habe ausdrücklich darauf hingewiesen, daß wir uns *nicht* in den Kampf einmischen, verdammt!«

»Das energetische Niveau des von der *Enterprise* angegriffenen Borg-Raumers ist um neunundfünfzig Prozent gesunken«, meldete Hobson. »Bei den anderen Schiffen lassen sich ebenfalls Beschädigungen feststellen. Sie setzen ihren Angriff auf den Planeten-Killer fort.«

»Und das *sollen* sie auch! Verbinden Sie mich mit Riker.«

»Keine Antwort, Sir.«

»Verdammt! Phaser auf das Ziel richten!«

»Auf welches Ziel, Sir?« fragte der taktische Offizier.

»Auf die *Enterprise*.«

Shelby drehte sich halb in ihrem Sessel um und starrte Korsmo groß an. »Auf die *Enterprise*?« Sie versuchte nicht einmal, ihre Überraschung zu verbergen.

»Ich habe einen Befehl erteilt, den man nun mißachtet. Mr. Davenport«, wandte sich Korsmo an den taktischen Offizier. »Phaser ausrichten! Halbe Energiestärke. Ich möchte die *Enterprise* nicht beschädigen, aber dort drüben soll man wissen, daß ich es ernst meine!« In den Schläfen des Kommandanten schwollen die Zornesadern an.

»Phaser ausgerichtet«, meldete Davenport mit kühler Ruhe.

»Feuer!« zischte Korsmo.

»Du darfst mich nicht gegen meinen Willen hierbehalten, Delcara!« rief Picard, um sich trotz des Lärms verständlich zu machen. »Bring mich zu meinem Schiff zurück.«

»Du *wolltest* hier sein, mit mir zusammen«, lautete die Antwort. »Das hast du selbst gesagt.«

»Es entspricht keineswegs meinem Wunsch, im Innern einer Vernichtungsmaschine gefangen zu sein!«

»Ich kann die Geister nicht verlassen. Du mußt mir erlauben, gegen die Seelenlosen zu kämpfen. Ich bin die einzige Chance für dein Schiff.«

Picard wußte, daß Delcara recht hatte. Trotz der bisher entwickelten Notfall-Strategien existierte nur eine geringe Wahrscheinlichkeit dafür, daß die *Enterprise* beim Kampf gegen ein Borg-Schiff *nicht* vernichtet wurde. Und diesmal war der Gegner mit drei Raumern gekommen ...

»Bring mich zur *Enterprise* zurück«, wiederholte er. »Dort gehöre ich hin.«

»Du gehörst hierher, zu mir. Das hast du deutlich genug betont.«

»*Delcara!*« heulten die Vielen. »*Konzentriere dich auf das Hier und Jetzt!*«

»Seid still!« erwiderte die holographische Frau zornig. »*Seid still!*«

Das gewaltige Raumschiff erbebte noch heftiger als vorher, und die Schreie der Vielen klangen jetzt furchterregend. Sie brachten etwas zum Ausdruck, das Picard für unmöglich gehalten hätte:

Schmerz.

»Mein Gott«, hauchte Riker. »Ist das zu glauben? Der Planetenfresser scheint zu ... bluten.«

So sah es aus. Etwas Schleimartiges quoll aus einem etwa anderthalb Kilometer langen Riß in der Neutroniumhülle.

Data blickte auf die Anzeigen der Sensoren. »Es handelt sich um eine Art Konversionsplasma. Es dient dazu, alle Bereiche des Schiffes mit Energie zu versorgen.«

»Waffenfokus auf die Borg. Feuer!«

»Sir!« grollte Worf. »Die *Chekov* nimmt uns unter Beschuß!«

Die Phaserstrahlen der *Chekov* zuckten durchs All und brauchten nicht mehr als einen Sekundenbruchteil, um die *Enterprise* zu erreichen.

Davenport sah von der Konsole auf, und seine Stimme klang völlig neutral, als er meldete: »Ziel verfehlt.«

Korsmo drehte sich zu ihm um. »Ziel *verfehlt?*«

»Ja, Sir.«

»Feuern Sie die Phaser noch einmal ab!«

Erneut rasten Strahlblitze durch den Weltraum.

»Oh, schon wieder vorbei«, sagte Davenport ruhig.

Von einem Augenblick zum anderen war es mucksmäuschenstill auf der Brücke. Korsmo fühlte den durchdringenden Blick Davenports auf sich ruhen, drehte den Kopf und stellte fest, daß ihn Shelby auf die gleiche Weise ansah.

Für ein oder zwei Sekunden teilte er ihre Perspektive und begriff den Grund für sein Gebaren. Vernunft spielte dabei nur eine geringe Rolle, obgleich er sich selbst eingeredet hatte, völlig rational zu sein. Hieß das wahre Motiv vielleicht schlicht und einfach Neid?

In den Augen der Brückenoffiziere erkannte Korsmo die gleiche Frage.

Er wußte, daß er kein schlechter Mensch und Offizier war — daran konnte überhaupt kein Zweifel bestehen. Doch der veränderte Blickwinkel zeigte ihm einen Mann, der sich von einem ganz persönlichen Wahn leiten ließ.

»Offenbar haben Sie heute Probleme bei der Zielerfassung, Mr. Davenport«, sagte er schließlich, und leise Ironie erklang in seiner Stimme.

»So scheint es, Sir.«

»Glauben Sie, daß es Ihnen leichter fällt, ein Borg-Schiff zu treffen?«

Davenport lächelte, ebenso die übrigen Offiziere. »Borg-Schiffe bieten ein größeres Ziel, Sir.«

»Na schön. Der Raumer in ...« — Korsmo blickte kurz auf ein Display —, »... sieben null Komma eins acht. Commander Shelby, wenn ich mich recht entsinne, sind Phaserstrahlen wirkungsvoller, wenn sich ihre energetische Frequenz nach oben hin verschiebt.«

»Ja, Sir«, bestätigte Shelby stolz.

»Es mag durchaus geschehen, daß ich gewisse Dinge aus den Augen verliere, aber wichtige Fakten vergesse ich nie«, sagte Korsmo steif. »Mr. Davenport — Feuer frei.«

»Die *Chekov* hat das Feuer auf ein Borg-Schiff eröffnet, Commander Riker«, berichtete Worf.

Und tatsächlich: Das andere Starfleet-Schiff jagte den Borg-Raumern entgegen und setzte sein ganzes offensives Potential ein.

Plötzlich erzitterte die *Enterprise.*

»Wir sind von den Traktorstrahlen eines Borg-Schiffes erfaßt worden«, meldete der Klingone. »Energetisches Niveau der Schilde sinkt.«

Geordi hatte den Maschinenraum verlassen und sich den Offizieren auf der Brücke hinzugesellt — die Kontrollen der technischen Station erlaubten es ihm, schneller auf Notfälle zu reagieren. »Ich verändere die Nutation«, sagte er.

»Deflektorenkapazität nimmt auch weiterhin ab«, brummte Worf. »Neunzig Prozent ... achtzig ...« Es war ein Countdown, an dessen Ende der Tod stand. »Der Borg-Raumer feuert nicht mehr auf den Planeten-Killer und konzentriert sich ganz auf uns. Schilde sind jetzt bei sechzig Prozent ... fünfzig ...«

»Phaser abfeuern und Frequenz modifizieren. Der

Gegner hat sich in bezug auf den oberen Frequenzbereich geschützt. Versuchen Sie es mit dem unteren.«

»Phaser aktiv«, verkündete Worf.

»Geringfügige energetische Instabilität bei den Borg«, sagte Geordi. »Die Konfrontation mit dem Planetenfresser ist nicht ohne Folgen für sie geblieben. Energieniveau bei siebenundsechzig Prozent.«

»Antimateriewolke.«

Die *Enterprise* schlug mit voller Offensivkraft zu.

»Schilde bei fünfzig Prozent ... vierzig«, knurrte Worf.

»Nutonische Variationen wirkungslos«, brachte La-Forge hervor. Es klang wie ein Todesurteil. »Uns bleiben nur noch einige wenige Sekunden ...«

Der Borg-Raumer erbebte, als ein Antiprotonenstrahl des Planeten-Killers seine Deflektoren durchschlug und sich bis ins Zentrum des Schiffes brannte. Explosionen erschütterten den Würfel.

»Traktorstrahl existiert nicht mehr!« entfuhr es dem Chefingenieur.

»Umkehrschub!« rief Riker. »Auf Abstand gehen! Schilde wiederherstellen!«

Die *Enterprise* sauste fort, und wenige Sekunden später besiegelte ein neuerlicher Strahl aus Antiprotonen das Ende des bereits schwer beschädigten Borg-Schiffes. Es platzte auseinander, bildete eine Wolke aus Gas und Trümmern. Die verwundete und blutende Vernichtungsmaschine raste triumphierend hindurch, gefolgt von den beiden anderen Borg-Raumern.

»Manchmal genügen einige Sekunden«, murmelte Riker.

Die Borg feuerten immer wieder auf den Riß in der Neutroniumhülle. Phaserstrahlen und Photonentorpedos der *Chekov* sorgten für flackerndes Gleißen in den Schilden eines würfelförmigen Schiffes, und die *Enterprise* jagte mit stabilisierten Schilden dem zweiten Raumer entgegen.

363

Der Plan war ganz einfach: Die Borg sollten abgelenkt werden, damit der Planetenfresser Gelegenheit bekam, sie mit seiner überlegenen Feuerkraft zu zerstören.

Riker hoffte inständig, daß diese Taktik funktionierte. Er hoffte, bis der Planeten-Killer plötzlich das Feuer einstellte.

»Schmerzen!« riefen die Vielen. *»Schmerzen!«*

»Es tut mir leid«, erwiderte Delcara. »Es tut mir leid, Kinder. Ich hätte nie auf ihn hören sollen. Er lenkte mich ab. Durch seine Schuld habe ich nicht mehr nur an unsere Mission gedacht.«

»Nein, Delcara ...« Picard streckte die Hände aus, doch seine Finger berührten nicht die Frau vor ihm, tasteten durch das Hologramm bis zur kristallenen Säule. »Hör mir zu ...«

Er unterbrach sich abrupt, als er ein Geräusch vernahm, das gräßliche Erinnerungen in ihm weckte.

Für dieses dumpfe Knallen gab es nur eine Erklärung.

Ein Borg war im Herzen von Delcaras Schiff erschienen.

Das Knallen wiederholte sich, als weitere kybernetische Wesen materialisierten. Wie viele mochten es sein? Mindestens ein halbes Dutzend.

Sie näherten sich, und Picard nahm mit jäher Entschlossenheit den Phaser zur Hand. Es lief ihm kalt über den Rücken — der Gegner war gekommen, um Delcara zu töten. *Und um mich zurückzuholen?* fuhr es Jean-Luc durch den Sinn. Die Vorstellung, daß sich der Alptraum namens Locutus wiederholen konnte, erfüllte den Captain mit Entsetzen. Er justierte den Phaser auf maximale Betäubung und schoß sofort, als der erste Borg um die Ecke kam.

Die Gestalt taumelte und fiel — um gleich darauf von einer zweiten ersetzt zu werden. Picard drückte erneut ab, veränderte rasch die Emissionsfrequenz und feuerte

364

noch einmal. Der zweite Borg ging ebenfalls zu Boden, kurz darauf auch ein dritter.

Die holographische Delcara war verschwunden. Fürchtete sie sich vielleicht davor, den ›Seelenlosen‹ von Angesicht zu Angesicht zu begegnen? Picard hechtete nach vorn, rollte sich ab und schoß. Ein vierter Borg verlor das Bewußtsein, doch sofort kam ein fünfter, visierte Jean-Luc mit einem elektronischen Auge an und hob den mechanischen Arm. Eine elektrische Entladung knisterte, und der Captain wich gerade noch rechtzeitig zur Seite aus.

Der Borg speicherte die visuellen Daten in bezug auf Picard, um ihn jederzeit identifizieren zu können, und anschließend setzte er sich in Bewegung. Er sah, wie sich der Mensch zwischen zwei Kristallplatten duckte, und einmal mehr knisterte tödliche Elektrizität. Jean-Luc betätigte den Auslöser des Phasers, doch diesmal zerstob der Strahl am Individualschild seines Widersachers — die Borg waren jetzt auf Angriffe mit jeder Form von Phaserenergie vorbereitet.

Picard preßte den Rücken an eine Platte, und sein Herz schlug so heftig, als wollte es ihm die Brust zerreißen.

Der Borg ging langsam — das Kollektivbewußtsein hielt Vorsicht für angebracht. Sein elektronisches Auge ließ einen wachsamen Sondierungsblick über die Kristallplatten wandern und suchte nach dem Menschen, nach einem Muster, das den gespeicherten visuellen Daten entsprach.

Und plötzlich befand sich Picard überall.

In allen Platten leuchteten Bilder und zeigten einen zum Angriff bereiten Jean-Luc: Das Gesicht war eine wutverzerrte Fratze, und ein zorniges, herausforderndes Heulen löste sich von seinen Lippen.

Der Borg wandte sich nach links und rechts. Sein mechanischer Arm schwenkte von einer Seite zur anderen, als er Dutzende, Hunderte von Picards sah.

Er schickte eine elektrische Lanze nach rechts und traf

365

eine kristallene Platte. Funken stoben, und Picard nutzte die Gelegenheit, um von links anzugreifen. Im letzten Augenblick bemerkte ihn der Borg und schwang den Instrumentenarm herum. Eine elektrische Entladung traf Picard, und der Phaser rutschte aus einer fast gefühllos gewordenen Hand. Er sank auf die Knie und neigte sich zur Seite, als der Borg auf ihn zutrat. Doch er kippte nicht etwa, wie sein Gegner vielleicht vermutete, sondern sprang mit einem Satz auf und rammte ihm die Schulter in den Bauch. Das Maschinenwesen hatte eine Phaser-Attacke erwartet und sich davor geschützt, aber die unmittelbare körperliche Konfrontation überraschte es. Die Borg dachten nicht voraus; sie paßten sich an. Zumindest dieser eine Vorteil bot sich Picard. Der Aufprall raubte nicht nur ihm das Gleichgewicht, sondern auch seinem Gegner, und er riß ihn mit sich zu Boden.

Jean-Luc spürte die enorme Kraft des Borg, als das kybernetische Geschöpf danach trachtete, den mechanischen Arm auf ihn zu richten. Immer näher kam er, und Picard versuchte, ihn mit der einen Hand auf Distanz zu halten. Er wußte, daß er diesen Kampf nicht gewinnen konnte. Es blieben ihm nur noch einige Sekunden ...

Er ignorierte den Gerätearm, schob sich ruckartig nach vorn und packte die Schulter seines Kontrahenten. Jetzt trennten ihn kaum mehr zehn Zentimeter vom mechanischen Arm, und Jean-Luc zweifelte nicht daran, daß ihn die nächste Entladung töten würde.

Verzweifelt zerrte er an den technischen Komponenten des Schulteransatzes, löste jenes kleine Gerät, das den Borg mit dem Kollektivbewußtsein verband. Die Gestalt reagierte wie eine Marionette, deren Schnüre rissen. Der Kopf sank haltlos nach hinten, und Picard rollte sich hastig zur Seite, als sich sein Gegner in Asche verwandelte.

Er triumphierte etwa zwei Sekunden lang. Dann hörte er das häßliche Sirren eines auf hochenergetische Emissionen justierten Phasers.

366

Jean-Luc stemmte sich hoch — und hätte fast geschrien.

Er sah einen Ferengi, der in einen Borg verwandelt worden war. Mit Picards Phaser feuerte er auf jene Säule, die Delcaras Leib enthielt.

Geräusch und Intensität des Strahls teilten dem Captain die Einstellung der Waffe mit: Markierung 16 — damit ließ sich ein hundert Meter durchmessendes Felsmassiv desintegrieren. Ganz gleich, woraus die Säule bestand: Einer solchen Energie konnte sie nicht lange standhalten. Es grenzte an ein Wunder, das sie noch nicht geborsten war.

Picards Stimme und das Heulen der Vielen erklangen zusammen: »*Nein!*«

Vor dem Kristall erschien die holographische Frau, und der Strahl fauchte durch ihren substanzlosen Körper. Sie streckte die Hände aus und schien zu versuchen, die destruktive Energie auf diese Weise abzuwehren.

Der Ferengi-Borg hielt nicht inne. Dunkle Stellen bildeten sich in dem Kristall, und ihnen folgten erste feine Risse. Dann erreichte die Hitze den konservierten Leib: Das Haar brannte wie Stroh, und Blasen entstanden auf der Haut.

Das Hologramm schrie — es war ein Schrei, der Picard bis an sein Lebensende begleiten würde — und verschwand.

Der Captain stürmte los, und plötzlich stellte der Ferengi das Feuer ein, drehte sich um und zielte. Eins stand fest: Der menschliche Körper konnte einem Energiestrahl der Stärke 16 nicht annähernd so lange widerstehen wie die Kristallsäule.

Picard hatte keine Möglichkeit, irgendwo in Deckung zu gehen.

»Diesmal sind Kompromisse nicht erforderlich«, sagte der Borg namens Vastator und betätigte den Auslöser.

367

KAPITEL 21

Der Planeten-Killer hat das Feuer eingestellt«, meldete Worf. »Aber er bleibt in Bewegung. Die Borg nehmen ihn auch weiterhin unter Beschuß, und ihr energetisches Niveau steigt wieder.«

»Mr. LaForge, bereiten Sie alles für den Einsatz der Warpblase vor. Mr. Chafin, mit voller Impulskraft zum Gegner. Mr. Data, überwachen Sie jede einzelne Phase unserer Aktion. Das Timing spielt eine sehr wichtige Rolle, und daher möchte ich, daß Sie sich darum kümmern.«

»Ja, Sir«, bestätigte der Androide.

»Antimaterie-Generator bereit, Sir«, sagte der Chefingenieur.

»Wir nähern uns dem Borg-Schiff«, berichtete Chafin. Der Raumer schwoll auf dem Wandschirm an, wurde immer größer. In der Ferne blitzte es: Die *Chekov* feuerte auf den anderen Würfel.

»Wir erreichen die Einsatzdistanz in fünfzehn Sekunden«, erklang es von Data. »Vierzehn ... dreizehn ...«

»Zwischen Antimaterie-Generator und Warpgondeln wird eine energetische Verbindung hergestellt«, sagte Geordi. »Blasenprojektion bereit.«

Zu nahe! fuhr es Riker durch den Sinn. *Wir sind den Borg viel zu nahe!*

Data setzte den Countdown fort, und der Erste Offizier glaubte, brodelnde Warpenergie zu spüren, die darauf wartete, freigesetzt zu werden.

Die *Enterprise* feuerte nicht, und deshalb schenkten

ihr die Borg keine Beachtung. Ihr offensives Potential blieb auf den Planetenfresser konzentriert.

»Drei ... zwei ... eins«, sagte Data.

»Warptriebwerk aktiv!« rief LaForge.

Genau in diesem Augenblick stürmte Reannon Bonaventure in den Kontrollraum.

Die *Enterprise* gab ein modifiziertes Warpfeld frei und beschleunigte. Die Warpblase verband sich sofort mit dem entsprechenden Kraftfeld des Borg-Raumers, und unmittelbar im Anschluß daran begann eine Kontraktion, die das Raum-Zeit-Gefüge verzerrte.

Auf der Brücke überstürzten sich die Ereignisse. Worf sah Reannon und riß die Augen auf. Er zögerte nicht, trat ihr sofort entgegen, und jemand anders nahm seinen Platz an der taktischen Konsole ein.

Geordi drehte sich um, bemerkte Reannon und erstarrte verblüfft.

Die Frau hob einen Phaser, und Worf ließ sich fallen, um nicht von einem Energiestrahl getroffen zu werden.

All das geschah in einer Sekunde.

In der nächsten lief Reannon zur Operatorstation, wo Data saß und sich bemühte, die *Enterprise* allein mit Impulskraft in Sicherheit zu bringen, fort von der Warpblase und dem kollabierenden Raum. Die Frau rief ein Wort, jenes Wort, das sie auch in ihrer Kabine geheult hatte: »*Borg!*«

Dann schlug sie mit dem mechanischen Arm zu, traf Data am Kopf.

Die Wucht des Hiebs genügte, um den Androiden aus dem Sessel zu schleudern. Data prallte gegen Chafin am Navigationspult und riß ihn mit sich zu Boden.

Plötzlich gab es niemanden mehr, der die *Enterprise* steuerte. Und ihr blieb nur noch eine Sekunde Zeit, um den Einflußbereich der Warpblase zu verlassen.

»Captain!« rief Hobson im Kontrollraum der *Chekov,* als das Schiff erbebte. »Wir werden von einer Art Traktorstrahl erfaßt! Die Kapazität der Schilde verringert sich!«

»Nutonische Variationen«, erwiderte Shelby.

Eigentlich hätte Korsmo den Befehl erteilen sollen, aber Shelby kannte sich in diesen Dingen besser aus als er.

»Sie haben es gehört!« bestätigte er die Anweisungen seines Ersten Offiziers.

»Keine Wirkung«, meldete Davenport, der erneut am taktischen Pult saß. Er konnte nicht ahnen, daß der Borg-Raumer auf diesen Trick vorbereitet war, weil die *Enterprise* ihn kurz zuvor bei einem anderen Borg-Schiff angewendet hatte. »Kapazität der Schilde sinkt auf achtzig Prozent ... sechzig ...«

»Phaser abfeuern!«

»Deflektoren instabil.«

Die *Chekov* rang mit einem Gegner, der nun seine Aufmerksamkeit vom Planetenfresser abwandte, um den wesentlich kleineren Störenfried zu erledigen.

»Das energetische Niveau der Borg beträgt fünfzig Prozent und steigt«, berichtete Davenport.

»Photonentorpedos und Antimateriewolke — Feuer!«

Die *Chekov* gab alles — doch die Schilde des Borg-Schiffes hielten stand.

»Traktorfeld existiert nicht mehr«, sagte der taktische Offizier.

Eine energetische Entladung zuckte dem Starfleet-Kreuzer entgegen, kochte über den Rumpf und riß ihn an mehreren Stellen auf. Dutzende von Besatzungsmitgliedern wurden ins kalte, tödliche Vakuum des Alls gezerrt.

»Lecks!« rief Hobson. »Warptriebwerk ausgefallen! Strukturschäden auf Deck sechsunddreißig, Sektionen neunzehn bis vierundzwanzig.«

Die Borg schlugen erneut zu, und diesmal brannte sich der Strahl durch die linke Warpgondel bis zum Maschinenraum. Eine heftige Erschütterung erfaßte das

370

Raumschiff, als die getroffene Gondel explodierte. Den ersten Lecks gesellten sich weitere hinzu.

Ganze Abteilungen der *Chekov* waren ohne Energie. Die zur Verfügung stehende Impulskraft sank auf wenige Prozent, und es drohte völlige Manövrierunfähigkeit. Der Gegner zeigte nun seine Macht und wies darauf hin, daß er gleich zu Anfang imstande gewesen wäre, den unbedeutenden Angreifer zu vernichten.

Davenport lag halb über der taktischen Konsole, und eine lange Platzwunde zeigte sich in seiner Stirn. Shelby hustete und stand mühsam auf; Ruß bildete dunkle Flecken in ihrem Gesicht. Sie spuckte einen Zahn aus. »Captain ...«

Korsmo saß im Kommandosessel und schüttelte den Kopf. Die rechte Hälfte des Gesichts war blutverschmiert, und doch ... In seinen Augen zeigte sich so etwas wie grimmige Erheiterung. Er ließ den Blick über die Brücke schweifen und beobachtete, wie sich Schatten ausdehnten und das Licht schluckten. Schließlich sah er zu Shelby und brachte mit blutigen Lippen hervor: »Picard hat einen *Sieg* über die Borg errungen?«

Die stellvertretende Kommandantin nickte.

Einmal mehr schüttelte Korsmo den Kopf. »Der Bursche muß wirklich was auf dem Kasten haben ...« Er verlangte keinen Schadensbericht. Es konnte kein Zweifel daran bestehen, daß die *Chekov* praktisch ein Wrack war. Und damit blieb nur noch eine Möglichkeit. »Kann man die Borg vielleicht aufhalten, indem man ein Raumschiff an ihrer Außenhülle zerschellen und explodieren läßt?«

Shelby reagierte mit einem fatalistischen Achselzukken. In gewisser Weise konnte sie noch immer nicht glauben, daß sie ihre erste Begegnung mit den Borg überlebt hatte. Tief in ihrem Innern war sie davon überzeugt, daß ihre fortgesetzte Existenz nur auf geliehener Zeit basierte. Jetzt mußte sie die Schuld zurückzahlen. »Ein Versuch kann sicher nicht schaden, Captain.«

»Mr. Hobson scheint bewußtlos zu sein. Übernehmen Sie die Navigation.«

Shelby kam der Aufforderung sofort nach und schob Hobson beiseite. Sie ging dabei nicht besonders sanft zu Werke, aber in ein oder zwei Minuten spielte das sicher keine Rolle mehr. Der Wandschirm bekam nur einen Teil der normalen Betriebsenergie: Das Bild flackerte, und die Konturen verschoben sich immer wieder. Trotzdem ließ sich ein würfelförmiges Schiff erkennen.

»Das energetische Niveau des Borg-Raumers ist vergleichsweise niedrig«, stellte Shelby fest und hoffte, daß sie den Instrumentenanzeigen vertrauen durfte. »Mit dem Angriff auf uns hat er recht viel Energie verbraucht. Es dauert noch etwas bis zur Wiederherstellung des normalen Potentials.«

»Dann sollten wir die gute Gelegenheit nutzen und sofort handeln. Brücke an Maschinenraum. Parke?«

Kurze Stille folgte, und dann erklang eine Stimme, die der Panik nahe zu sein schien. »Brücke, Chefingenieur Parke ist tot. Hier sind alle ... tot. Alle tot. Ich ... ich bin Fähnrich Toomey, Sir.«

Korsmo nickte anerkennend. »So ist es richtig — reißen Sie sich zusammen. Eine unserer beiden Warpgondeln existiert nicht mehr, und die andere hat nur noch Schrottwert. Daher nehme ich an, daß wir keinen Warptransfer einleiten können. Wie sieht's mit der Impulskraft aus?«

»Ich kann Ihnen fünfzig Prozent geben. Allerdings nur für kurze Zeit.«

»Ich brauche Sie nicht lange. Treffen Sie alle notwendigen Vorbereitungen.« Korsmo wandte sich an Shelby. »Volle Kraft voraus«, sagte er und begriff, daß er damit seinen letzten Befehl erteilte.

»Captain ...« Die stellvertretende Kommandantin räusperte sich, um ein unerwünschtes Vibrieren aus ihrer Stimme zu vertreiben. »Es war eine Ehre, Mitglied Ihrer Crew gewesen zu sein.«

Korsmo grinste. »Wobei die Betonung auf *war* liegt, stimmt's?«

Shelby rang sich ein schiefes Lächeln ab und berührte mehrere Sensorkontrollen. Das Schiff beschleunigte, raste dem Borg-Raumer auf direktem Kollisionskurs entgegen.

Plötzlich erschien ein massives Objekt vor der *Chekov*.

»Was ist *das* denn?« entfuhr es Korsmo.

Das Etwas kam wie aus dem Nichts, glänzte weiß vor dem Hintergrund des dunklen Borg-Würfels und versperrte den Weg des schwerbeschädigten Starfleet-Kreuzers.

Korsmo mußte eine unverzügliche Entscheidung treffen, und er verlor keine Zeit. »Hart backbord!« rief er, und Shelby riß das Schiff nach links. Der Neuankömmling ging in die Querlage und glitt beiseite, entfernte sich von dem Borg-Raumer. Ein Traktorstrahl ging von ihm aus und zog die *Chekov* fort.

Shelby starrte zum Wandschirm, und trotz des ständigen Flackerns erkannte sie die Registriernummer an der Unterseite des Diskussegments: NCC-2544. »Es ist die *Repulse!*«

»Die *Repulse?*« Korsmo konnte es kaum fassen. »Was macht sie hier?«

»Sie rettet uns, Captain.«

Das andere Starfleet-Schiff drehte bei, desaktivierte den Traktorstrahl und flog wieder in Richtung Borg-Raumer.

»Öffnen Sie einen Kom-Kanal. *Repulse!* Sind Sie das, Taggert?«

»Sie haben schon besser ausgesehen, Korsmo«, erklang die Stimme von Captain Ariel Taggert. »Lehnen Sie sich zurück und beobachten Sie das Feuerwerk. Unser Chefingenieur Argyle kennt einen K.-o.-Schlag, der Commander Shelby vertraut sein dürfte. Und nach unseren Sensoren zu urteilen, fehlt den Borg noch zehn Sekunden lang die Energie, um damit fertig zu werden.

Zum Glück sind wir eher bereit, und zwar in drei ...
zwei ... eins — Feuer!«

Die Deflektorscheibe der *Repulse* glühte, und ein
Strahlblitz zuckte davon, traf das würfelförmige Schiff
und fraß sich hinein. Trümmerstücke wirbelten davon,
als die angerichteten Schäden nicht schnell genug repariert werden konnten.

Shelby staunte. »Das war Geordis Idee! Energie, die
vom Warptriebwerk durch die Deflektorscheibe kanalisiert wird! Aber die Borg schienen vorbereitet zu sein,
als wir es damit versuchten.«

»In diesem Fall verfügten sie nicht über genug Deflektorenkapazität, um sich zu schützen«, erwiderte
Korsmo. »Oder sie rechneten nicht mit einem zweiten
Versuch dieser Art. Wie dem auch sei: Allein das Ergebnis zählt.«

Der Borg-Raumer erweckte den Eindruck, langsam zu
zerbröckeln. Einer so großen Belastung konnten seine
Ergzellen nicht standhalten. Die innere Struktur des
Schiffes verdankte ihre Stabilität der kollektiven Borg-
Kraft — und ohne diese Kraft gab es kein Schiff. Die *Repulse* feuerte auch weiterhin, und der Strahl fraß sich
immer tiefer in den Würfel hinein. Die Borg versuchten,
ihre Schilde zu verstärken, aber das energetische Niveau war zu gering.

Shelby und Korsmo beobachteten, wie die *Repulse* das
Borg-Schiff mit einer Strategie zerstörte, die von Geordi
LaForge entwickelt worden war. Nach einigen Sekunden brach der Würfel auseinander, und große Trümmer
drifteten auseinander.

»Es hat tatsächlich funktioniert«, brachte Shelby hervor. »Das wird Geordi und Riker freuen.«

Riker sprang vor, duckte sich unter dem mechanischen
Arm hinweg, erreichte die Kontrollen und betätigte sie
sofort. Ein jähes Beschleunigungsmanöver begann, und
die *Enterprise* raste mit Impulskraft davon.

Das Subraumfeld des Borg-Schiffes zuckte wie ein lebendes Wesen. Reannon Bonaventures plötzliches Erscheinen hatte Geordi so sehr überrascht, daß er sich zunächst überhaupt nicht von der Stelle rühren konnte. Aber nun erwachte er aus der Starre und schaltete die technische Station so um, daß sie ihm auch die Navigationskontrolle erlaubte. Anschließend erhöhte er das Leistungspotential des Impulstriebwerks bis zum Maximum und darüber hinaus. Mit wachsender Sorge behielt er die Instrumentenanzeigen im Auge und befürchtete, daß die überlasteten Aggregate den Diskus vom sekundären Rumpf rissen.

Die *Enterprise* schien sich zu strecken, als die Raumkrümmung zunahm, doch dann streifte sie die Fesseln der Warpblase ab. Weiter vorn präsentierte sich das All in Form eines Strudels aus buntem Licht, und das große Schiff sauste dem Gleißen entgegen, wurde dabei immer schneller.

Reannon holte mit ihrem mechanischen Arm aus, um Riker zu schlagen. Er blockierte den Hieb mit der einen Hand, ballte die andere zur Faust und rammte sie der Frau in die Magengrube. Sie krümmte sich zusammen, und der Erste Offizier gab ihr einen Stoß in Richtung des Klingonen. Worf packte sie und hielt sie mit einem Hammergriff fest.

»Bringen Sie Reannon fort von hier!« rief Riker. Worf kam der Aufforderung sofort nach, stapfte zum Turbolift und zerrte die Frau mit sich.

»Wie ist die Lage, Geordi?« fragte Picards Stellvertreter. »Haben wir den Wirkungsbereich der Warpblase verlassen? Sie wiesen darauf hin, daß uns nur einige Sekunden Zeit bleiben.«

Der vom Wandschirm schimmernde Glanz blendete die Brückenoffiziere, mit einer Ausnahme: Das VISOR paßte sich automatisch der veränderten Helligkeit an und ermöglichte dem Chefingenieur auch weiterhin eine ›normale‹ Wahrnehmung. Er sah, wie die *Enterprise*

375

eine deforme, wabernde Raumstruktur durchbrach und ins gewohnte Kontinuum zurückkehrte.

»Die Verzerrungszone liegt hinter uns!« rief LaForge. »Wir haben es geschafft!«

Riker blickte zum Wandschirm: Ein anderes Starfleet-Schiff war erschienen und griff den zweiten Borg-Raumer mit einem sehr wirkungsvollen Energiestrahl an. Allem Anschein nach handelte es sich um die *Repulse*. Der Erste Offizier stellte auch fest, in welchem Zustand sich die *Chekov* befand. *Eins nach dem anderen*, dachte er und fragte: »Wo ist das Borg-Schiff, das unsere Warpblase zu spüren bekam? Hat der Angriff funktioniert?«

Das Bild im Projektionsfeld wechselte und zeigte den Raumbereich hinter der *Enterprise*. Ein sonderbarer Anblick bot sich Riker dar: Die Schwärze des Alls kräuselte sich, wie die Wasseroberfläche eines Teichs nach einem Steinwurf.

Weitere ›Wellen‹ entstanden.

Und dann schienen sie sich zu dehnen — etwas in ihrem Innern versuchte offenbar, nach ›draußen‹ zu gelangen.

»Ich fasse es nicht«, murmelte Riker. »Ich fasse es einfach nicht.«

Die Verzerrungszone mit dem darin gefangenen Borg-Schiff formte nun ein Quadrat. Es sah aus, als hätte jemand eine kosmische Schere genommen und damit einen Teil des Weltraums herausgeschnitten. Das Quadrat zitterte und bebte, gewann allmählich Substanz, kippte nach vorn und oben, verwandelte sich dadurch in einen Würfel.

Der Borg-Raumer war ins gewöhnliche Raum-Zeit-Gefüge zurückgekehrt, und zwar direkt hinter der *Enterprise*.

»Ich glaube, jetzt sind sie sauer auf uns«, vermutete Geordi.

KAPITEL 22

Vastator von den Borg betätigte den Auslöser des Phasers, dessen Abstrahlfokus auf Picard zeigte.

Nichts geschah.

Jean-Luc sprang vor. Er wußte etwas, von dem der Ferengi nichts ahnte: Wenn ein Handphaser der Kategorie II mit Emissionsstufe 16 eingesetzt wurde, so kam es anschließend zu einer automatischen Abkühlphase — andernfalls bestand die Gefahr, daß der Strahler zu heiß wurde und explodierte. Erst nach sechs Sekunden ließ sich die Waffe wieder einsetzen.

Zeit genug für Picard, um Vastator zu erreichen und ihm die Schulter in die Seite zu rammen. Der Borg taumelte zurück, und Jean-Luc versuchte, ihm den Phaser aus der Hand zu ziehen. Sie rangen miteinander, und der Captain verlor das Gleichgewicht, was ihn dazu zwang, den Strahler loszulassen.

Hastig ging er hinter einer der Kristallplatten in Dekkung.

»Picard ...«, knurrte Vastator. Es klang unheimlich: hier der abscheuliche arrogante Tonfall eines Ferengi, und dort die maschinenartige Präzision des Borg. »Laß uns ... verhandeln, Picard.«

Das Wesen setzte einen Fuß vor den anderen und kam näher. »Worüber wollen Sie mit mir verhandeln?« fragte der Captain.

Der Phaser surrte, und die Platte in Jean-Lucs Rücken wurde heiß. Er warf sich hinter eine andere, und der erste Kristall platzte mit einem lauten Krachen auseinan-

377

der. Zunächst spielte Picard mit dem Gedanken, die neuerliche Abkühlphase zu nutzen, um Vastator anzugreifen, doch er entschied sich dagegen: Der Borg war zu weit entfernt, und vielleicht verbarg er sich sogar hinter einer Platte. Sechs Sekunden genügten nicht, um ein Ziel zu erreichen, das erst ausfindig gemacht werden mußte.

Die Kristalle bildeten ein wahres Labyrinth und gewährten einigermaßen Schutz. Picard sah sein Abbild in ihnen, ein fratzenhaft verzerrtes Gesicht, das seinen Schmerz zum Ausdruck brachte — die Agonie der Hilflosigkeit. Nur wenige Meter entfernt starb Delcara. Das wußte er. Und in einer Entfernung von einigen hundert oder tausend Kilometern kämpfte sein Schiff gegen einen mächtigen Feind.

Jean-Luc fragte sich nun, welcher Wahnsinn ihn dazu veranlaßt hatte, sich zum Planetenfresser zu beamen. Er war hierhergekommen, um Delcara zu überreden, ihn zur *Enterprise* zu begleiten. Damit einher ging die Hoffnung, den von ihr kontrollierten Planeten-Killer als neue Waffe für die Föderation zu gewinnen. Dann brauchte niemand mehr die Borg zu fürchten.

Mit diesen Gründen hatte er sich davon zu überzeugen versucht, die richtige Entscheidung zu treffen. Aber entsprachen sie der Wahrheit? Erlag er nicht dem Bestreben, einem mehrere Jahrzehnte alten Traum nachzujagen — einem Traum, den der unerfahrene Teenager namens Jean-Luc in einer Nacht empfing und der auch dem Denken und Empfinden des reifen Erwachsenen namens Picard Fesseln anlegte?

»Picard!« ertönte erneut die Stimme des Ferengi-Borg, und wieder fauchte ein Phaserstrahl. Er traf eine Platte auf der rechten Seite, und der Captain hob die Arme vors Gesicht, als heiße Kristallsplitter Geschossen gleich durch die Luft jagten.

Vastator wußte also nicht genau, wo er sich befand. Dieser Umstand vertrieb einen Teil der Unruhe aus Picard. Hinzu kam: Die rechteckigen Platten eigneten sich recht gut als Deckung. Sie bestanden aus einer superdichten Substanz, die sogar Phaserstrahlen der Emissionsstufe 16 mehrere Sekunden lang Widerstand leistete, bevor sie platzte.

Jean-Luc starrte in Delcaras Richtung, aber von seiner jetzigen Position aus konnte er sie nicht sehen. Etwas in ihm war dankbar dafür — bestimmt bot sie keinen besonders angenehmen Anblick.

Wieder zischte es, und der nächste Phaserstrahl traf einen Kristall noch weiter rechts. Offenbar verlor der Borg allmählich die Geduld. »Picard!«

»Was wollen Sie?« rief der Captain. Unmittelbar im Anschluß an diese Worte duckte er sich und kroch rasch zu einer anderen Platte.

»Ich bin bereit zu verhandeln«, verkündete Vastator.

»Seit wann verhandeln die Borg?« fragte Picard. Er wußte aus Erfahrung, daß selbst normale Ferengi Mißtrauen verdienten — und das war erst recht der Fall, wenn sie sich in kybernetische Alpträume verwandelt hatten. »Ich dachte, Verhandlungen sind irrelevant.«

»Bei dir liegt der Fall etwas anders ...« Vastator zögerte kurz, bevor er hinzufügte: »Locutus.«

Der Name klang schrecklich vertraut und erfüllte Picard mit Entsetzen. Er hielt unwillkürlich den Atem an und wartete, während das Grauen langsam aus ihm wich. »Locutus ist tot!«

»Locutus ist derzeit nicht in Betrieb. Locutus kann wieder funktionieren.«

»Eher sterbe ich.«

Vastator feuerte auf die Platte, hinter der Picard eben noch gelegen hatte. Das Krachen berstenden Kristalls wiederholte sich lauter als vorher, und Picard zog den Kopf ein, duckte sich noch tiefer hinter die neue Deckung. Einige scharfe Splitter rasten dicht über ihn hinweg.

»Ich verstehe dich nicht«, fuhr Vastator fort. Seine

Stimme schien aus größerer Entfernung zu kommen, aber Jean-Luc wagte es nicht, hinter der Platte hervorzuspähen. »Dein Widerstand ist sinnlos. Uns geht es nur darum, dich in die Neue Ordnung zu integrieren.«

»Die Neue Ordnung!« entfuhr es Picard, und jäher Zorn quoll in ihm empor. »Was für ein gräßlicher Ausdruck. Im zwanzigsten Jahrhundert wurde mehrmals die ›Neue Ordnung‹ angekündigt, und gewisse Leute redeten sogar noch darüber, als der Dritte Weltkrieg begann. Verschonen Sie mich mit der Neuen Ordnung der Borg.«

»Wende dich nicht von uns ab«, erwiderte Vastator. Er schien wieder in Bewegung zu sein, aber die Stimme allein genügte nicht, um festzustellen, ob er sich näherte oder entfernte. »Kehre uns nicht den Rücken zu.«

»Weil mir sonst jemand von Ihnen ein Messer hineinstößt?«

Einmal mehr fauchte der Phaser, und ein weiterer Kristall zerplatzte.

Picard schnappte plötzlich nach Luft und senkte den Blick. Ein Splitter steckte im rechten Bein, und Blut tropfte aus der Wunde. Seltsame Taubheit verdrängte den stechenden Schmerz.

Wieder entlud sich die Waffe, und diesmal kochte der Energiestrahl über die Platte, hinter der Jean-Luc kauerte. Als er zu einer anderen auf der linken Seite sprang, wurde ihm auf einmal klar, woran ihn dieser Ort erinnerte: an einen Friedhof. Die rechteckigen Kristalle wirkten wie Grabsteine, unter denen Tote ruhten. Picard schauderte bei dieser Vorstellung.

Er kroch auf dem Bauch, und Staub drang ihm in Nase und Mund, ließ ihn husten. Schließlich biß er die Zähne zusammen, um nicht zu schreien, griff dann nach dem Splitter im Bein, zog ihn aus der Wunde und spürte einen Schmerz, der seinen ganzen Leib zu lähmen drohte.

Um ihn herum vibrierte alles, als der Planetenfresser

erbebte. Etwas geschah — etwas, das Vastator noch ungeduldiger werden ließ. Er schoß dreimal hintereinander, und die Strahlen fauchten über verschiedene Kristalle in Picards Nähe. Der Captain hielt an seiner Entschlossenheit fest, nicht aufzugeben. Er widerstand der Versuchung, in Reglosigkeit zu verharren, obwohl noch immer heiße Pein in ihm brannte und eine innere Stimme immer wieder von einer mehrere Minuten langen Ruhepause flüsterte.

»Es geht uns nur darum, die Lebensqualität aller Völker zu verbessern!« rief Vastator und formulierte Worte, die Jean-Luc auf unheilvolle Weise vertraut erschienen.

»Und wie wollen Sie das bewerkstelligen?« erwiderte er.

»Indem wir die Borg verbessern«, lautete die Antwort. »Anschließend nehmen die verbesserten Borg alle anderen Spezies auf. Damit enden Krieg und Kampf.«

»Damit endet die Phantasie!«

»Diese Eigenschaft nehmen die Borg ebenfalls auf. Wir haben bereits damit begonnen, Imagination zu assimilieren — indem wir weiterverarbeiten, was von Locutus und Vastator stammt. Die Borg passen sich an und werden immer besser. Deshalb erringen die Borg irgendwann den endgültigen Triumph. Picard ... ich habe dir die Möglichkeit gegeben, dich aus freiem Willen zu zeigen und zu ergeben. Diese Chance hast du nicht genutzt. Deshalb sehe ich mich nun gezwungen, andere Mittel zu verwenden.« Eine kurze Pause folgte, und dann fügte der Borg hinzu: »Wenn du nicht kapitulierst, zerstöre ich den Körper der Frau.«

»Sie ist bereits tot!«

»Es steckt noch ein Rest von Leben in ihr. Aber sie *wird* sterben, wenn du dich nicht fügst.«

Stille herrschte, und Vastator zögerte einige Sekunden lang, dachte über die Sinnlosigkeit des menschlichen Verhaltens nach. »Wie du wünschst, Picard ...«

»Warte.«

Jean-Luc trat hinter einer Platte hervor und auf den Pfad, der zur Säule mit Delcara führte. Blut tropfte ihm über das verletzte Bein, und er mußte sich immer wieder an Kristallen abstützen, um nicht das Gleichgewicht zu verlieren.

»Picard...«, sagte Vastator. »Verstehst du jetzt? Vor Locutus und mir hätten sich die Borg nicht auf diese Weise verhalten. Das Konzept der Selbstaufopferung war uns bisher fremd. Du bist imstande, dem Leben eines Individuums größere Bedeutung beizumessen als dem eines anderen. Locutus und ich... Wir haben den Borg neues Verstehen gebracht. Und Locutus ist nach wie vor imstande, den Erkenntnishorizont des Kollektivbewußtseins zu erweitern.«

»Locutus ist tot«, wiederholte Picard. Er war sehr blaß und fühlte, wie Taubheit vom einen Fuß ausging — die Zehen ließen sich nicht mehr bewegen. Das rechte Bein wurde zu einer Belastung und schien überhaupt kein integraler Bestandteil seines Körpers mehr zu sein.

»Mir liegt nichts daran, dir ein Leid zuzufügen«, behauptete Vastator. »Andernfalls wärst du bereits eine Leiche.«

»Vastator...«, sagte Picard langsam. »Wie hießen Sie vorher?« Noch ein Schritt nach vorn.

Der Borg rührte sich nicht von der Stelle. Er sah keine Gefahr in dem Terraner: Die Verletzung behinderte ihn, und selbst wenn er angegriffen hätte — der Phaser ermöglichte Vastator eine mühelose Verteidigung. »Das Vorher ist irrelevant.«

»Nicht für mich«, beharrte Picard.

»Ich bin Daimon Turane von den Ferengi gewesen. Daimon Turane ist irrelevant. Die Ferengi sind irrelevant. Wichtig sind nur die Borg.«

»Turane...«, brachte Jean-Luc langsam hervor. Nur noch drei Meter trennten ihn von dem Bewaffneten. »Ich erinnere mich an meine... Existenz als Locutus. Ich erinnere mich daran, daß es einen verborgenen Teil

382

von mir gab, den die Borg nicht berühren konnten. Jener Teil schrie immer wieder, bat um Hilfe oder um Erlösung durch den Tod. Alles erschien ihm besser als die Gefangenschaft im Gemeinschafts-Ich der Borg.«

»Allein das Kollektivbewußtsein bringt wahre Freiheit. Alles andere ist irrelevant.«

»Nein, verdammt!« stieß Picard hervor und versuchte, auf den Beinen zu bleiben. Noch zweieinhalb Meter ... zwei ... »Die Identität namens Vastator wurde Ihnen aufgezwungen, Daimon Turane. Sie ist künstlichen Ursprungs. Ihr wahres Ich hat eine ganz andere Beschaffenheit. Setzen Sie sich zur Wehr! Kämpfen Sie gegen den fremden Einfluß an! An Bord der *Enterprise* können wir Ihnen helfen, so wie man mir half.«

»Man hat dir nicht geholfen, als man dich von Locutus trennte«, entgegnete Vastator. »Dadurch hast du deinen Platz in der Neuen Ordnung verloren.«

»Es wird keine Neue Ordnung geben! Daimon Turane könnte das sicher verstehen, aber Vastator ist nicht dazu imstande. Vastator weiß nicht, daß die Menschheit kämpfen wird, solange sie kämpfen kann. Wir werden immer neue Wege finden, um möglichst wirkungsvollen Widerstand zu leisten. In unserer Geschichte gab es viele Eroberer, und wir haben sie alle überlebt ...«

Vastator neigte ein wenig den Kopf zur Seite. »Ihr braucht eine andere Art von Eroberern.« Der Lauf des Phasers zeigte auf Picards Brust. »Genug davon. Du hast die Wahl: Entweder unterwirfst du dich dem Willen der Borg — oder du stirbst. Entscheide dich.«

»Streifen Sie das mentale Joch ab, Turane! Versuchen Sie, sich zu befreien ...«

»Es gibt keinen Turane. Es gibt nur Vastator. Triff deine Entscheidung.«

»Damit bringen Sie mich nicht um«, sagte Picard zuversichtlich.

»An dieser absurden Hoffnung klammerst du dich fest?« erwiderte Vastator. »Du wendest dich an ein Wesen, das überhaupt nicht mehr existiert, teilst ihm mit, daß es sich nicht dazu durchringen kann, dich zu töten? Glaubst du im Ernst, Vastator sei aufgrund irgendeiner banalen Moral unfähig, dich mit dieser Waffe zu erschießen?«

»Ganz und gar nicht«, antwortete Picard.

»Wie ist deine Bemerkung dann zu verstehen?«

»Ein auf Emissionsstufe 16 justierter Phaser kann höchstens zehnmal abgefeuert werden — dann ist die Ergzelle leer. Mit anderen Worten: Die Waffe nützt Ihnen nichts mehr.«

Vastator betätigte den Auslöser.

Ein Energiestrahl traf den Captain mitten auf der Brust.

Picard taumelte zurück, ruderte mit den Armen und hielt sich an einer Kristallplatte fest. Er fühlte ein unangenehmes Prickeln in der Brust, und die Atemluft in seinen Lungen schien einem Vakuum gewichen zu sein. Vastator näherte sich und drückte erneut ab. Diesmal blieb eine Entladung aus.

»Manchmal sind auch elf Schüsse möglich«, sagte Jean-Luc. »Wobei der letzte nicht mehr viel ausrichtet. Ein direkter Treffer mit Stärke 16 hätte mich innerhalb eines Sekundenbruchteils desintegriert. Aber der Phaser enthielt nur noch genug Energie, um einen Kolibri zu betäuben — wenn überhaupt.«

Vastator warf den Strahler beiseite und griff mit dem mechanischen Arm an, an dessen Spitze bläulich glühende Elektrizität knisterte.

Picard sank auf ein Knie, und der Instrumentenarm sauste über ihn hinweg. Gleichzeitig griff er unter seine Jacke und holte den Kristallsplitter hervor, den er sich eben aus dem Bein gezogen hatte. Vastators Schlag ging ins Leere, und das eigene Bewegungsmoment trug ihn noch etwas weiter nach vorn. Er wankte, und dadurch wurde er für einen Sekundenbruchteil verwundbar. Der Captain zögerte nicht, die Gelegenheit zu nutzen: Mit aller Kraft stieß er zu und rammte den Splitter in die Brust des Borg.

Es drang kein Blut aus der Wunde — das Fleisch des Ferengi schien bereits tot zu sein. Aber die beabsichtigte Wirkung blieb nicht aus. Vastator taumelte zurück und keuchte, als er versuchte, den mechanischen Arm zu heben und Picard zu packen. Doch dazu fehlte ihm plötzlich die Kraft. Er stöhnte leise, neigte sich nach vorn und stürzte zu Boden.

Jean-Luc sackte in sich zusammen und spürte ein zentnerschweres Erschöpfungsgewicht, als er von der reglosen Gestalt des Gegners fortkroch. Und dann keimte jähes Entsetzen in ihm: Vastator stemmte sich wieder hoch. Dann kippte der Borg-Ferengi zur Seite, rollte sich auf den Rücken und starrte nach oben. Seine Lippen bewegten sich, als er versuchte, Worte zu formulieren. »Pi ... card«, hauchte er.

Zuerst reagierte der Captain nicht, doch dann trachtete er danach, den eigenen Schmerz zu überwinden und antwortete: »Ja.«

Vastator versuchte, dem Namen etwas hinzuzufügen, aber diesmal blieb er stumm. Jean-Luc wußte, daß er nie sicher sein konnte, doch er glaubte, auf den Lippen des Ferengi das Wort *Danke* zu erkennen. Ein oder zwei Sekunden später sank Vastator zur Seite und blieb reglos liegen.

Picard drehte sich um und blickte zu der Säule mit Delcara. Er biß so fest auf die Unterlippe, daß er Blut zu schmecken glaubte, stand auf und griff mit beiden Händen nach dem Oberschenkel des rechten Beins, als wollte er es auf diese Weise festhalten. Langsam taumelte er durch den Gang, kam sich dabei wie ein irrer Bräutigam bei einer surrealen Hochzeit vor. Seine sterbende Braut wartete auf ihn. *Bis daß der Tod euch scheidet.*

Mehrmals bebte der Boden, und Picard torkelte schneller. Die letzten Schritte lief er fast, streckte die Hände nach der Säule aus und lehnte sich schwer dagegen. Hier war der Kristall dicker als bei den Platten — allein aus diesem Grund hatte Delcaras Kokon den Phaserstrahlen so lange standgehalten. Aber nicht lange genug ...

Sie sah Jean-Luc an.

Nicht das Hologramm, sondern eine Delcara aus Fleisch und Blut. Sie hatte die großen Augen geöffnet, die nun in einem verbrannten Gesicht glänzten. Überall zeigten sich dicke Blasen in der Haut. Zuvor war der Kristall ein Symbol für unbefleckte Reinheit gewesen, doch jetzt zeigte er die Häßlichkeit des Todes. Das lange Haar der Frau hatte sich in Asche verwandelt, ebenso die Brauen. Hier und dort ragten angesengte Knochen aus breiten Rissen in der verkohlten Haut. Jene Lippen, die Jean-Luc einst geküßt hatten, existierten nur noch in Form erstarrter Krusten.

Delcara war zu einem Schatten ihrer selbst geworden. Eine einzelne Träne rollte ihr über die Wange — eine kristallene Träne, die eine schmale Spur aus schimmernder Feuchtigkeit hinterließ.

Der Mund bewegte sich, und Delcaras Stimme erklang — hinter Jean-Lucs Stirn.

O lieber Picard, sagte die Frau. *Sieh nur, was mir der Feind angetan hat.*

»Die *Enterprise* ...« Der Captain preßte beide Hände an die Säule, schob die Finger in dünne Spalten und zerrte, aber der Kristall gab nicht nach. In diesen Sekunden wünschte er sich nichts sehnlicher, als Delcara zu berühren, ihren übel zugerichteten Leib zu umarmen und die Tränen fortzuwischen. »An Bord der *Enterprise* kann man dir helfen. Laß uns dorthin zurückkehren.«

Und wenn man mir dort nicht *helfen kann? Wenn es bereits zu spät ist? Dann sterbe ich einen völlig sinnlosen Tod.*

»Es ist noch nicht zu spät! Wir können dich vor dem Tod bewahren! Und wenn du es ablehnst, mit mir zu kommen ... Transferiere mich zu meinem Schiff. Dort werde ich gebraucht ...«

Dein Schiff ist in Sicherheit, Liebster. Es hat mir geholfen.
Es hat uns Kraft gegeben, und dadurch sind wir imstande, die
erforderlichen Maßnahmen zu ergreifen.

»Was meinst du?«

Der Planetenfresser setzte sich in Bewegung.

KAPITEL 23

An Bord der *Enterprise* stand Sicherheitswächter Boyajian vor der Arrestzelle, in der man den Penzatti Dantar untergebracht hatte. Er sah überrascht auf, als Lieutenant Worf erschien und einen zweiten Häftling brachte: die ehemalige Borg. Eher halbherzig versuchte sie, sich aus dem Griff des Klingonen zu befreien, aber er hielt sie mühelos fest und stieß sie nicht gerade sanft in die Kammer auf der anderen Seite des Korridors. Unmittelbar im Anschluß daran aktivierte er das Kraftfeld und wandte sich an den Sicherheitswächter: »Behalten Sie die Frau im Auge. Sie steht ebenfalls unter Arrest.«

»Ja, Sir«, erwiderte Boyajian und fragte sich, was passiert sein mochte. Angesichts der grimmigen Miene Worfs hielt er es jedoch für besser, sich auf eine knappe Bestätigung der Order zu beschränken und ansonsten keinen Ton von sich zu geben. Stumm drehte er den Kopf, als der Klingone mit langen Schritten forteilte.

Einige Sekunden lang verharrte die Frau verwirrt hinter dem Kraftfeld, und dann ging sie zum schmalen Bett, streckte sich so darauf aus, daß sie der Tür den Rücken zuwandte.

Dantar hatte alles gesehen und begann sofort damit, die Gefangene zu verhöhnen. »He, Borg!« rief er. »Erinnerst du dich an mich? Du hast meine Familie ausgelöscht!«

»Hören Sie auf«, sagte Boyajian.

Dantar schenkte ihm keine Beachtung. »Nein, wahrscheinlich erkennst du dich überhaupt nicht. Für dich bin ich nur einer von vielen, stimmt's? Hier ein Massaker, dort ein Gemetzel — wie soll man sich da an die Gesichter einzelner Personen entsinnen?«

Der Penzatti blickte zur anderen Arrestzelle und beobachtete, wie die Schultern der Frau zitterten. Leises Schluchzen erklang.

»Habe ich dich etwa aus der Fassung gebracht?« spottete Dantar.

»Ich warne Sie ...« Boyajian sprach noch etwas schärfer als vorher.

»Und ich warne die verdammte Borg!« fauchte der Penzatti. »Ich werde nie vergessen, welche Schuld sie auf sich geladen hat. Und das gilt auch für alle anderen Überlebenden meines Volkes. Wenn sie glaubt, irgendwann zu einer normalen Existenz zurückkehren zu können, so hat sie sich geirrt. Das Blut von Millionen klebt an ihren Händen. Weil sie zu *ihnen* gehört, zu den verdammten Borg. Ganz gleich, wie sehr sie versucht, ihrer eigenen Vergangenheit zu entkommen — sie wird für immer schuldig bleiben. Ihre Verbrechen verlangen Sühne, solange sie lebt! Hast du gehört, Borg? Hast du gehört? Ich werde es nie vergessen. Ich werde nie vergessen, was du getan hast! Ich verfluche dich und deine Zukunft! Ich verfluche dein Leben! Borg! Ungeheuer! Du bist eins der widerwärtigsten und abscheulichsten Monstren im ganzen Universum ...«

Das Schluchzen wurde lauter, und Boyajian zog seinen Phaser, zielte auf Dantar. »Ich habe noch nie auf einen unbewaffneten Häftling geschossen«, brummte er wütend. »Aber ich versichere Ihnen: Diesmal bin ich zu einer Ausnahme bereit. Wenn Sie nicht still sind, betäube ich Sie bis zum Beginn des nächsten Jahrhunderts!«

Einige Sekunden lang musterte der Penzatti den Sicherheitswächter und überlegte, ob er die Drohung wirklich ernst meinte. Dann beschloß er, kein Risiko einzugehen, wandte sich vom Zugang der Zelle ab und nahm auf seiner Koje Platz. Voller Genugtuung lauschte er dem Schluchzen und hoffte inständig, daß für die Frau nun eine lange Zeit der Buße begann. Aber wie lange auch immer sie an der eigenen Schuld leiden mochte — es genügte nicht.

Dantar war enttäuscht, als das Schluchzen nach einer Weile verklang, und er gelangte zu dem Schluß, daß er die Borg bald noch einmal provozieren mußte — bevor man sie an einem anderen Ort unterbrachte.

Worf kehrte in Rekordzeit zur Brücke zurück, und dort präsentierte ihm der Wandschirm keinen besonders angenehmen Anblick. Das würfelförmige Schiff war in den Normalraum zurückgekehrt, und Geordi meinte gerade, die Borg seien vermutlich sauer. Der Klingone eilte sofort zur taktischen Station und ersetzte dort den Mann, der ihn vertreten hatte.

Unterdessen war es Chafin gelungen, den reglosen Androiden beiseite zu schieben. Er wußte nicht recht, was er mit Data anfangen sollte, und nach einigen Sekunden ließ er ihn in den Sessel vor der Operatorstation sinken. Seltsam: Ohne die deutlich sichtbare Delle in seinem Kopf hätte man glauben können, mit ihm sei alles in bester Ordnung.

»Commander ...«, grollte Worf. »Das energetische Niveau des Borg-Raumers ist auf siebenundzwanzig Prozent gesunken.«

»Sie mußten praktisch ihre ganze Energie einsetzen, um die Warpblase zu zerreißen«, kommentierte Geordi.

Der Planeten-Killer richtete die maulartige Öffnung auf das Borg-Schiff und kam näher. In dem gewaltigen ›Rachen‹ entstand ein blauer Glanz, von dem ein jäher Blitz ausging und den Würfel erfaßte.

»Ein Traktorstrahl!« stellte LaForge fest. »Delcara versucht, ihren Gegner zu verschlingen!«

»Das energetische Niveau des Borg-Schiffes hat dreißig Prozent erreicht und nimmt weiter zu«, meldete Worf. »Es widersetzt sich dem Zerren des Traktorstrahls.«

»Wenn es sich nicht ziehen läßt ...«, murmelte Riker. »Vielleicht kann man es schieben. Mr. LaForge, Status der Deflektoren.«

»Volles Potential.«

Der Erste Offizier nickte. »Traktorstrahl umpolen, so daß er schiebt und nicht zieht. Richten Sie ihn anschließend auf den Borg-Raumer. Maximalenergie.«

»Maximale Energie kann ich höchstens fünf Komma drei Minuten lang einsetzen«, entgegnete der Chefingenieur. »Danach müssen wir mit dem Durchbrennen der entsprechenden Generatoren rechnen. Außerdem: Angesichts der großen Masse des Borg-Schiffes läßt sich mit unserem Traktorstrahl nur etwas ausrichten, wenn wir die Entfernung verringern.«

»Na schön. Bringen Sie uns bis auf fünftausend Kilometer heran. Wenn wir Delcaras Bemühungen mit unserem eigenen Traktorstrahl kombinieren, müßte die gemeinsame Energie eigentlich genügen.«

»Hoffen wir's«, sagte Geordi und berührte mehrere Schaltflächen.

Die *Enterprise* schüttelte sich kurz, als sie dem Würfel entgegenglitt und versuchte, ihn ins Maul des Planetenfressers zu schieben.

»Warum eröffnet Delcara nicht das Feuer?« erkundigte sich Worf.

»Vielleicht benötigt das Traktorfeld weniger Energie als der Antiprotonenstrahl«, vermutete LaForge. »Ich nehme an, das energetische Potential soll geschont werden.«

Der Borg-Raumer bemühte sich, dem Zerren des Traktorstrahls standzuhalten, und er schien dabei zu zappeln, wie ein im Spinnennetz gefangenes Insekt.

»Commander, wir werden von den Waffensystemen der Borg angepeilt!« erklang Worfs warnende Stimme.

»Volle Deflektorenkapazität!« erwiderte Riker sofort. »Traktorstrahl stabil halten!«

Die *Enterprise* hüllte sich in ihre Schilde, und gerade noch rechtzeitig: Ein Strahlblitz zerstob an der energetischen Barriere, ohne Schaden anzurichten. Und der Traktorstrahl schob auch weiterhin.

Eine Sekunde später gesellte sich dem großen Starfleet-Schiff ein weiteres hinzu: Die *Repulse* ging längsseits. Nach dem erfogreichen Angriff auf das andere Borg-Schiff stand ihr nicht die volle Energie zur Verfügung, aber sie konnte den Bemühungen der *Enterprise* und des Planetenfressers zumindest einen niederenergetischen Traktorstrahl hinzufügen.

Und das genügte: Langsam trieb der Borg-Raumer dem Rachen der riesigen Vernichtungsmaschine entgegen. Das atomare Feuer der Konversionsaggregate schien hungrig nach dem Würfel zu lecken, um den Lekkerbissen zu kosten.

Plötzlich gleißte noch ein Traktorstrahl, und diesmal ging er von den Borg aus.

»Sir!« rief Worf. »Der Gegner hat die *Repulse* gepackt! Er zieht sie mit sich in den Planeten-Killer.«

»Photonentorpedos und Phaser — Feuer!«

Explosionen rissen große Teile aus der Hülle des Borg-Schiffes, aber es verzichtete trotzdem darauf, sich mit Deflektoren zu schützen, konzentrierte seine Energie statt dessen im Traktorstrahl. Die *Repulse* trachtete danach, dem Fesselfeld mit einem Beschleunigungsmanöver zu entkommen, und das ganze Schiff zitterte, als die Strukturbelastung immer mehr wuchs.

»Traktorstrahl umschalten!« befahl Riker. »Holen Sie die *Repulse* da raus!«

Geordi reagierte sofort, und kurz darauf befand sich der Starfleet-Kreuzer im Traktorfeld der *Enterprise*.

Das Borg-Schiff erhielt jetzt Gelegenheit, sich aus dem energetischen Griff des Planeten-Killers zu befreien. Seine Triebwerke gaben Vollschub, aber es war bereits zu spät — es befand sich zu tief im gefräßigen Maul der Vernichtungsmaschine. Das nukleare Feuer der Konversionsaggregate erfaßte den Borg-Raumer nun, rissen ihn auseinander. Es kam zu einer enormen Explosion. Die *Repulse* beschleunigte mit Hilfe ihres Impulstriebwerks, und das von der *Enterprise* projizierte Traktorfeld verlieh ihr ein zusätzliches Bewegungsmoment, doch ohne eine gehörige Portion Glück hätte sie es vermutlich nicht geschafft, der Vernichtung zu entgehen: Im letzten Augenblick raste sie aus dem Rachen des Planetenfressers.

Einige Sekunden lang glaubte Geordi, das Ende von Delcaras Schiff sei besiegelt. Er hatte sich mit den historischen Aufzeichnungen in bezug auf den ersten Planeten-Killer befaßt und wußte daher, daß der Prototyp von einem in ihm explodierenden Starfleet-Kreuzer außer Gefecht gesetzt worden war.

Die Instrumentenanzeigen wiesen ihn darauf hin, daß er sich irrte. Die zweite, größere und leistungsfähigere Version des Planetenfressers schien aus einem ganzen anderen ›Holz‹ geschnitzt zu sein — mühelos absorbierte sie die Energie des auseinanderplatzenden Borg-Raumers. Die Risse in der Neutroniumhülle schlossen sich, und LaForge begriff plötzlich, was nun geschah: Das kolossale Schiff reparierte sich.

Trotzdem: Es blieb träge. Geordi wandte sich mit einer entsprechenden Bemerkung an Riker. »Das energetische Niveau des Planeten-Killers steigt, aber er manövriert nicht so wie vorher.«

»Ich frage mich, was ...«

Der Erste Offizier unterbrach sich, als Delcaras Schiff jäh schneller wurde.

»Transit mit Warp sieben, ursprünglicher Kurs!«

»Gehen Sie ebenfalls auf Warp sieben und verfolgen Sie das Ding!«

Die *Enterprise* raste davon, und die *Repulse* blieb hinter ihr zurück — ihre volle Warpkapazität mußte nach der Zerstörung des einen Borg-Schiffes erst noch wiederhergestellt werden. Captain Taggert kümmerte sich um die Überlebenden der *Chekov*.

Riker starrte zum Wandschirm, der nun wieder vorbeiziehende Sterne und, in der Mitte, den Planetenfresser zeigte. »Versuchen Sie, eine Kom-Verbindung zum Captain herzustellen.«

»Keine Antwort, Sir«, sagte Worf.

»Ist Delcaras Schiff nach wie vor in ein Schirmfeld aus Interferenzen gehüllt?«

»Ja, Sir. Die Störimpulse hindern uns daran, den Transferfokus auf Captain Picard zu richten.«

»Verdammt«, brummte der Erste Offizier. Und etwas lauter: »Riker an Transporterraum.«

»Hier Transporterraum«, ertönte O'Briens Stimme.

»Überwachen Sie den Planeten-Killer. Beamen Sie den Captain sofort an Bord, wenn die Interferenzen nachlassen und Sie ein klares Peilsignal bekommen.«

»Sir...« O'Brien klang besorgt. »Während des Warptransits können wir ihn nicht zurückholen — es sei denn, wir passen unsere Geschwindigkeit *exakt* der des anderen Schiffes an. Andernfalls kann ich nicht garantieren, daß er in einem Stück bei uns eintrifft.«

»Ich weiß«, erwiderte Riker kühl. »Irgendwie finden wir eine Lösung für dieses Problem. Brücke Ende. Geordi, übernehmen Sie die Navigation.«

Diese Anweisung überraschte LaForge. Er hatte die Navigationskontrollen schon seit einer ganzen Weile nicht mehr bedient, aber er wußte sofort, worum es Riker ging: Ein möglichst erfahrener Offizier sollte das Schiff steuern. Mit der für ihn typischen Computer-Präzision wäre Data geeigneter gewesen, aber in seinem derzeitigen Zustand konnte sich der Androide nicht einmal allein die Stiefel anziehen. Chafin stand auf, und Geordi nahm sofort an der Konsole Platz.

»Der Planetenfresser fliegt jetzt mit Warp acht.«

»Geschwindigkeit anpassen.«

»Warp neun.«

»Lassen Sie sich nicht abhängen, Mr. LaForge«, sagte Riker.

»Warp neun, Sir. Nach all dem, was wir hinter uns haben, können wir diese Geschwindigkeit zwanzig Minuten lang halten.«

»Ich fürchte, solche Erwägungen spielen schon bald keine Rolle mehr«, entgegnete Riker ernst. Und ganz leise fügte er hinzu: »Lassen Sie sich nicht zuviel Zeit, Captain ...«

Picards Hände tasteten über den Kristall, der zu Delcaras Grab werden sollte. Er sah zu ihr auf und glaubte zu spüren, wie die Kraft des Lebens aus ihr wich.

Er wußte plötzlich, was geschah, und in seiner Erkenntnis gab es keinen Platz für Zweifel: Delcara ahnte ihren nahen Tod, zumindest auf einer unterbewußten Ebene. Verzweiflung veranlaßte sie, ihr Schiff auf Höchstgeschwindigkeit zu beschleunigen, um den Borg-Raum wesentlich schneller zu erreichen und sich dort den Wunsch nach Vergeltung zu erfüllen.

Jean-Luc hieb mit beiden Fäusten gegen die Säule. »Hör auf, Delcara! *Hör auf!*«

Ihre Stimme flüsterte zwischen seinen Schläfen. *Nein, lieber Picard. Dafür ist es zu spät. Ich werde es schaffen.*

»Nein!«

Doch. Ich muß es schaffen. Für die Geister der toten Konstrukteure. Für mich.

»Du stirbst, Delcara. Wenn du mir nicht erlaubst, dich zur *Enterprise* zu bringen, so hast du keine Überlebenschance.«

An Bord deines Schiffes zu überleben ..., antwortete die Stimme der Sterbenden. *Wozu? Um meine Entscheidung anschließend jahrzehntelang zu bereuen? Um zu leiden und dauernd daran zu denken, daß meine Mission unerfüllt blieb?*

»Beende deine Mission hier und jetzt«, erwiderte der Captain. »Befrei dich von Haß und dem Drang nach Rache. Genug davon! Von dieser Besessenheit hast du dich innerlich zerfressen lassen. Zieh endlich einen Schlußstrich.«

Genau das habe ich vor, lieber Picard. Und du wirst mir dabei Gesellschaft leisten.

»Delcara ...«

Ich räche die von den Borg ausgelöschten Völker. Jene Vielen, die ich verlor. Jene Vielen, deren Schreie noch immer durchs Universum hallen. Ich meine zerstörte Träume und zahllose Leben, die sinnloser Gewalt und Grausamkeit zum Opfer fielen. Das alles verlangt nach Vergeltung, und ich bin das Instrument der Rache. Arbeit wartet auf mich, viel Arbeit. Bei den letzten Bemerkungen verwandelte sich Delcaras Stimme in eine Art Singsang, und Jean-Luc glaubte, in ihrer Stimme etwas Kindliches und Mädchenhaftes zu hören. *Oh, das wird mir erst jetzt klar. Träge und müßig bin ich gewesen. Es gibt viel zu tun, und wer weiß, was passieren könnte ... Zuerst die Borg. Jetzt sofort. Ich habe den Eindruck, daß Eile geboten ist.*

»Diesen Eindruck hast du, weil du stirbst! Komm aus dem Kristall, verdammt! Komm zu mir! Von Liebe hast du gesprochen. Nun gut — laß den Worten der Liebe Taten der Liebe folgen!«

Die großen Augen glänzten in einem verbrannten Gesicht. *Später. Ich verspreche es. Später können wir beide zusammen sein.*

»Warp neun Komma zwei ... neun Komma vier ...« Geordi klang ungläubig. »Ich fasse es einfach nicht.«

Die Sterne bildeten bunte Streifen auf dem Wandschirm, und LaForge schauderte unwillkürlich, als er sich vorstellte, daß die *Enterprise* bei dieser Geschwindigkeit mit einem Asteroiden kollidierte: Dann konnten Rettungsschiffe tausend Jahre lang suchen, ohne alle Trümmer zu finden.

»Warp neun Komma sechs!« rief der Chefingenieur. »Wir haben unsere maximale Geschwindigkeit erreicht.

Es besteht Gefahr einer Überhitzung in den Kühlsystemen.«

Der Planetenfresser wurde nicht langsamer.

»Delcaras Schiff beschleunigt weiter: Warp neun Komma sieben ... neun Komma acht!«

»Bleiben Sie dran, Mr. LaForge«, sagte Riker und schnitt eine grimmige Miene — sie riskierten nun einen Triebwerkskollaps.

Die *Enterprise* wurde noch schneller, und die strukturelle Belastung wuchs.

Die Offiziere im Kontrollraum schwiegen. Sie alle wußten, was auf dem Spiel stand. Und ihnen war auch klar, daß sich gerade jetzt niemand von ihnen einen Fehler leisten konnte.

Im Transporterraum schwebten O'Briens Finger über den Schaltkomponenten der Hauptkonsole, und er behielt ständig die Instrumentenanzeigen im Auge. Bisher ließen sich keine Bio-Signale im Planetenfresser anpeilen. Das Abschirmfeld aus Interferenzen bestand nach wie vor, und jeder Fokussierungsversuch schlug fehl. Vor dem inneren Auge des Transporterchefs verharrte ein gräßliches Bild: Er sah einen Picard, der ohne physische Integrität materialisierte, in Form einzelner Fleischklumpen. O'Brien hatte so etwas schon einmal beobachtet, und er litt deshalb noch immer an Alpträumen.

»Lassen Sie etwas von sich hören, Captain«, murmelte er. »Ein Flüstern genügt ...«

Picard spürte die hohe Geschwindigkeit, auf eine Weise, die er nicht erklären konnte. Und er fühlte auch, daß der Planetenfresser noch immer beschleunigte.

»Das ist Wahnsinn!« platzte es aus ihm heraus. »Ich weiß, was du beabsichtigst: Du versuchst, alle bisherigen Geschwindigkeitsrekorde zu brechen, um den Borg-Raum nicht in Jahren, sondern in wenigen Minuten zu erreichen. Du versuchst, dem Tod ein Schnippchen zu schlagen. Aber das kannst du nur, wenn du mich zur *Enterprise* begleitest.«

Dem Tod ein Schnippchen schlagen? Nein, lieber Picard. Wir beide ...

»Verdammt, es gibt kein ›Wir beide‹!« Einmal mehr schlug er mit den Fäusten an die Säule. Nur wenige Zentimeter trennten seine Hände von Delcara — genausogut hätten es Kilometer sein können. »Du bist verrückt! Das Verlangen nach Rache hat dich um den Verstand gebracht. Du ignorierst meine Hinweise einfach, und du hast nicht auf Guinan gehört. Deine Aufmerksamkeit gilt allein den Stimmen, die hassen und nach Vergeltung gieren. Damit will ich nichts zu tun haben!«

Du hast gesagt, daß du mich liebst und mit mir zusammensein möchtest. Bleib jetzt bei mir, lieber Picard. Gemeinsam ...

»Du bist wahnsinnig. Ich dachte, es gäbe noch Rettung für dich, aber offenbar habe ich mich geirrt.« Jean-Luc wandte sich von der Säule ab, und die Bewegung ließ neuen Schmerz im verletzten Bein entflammen. Die heiße Pein bestärkte ihn in seiner Entschlossenheit. »Ich hoffte, daß in dir noch etwas zur Liebe fähig ist. Aber der Kern deines Selbst besteht allein aus Fäulnis. Vielleicht war es von Anfang an so. Vielleicht stellte jene Delcara, die mich mit Sehnsucht erfüllte, nur ein Phantom dar, eine Wunschvorstellung ohne Substanz. Wie dem auch sei: Hiermit weise ich dich zurück. Von jetzt an gehören wir nicht mehr zusammen. Ich zerreiße jenes Band, das sich über Jahrzehnte hinweg zwischen uns erstreckte!«

Delcara schrie.

»Warp neun Komma neun«, hauchte Geordi.

»Geschwindigkeit auf Warp neun Komma neun erhöhen«, sagte Riker, jedes Wort so schwer wie Blei.

»In zwei Minuten erfolgt eine automatische Desaktivierung des Triebwerks«, warnte LaForge, während seine Finger über die Schaltflächen huschten. Selbst unter weitaus besseren Umständen hätte die *Enterprise* eine solche Geschwindigkeit nur zehn Minuten lang halten können.

»Jetzt oder nie, Captain«, raunte Troi.

Delcara schrie, und der Schrei schnitt wie ein Messer durch Picards Bewußtsein, durch seine Seele. Er antwortete mit einem Namen.

Mit einem Namen, der gleichzeitig eine Absichtserklärung darstellte.

Vendetta.

Er verlieh diesen drei Silben einen Klang, der auf tiefen Abscheu hinwies. Von Liebe fehlte darin jede Spur.

Dem Schrei folgte eine Stimme, die ebenfalls wie mit einem Dolch durch Jean-Lucs Gedanken schnitt und folgende Worte formulierte:

Ich dachte, du hättest mich verstanden.

Dann verflüchtigte sich die Gestalt des Captains in einer Wolke aus blauem Glühen.

»Warp neun Komma neun neun«, sagte Geordi. Es hörte sich an wie ein Todesurteil.

Die zweite, viel mächtigere Version des Planeten-Killers raste mit fast achttausendfacher Lichtgeschwindigkeit davon, als die *Enterprise* langsamer wurde — Sicherheitssysteme desaktivierten ihr Triebwerk.

Und dann sprang die gewaltige Vernichtungsmaschine über alle Warpgrenzen hinweg, mit einem Energieschub, wie man ihn nie zuvor beobachtet oder gemessen hatte. Eine einzigartige Technik, geschaffen von einem uralten Volk, zerriß die Barrieren aus Raum und Zeit mit der Kraft purer Entschlossenheit.

Der Planetenfresser näherte sich der absoluten galaktischen Höchstgeschwindigkeit, dem legendären, unerreichbaren Warpfaktor zehn.

Und plötzlich verschwand er.

KAPITEL 24

Der liebe Picard war fort. Delcara verstand. Manchmal blieb einem keine andere Wahl, als sich von geliebten Personen zu trennen. Nun, es spielte keine Rolle mehr. Jean-Luc hatte sein Leben, und sie das ihre.

Die *Enterprise* blieb in den Tiefen des Alls zurück — ihre Triebwerke waren nicht leistungsfähig genug. Delcara flog nun mit einer Geschwindigkeit, die man bisher für unmöglich gehalten hatte. Doch alles wurde möglich, wenn Verlangen und Willenskraft eine ausreichend starke Intensität gewannen.

Ihr Leben. Ihre Vendetta. Eine Reise, die normalerweise Jahre in Anspruch nahm, dauerte jetzt nur noch wenige Minuten. Delcara schickte sich an, ihre Mission zu erfüllen. Bald begann die letzte, endgültige Konfrontation mit den Borg. Bald konnte sie triumphieren.

Und dann? *Wer weiß?* dachte sie. *Vielleicht kehre ich zu Picard zurück.* Alles konnte geschehen. Sie selbst bot einen lebenden Beweis dafür. Das Universum bestand aus unendlich vielen Möglichkeiten.

Sie hielt den Atem an. Der Schmerz wich von ihr.

Nur noch einige Minuten ...

KAPITEL 25

Riker beobachtete, wie Picard vom Biobett rutschte, aufstand und das rechte Bein mit seinem Gewicht belastete.

»Sie werden noch einige Tage lang hinken«, sagte Dr. Crusher. »Daher gebe ich Ihnen den guten Rat, vorsichtig zu sein.«

»Ja, Doktor.«

»Ach, er hört auf Sie?« fragte Katherine Pulaski. Sie hatte sich vor einigen Minuten an Bord gebeamt — die *Repulse* flog mit Warp eins neben der *Enterprise*, und beide Schiffe waren zur Starbase 42 unterwegs. Für die überlebenden Besatzungsmitglieder der *Chekov* bestand keine Gefahr mehr, und Captain Korsmo erwies sich als ein besonders eigensinniger Patient, der die Geduld des Arztes auf eine harte Probe stellte. Aus diesem Grund nutzte Pulaski die gute Gelegenheit, sich an Bord der *Enterprise* ein wenig zu entspannen.

»Nun, ab und zu neigt er dazu, recht stur zu sein«, erwiderte Dr. Crusher.

»O ja, ich erinnere mich. Übrigens, Beverly: Ich habe gehört, daß Wesley einen Studienplatz an der Akademie bekommen hat. Herzlichen Glückwunsch.« Sie schüttelte den Kopf. »Wie soll ich in so kurzer Zeit mit so vielen Neuigkeiten fertig werden? Worf hat einen Sohn? Und Data eine Tochter?«

»Glauben Sie jetzt nur nicht, daß unser klingonischer Sicherheitsoffizier und der Androide miteinander verheiratet sind«, warf Riker ein und schmunzelte.

»Wenn ich mir Data als Vater vorstelle ...« Katherine Pulaski seufzte. »Für gewöhnlich hüte ich mich davor, jemanden zu unterschätzen, aber wenn es doch einmal geschieht, so halte ich mich nicht mit halben Sachen auf.«

»Wie ergeht es Ihnen an Bord der *Repulse?*« erkundigte sich Riker.

Pulaski zuckte kurz mit den Schultern. »Sie kennen mich ja. Als ich die dortige Krankenstation übernahm, legte ich sofort gewisse Regeln fest, und daraufhin lief alles wie am Schnürchen.«

»Ja, kann ich mir denken«, kommentierte Picard. »Doktor Crusher, Sie sollten O'Brien jetzt ein Sedativ geben. Nach dem plötzlichen, an ein Wunder grenzenden Transfer bei Warp neun Komma neun ist er noch immer ziemlich nervös.«

»Er erwähnte eine Art Strukturlücke, die von einem Augenblick zum anderen im Abschirmfeld entstand«, sagte Riker. »Er richtete sofort den Transferfokus aus und beamte Sie hierher. Bei der Sache war ziemlich viel Glück im Spiel.«

Geordi kam herein und verschränkte die Arme. »Captain ... Ich habe gehofft, daß Sie etwas Zeit für mich erübrigen können — um mir Ihre Beobachtungen im Planeten-Killer zu schildern. Mit Hilfe Ihrer Angaben möchte ich die eine oder andere Theorie überprüfen ...«

Der Chefingenieur unterbrach sich, als die Stimme des Sicherheitswächters Boyajian aus den Kom-Lautsprechern drang. »Dr. Crusher! Notfall im Arrestbereich! Bitte schicken Sie unverzüglich eine Medo-Gruppe!«

Beverly eilte sofort los, gefolgt von Pulaski, Geordi, Riker, dem hinkenden Picard und einem Krankenpfleger, der diverse medizinische Instrumente mitnahm.

Sie paßten nicht alle in den Turbolift, und deshalb blieb die Benutzung der ersten Transportkapsel dem Medo-Personal vorbehalten. Der Captain und seine Of-

402

fiziere nahmen die nächste. Picard spürte noch immer dumpfen Schmerz im rechten Bein, aber er versuchte, sich nichts anmerken zu lassen.

Kurz darauf erreichten sie das Deck mit dem Arrestbereich, und als sich die Tür des Turbolifts öffnete, hörten sie ... Gelächter.

Jemand lachte kehlig und heiser. Es klang nicht humorvoll, sondern nach Zufriedenheit und Genugtuung.

Die Stimme gehörte Dantar.

Der Penzatti stand unmittelbar vor dem Kraftfeld, streckte die Hand aus und lachte ... und lachte ... Boyajian schrie ihn an, und rote Zornesflecken glühten im Gesicht des Sicherheitswächters.

Picard, Riker und Geordi näherten sich, stellten dabei fest, daß Dantars Aufmerksamkeit der Arrestzelle auf der gegenüberliegenden Seite des Korridors galt. Bevor sie sich umdrehen konnten, trat ihnen Boyajian entgegen. »Es tut mir leid, Sir«, sagte er zum Captain. »Wie konnte ich etwas davon ahnen? Sie lag einfach nur still da, und ich dachte, sie hätte sich in den Schlaf geweint. Ich hielt es für besser, sie ruhen zu lassen — bis ich das von der Koje tropfende Blut bemerkte. Und da war es schon zu spät ...«

»Was?«

Mit jäher, schrecklicher Gewißheit wußte Geordi, was passiert war, und er hastete zur Zelle. Picard und Riker folgten ihm etwas langsamer. Der Erste Offizier blickte in den Raum — und legte dem Chefingenieur wie tröstend die Hand auf die Schulter.

Beverly Crusher hielt einen Tricorder über Reannon, aber die Untersuchung war nur eine Formalität. Ein kurzes Kopfschütteln bestätigte den ersten Eindruck.

Reannon Bonaventure lag auf dem schmalen Bett, und unter ihr hatte sich eine große Blutlache gebildet. Dr. Crusher hatte sie halb umgedreht, und Geordi sah Augen, die ebenso ins Leere starrten wie zuvor. Aber jetzt gab es kein Leben mehr in ihnen. Ein tiefer, langer und von geronnenem Blut verkrusteter Schnitt zeigte sich im Hals.

Pulaski nahm etwas aus der erschlafften linken Hand des Leichnams und zeigte den Gegenstand ihrer Kollegin.

»Ein Skalpell?« entfuhr es Beverly verblüfft. Sie griff nach dem Lasermesser. »Aber wie kam es hierher?« Sie überlegte kurz. »Vermutlich hat Reannon es in der Krankenstation eingesteckt.«

»Als Worf sie hierherbrachte, blieb ihm nicht genug Zeit für eine Durchsuchung«, sagte Riker kummervoll. »Aber warum …?«

Er sprach die Frage nicht ganz aus — es gab ohnehin keine Antwort.

KAPITEL 26

Und dann? *Wer weiß?* dachte sie. *Vielleicht kehre ich zu Picard zurück.* Alles konnte geschehen. Sie selbst bot einen lebenden Beweis dafür. Das Universum bestand aus unendlich vielen Möglichkeiten.

Sie hielt den Atem an. Der Schmerz wich von ihr.

Nur noch einige Minuten ...

Der liebe Picard war fort.

Delcara verstand. Manchmal blieb einem keine andere Wahl, als sich von geliebten Personen zu trennen. Nun, es spielte keine Rolle mehr. Jean-Luc hatte sein Leben, und sie das ihre ...

KAPITEL 27

Ich fühle sie«, sagte Guinan. »Hier drin. Und dort draußen. Überall.«

Sie saß im Gesellschaftsraum des zehnten Vorderdecks. Riker, Geordi und Picard hatten ihr gegenüber Platz genommen, und vor ihnen standen Gläser mit Synthehol.

»Das freut mich für Sie«, sagte Riker. »Aber leider hilft es uns nicht weiter. Wo befindet sich Delcara? Im Raumgebiet der Borg? Ist sie tot? Oder...«

»Es gibt ein altes Paradoxon«, begann Guinan. »Vielleicht erscheint es Ihnen vertraut. Stellen Sie sich vor, einen Meter von einem bestimmten Ziel entfernt zu sein. Sie legen die Hälfte dieser Strecke zurück, dann noch einmal die Hälfte der Hälfte... Und so weiter. Auf diese Weise kommen Sie dem Ziel zwar immer näher, aber Sie erreichen es nie.«

Geordi hatte bisher geschwiegen, obwohl er sonst immer sehr gesprächig war. »Ich kenne eine ähnliche Theorie«, sagte er leise. »Sie betrifft das Konzept einer unendlichen Annäherung an den Warpfaktor zehn. Möglich sind höchstens neun Komma neun Periode neun. Und je kleiner der Abstand zu Warp zehn wird, desto langsamer verstreicht die subjektive Zeit.«

»Ich habe davon gehört«, meinte Riker. »Die Zeit krümmt sich unendlich um einen Körper, dessen Geschwindigkeit Warp zehn beträgt.«

»Und die Besatzung eines entsprechenden Raumschiffs merkt überhaupt nichts davon«, fuhr Geordi fort. »Um es zu veranschaulichen: Denken Sie an ein schrumpfendes Universum, in dem auch alle Maßeinheiten kleiner werden — es fehlen Bezugspunkte. Genauso ergeht es der Crew eines mit Warp zehn dahinrasenden Schiffes: Sie hat keine Möglichkeit zu erkennen, daß die Zeit im Rest des Universums normal verstreicht, während sich in dem betreffenden Raumer eine einzelne Sekunde bis zur Ewigkeit dehnt. Anders ausgedrückt: Das Schiff ist zwar enorm schnell, aber eigentlich rührt es sich gar nicht von der Stelle.«

»Es bleibt die Frage nach dem gegenwärtigen Aufenthaltsort Delcaras«, warf Picard ein. »Ich verstehe Ihre Ausführungen ebenso wie die ihnen zugrunde liegende Theorie, aber ... Wo *ist* der Planetenfresser? Im Warpraum gefangen?«

»Er befindet sich im Warpraum«, entgegnete Guinan. »Und im Subraum.«

»Was?«

»Und hier an Bord der *Enterprise*«, fügte die Wirtin hinzu. »Und in der Milchstraße. Und im ganzen Kosmos. Delcara reist ewig durch die Zeit, und das Universum durchdringt sie, weil es expandiert. Meine Gedankenschwester ist überall gleichzeitig. Aus ihrer Perspektive gesehen jagen die Sterne an ihr vorbei, und ihr Blick gilt einem endlosen Strom aus Morgen und Gestern. Sie ist ständig in ihrer eigenen Vergangenheit unterwegs, ohne eine Zukunft. Und dieser Umstand bleibt ihr für immer verborgen.« Guinan zögerte kurz. »Ich bin nicht imstande, eine mentale Verbindung zu ihr herzustellen. Oh, ich spüre sie hier drin ...« Sie tastete nach ihrem Herzen. »Aber mehr ist nie möglich.« Sie senkte den Kopf. »Ich möchte nicht mehr darüber sprechen.«

Guinan stand auf und ging fort. Nach einigen Sekunden erhob sich auch Riker und kehrte zur Brücke zurück, um dort nach dem Rechten zu sehen. Datas Funktionspotential war nach einer Reparatur vollkommen wiederhergestellt, aber während der nächsten vierundzwanzig Stunden stand er unter Beobachtung, um jedes Risiko zu vermeiden.

LaForge und Picard blieben am Tisch sitzen und starrten in ihre Gläser.

»Delcara hat immer betont, ihr stünde die ganze Zeit des Universums zur Verfügung«, sagte der Captain langsam. »Und jetzt stimmt das auch. Die Vendetta wird weiterhin ihr Lebensinhalt sein, bis in alle Ewigkeit. In ihrer Existenz gibt es nur noch das Verlangen, Rache zu üben — aber sie kann sich diesen Wunsch nie erfüllen.« Picard schüttelte den Kopf und nippte an seinem Glas. »Was für eine abscheuliche Ironie des Schicksals.«

Geordi sah nicht auf, als er erwiderte: »Wenn Sie mir diese Frage gestatten, Sir ... Was hat sie Ihnen bedeutet?«

»Sie ...« Jean-Luc zögerte und suchte nach geeigneten Worten. »Sie war ein Konzept. Ein Symbol. Ein Symbol, das schließlich wichtiger wurde als sie selbst. Sie repräsentierte unberührte Reinheit, doch die Wirklichkeit sah ganz anders aus. Ich habe schließlich versucht, sie meinem Idealbild von ihr anzupassen, sie in etwas zu verwandeln, das sie gar nicht sein konnte. Und doch verharrt eine entsprechende Vorstellung in mir. Sie verkörperte all das, was ich mir erträumte. Sie war ... unerreichbar. Unberührbar. Ich versuche, die Sterne zu berühren, Mr. LaForge. Ich versuche, mit den Fingern über sie zu streichen, ihre Geheimnisse zu ertasten. Und die Sterne sind mit Delcara identisch. Das alles bedeutete sie mir. Und noch viel mehr.«

»Sie widersprechen sich, Captain.«

»Mag sein.« In Picards Mundwinkel zuckte es kurz. »Ich bin groß. Ich enthalte Vielheiten.«

»Shakespeare?«

»Whitman.«

»Oh.« Geordi überlegte. »Ein Zitat, das bei Delcara angemessen erscheint.«

»Ja«, bestätigte Picard. »Ja, das finde ich auch.« Er trank erneut einen Schluck.

»In Hinsicht auf Reannon habe ich ähnlich empfunden«, sagte LaForge nach einer kurzen Pause. »Ich wollte helfen, um ihr ... nahe zu sein. Aber letztendlich konnte ich sie nicht erreichen.«

»Jene Frau starb, bevor Sie Gelegenheit bekamen, sie kennenzulernen.« Picard sprach sanft. »Reannon Bonaventure ist seit vielen Jahren tot. Auch Sie schufen sich ein Idealbild, dem bald jeder Bezug zur Realität fehlte. Was beweist, daß ein Lieutenant und sein Captain die gleiche besondere Art von Blindheit teilen können.«

»Versetzt dem Don-Quichotte-Blickwinkel einen ziemlich harten Schlag, nicht wahr?« meinte Geordi. »In diesem Zusammenhang sind die Borg recht große Windmühlen.«

Picard dachte nach. »Sie sind wahrhaftige Riesen. Und bei dem Kampf gegen sie gibt es zwei Möglichkeiten: Entweder werden wir von den gewaltigen Windmühlenflügeln zu Boden geschleudert — oder sie tragen uns den Sternen entgegen. Jeder von uns hat eine eigene, ganz persönliche Mission. Wir erfüllen unsere Pflicht. Weil man das von uns erwartet. Weil es notwendig ist. Weil wir es wollen. Weil ...«

»Weil es irgendwo eine Dulcinea gibt«, sagte LaForge und hob sein Glas.

Picard folgte dem Beispiel des Chefingenieurs. »Auf Dulcinea.«

»Auf noch mehr Riesen und noch mehr Mißgeschicke«, sagte Geordi.

»Auf weitere Abenteuer«, korrigierte Picard ruhig und lächelte, als er mit LaForge anstieß.

Doch das Lächeln sparte seine Augen aus.

KAPITEL 28

Das Universum bestand
aus unendlich vielen Möglichkeiten.

Sie hielt den Atem an. Der Schmerz wich von ihr.

Nur noch einige Minuten …
Nur noch einige Minuten …
Nur noch einige Minuten …
Nur noch einige Minuten …
Nur noch einige Minuten …
Nur noch einige Minuten …
Nur noch einige Minuten …
Nur noch einige Minuten …
Nur noch einige Minuten ..
Nur noch einige Minuten.
Nur noch einige Minuten
Nur noch einige Minute
Nur noch einige Minut
Nur noch einige Minu
Nur noch einige Min

☆STAR TREK™

in der Reihe
HEYNE SCIENCE FICTION & FANTASY

Vonda N. McIntyre, Star Trek II: Der Zorn des Khan · 06/3971
Vonda N. McIntyre, Der Entropie-Effekt · 06/3988
Robert E. Vardeman, Das Klingonen-Gambit · 06/4035
Lee Correy, Hort des Lebens · 06/4083
Vonda N. McIntyre, Star Trek III: Auf der Suche nach Mr. Spock · 06/4181
S. M. Murdock, Das Netz der Romulaner · 06/4209
Sonni Cooper, Schwarzes Feuer · 06/4270
Robert E. Vardeman, Meuterei auf der Enterprise · 06/4285
Howard Weinstein, Die Macht der Krone · 06/4342
Sondra Marshak & Myrna Culbreath, Das Prometheus-Projekt · 06/4379
Sondra Marshak & Myrna Culbreath, Tödliches Dreieck · 06/4411
A. C. Crispin, Sohn der Vergangenheit · 06/4431
Diane Duane, Der verwundete Himmel · 06/4458
David Dvorkin, Die Trellisane-Konfrontation · 06/4474
Vonda N. McIntyre, Star Trek IV: Zurück in die Gegenwart · 06/4486
Greg Bear, Corona · 06/4499
John M. Ford, Der letzte Schachzug · 06/4528
Diane Duane, Der Feind — mein Verbündeter · 06/4535
Melinda Snodgrass, Die Tränen der Sänger · 06/4551
Jean Lorrah, Mord an der Vulkan Akademie · 06/4568
Janet Kagan, Uhuras Lied · 06/4605
Laurence Yep, Herr der Schatten · 06/4627
Barbara Hambly, Ishmael · 06/4662
J. M. Dillard, Star Trek V: Am Rande des Universums · 06/4682
Della van Hise, Zeit zu töten · 06/4698
Margaret Wander Bonanno, Geiseln für den Frieden · 06/4724
Majliss Larson, Das Faustpfand der Klingonen · 06/4741
J. M. Dillard, Bewußtseinsschatten · 06/4762
Brad Ferguson, Krise auf Centaurus · 06/4776
Diane Carey, Das Schlachtschiff · 06/4804
J. M. Dillard, Dämonen · 06/4819
Diane Duane, Spocks Welt · 06/4830
Diane Carey, Der Verräter · 06/4848
Gene DeWeese, Zwischen den Fronten · 06/4862
J. M. Dillard, Die verlorenen Jahre · 06/4869
Howard Weinstein, Akkalla · 06/4879
Carmen Carter, McCoys Träume · 06/4898
Diane Duane & Peter Norwood, Die Romulaner · 06/4907
John M. Ford, Was kostet dieser Planet? · 06/4922
J. M. Dillard, Blutdurst · 06/4929
Gene Roddenberry, Star Trek (I): Der Film · 06/4942
J. M. Dillard, Star Trek VI: Das unentdeckte Land · 06/4943
Jean Lorrah, Die UMUK-Seuche · 06/4949
A. C. Crispin, Zeit für gestern · 06/4969
David Dvorkin, Die Zeitfalle · 06/4996

STAR TREK™

Barbara Paul, Das Drei-Minuten-Universum · 06/5005
Judith & Garfield Reeves-Stevens, Das Zentralgehirn · 06/5015
Gene DeWeese, Nexus · 06/5019
Mel Gilden, Baldwins Entdeckungen · 06/5024
D. C. Fontana, Vulkans Ruhm · 06/5043
Judith & Garfield Reeves-Stevens, Die erste Direktive · 06/5051
Michael Jan Friedman, Die beiden Doppelgänger · 06/5067 (in Vorb.)
Judy Klass, Der Boacozwischenfall · 06/5086 (in Vorb.)
Julia Ecklar, Kobayashi Maru · 06/5103 (in Vorb.)

STAR TREK: DIE NÄCHSTE GENERATION:

David Gerrold, Mission Farpoint · 06/4589
Gene DeWeese, Die Friedenswächter · 06/4646
Carmen Carter, Die Kinder von Hamlin · 06/4685
Jean Lorrah, Überlebende · 06/4705
Peter David, Planet der Waffen · 06/4733
Diane Carey, Gespensterschiff · 06/4757
Howard Weinstein, Macht Hunger · 06/4771
John Vornholt, Masken · 06/4787
David & Daniel Dvorkin, Die Ehre des Captain · 06/4793
Michael Jan Friedman, Ein Ruf in die Dunkelheit · 06/4814
Peter David, Eine Hölle namens Paradies · 06/4837
Jean Lorrah, Metamorphose · 06/4856
Keith Sharee, Gullivers Flüchtlinge · 06/4889
Carmen Carter u. a., Planet des Untergangs · 06/4899
A. C. Crispin, Die Augen der Betrachter · 06/4914
Howard Weinstein, Im Exil · 06/4937
Michael Jan Friedman, Das verschwundene Juwel · 06/4958
John Vornholt, Kontamination · 06/4986
Peter David, Vendetta · 06/5057
Peter David, Eine Lektion in Liebe · 06/5077 (in Vorb.)
Howard Weinstein, Die Macht des Formers · 06/5096 (in Vorb.)

STAR TREK: DIE ANFÄNGE:

Vonda N. McIntyre, Die erste Mission · 06/4619
Margaret Wander Bonanno, Fremde vom Himmel · 06/4669
Diane Carey, Die letzte Grenze · 06/4714

STAR TREK: DEEP SPACE NINE:

J. M. Dillard, Botschafter · 06/5115 (in Vorb.)

DAS STAR TREK-HANDBUCH:

überarbeitete und aktualisierte Neuausgabe!
von *Ralph Sander* · 06/4900

Diese Liste ist eine Bibliographie erschienener Titel
KEIN VERZEICHNIS LIEFERBARER BÜCHER!

Das Fantasy-Ereignis der neunziger Jahre!

»In kürzester Zeit zum beliebtesten Zyklus der USA aufgestiegen.«
CHICAGO SUN TIMES

»... erinnert in Intensität und Wärme an Tolkien.«
PUBLISHERS WEEKLY

Drohende Schatten
1. Roman
06/5026

Das Auge der Welt
2. Roman
06/5027

Die große Jagd
3. Roman
06/5028

Das Horn von Valere
4. Roman
06/5029

Der Wiedergeborene Drache
5. Roman
06/5030

Die Straße des Speers
6. Roman
06/5031

Weitere Bände in Vorbereitung

Wilhelm Heyne Verlag
München

ALAN BURT AKERS

**Die Saga von Dray Prescot -
der größte Zyklus im Programm
HEYNE SCIENCE FICTION & FANTASY**

Dray Prescot, Offizier und Zeitgenosse Napoleons, verschlug
es einst auf den tödlichen Planeten Kregen. Da tauchen gegen
Ende des 20. Jahrhunderts geheimnisvolle Kassetten auf,
und es gibt keinen Zweifel: Dray Prescot lebt...

... und wird weitere unglaubliche Abenteuer zu bestehen
haben, bis sein tausendjähriges Leben abgelaufen ist.

Die Intrige von Antares
06/4807

Die Banditen von Antares
06/5137

Als Originalausgaben bei Heyne

Wilhelm Heyne Verlag
München

Perry Rhodan

Die größte Science Fiction-Serie der Welt.
Über eine Milliarde verkaufte Exemplare in Deutschland.

16/378

Außerdem erschienen:

Götz Roderer
Halo 1146
16/375

Robert Feldhoff
Die Toleranz-Revolution
16/376

Arndt Ellmer
Tränen vom Himmel
16/377

H.G. Francis
Sturm der neuen Zeit
16/379

Horst Hoffmann
Als die Kröten kamen
16/380

Wilhelm Heyne Verlag
München

Top Hits der Science Fiction

Man kann nicht alles lesen – deshalb ein paar heiße Tips

Ursula K. Le Guin
Die Geißel des Himmels
06/3373

Poul Anderson
Korridore der Zeit
06/3115

Wolfgang Jeschke
Der letzte Tag der Schöpfung
06/4200

John Brunner
Die Opfer der Nova
06/4341

Harry Harrison
New York 1999
06/4351

Wilhelm Heyne Verlag
München